Trapaça mortal

FRANK TALLIS

Trapaça mortal

Tradução de
VERA RIBEIRO

2ª EDIÇÃO

EDITORA RECORD
RIO DE JANEIRO • SÃO PAULO
2007

CIP-Brasil. Catalogação-na-fonte
Sindicato Nacional dos Editores de Livros, RJ.

Tallis, Frank
T152t Trapaça mortal / Frank Tallis; tradução Vera Ribeiro. –
2ª ed. 2ª ed. – Rio de Janeiro: Record, 2007.
(Os casos de Liebermann: as aventuras de um detetive freudiano; v.1)

Tradução de: Mortal mischief
ISBN 978-85-01-07618-2

1. Psicanalistas – Viena (Áustria) – Ficção. 2. Mulheres médiuns – Crime contra – Ficção. 3. Ficção policial inglesa. I. Ribeiro, Vera. II. Título. III. Série.

CDD – 823
07-3141 CDU – 821.111-3

Título original inglês:
MORTAL MISCHIEF

Composição de miolo: Abreu's System

Impresso no Brasil

ISBN 978-85-01-07618-2

PEDIDOS PELO REEMBOLSO POSTAL
Caixa Postal 23.052
Rio de Janeiro, RJ – 20922-970

CÓPIA NÃO AUTORIZADA É CRIME
ABDR
ASSOCIAÇÃO BRASILEIRA DE DIREITOS REPROGRÁFICOS
RESPEITE O DIREITO AUTORAL
EDITORA AFILIADA

Parte Um

O Deus das Tempestades

1

Foi no dia do grande temporal. Lembro-me bem disso, porque meu pai — Mendel Liebermann — havia sugerido que nos encontrássemos para um café no Imperial. Eu tinha uma forte suspeita de que ele arquitetava alguma coisa...

UMA AGITADA MASSA DE NUVENS NEGRAS se elevara por trás da Ópera como uma erupção vulcânica de fumaça e cinza sulfurosas. Suas dimensões sugeriam a destruição iminente — uma catástrofe épica, na escala de Pompéia. Na estranha luz âmbar, as construções ao redor se haviam amarelado. Pousada nos telhados, a estatuária decorativa — figuras clássicas e águias triunfais — parecia ter sido entalhada em enxofre. Um relâmpago em forquilha desceu pela montanha de nuvens como um rio de ferro derretido. A terra tremia e o ar se agitava, mas não havia chuva. O temporal que se avizinhava parecia estar se poupando — acumulando reservas de força, nos preparativos para um dilúvio apocalíptico.

Soou a sineta do bonde, que despertou Liebermann de seu devaneio e dispersou dos trilhos um grupo de coches puxados por cavalos.

Enquanto o bonde avançava, Liebermann se perguntou por que seu pai quisera estar com ele. Não que esse tipo de encontro fosse incomum; os dois se reuniam com freqüência para um café. Mas tinha a ver com a maneira como o convite fora formulado. A voz de Mendel estava curiosamente tensa — esganiçada e ambígua. Além disso, sua descontração não havia soado convincente, o que sugerira a Liebermann a ocultação de um motivo dissimulado — ou, quem sabe, até inconsciente. Mas qual seria?

O bonde reduziu a velocidade no trânsito pesado do anel Karntner, e Liebermann saltou do veículo antes que ele parasse. Levantou a gola do casaco de astracã para se proteger do vento e apressou-se em direção a seu destino.

Embora o almoço já tivesse sido servido, o Café Imperial fervilhava de atividade. Os garçons, erguendo alto suas bandejas de prata, desviavam-se uns dos outros por entre as mesas lotadas, enquanto o ar se enchia de animada conversa. Ao fundo do café, um pianista tocava uma mazurca de Chopin. Liebermann limpou os óculos embaçados com um lenço e pendurou o sobretudo no cabide da entrada.

— Boa tarde, Herr doktor.

Liebermann reconheceu a voz e, sem se virar, respondeu:

— Boa tarde, Bruno. Está tudo bem com você?

— Sim, senhor. Muito bem mesmo.

Quando Liebermann se voltou, o garçom prosseguiu:

— Tenha a bondade de vir por aqui, senhor. Seu pai já chegou.

Bruno fez um sinal e guiou Liebermann pelo salão agitado. Chegaram a uma mesa quase no fundo, onde Mendel se escondia atrás das páginas de tipo miúdo do *Wiener Zeitung*.

— Herr Liebermann? — disse Bruno. Mendel dobrou o jornal. Era um homem corpulento, com uma barba substancial e sobrancelhas hirsutas. Tinha uma expressão meio severa, embora suavizada por uma farta rede de rugas produzidas pelo riso. O garçom acrescentou: — Seu filho.

— Ah, Maxim! — disse o velho. — Aí está você! — Soou meio irritado, como se o tivessem feito esperar.

Após um momento de hesitação, Liebermann respondeu:

— Mas cheguei antes da hora, pai.

Mendel consultou seu relógio de bolso.

— É verdade. Bem, sente, sente. Outro *Pharisäer* para mim e... Max? — esperou que o filho fizesse seu pedido.

— Um *Schwarzer*, por favor, Bruno.

O garçom fez uma pequena mesura e se afastou.

— E então? — disse Mendel. — Como vai, meu rapaz?

— Muito bem, papai.

— Está me parecendo um pouco mais magro que de hábito.

— Estou?

— Sim. Abatido.

— Eu não tinha notado.

— Tem comido direito?

Liebermann riu:

— Muito bem, aliás. E como está o senhor, papai?

Mendel fez uma careta.

— Argh! Uns dias bem, uns dias mal, sabe como é. Tenho consultado aquele especialista que você recomendou, Pintsch. E acho que houve uma certa melhora. Mas minhas costas não melhoraram muito.

— Ora, lamento saber disso.

Mendel descartou o comentário do filho com um aceno da mão.

— Quer comer alguma coisa? — indagou, empurrando o cardápio por cima da mesa. — Você parece estar precisando. Acho que vou pedir a *Topfenstrudel.*

Liebermann estudou a longa lista de tortas: *Apfeltorte, Cremeschnitte, Trüffeltorte, Apfestrudel.* Ela ocupava várias páginas.

— Sua mãe mandou lembranças — disse Mendel — e quer saber quando pode esperar revê-lo.

A expressão do velho oscilava em algum ponto entre a solidariedade e a repreensão.

— Sinto muito, papai — disse Liebermann. — Tenho andado muito ocupado. Muitos pacientes... Diga à mamãe que tentarei visitá-la na semana que vem. Sexta-feira, quem sabe?

— Nesse caso, você deve vir jantar.

— Sim — fez Liebermann, com a súbita sensação de já se haver comprometido mais do que realmente queria. — Sim. Obrigado.

Tornou a voltar os olhos para o cardápio: *Dobostorte, Gugelhupf, Linzertorte.* A mazurca de Chopin terminou num sonoro acorde menor e uma onda de aplausos perpassou a platéia do café. Incentivado, o pianista executou um brilhante arpejo nas notas mais altas, sob o qual introduziu a melodia de uma valsa popular. Um grupo de pessoas sentadas perto da janela iniciou outra rodada de aplausos apreciativos.

Bruno voltou com os cafés e se postou de prontidão, segurando o bloco e o papel.

— Uma *Topfenstrudel* — pediu Mendel.

— Uma *Rehrücken,* por favor — disse Liebermann.

Mendel mexeu o creme de seu *Pharisäer* — que vinha com uma pitada de rum — e começou imediatamente a falar da empresa de tecidos da família. Isso não era incomum. Na verdade, tornara-se uma espécie de tradição. Os lucros haviam aumentado e Mendel andava pensando em expandir a empresa: outra fábrica, ou até uma loja, talvez. Agora que os burocratas intrometidos haviam suspendido a proibição das lojas de departamentos, ele via um futuro no comércio varejista — novas oportunidades. Seu velho amigo Blomberg já tinha aberto uma loja de departamentos, com muito sucesso, e havia sugerido que eles fizessem uma sociedade. Durante todo esse tempo, a expressão de Mendel era ansiosa e claramente atenta às reações do filho.

Liebermann compreendia por que o pai o mantinha tão bem-informado. Embora se orgulhasse das realizações acadêmicas do filho, ele ainda tinha esperança de que, um dia, o jovem Max ocupasse seu lugar.

A voz de Mendel ficou mais lenta quando ele observou a mão do rapaz. Os dedos pareciam acompanhar a melodia do pianista, tratando a beira da mesa como um teclado.

— Você está ouvindo? — perguntou Mendel.

— Sim, é claro que estou ouvindo — respondeu Liebermann. Já se havia acostumado com essas perguntas e não era mais apanhado, como acontecia antes. — O senhor anda pensando em entrar em sociedade com Herr Blomberg.

E assumiu uma postura característica. A mão direita, aberta como um revólver, sustentava o rosto, com o dedo indicador levemente apoiado na têmpora direita. Era uma postura de "escuta" preferida por muitos psiquiatras.

— E então, o que você acha? É uma boa idéia? — indagou Mendel.

— Bem, se a loja de departamentos que já existe vem dando lucro, parece bastante razoável.

— É um investimento considerável.

— Estou certo que sim.

O velho coçou a barba.

— Você não parece muito entusiasmado com a idéia.

— Pai, tem alguma importância o que eu penso?

Mendel deu um suspiro.

— Não. Acho que não. — Seu desapontamento era palpável.

Liebermann desviou os olhos. Não se comprazia em decepcionar o pai e, nesse momento, sentiu-se culpado. Os motivos do velho eram perfeitamente louváveis, e Liebermann tinha plena consciência de que seu padrão de vida confortável era mantido — ao menos em parte — pela administração exemplar dos negócios da família por Mendel. Mas jamais poderia imaginar-se dirigindo uma fábrica ou gerenciando uma loja de departamentos. A idéia era ridícula.

Enquanto esses pensamentos lhe passavam pela cabeça, Liebermann notou a chegada de um senhor de meia-idade. Ao entrar no café, o homem tirou o chapéu e inspecionou o ambiente. Seu cabelo era penteado para o lado, criando uma divisão lateral acentuada, e o bigode e a barba bem-aparados eram quase inteiramente grisalhos. Ele recebeu uma acolhida calorosa do maître, que o ajudou a tirar o sobretudo. Estava imaculadamente vestido com calças risca-de-giz, um paletó de lapelas largas e um colete "vistoso". Devia ter feito uma piada, porque, de repente, o maître começou a rir. O homem parecia não ter pressa de encontrar um lugar e ficou parado à porta, ouvindo atentamente o garçom, que, nesse momento, pensou Liebermann, parecia ter começado a contar uma história.

Mendel percebeu que o filho se distraíra.

— Você o conhece, é?

Liebermann virou-se.

— Como?

— O Dr. Freud — disse Mendel, em voz monocórdia.

Liebermann espantou-se com o fato de o pai conhecer a identidade do homem.

— Sim, eu o conheço. E é *professor* Freud, na verdade.

— Professor Freud, que seja — fez Mendel. — Mas não faz muito tempo que ele é professor, não é?

— Alguns meses — respondeu Liebermann, erguendo as sobrancelhas. — Como é que o senhor sabia?

— Ele freqüenta a loja maçônica.

— Que loja?

Mendel franziu o cenho.

— A B'nai B'rith.

— Ah, sim, é claro.

— Embora só Deus saiba por quê. Não sei ao certo que tipo de judeu ele é. Não parece acreditar em nada. E quanto a suas idéias... — Mendel balançou a cabeça. — Ele fez uma palestra para nós no ano passado. Um escândalo. Até que ponto você o conhece?

— Bastante... Às vezes nos encontramos para discutir o trabalho dele.

— Como assim? Você acha que ele serve para alguma coisa?

— O livro que ele escreveu com Breuer sobre a histeria foi excelente, e *A interpretação dos sonhos* é... bem, uma obra-prima. É claro que não concordo com tudo que ele diz. Mesmo assim, constatei que suas sugestões de tratamento são muito úteis.

— Então você deve fazer parte da minoria.

— Sem dúvida. Mas estou convencido de que o sistema do professor Freud, um sistema que ele chama de psicanálise, ganhará uma aceitação mais ampla.

— Não em Viena.

— Não sei. Um ou dois de meus colegas, outros psiquiatras jovens, estão muito interessados nas idéias do professor Freud.

O cenho de Mendel franziu-se:

— Algumas coisas que ele disse no ano passado foram obscenas. Tenho pena das pessoas tratadas por ele.

— Eu seria o primeiro a admitir — disse Liebermann — que ele passou a se preocupar um pouco exageradamente, nos últimos tempos, com a vida erótica de seus pacientes. Mas sua compreensão da mente humana vai muito além de nossos instintos animalescos.

O professor continuava parado à porta ao lado do maître. Súbito, caiu na gargalhada e deu um tapinha nas costas do companheiro. Ficou claro que o chefe dos garçons acabara de lhe contar uma piada.

— Santo Deus — disse Mendel entre dentes —, espero que ele não venha para cá.

Em seguida, suspirou aliviado ao ver o professor Freud ser conduzido a uma mesa fora de seu campo visual. Mendel estava prestes a dizer alguma outra coisa, mas se deteve quando Bruno chegou com as tortas.

— *Topfenstrudel* para Herr Liebermann e *Rehrücken* para Herr doktor Liebermann. Mais café? — indagou, apontando para a taça vazia de Mendel.

— Sim, por que não? Uma *Mélange* e outro *Schwarzer* para meu filho.

Mendel olhou com inveja para o doce do filho, um grande pão-de-ló com cobertura de chocolate, em forma de lombo de veado, recheado de geléia de damasco e salpicado de amêndoas. Seu próprio pedido era menos interessante, consistindo numa massa simples, recheada de creme de ricota doce.

Liebermann notou o olhar cobiçoso do pai.

— O senhor também devia ter pedido uma.

Mendel sacudiu a cabeça:

— Pintsch me disse que preciso emagrecer.

— Bem, não vai emagrecer comendo *Topfenstrudel*.

Mendel encolheu os ombros e pôs um pedaço de torta na boca, mas parou de mastigar quando uma trovoada sonora sacudiu o prédio.

— Esse vai ser dos fortes — comentou, gesticulando com a cabeça para a janela. Lá fora, Viena havia sucumbido a um crepúsculo sobrenatural.

— Maxim — prosseguiu Mendel —, hoje eu queria vê-lo por uma razão. Uma razão específica.

Até que enfim, pensou Liebermann. Finalmente estava prestes a descobrir o verdadeiro objetivo do encontro. Preparou-se mentalmente, ainda sem saber ao certo o que esperar.

— É provável que você ache que isso não tem nada a ver comigo — acrescentou Mendel. — Mas... — Parou abruptamente e, com o garfo, ficou empurrando pelo prato o canto cortado de sua *Topfenstrudel*.

— O que é, pai?

— Estive conversando com Herr Weiss um dia desses e... — Mais uma vez, a frase foi interrompida. — Maxim — retomou-a, dessa vez voltando à tarefa com mais determinação. — Você e Clara parecem vir-se dando muito bem e, como é compreensível, acho, Herr Weiss está ansioso por saber quais são suas intenções.

— Minhas intenções?

— Sim — respondeu Mendel, olhando para o filho. — Suas intenções.

E continuou a comer a torta.

— Entendo — disse Liebermann, um tanto surpreso. Embora houvesse pensado em muitos assuntos que seu pai poderia querer discutir, seu relacionamento com Clara Weiss não tinha sido um deles. No entanto agora essa omissão pareceu-lhe óbvia.

— Bem — dirigiu-se ao pai. — O que posso dizer? Gosto muito de Clara.

Mendel limpou a boca no guardanapo e se inclinou para a frente.

— E?

— E... — parou, contemplando os olhos de censura do pai. — E... suponho que a minha intenção seja, no devido tempo... (Agora foi sua vez de hesitar.)

— Sim?

— Casar-me com ela. Isto é, se ela me aceitar.

Mendel relaxou na cadeira. Estava claramente aliviado e um largo sorriso animou suas feições severas.

— É claro que ela se casará com você. Por que não casaria?

— Às vezes é como se fôssemos... bem, apenas bons amigos. — Em todas as áreas da vida, Liebermann tinha inteira confiança em seus poderes de percepção; no entanto, no que concernia a Clara, nunca se sentia inteiramente certo de que os gestos dela fossem sinais de amor ou de mero flerte. O desejo havia embotado sua acuidade clínica. — Nem sempre fica claro o que...

— Você não tem com que se preocupar — interrompeu Mendel, inclinando a mão num gesto obsequioso. — Acredite em mim — reafirmou. Tornou a se inclinar para a frente e apertou o braço do filho. — Absolutamente nada com que se preocupar. Agora, coma sua *Rehrücken*!

Mas Liebermann não estava com vontade de comer. Era óbvio que Clara dissera ao pai que aceitaria um pedido de casamento. Ele não tinha *nada com que se preocupar*. Pensou nas feições delicadas da moça: seus olhos expressivos, o nariz pequeno e os lábios de pétalas de rosa, além das costas eretas e da cintura fina. Ela seria sua esposa. Seria *sua* Clara.

— Não contarei à sua mãe — continuou Mendel. — Deixo isso com você. Ela ficará encantada, é claro. Encantada. Como sabe, ela gosta muito de Clara. Na verdade, um dia desses comentou como Clara tinha ficado bonita. E eles são uma boa família, os Weiss. Gente boa. Jacob e eu nos conhecemos há muitos, muitos anos. Freqüentamos a mesma escola, você sabe, em Leopoldstadt. E o pai dele ajudou meu pai, ou seja, seu avô, a entrar no comércio. Os dois dividiam uma barraca no mercado.

Liebermann já ouvira essa história mais vezes do que lhe agradava lembrar. No entanto sabia que o pai sentia imenso prazer em reiterar a história da família, e simulava interesse da melhor maneira possível. Mendel entusiasmou-se com o tema e continuou a discorrer sobre os vários outros laços existentes entre as famílias Weiss e Liebermann. A *Rehrücken* ajudou Liebermann a sobreviver à repetição. Quando Mendel enfim esgotou o assunto, o rapaz fez um sinal a Bruno e pediu mais café e charutos.

— Sabe, Maxim — disse Mendel —, o casamento acarreta muitas responsabilidades.

— É claro.

— Você precisa pensar no futuro.

— Sem dúvida.

— Então, diga-me, poderá realmente sustentar uma nova família com esse seu salário?

Liebermann sorriu para o pai. Era extraordinário como Mendel nunca perdia uma oportunidade.

— Sim — respondeu, em tom paciente. — No devido tempo, acho que sim.

Mendel deu de ombros.

— Veremos...

O velho conseguiu manter a expressão severa por mais alguns segundos, antes de se permitir soltar uma gargalhada. Mais uma vez, inclinou-se sobre a mesa e deu um tapinha no ombro do filho.

— Parabéns, meu rapaz.

Era um gesto curiosamente afetuoso, e Liebermann reconheceu que, a despeito de suas diferenças, a relação entre eles era pautada pelo amor. Sentiu a garganta apertar-se e os olhos arderem. O alvoroço do café esmaeceu quando os dois se fitaram, suspensos num raro e vívido momento de compreensão mútua.

— Com licença — disse Mendel, levantando-se precipitadamente e partindo em direção ao vestiário do café. Mas o velho havia demorado demais. Liebermann já tinha notado a lágrima em seus olhos.

Observou o pai desaparecer na multidão azafamada da Ringstrasse. Uma lufada de vento lembrou-lhe que, ao contrário de Mendel, ele não levava guarda-chuva. Por sorte, um fiacre esperava bem à porta do Imperial. Veio outra trovoada — o ronco de um deus menor descontente. Ela fez o cavalo empinar a cabeça, sacudir a brida e bater um casco nervoso nas pedras do pavimento.

— Calma — disse o cocheiro, com a voz mais audível acima do chocalhar das carruagens. Do outro lado da rua, o toldo solto de um café batia como a vela de um barco.

Liebermann ergueu os olhos para o céu, cinzento feito mó. Farrapos maltrapilhos de nuvens sopravam sobre o frontão do Café Imperial como as saias de um anjo arrebatado. O ar tinha um aroma estranho — um curioso cheiro de metal.

Liebermann levantou a mão para chamar a atenção do cocheiro do fiacre, mas uma voz conhecida o distraiu.

— Max!

Virando-se, viu aproximar-se um homem pesadão. O sobretudo desabotoado esvoaçava ao redor do corpo, enquanto ele caminhava pela ventania, e sua mão previdente impedia que o chapéu lhe voasse da cabeça. Liebermann reconheceu de imediato seu grande amigo, o inspetor Oskar Rheinhardt, e abriu um sorriso largo.

— Oskar!

Os dois trocaram um aperto de mãos.

— Max, você achará isso uma terrível impertinência, eu sei — disse Rheinhardt, parando para recobrar o fôlego —, mas será que se importa muito se eu roubar seu fiacre?

O inspetor tinha um rosto que sugeria cansaço. A pele embaixo dos olhos caía em bolsas encadeadas e descoloridas. Mas ele deixara crescer um bigode milagrosamente bem-aparado, cujas extremidades recurvadas para cima afinavam-se em duas pontas agudas.

— Algum incidente? — indagou Liebermann.

— Com toda certeza — confirmou Rheinhardt, bufando. — Um assunto de uma certa urgência, na verdade.

— Então, por favor, sirva-se.

— Obrigado, meu amigo. Fico-lhe muito grato. — Rheinhardt abriu a porta do fiacre e, ao subir, disse ao cocheiro: — Praça do mercado, Leopoldstadt.

O cocheiro respondeu encostando um dedo enluvado na cabeça. Antes de fechar a porta do fiacre, Rheinhardt tornou a se dirigir a Liebermann:

— Ah, a propósito, as músicas de Hugo Wolf estão ficando muito bonitas.

— Então, até sábado?

— Até sábado.

Com isso, Rheinhardt fechou a porta e o fiacre enveredou pelo tráfego barulhento.

O clarão de um relâmpago branco transformou a Ringstrasse numa ofuscante visão monocromática. Instantes depois, o som forte de um rasgão descortinou o céu e as primeiras gotas grossas de chuva detonaram sobre as pedras do calçamento.

Liebermann procurou outro fiacre à sua volta — já sabendo que seria uma tentativa inútil. Deu um suspiro, xingou Rheinhardt com bom humor e saiu pisando duro em direção à próxima parada de bonde.

2

Rheinhardt encostou o ombro na porta trancada e a empurrou. Ela não se mexeu.

Uma rajada de vento chacoalhou as janelas e vozes pavorosas gemeram pelos canos das chaminés. Havia uma veneziana batendo — sem cessar — como um fantasma impaciente que pedisse para entrar, e em toda a volta o som inescapável da chuva: uma artilharia incessante. Uma chuva que jorrava a cântaros, inundante, torrencial. Batendo no telhado, esguichando das calhas, gorgolejando nos escoadouros. Chegara enfim o dilúvio.

Rheinhardt deu um suspiro, virou-se e fitou diretamente a jovem sentada no corredor sombrio. Era magra, usava um avental sobre o vestido simples e estava muito nervosa. Remexia os dedos no colo, num maneirismo que fez o inspetor lembrar-se de sua filha Mitzi. A moça se levantou com a aproximação de Rheinhardt.

— Por favor — disse ele —, fique sentada, se quiser.

Ela sacudiu a cabeça.

— Muito obrigada, senhor, mas acho que prefiro ficar de pé — respondeu, a voz meio trêmula.

— Eu gostaria de lhe fazer umas perguntas, é possível?

Seus lábios se mexeram, enunciando as palavras "Sim, senhor", mas não saiu som algum.

Depois de determinar o nome da moça — Rosa Sucher —, Rheinhardt lhe perguntou:

— A que horas chegou aqui hoje?

— No horário habitual, senhor. Às nove horas.

— E Fräulein Löwenstein costuma estar acordada nesse horário?

— Em geral, mas nem sempre. Como o senhor pode ver, a porta do quarto está aberta.

Rheinhardt respondeu polidamente, olhando para o outro lado do corredor. Mal se entrevia a ponta de uma colcha surrada.

— A cama não foi usada, por isso eu...

A moça se interrompeu, com o rosto subitamente enrubescido de embaraço.

— Naturalmente, você presumiu que sua patroa não havia passado a noite em casa.

— Sim. Isso mesmo, senhor.

— E o que fez então?

— Bem, senhor, comecei a fazer minhas obrigações... mas descobri que não podia entrar na sala de estar. A porta tinha sido trancada... e fiquei sem saber o que fazer. Por isso continuei com a limpeza, achando que minha patroa acabaria voltando... mas ela não voltou. E hoje é quinta-feira. A patroa sempre me manda fazer compras nas quintas-feiras, para trazer coisas. Coisas para os convidados dela. Doces, flores...

— Convidados?

— Sim, senhor. Fräulein Löwenstein é uma médium famosa — disse a moça, com certo orgulho. — Ela faz uma reunião aqui, todas as quintas-feiras, às oito horas.

Rheinhardt sentiu-se obrigado a parecer impressionado.

— Famosa, você disse?

— É. Muito famosa. Uma vez ela foi consultada por um príncipe russo que veio lá de São Petersburgo.

O temporal intensificou-se e a veneziana solta bateu com violência ainda maior. Rosa Sucher olhou para a porta da sala de estar.

— Por favor, continue — disse Rheinhardt.

— Esperei até a parte da tarde... e minha patroa ainda não tinha voltado. Comecei a me preocupar... e acabei indo até o Café Zilbergeld.

— Na Haidgasse?

— Sim. Conheço Herr Zilbergeld, trabalhei para ele no verão passado. Contei-lhe que minha patroa não tinha voltado e ele me perguntou se isso já havia acontecido alguma vez. Eu disse que não, e ele disse que eu devia chamar a polícia. Assim, dobrei a esquina correndo e fui à delegacia policial da Grosse Sperlgasse.

A moça puxou um lenço da manga e assoou o nariz. Estava claramente prestes a começar a chorar.

— Obrigado, Rosa — disse Rheinhardt. — Você ajudou muito.

A moça fez uma pequena mesura e se sentou, apoiando-se numa mesinha de jacarandá para recobrar o equilíbrio.

Rheinhardt percorreu o corredor, dando uma espiada nos diversos cômodos. O apartamento não era muito grande: um quarto, uma saleta de entrada, banheiro e cozinha — que também incluía um toalete. A criada o observou: um homem grande, de sobretudo azul-marinho, aparentemente imerso em pensamentos. Ele fez uma pausa e enrolou a extremidade direita do bigode numa ponta ainda mais fina. Voltando à porta trancada, abaixou-se e espiou pelo buraco da fechadura.

Não conseguiu ver nada. Era óbvio que a porta fora trancada por dentro, o que sugeria que o aposento ainda estava ocupado. Mas seu ocupante não se mexera, não dissera uma única palavra desde a chegada de Rosa Sucher, na parte da manhã.

Rheinhardt ouviu seu assistente, Haussmann, assim como o policial da delegacia da Grosse Sperlgasse subirem as escadas correndo. Em poucos segundos, despontaram no fim do corredor.

— E então? — perguntou o inspetor, endireitando o corpo devagar. Era um homem pesado e apoiou as palmas das mãos nas coxas para ganhar um impulso extra.

Os dois homens marcharam em sua direção, deixando em sua esteira um rastro de pegadas molhadas.

— Todas as venezianas estão presas — disse Haussmann —, menos uma. É difícil ver a janela na chuva... mas acho que está fechada. A sala de visitas é completamente inacessível pelo lado de fora.

— Mesmo com uma escada?

— Bem, uma escada muito comprida serviria, senhor.

Os dois rapazes fizeram uma parada abrupta diante de Rheinhardt. Apesar de estarem completamente encharcados, sua expressão sugeria uma espécie de entusiasmo canino — a agitação controlada de um cão de caça, quando alguém está prestes a atirar um pedaço de pau. Mais além deles sentava-se a figura patética de Rosa Sucher, roendo as unhas.

— Guarda — disse Rheinhardt —, quer ter a bondade de escoltar Fräulein Sucher até lá embaixo?

— Lá embaixo, senhor?

— Sim, até o vestíbulo. Irei logo em seguida.

— Muito bem, senhor — disse o policial, girando rapidamente nos calcanhares.

Rheinhardt pôs-lhe a mão no ombro para contê-lo, antes que ele disparasse.

— Com calma — disse-lhe ao pé do ouvido. — A moça está nervosa.

O inspetor soltou-o e deixou que o policial se aproximasse de Rosa Sucher. Ele o fez com a lentidão exagerada de um agente funerário. Rheinhardt revirou os olhos para o teto e se voltou para Haussmann.

— Acho que não devemos perder mais tempo. É uma porta velha e sólida, mas devemos conseguir.

Haussmann tirou o quepe encharcado e o torceu. A água da chuva pingou no chão, formando uma pequena poça entre seus pés. Ao terminar de torcer o quepe, ele o repôs na cabeça.

— Você pegará um resfriado — disse Rheinhardt. Haussmann olhou para seu superior, sem saber ao certo como reagir. — Por que não o tira?

O rapaz tirou obedientemente o quepe e o enfiou no bolso do casaco.

Os dois se posicionaram no lado oposto do corredor.

— Pronto? — perguntou Rheinhardt.

— Sim, senhor.

Correndo em direção à porta, os dois se atiraram de ombro contra ela. Houve um baque surdo e o som do ar sendo expulso dos pulmões. Haussmann deu um passo atrás, fez uma careta e esfregou o ombro.

— Isso doeu.

— Você sobreviverá — disse Rheinhardt. No fim do corredor, o policial abria a porta da frente para Rosa Sucher. Por um breve instante, ela olhou para trás, antes de sair às pressas, abaixando-se sob o braço do policial. — Bem, vamos tentar de novo.

Os dois voltaram à posição anterior e repetiram a manobra. Dessa vez, porém, quando os ombros se chocaram com a madeira, o alizar se rachou e a porta se escancarou com grande estrépito. Os policiais lutaram para manter o equilíbrio, enquanto irrompiam quarto adentro aos trambolhões.

Os olhos de Rheinhardt levaram alguns segundos para se adaptar. As cortinas estavam cerradas e a iluminação era pouca. Mesmo assim, o cheiro desagradável foi suficiente para confirmar seus piores temores.

— Meu Deus do céu... — disse Haussmann. O timbre de sua voz sugeriu uma combinação de reverência e horror.

Era um cômodo grande, com um teto alto decorado por baixos-relevos em forma de guirlandas e querubins flutuantes; a atenção de Rheinhardt, porém, foi atraída por uma mesa circular maciça, em volta da qual se distribuíam uniformemente dez cadeiras pesadas. No centro da mesa erguia-se um espalhafatoso candelabro de prata. As velas haviam queimado até o fim e longos pingentes de cera desciam dos braços exageradamente enfeitados.

Aos poucos, outras formas começaram a emergir da penumbra, uma delas uma *chaise longue* situada do outro lado do aposento. Não estava vazia, mas ocupada por uma forma ensombrecida que logo se definiu numa figura reclinada de mulher.

— Haussmann — disse Rheinhardt. — As cortinas, por favor.

O assistente não respondeu, permanecendo imóvel, com o olhar fixo.

Rheinhardt elevou a voz:

— Haussmann?

— Senhor?

— As cortinas, por favor — repetiu.

— Sim, senhor.

O rapaz contornou a mesa, mantendo os olhos fixados no corpo. Afastou uma das cortinas, o que encheu o aposento de uma luz tênue. Quando se aproximava da segunda cortina, Rheinhardt o chamou:

— Não, basta isso — disse. Parecia impróprio ou desrespeitoso expor ainda mais o corpo.

O inspetor avançou, pisando com cuidado no tapete persa surrado, e parou junto à *chaise longue*.

A mulher tinha vinte e tantos anos e era muito bonita. As tranças louras e compridas caíam encaracoladas sobre os ombros esguios. O vestido era de seda azul — com um decote que testava os limites da decência — e uma dupla fileira de pérolas repousava sobre os fartos seios de alabastro. Ela pareceria adormecida, não fossem a mancha escura que se espalhava pelo decote e o sangue coagulado, que havia formado uma crosta em volta do buraco irregular sobre seu coração destruído.

Havia algo estranho e quase afetado em sua pose, que lembrava a do modelo de um pintor. Um dos braços pendia ao lado do corpo, enquanto o outro estava cuidadosamente colocado atrás da cabeça.

— Senhor?

Haussmann apontava para alguma coisa.

Na mesa havia uma folha de papel. Rheinhardt foi até lá e examinou o bilhete. Fora escrito em letra floreada: *Deus me perdoe pelo que fiz. Existem conhecimentos proibidos. Ele me levará para o inferno — e não há esperança de redenção.*

A autora parecia ter levado um empurrão ao concluir a última palavra. Uma linha de tinta descrevia um arco que saía da página, logo acima do canto inferior direito. Examinando mais de perto, Rheinhardt também notou que a autora havia cometido um erro na última frase. Uma palavra contra a qual ela obviamente se decidira tinha sido riscada — antes do *me* de *Ele me levará para o inferno.*

— Suicídio — disse Haussmann.

Em resposta, Rheinhardt se manteve calado. Haussmann encolheu os ombros e contornou a mesa para chegar à *chaise longue.*

— Ela é muito bonita — comentou.

— De fato — concordou o inspetor. — De uma beleza impressionante.

— Fräulein Löwenstein?

— É muito provável que sim. Imagino que devamos chamar Rosa Sucher de volta para identificar o corpo. Só que ela estava muito perturbada... talvez não seja tão boa idéia.

— Poderia nos poupar uma caminhada, senhor.

— É verdade. Mas ser um bom policial não é apenas tomar decisões convenientes, Haussmann.

O assistente pareceu levemente ofendido, o que forçou Rheinhardt a corrigir sua reprimenda com um sorriso conciliatório.

— Além disso — acrescentou o inspetor —, Fräulein Löwenstein estava à espera de convidados esta noite; talvez haja um cavalheiro no grupo que se disponha a nos ajudar.

Embora, a princípio, o aposento houvesse parecido imponente, um exame mais detido não tardou a revelar que isso era uma ilusão. A pintura estava lascada, havia arranhões nas tábuas do piso, e uma mancha marrom sob uma das janelas sugeria umidade. Num dos extremos do cômodo havia uma austera lareira de mármore, acima da qual fora pendurado um aparatoso espelho de estilo veneziano. Rheinhardt desconfiou tratar-se de uma cópia. Dois nichos em ambos os lados da lareira continham prateleiras em que tinha sido colocado um sortimento variado de peças: uma estatueta de porcelana barata, representando uma pastora, uma poncheira vazia, duas jarras e uma peça de cerâmica em forma de mão (exibindo as linhas principais da palma). O lado oposto do cômodo era ocupado por um grande biombo bordado. O efeito geral era meio deprimente, dilapidado e roto.

— Vamos precisar de uma planta baixa do imóvel para o dossiê; pode providenciá-la, Haussmann?

— Sim, senhor.

— E um inventário das peças?

— Sim, senhor.

A chuva açoitava as janelas, descendo copiosa pelos batentes. Lá fora, a veneziana continuava a bater na parede. Rheinhardt destrancou a janela incômoda, abriu-a e deu uma espiada. Uma rajada de ar frio varreu-lhe o rosto e as cortinas se enfunaram para dentro. A rua se transformara num rio caudaloso — uma torrente precipitada, borbotoante. Inclinando-se sobre o parapeito, o inspetor olhou para baixo. Era uma queda abrupta.

Prendeu a veneziana solta e fechou a janela. Usou o lenço para secar a chuva do rosto e examinou seu reflexo, fazendo pequenos ajustes no bigode. Sua exalação satisfeita embaçou o vidro.

— Senhor?

A voz do rapaz soou ligeiramente tensa, insegura. A sala estremecia sob o contínuo canhoneio celeste.

— Pois não?

— É melhor o senhor dar uma olhada nisto.

Atrás do biombo havia uma grande caixa laqueada, decorada com figuras japonesas. Rheinhardt tentou levantar a tampa, mas descobriu que estava trancada.

— Devemos forçá-la?

— Não será necessário. Você pode perguntar a Rosa Sucher onde sua patroa guardava a chave.

— Devo fazê-lo agora, senhor?

— Não. Ainda não, Haussmann. Vamos pensar um pouquinho, sim?

Haussmann assentiu com a cabeça e assumiu o que esperou que o inspetor reconhecesse como uma expressão contemplativa.

Rheinhardt teve sua atenção novamente atraída pelo cadáver. Em passos lentos, dirigiu-se até o sofá e se ajoelhou para inspecionar o ferimento.

Ao fazê-lo, esbarrou acidentalmente nos dedos delicados mas rígidos da mulher. O contato gélido o fez estremecer. Ele sentiu uma vontade instintiva de pedir desculpas, mas conseguiu conter-se. Usou o lenço úmido para cobrir a boca e o nariz. De perto, o cheiro de urina rançosa e dos primórdios da decomposição tornava-se profundamente desagradável. Houve um relâmpago duplo, e os cristais de sangue ressequido em volta do ferimento brilharam como rubis.

— Impossível — disse ele, murmurando a palavra quase inconscientemente.

— Perdão, senhor?

O trovão rugiu como um gigante aprisionado.

Rheinhardt levantou-se e olhou em volta, irritado com a prova fornecida por seus próprios sentidos.

— Senhor? — repetiu Haussmann, soando ansioso.

O inspetor foi até a porta e se certificou de que a chave continuava na fechadura. Era... uma enorme chave preta. Deu meia-volta. Haussmann o fitava, com a cabeça inclinada de lado.

— O que lhe parece que aconteceu aqui? — perguntou Rheinhardt.

Haussmann engoliu em seco:

— A moça se suicidou, senhor.

— Muito bem. Reconstrua os acontecimentos, diga-me como ela o fez.

Haussmann pareceu confuso.

— Ela deu um tiro no peito, senhor.

— É claro, mas comece do começo.

— Fräulein deve ter entrado nesta sala ontem à noite... bem, é o que eu presumiria, considerando a roupa que está usando. Trancou a porta e se sentou a essa mesa, onde começou a redigir um bilhete de suicídio. É evidente que estava perturbada, e desistiu da tarefa depois de completar apenas algumas linhas.

— E o que você depreende dessas linhas?

Haussmann deu um passo em direção à mesa e olhou para o bilhete, antes de continuar.

— São uma espécie de confissão. Ela achou que tinha feito algo errado e que, por causa disso, precisava repará-lo, tirando a própria vida.

— Prossiga.

— Aí, talvez depois de mais alguma deliberação, quem sabe... ela se sentou na *chaise longue*, reclinou-se e deu um tiro no coração.

— Entendo — disse Rheinhardt. E esperou.

Haussmann franziu os lábios e se aproximou do sofá. Examinou o ferimento da moça, depois acompanhou a linha formada por seu braço e mão. Ajoelhado no chão, olhou embaixo do sofá e disse:

— Senhor...

— Isso mesmo — disse Rheinhardt. — Não há arma.

— Mas tem que haver.

Haussmann levantou-se e abriu uma gaveta da mesa.

— O que está fazendo? — perguntou-lhe Rheinhardt.

— Procurando o revólver.

— Haussmann — disse o inspetor, pacientemente. — Fräulein Löwenstein levou um tiro no coração. Você acha mesmo que, depois de sofrer um ferimento desses, ela teria tido tempo suficiente para primeiro esconder uma arma, e depois retomar sua posição na espreguiçadeira?

— Será que ela teria caído, talvez?

Rheinhardt abanou a cabeça:

— Acho que não.

— Mas a porta — replicou Haussmann, quase com petulância, apontando para a moldura quebrada. — Estava trancada por dentro. A arma tem que estar aqui, em algum lugar!

Rheinhardt abriu as cortinas restantes.

— Todas as janelas estavam trancadas. E, de qualquer modo, quem, em sã consciência, escolheria fugir aqui por cima?

Por entre a cascata de chuva, Rheinhardt divisou a imagem borrada de um fiacre solitário que lutava para cruzar a rua, com o cocheiro recurvado sob uma capa impermeável.

— Nesse caso... — começou Haussmann, entusiasmado, mas deu um sorriso sem jeito e deixou a frase morrer.

— Sim? O que você ia dizendo?

O assistente abanou a cabeça.

— Nada, senhor, é ridículo.

Rheinhardt lançou um olhar severo para seu jovem parceiro.

— Muito bem, senhor. Mas é só uma idéia, entende?

— É claro.

— Fräulein Löwenstein. O bilhete dela...

— O que tem ele?

— Conhecimentos proibidos?

Rheinhardt abanou a cabeça.

— Haussmann, você está sugerindo algum tipo de explicação sobrenatural?

O assistente levantou as mãos:

— Eu disse que era só uma idéia.

Rheinhardt teve um calafrio involuntário. Pegou o bilhete de Fräulein Löwenstein.

Ele me levará para o inferno — e não há esperança de redenção.

Embora continuasse a estalar a língua e sacudir a cabeça, Rheinhardt não conseguia, por mais que tentasse, pensar numa única alternativa à sugestão de Haussmann. Tanto quanto podia perceber, Fräulein Löwenstein realmente fora assassinada por alguém — ou alguma coisa — capaz de atravessar paredes.

3

A PORTA SE ABRIU E O AUXILIAR DE ENFERMAGEM ENTROU, empurrando na cadeira de rodas o objeto da demonstração do professor Wolfgang Gruner. A mulher vestia uma simples camisola branca de hospital e não usava sapatos. Tinha a cabeça inclinada, e os cabelos escuros e compridos cobriam-lhe a frente do rosto. Os médicos — mais de cinqüenta, reunidos em fileiras de bancos sobrepostos em volta do professor Gruner — começaram a murmurar.

Liebermann deu um suspiro alto, relaxou-se no banco e cruzou os braços.

— Max?

Ele levantou os olhos para o Dr. Stefan Kanner, seu amigo e colega.

— Que foi?

Kanner puxou para baixo os punhos da camisa, deixando aparecer as abotoaduras de ouro, e ajeitou a gravata-borboleta. Usava uma colônia especialmente adocicada.

— Não comece, Max.

— Stefan, acho que não agüento assistir a mais uma dessas.

Começou a se levantar, mas Kanner o segurou pelo braço e o puxou outra vez para baixo.

— Maxim!

Liebermann abanou a cabeça e murmurou entre dentes:

— Isso é um circo.

O homem que ocupava o banco imediatamente à frente virou-se para trás e, por cima do ombro, lançou-lhe um olhar severo de repreensão.

— Chega — sussurrou Kanner, cutucando as costelas de Liebermann com o cotovelo. — Ele deve ser um dos amigos de Gruner!

— Gruner já está ciente das minhas opiniões.

— Tão ciente, aliás, que o seu cargo aqui fica mais incerto a cada dia que passa.

O auxiliar de enfermagem parou a instável cadeira de rodas perto do professor Gruner. Juntos, os dois suspenderam a mulher para o tablado modesto, onde ela foi carregada pela pequena distância que a separava de uma grande cadeira de madeira, semelhante a um trono. Sentaram-na ali e ajeitaram seus membros. Em seguida, o professor empurrou uma chapa de metal para baixo dos pés da mulher. Enquanto isso, o auxiliar retirou a cadeira de rodas e se postou junto à porta como um guarda.

— Senhores — declarou o professor, enchendo o grande aposento com sua voz sonora. O burburinho de conversa ao fundo cessou imediatamente. Lá fora, o temporal havia amainado e o bater feroz da chuva fora substituído por um tamborilar suave.

Gruner era uma figura alta e imponente, com uma longa barba malhada de fios escuros e uma massa desgrenhada de cabelos encanecidos e ralos na testa. A expressão que exibia habitualmente era de um desagrado brando, mas constante, a tal ponto que uma ruga vertical permanente dividia sua fronte alta.

— Senhores — repetiu o professor. — Permitam-me apresentar-lhes a Signora Locatelli.

A mulher se mexeu e afastou o cabelo do rosto. Liebermann julgou que teria uns 25 anos e, se não era bonita, certamente era uma figura marcante. Tinha olhos escuros e encovados acima dos traços bem-definidos. Inspecionou a platéia e depois olhou para Gruner, que inclinou a cabeça e sorriu — mas apenas por uma fração de segundo.

— A senhora — prosseguiu ele — é esposa de um diplomata italiano. Há cerca de três ou quatro meses começou a apresentar sintomas sugestivos de uma doença histérica e, em seguida, foi diagnosticada por um médico local. Ficou cada vez mais enfraquecida, anoréxica, e agora sofre de uma paralisia evidente e aparentemente completa das duas pernas. Ao examiná-la, não encontramos nenhum indício de lesão traumática ou doença.

Virando-se para a paciente, Gruner dirigiu-se diretamente a ela.

— A senhora não consegue andar, correto?

A mulher assentiu com a cabeça.

— Queira desculpar-me — disse Gruner. — Receio não ter ouvido sua resposta.

A mulher engoliu em seco e, num alemão com leve sotaque, respondeu.

— Não. Não posso andar.

— Já sentiu alguma dor nas pernas?

— Não sinto nada. Elas estão... — Seu rosto contorceu-se de angústia. — Mortas.

Gruner voltou a se dirigir à platéia:

— Lamentavelmente, neste momento, e sobretudo em Viena, há em nossa profissão uma tendência perniciosa para as explicações psicológicas da histeria.

A cabeça de Gruner virou-se devagar, até olhar diretamente para Liebermann, que se sentava em perfeita imobilidade. Liebermann sabia ser esperado que se remexesse, constrangido, e se encolhesse. Em vez disso, sustentou orgulhosamente o olhar ameaçador do professor e se atreveu até a deixar que a sombra de um sorriso lhe animasse as feições.

Gruner prosseguiu:

— Senhores, exorto-os com todo o vigor a questionarem a legitimidade dessa abordagem e o julgamento de todos que a endossam. A histeria é uma moléstia causada por uma fragilidade constitucional dos nervos. Uma fragilidade que pode ser corrigida, de maneira fácil e rápida, pela eletroterapia.

Fez um gesto em direção ao aparelho colocado na mesa ao lado da Signora Locatelli.

— Hoje demonstrarei o uso de um instrumento vindo dos Estados Unidos da América. Minha impressão inicial é de que é superior aos de fabricação local.

Liebermann estava familiarizado com os "instrumentos" de Gruner, todos os quais tinham aparência muito semelhante. Mas esse se fazia notar pelo tamanho — era muito maior do que os que ele vira até esse momento. Gruner aproximou-se da mesa e afagou a superfície polida de um grande estojo de madeira clara. Soltou dois fechos de latão e levantou delicadamente a tampa, cuja parte interna era revestida de couro vermelho, com uma gravação em letras douradas: *Companhia de Baterias Galvânicas e Farádicas de Chicago, Ill., EUA*. Dentro do estojo havia um arranjo de botões, cilindros e mostradores. Gruner retirou dois cilindros luminosos de metal com cabos de madeira, que se ligavam ao conjunto por longos cabos condutores.

— Para os que estiverem interessados nas especificações técnicas deste instrumento, ele segue um projeto padrão. É alimentado por pilhas secas de seis volts, que são seguras e de fácil manutenção. A voltagem de saída pode ser variada, através do ajuste de um simples cilindro de metal que desliza sobre o núcleo da bobina de indução.

Gruner mexeu num interruptor e, no mesmo instante, a sala se encheu de um zumbido alto. Em seguida, convidou um espectador para auxiliá-lo. Um homem de meia-idade levantou-se de seu assento.

— Obrigado, Herr doktor — disse Gruner. — Tenha a bondade de se posicionar do outro lado da paciente, sim?

O homem atravessou o piso de madeira, subiu no tablado e se postou ao lado da mulher do diplomata.

— Signora Locatelli — continuou Gruner. — Posso pedir-lhe que levante a camisola?

A mulher pregueou o tecido da saia da camisola e, ao fazê-lo, a bainha começou a subir, revelando seus tornozelos e panturrilhas esguios.

— Senhora — prosseguiu Gruner —, será necessário levantar sua camisola até um nível acima do joelho.

A mulher enrubesceu e, puxando uma quantidade maior do tecido, desnudou inteiramente as pernas. Liebermann virou a cabeça e olhou com desdém para os colegas, a maioria dos quais se inclinara à frente. Intuindo o gesto do amigo, Kanner deu-lhe outra cotovelada e fez sinal com o queixo para a demonstração.

Gruner deu um passo à frente e deslizou os bastões de metal sobre as pernas da Signora Locatelli.

— Sente alguma coisa?

— Não.

— Nada, nem mesmo uma sensação de cócegas?

— Não.

Gruner dirigiu-se à platéia.

— Agora aumentarei a carga.

Segurou os dois bastões numa das mãos e enfiou a mão no estojo, ajustando os mostradores e os cilindros. O tom do zumbido elevou-se em uma oitava. O professor retornou à paciente e passou os bastões de metal sobre suas pernas pela segunda vez. Ela não se mexeu, e manteve os olhos fixos num ponto elevado nos fundos da sala. Liebermann percebeu que estava olhando para o busto de um luminar da medicina havia muito esquecido.

— Senhora — disse Gruner. — Agora deve estar sentindo alguma coisa. Alfinetadas e pontadas, talvez?

Sem mover a cabeça para estabelecer contato com o olhar, a esposa do diplomata continuou simplesmente a fitar o fundo da sala.

— Senhora? — disse Gruner, em tom irritadiço. — O que está sentindo?

— Sinto... — Fez uma pausa, antes de dizer: — Que não há esperança.

Gruner balançou a cabeça.

— Senhora, por gentileza, abstenha-se de respostas obtusas. Tem alguma sensação nas pernas?

Ainda sem se mexer, ela disse baixinho:

— Não. Não sinto nada... — E acrescentou, depois de outra pausa: — Em minhas pernas.

— Muito bem — fez Gruner. Entregou os dois bastões ao assistente e enfiou as mãos no aparelho elétrico. O zumbido ficou mais alto, num glissando pavoroso, elevando-se a um tom agudo que fez os ouvidos de Liebermann doerem. Em seguida, o professor pegou de volta os bastões.

Estava claro que Gruner havia aumentado consideravelmente a carga, e a sala estava tensa com a expectativa. Até Liebermann apanhou-se prestando mais atenção, atraído para o drama pela declaração da mulher de que não havia esperança — uma afirmação em que ele sentia ressoarem muitos significados.

Gruner estendeu os braços e, após uma discretíssima hesitação, deu uma estocada nas pernas da Signora Locatelli. Ela abriu a boca e soltou um grito, não de dor, mas de angústia. Não foi particularmente alto, mas perturbou Liebermann profundamente. Lembrou-lhe um soluço operístico, carregado de desespero e melancolia. Ao mesmo tempo, a perna direita da mulher mexeu-se para a frente.

— Ótimo — disse Gruner. Tornou a usar os bastões.

As pernas da mulher começaram a tremer.

— Levante-se, senhora.

O tremor tornou-se mais pronunciado.

— Levante-se! — ordenou Gruner.

Com uma careta, a Signora Locatelli comprimiu as mãos com força nos braços do trono de madeira e, no instante seguinte, pôs-se de pé, com todo o corpo tremendo. Gruner deu um passo atrás, para que todos os espectadores pudessem contemplar e apreciar seu feito. Ergueu os bastões de metal como troféus.

— Observem, senhores. Vejam como a paciente fica de pé. Se a histeria fosse uma doença psicológica, o que os senhores estão testemunhando neste momento não seria possível.

Para Liebermann, o equilíbrio da Signora Locatelli parecia precário. Seus braços estendiam-se para a frente, mais ou menos como um acrobata de pé na corda bamba. Ela não parecia surpresa nem satisfeita com sua realização. Ao contrário, suas feições pareciam contorcer-se de medo e confusão.

— Senhora — disse Gruner. — Será se gostaria de arriscar um ou dois passos?

A parte superior do corpo da mulher vacilou e oscilou sobre um par de pernas que se recusavam a reagir. Era como se os pés da paciente estivessem grudados no chão.

— Vamos, senhora. Apenas um passo.

Reunindo todas as suas forças, a esposa do diplomata deu um grito ao forçar a perna esquerda à frente. Mas, ao fazê-lo, finalmente perdeu o equilíbrio e caiu. O médico que servia de assistente segurou-a por baixo dos braços e a repôs delicadamente na cadeira, onde ela se inclinou para trás, respirando com dificuldade, a testa banhada de suor.

Gruner guardou os bastões no estojo e desligou o aparelho. O zumbido parou, criando um silêncio estranhamente denso, quebrado apenas pela expiração alta da Signora Locatelli.

Um vago aplauso, que se tornou mais vigoroso à medida que outros se juntaram a ele, percorreu a platéia. O homem sentado à frente de Liebermann levantou-se de repente e gritou:

— Bravo, Herr professor!

Liebermann virou-se para Kanner, elevando a voz acima dos aplausos.

— Nunca mais voltarei a assistir a uma dessas demonstrações absurdas, bárbaras e humilhantes.

Kanner inclinou-se para o amigo e lhe falou diretamente no ouvido:

— Você será despedido.

— Pois que seja.

Kanner deu de ombros:

— Bem, não diga que não o avisei.

4

A ALAMEDA CENTRAL ERA LADEADA por oito musas e subia até a cascata inferior: uma gigantesca concha de pedra, sustentada por um grupo de tritões e ninfas marinhas. As balaustradas que margeavam os degraus dos dois lados da fonte eram povoadas de anjinhos rechonchudos, e mais adiante ficava a primeira das célebres esfinges do Belvedere.

— O temporal a assustou?

— Max, não sou criança. É claro que não me assustou.

O chão ainda estava molhado, e Liebermann teve de guiar Clara por um arquipélago de poças. Não pôde deixar de notar suas botas — pequeninas e elegantes.

— Mas Rachel fez um estardalhaço.

— Foi mesmo?

— Ah, fez; bateu na minha porta e insistiu em que eu a deixasse entrar.

— E você deixou?

— É claro que sim. Disse-lhe que não havia nada a recear e que o temporal passaria. Mas não pareceu adiantar muito. Ela simplesmente subiu na minha cama e cobriu a cabeça com as cobertas.

— Quanto tempo ficou assim?

— Até a chuva parar.

Depois de vencerem as poças, Liebermann ofereceu a Clara o braço, que ela aceitou sem hesitar.

— Do que Rachel ficou com medo? O que achou que ia acontecer?

— Não sei. Talvez você devesse *analisá-la*... embora eu ache que não adiantaria nada. Rachel não ouviria nada que você dissesse.

Liebermann havia explicado a Clara que a psicanálise tinha mais a ver com escutar do que com "dizer", mas resistiu à ânsia de corrigi-la.

— É verdade. Mas você também não ouve.

Clara soltou-lhe o braço, rindo. Virou-se e, de frente para Liebermann, começou a andar de costas.

— Cuidado — disse ele —, você pode tropeçar.

— Não, não vou. Assim é melhor: estou desfrutando o panorama.

Clara usava um casaco longo, com gola de pele e um chapéu em estilo cossaco. O conjunto enfatizava a delicadeza de seus traços. O rostinho miúdo, espiando de seu ninho de zibelina, parecia curiosamente feroz.

Seria esse o momento certo?

Desde o encontro com Mendel no Café Imperial, Liebermann não havia pensado noutra coisa senão esse passeio. Ansiara por ele com fervorosa impaciência. Cada segundo de permeio se arrastara lentamente — sobretudo os passados na demonstração de Gruner —, esticando os minutos em horas obstinadas. Durante boa parte da tarde, o temporal ameaçara estragar seus planos, mas agora não havia nada que o atrapalhasse. Ele pigarreou, pronto para falar.

— Sabe o que meu pai disse hoje de manhã? — perguntou Clara.

A oportunidade desapareceu com a mesma rapidez com que havia surgido.

— Não. O que ele disse?

— Disse que passaremos o verão em Meran.

— É mesmo? Quanto tempo?

— Um ou dois meses... Ele acha que isso ajudará a asma de Rachel.

— Tenho certeza que sim. O ar do Tirol é muito bom para os problemas brônquicos.

Clara parou, tornou a se virar e estendeu o braço, deixando que Liebermann o tomasse ao se aproximar.

— Você já esteve lá, Max?

— Sim — respondeu ele. — Trabalhei em Meran quando era estudante. Deixe-me dar-lhe um conselho muito útil. Evite qualquer coisa tida como dotada de propriedades medicinais, particularmente o *tratamento com soro lácteo.*

— O que é isso?

— Um remédio local, muito apreciado pela boa gente de Meran. Consiste em leite coalhado com vinho branco, coado e adoçado com açúcar.

Clara fez uma careta.

— Hum, parece completamente repulsivo.

— E é, mas os moradores do lugar têm absoluta confiança nele. No entanto, se você for no verão, talvez esteja a salvo. Acho que é uma iguaria sazonal, servida principalmente na primavera.

Bateu uma rajada fria de vento leste, e os dois se aproximaram instintivamente.

— Você acha que ficarei entediada?

— Um pouco, talvez. Mas há exposições e feiras. E há tantos vienenses por lá, que é fatal que você esbarre em algum conhecido...

À frente deles, os detalhes do palácio barroco iam ficando mais claros. Era uma enorme construção de estuque branco, que se estendia entre dois pavilhões octogonais cobertos por cúpulas; mas a impressão que se tinha era que uma guarnição de turcos havia montado uma fileira de tendas verdes no telhado. Tratava-se, é claro, de um conceito arquitetônico que pretendia lembrar aos espectadores o grande cerco.

Clara apertou o braço de Liebermann na dobra do seu.

Mais uma vez, ele se perguntou se era chegado o momento. Se devia parar de andar, tomar Clara nos braços e lhe pedir que fosse sua esposa.

— Herr Donner esteve lá em casa hoje.

O som da voz dela arrancou-o de seu devaneio.

— Como?

— Herr Donner, meu professor de piano.

— É claro... e o que ele lhe ensinou?

— Tocamos um dueto de Brahms. Uma valsa.

— Qual delas?

— Não sei. Esqueci.

— Como é ela?

Clara tentou cantar a melodia, mas logo se perdeu numa sucessão de mudanças caóticas de tom.

— Não — interrompeu-se. — Não era nada disso.

Tentou de novo, dessa vez conseguindo cantarolar uma melodia cadenciada, que mais parecia uma cantiga de ninar.

— Conheço essa. É uma das valsas do "Opus 39". Número quinze, acho. Quem sabe se podemos tentar tocá-la quando voltarmos?

— Ah, meu Deus, não. É muito difícil... Preciso me exercitar mais.

Clara continuou a descrever seu dia: uma ida à loja Blomberg com a mãe; a compra de cortinas para a sala de visitas; os defeitos da nova empregada. Liebermann sentia pouco interesse pelas questões domésticas dos Weiss, mas extraía enorme prazer de ouvir as cadências conhecidas da fala de Clara e seu riso musical. E, mais do que tudo, gostava de estar perto dela, sentir o calor de seu corpo e inalar a fragrância sutil de seu perfume.

Havia algo de hipnótico na lenta subida dos dois, na regularidade agradável de seus passos, acompanhados pela trituração prazerosa do cascalho úmido sob os pés. Na verdade, era como se esse ritmo suave os tivesse ajudado a transitar entre dois mundos. Eles haviam passado para uma espécie de sono desperto e entrado num cenário de sonho.

Liebermann olhou para trás. Estavam totalmente sozinhos no jardim, sem nenhuma outra companhia senão a das esfinges. Era óbvio que o tempo inclemente havia afastado outros visitantes. Depois de subirem a última ladeira, pararam para apreciar a paisagem.

Ao pé da colina, para além das sebes afundadas dos jardins, dos chafarizes e da estatuária, ficava o palácio inferior, relativamente modesto. Mais adiante, as agulhas das torres e as cúpulas e mansões da cidade se dispersavam e se desfaziam num horizonte elevado de montanhas azuladas. Uma bruma tênue abrandava o panorama e intensificava um silêncio opaco. A capital orgulhosa parecia espectral — até curiosamente transparente.

— É lindo, não? — disse Clara.

— Sim — respondeu Liebermann. — Muito bonito.

E finalmente soube que era chegado o momento. Passara o dia inteiro ensaiando mentalmente as frases: clichês poéticos de força crescente, que culminavam em dramáticas declarações de amor. Mas, de repente, todas aquelas palavras pareceram redundantes. Falsas expressões de afeto. Uma linguagem rotunda, engordada por uma afetação insincera.

— Clara — disse ele, proferindo as palavras em voz baixa e com clareza —, eu a amo muito. Quer se casar comigo?

Pegando-lhe a mãozinha enluvada, ele a levou aos lábios.

— Por favor, diga que sim.

O rosto de Clara estremeceu de incerteza, oscilando entre emoções diferentes. E então, finalmente, ela produziu uma resposta murmurada e sem fôlego, um mero sussurro:

— Sim, Maxim. Eu me caso com você.

Liebermann levantou-lhe delicadamente o queixo e, com o mais breve dos beijos, provou seus lábios. Clara fechou os olhos e ele a abraçou, estreitando-lhe o corpo subitamente amolecido contra o seu.

Quando se separaram, ela sorria. Mas seus olhos estavam marejados. Clara fungou e a primeira de muitas lágrimas rolou por seu rosto radiante.

Liebermann nunca a tinha visto chorar, e apertou os olhos de preocupação.

— Está tudo bem — disse Clara. — Está mesmo. Só estou muito feliz.

5

KARL UBERHORST ERGUEU OS OLHOS para o inspetor, através das lentes ovaladas de seu pincenê de prata. Era um homem miúdo, de cabelo castanho curto e um bigode espesso, penteado para baixo, que lhe cobria o lábio superior. Rheinhardt já havia notado que a maioria dos homens baixos tinha o hábito de contrabalançar a estatura diminuta com uma postura ereta. Não era o caso de Uberhorst, que deixava os ombros arriarem, a espinha se curvar e a cabeça projetar-se para a frente. Havia algo em sua aparência que fazia Rheinhardt lembrar-se vagamente de uma tartaruga. Era provável que Uberhorst estivesse na casa dos 30 anos, mas sua postura encurvada e a roupa conservadora faziam-no parecer muito mais velho.

Uberhorst foi o segundo "convidado" a chegar. A primeira fora uma jovem chamada Natalie Heck: uma moça atraente, de grandes olhos escuros. Nesse momento, estava sentada na cadeira junto à mesinha de jacarandá — a que antes fora ocupada por Rosa Sucher.

— Os outros chegarão logo — disse Uberhorst. — Costumam ser muito pontuais.

Era óbvio que o homenzinho relutava em ver o cadáver, mas Rheinhardt não podia justificar mais uma demora. Olhando para Haussmann, disse:

— Talvez você deva levar Fräulein Heck até a saleta de entrada, sim?

A moça levantou-se e ajeitou o xale, lindamente bordado. Parecia, pensou Rheinhardt, uma peça de vestuário mais cara do que uma jovem com seu sotaque poderia comprar. Seu cabelo, negro e lustroso, fora penteado de modo a deixar apenas uma orelha à mostra, e desta pendia um grande brinco de vidro. A moça parecia uma ciganinha.

— Ela não está aqui, está? — perguntou Natalie Heck, apontando para a saleta de entrada com a voz trêmula.

— Não — respondeu Rheinhardt. — O corpo está na sala de visitas. Herr Uberhorst fará a identificação.

A mulher suspirou, aliviada.

Haussmann conduziu Fräulein Heck até a saleta de entrada e Rheinhardt notou, com certa satisfação, que seu assistente já havia tirado o caderninho. Podia-se confiar em que faria a entrevista preliminar.

— Por aqui, por favor — disse o inspetor a Uberhorst.

A iluminação da sala de visitas não estava melhor do que durante a violenta tempestade. Provinha de uma única lâmpada de parafina que fora colocada sobre a grande mesa circular. Quando os dois entraram, o fotógrafo da polícia agachou-se junto a seu tripé e puxou um grande pano negro para cobrir a cabeça. Seu aprendiz, um adolescente desengonçado de ar tristonho, riscou um fósforo e, no instante seguinte, uma tira de pó de magnésio se acendeu. Súbito, o corpo foi iluminado por uma luz vívida, petrificante. Seu brilho cruel fez com que o vestido azul e as manchas de sangue se acendessem com terrível intensidade.

— Bem? — indagou Rheinhardt.

— Sim — disse Uberhorst. — É Fräulein Löwenstein.

— Fräulein Charlotte Löwenstein?

— Sim.

— Obrigado.

O ar já fétido ficou mais denso, com a fumaça e os vapores químicos da tira metálica queimada.

Rheinhardt tocou no braço do homenzinho. Ele parecia hipnotizado pela visão infernal.

— Herr Uberhorst?

Ele balançou a cabeça e deixou que o inspetor o guiasse, como uma criança sonolenta, através do alizar quebrado da porta.

Uma vez no corredor, Uberhorst correu para a cadeira junto à mesa de jacarandá. Desabou sobre ela, cobrindo o rosto com as mãos. Minutos depois, todo o seu corpo convulsionou-se. Rheinhardt esperou pacientemente até os soluços começarem a diminuir.

Uberhorst empertigou-se na cadeira, respirou fundo e tirou o pincenê. Puxando do bolso um lenço bem-passado, desdobrou-o, secou os olhos e, por fim, assoou ruidosamente o nariz.

— Desculpe-me, inspetor.

— Eu compreendo — disse Rheinhardt.

— Sou serralheiro. Eu nunca... — Sua frase foi interrompida por outro soluço. Uberhorst enfiou o lenço empapado no bolso e começou a se balançar, de forma quase imperceptível, para a frente e para trás. Passado algum tempo, disse: — Não consigo acreditar. — E, depois de outra longa pausa, perguntou: — O que aconteceu?

— Ainda não sabemos — disse Rheinhardt.

Uberhorst fungou e balançou a cabeça.

— É inacreditável. Inacreditável...

— Herr Uberhorst, quem mais é esperado esta noite?

— Os membros habituais do círculo.

Rheinhardt puxou seu caderninho e aguardou, com o lápis em posição. De repente, Uberhorst se apercebeu de que o inspetor havia esperado uma resposta mais abrangente.

— Ah, entendo. O senhor quer nomes. Também estamos esperando Otto Braun, Heinrich Hölderlin e sua esposa, Juno. Hans Bruckmüller... e o conde.

— O conde?

— Zoltán Záborszky... ele é da Hungria.

Outra tira de magnésio inflamou-se, derramando sua implacável luz mineral no corredor.

— Herr Uberhorst, há quanto tempo o senhor freqüenta as reuniões de Fräulein Löwenstein?

— Há mais ou menos quatro meses.

— E como se ligou ao círculo dela?

— Por acaso. Um dia a encontrei no Prater e ela me convidou.

Um guarda apareceu, vindo da porta de entrada.

— Mais dois cavalheiros, senhor.

— Deixe-os entrar.

A porta se abriu por inteiro, revelando um homem meio acima do peso, com um casaco de pêlo de camelo. Ele tirou o chapéu-coco e atravessou rapidamente o corredor. Tinha um bigode parecido com o de Rheinhardt, levantado nas pontas — mas talvez menos bem-aparado. Foi seguido por outro homem, cuja roupa vistosa, porém surrada, dava-lhe a aparência de um empresário teatral empobrecido.

O primeiro homem parou ao lado de Uberhorst.

— Karl? É verdade? Lotte?

Uberhorst fez que sim com a cabeça e gemeu:

— Sim. É verdade. Ela está morta.

— Meu Deus! — trovejou o grandalhão. Depois, olhando para Rheinhardt, acrescentou: — Perdoe-me, inspetor...

— Rheinhardt.

— Inspetor Rheinhardt. Meu nome é Bruckmüller. Hans Bruckmüller.

Tirou uma das luvas de pelica e estendeu a mão. Rheinhardt ficou surpreso com a força de seu punho.

— Os jovens policiais lá embaixo disseram — Bruckmüller tentou sem sucesso baixar a voz — que Fräulein Löwenstein levou um tiro, é isso mesmo?

— Sim — respondeu Rheinhardt. — Levou.

— Quando? Quando aconteceu isso?

— Tarde da noite de ontem, ou nas primeiras horas da madrugada.

— Extraordinário.

Bruckmüller começou a descer o corredor.

— Herr Bruckmüller! — chamou-o Uberhorst. Foi um grito alto e aflito.

Bruckmüller parou e olhou para trás.

— Não entre aí — disse Uberhorst. — É terrível. Coisa de pesadelo.

Bruckmüller atraiu o olhar de Rheinhardt.

— Entendo — disse o grandalhão. Depois, indicando a porta com um gesto, acrescentou: — Se isso o ajudar, inspetor... eu estaria disposto a...

— Não — cortou Rheinhardt. — Não será necessário. O corpo já foi identificado.

Bruckmüller foi até onde estava Uberhorst e apoiou uma das manoplas no ombro do homenzinho.

— Meu bom homem — disse e apertou.

Uberhorst se encolheu.

Rheinhardt virou-se para o outro homem, o "empresário", que se postara ao lado da porta do quarto. Este usava um surrado casaco de pele sobre um terno muito batido de ponjê, uma gravata de seda vermelha e um monóculo — preso a um pedaço de fita preta — pendurado na cintura. Tinha feições largas, que sugeriam uma pitada de sangue mongol nas veias. Essa impressão geral de estrangeirice era exagerada por um bigode oriental, que lhe descia até o queixo, e um pequeno cavanhaque.

O homem não reagiu, permanecendo absolutamente imóvel e aceitando o olhar perscrutador de Rheinhardt.

— Perdoe-me, inspetor — disse Bruckmüller, enchendo o corredor com sua declaração estentórea. — Permita-me apresentar-lhe o conde Zoltán Záborszky. — Em seguida, intuindo que havia necessidade de uma explicação maior, acrescentou: — Chegamos ao mesmo tempo... lá fora.

Era como se Bruckmüller quisesse esclarecer a natureza da relação entre os dois, frisando que não tinham vindo juntos. Eram companheiros por coincidência, não por opção.

O conde inclinou levemente a cabeça e ergueu sua bengala, cujo cabo era uma pequena reprodução em ouro da cabeça de um jaguar arreganhando os dentes. Avançou com um andar arrogante e gingado, sem pressa.

— O corpo está na sala de visitas? — indagou, num alemão com nítido sotaque magiar.

— Sim — respondeu Rheinhardt.

— Preciso vê-lo.

Estava claro que o conde não tencionava pedir permissão ao inspetor. Simplesmente pavoneou-se até a porta da sala de visitas, mal registrando a presença do policial. Embora se sentisse tentado a afirmar sua autoridade, Rheinhardt também ficou curioso de ver como aquele homem estranho reagiria, e seguiu seu rastro perfumado — a fragrância lembrava uma mistura rançosa de ervas aromáticas.

O conde cruzou o alizar quebrado da porta e se posicionou junto à grande mesa circular. Espiou a penumbra, que foi prontamente dispersa por outro clarão de magnésio. O cadáver de Fräulein Löwenstein saltou da escuridão.

As narinas do conde se inflaram.

— O mal — murmurou baixinho. — Sinto cheiro do mal.

Seu rosto era totalmente desprovido de emoção, um branco imperscrutável. Tirando do bolso do colete um pequeno crucifixo de marfim, beijou a imagem de Cristo e a colocou na mesa.

— Deus nos proteja — sussurrou.

Seus olhos corriam de um lado para outro, como se tentassem localizar um demônio oculto.

6

A TABERNA — UM PORÃO SOMBRIO, iluminado por bruxuleantes lamparinas a gás e pelo brilho vermelho de um fogão atarracado de ferro fundido — situava-se no subúrbio proletário de Meidling. Num canto sentava-se um mendigo, arranhando desafinadamente seu violino, enquanto três velhos sentados a uma mesa central discutiam em voz alta. O ar estava carregado da fumaça de cachimbos. No bar, uma mulher de pele amarelada beliscava um prato de fatias de pepino e mastigava uma torrada escura.

Otto Braun derramou as últimas gotas da vodca no copo e passou a mão pelo cabelo. Era comprido e estava sempre caindo em seus olhos.

Um dos velhos chamou:

— Gergo! Gergo, onde diabos você se meteu?

Braun inclinou a cabeça para trás e engoliu. Enfim o álcool começava a funcionar, fazendo-o sentir-se prazerosamente desligado.

Para lá do bar, duas botas (debruadas de vermelho) apareceram na escada, seguidas por um ruteno corpulento, que respondeu de longe:

— Está bem, está bem... — Usava calças largas e um colete ensebado de cetim.

— Ora, ora — disse a voz, pairando até a consciência de Braun. — Nunca o vi aqui antes.

Braun ergueu os olhos. A mulher do bar havia parado junto à sua mesa.

— Eu estava observando você — disse ela, ocupando a cadeira em frente a Braun.

— Estava?

— Ah, sim. E fiquei pensando: ali está um homem a quem uma companhia faria bem.

Antes que Braun pudesse responder, a mulher pegou o braço do taberneiro.

— Gergo?

— O quê?

Ela lhe estendeu a garrafa vazia de vodca.

— O moço terminou.

O taberneiro olhou da garrafa para Braun.

— Quer outra?

Braun olhou para a mulher e inspecionou seus traços. Embora a pele fosse macilenta, os olhos haviam conservado uma sugestão de beleza anterior.

— Sim — respondeu. — Por que não?

A mulher sorriu, e uma rede de vincos desenhou um mosaico em seu rosto.

Talvez Braun houvesse exagerado na reação. Era inevitável que a polícia se envolvesse. Ao atravessar a praça deserta, ele vira os dois policiais parados do lado de fora, junto à entrada principal do edifício de Lotte: guardas com casacões azuis e capacetes com um espigão no alto — e armados de sabres. Ele se escondera atrás de uma barraca de feira abandonada, para observar o que se passava. Herr Bruckmüller e o conde haviam chegado ao mesmo tempo e, depois de algumas perguntas, tinham sido autorizados a entrar. Não muito depois, Hölderlin e sua irritante mulher haviam chegado. Braun agira por instinto, afastando-se sem refletir e grudando o corpo à parede, enquanto se esgueirava de volta por onde tinha vindo. Havia reagido como um animal. Provavelmente fora um erro, porém lhe daria um ou dois dias a mais — e, às vezes, um ou dois dias a mais faziam toda a diferença do mundo.

O taberneiro voltou com outra garrafa de vodca e a depositou com uma pancada no centro da mesa.

— E então — disse a mulher —, como é seu nome?

— Felix — respondeu Otto.

— O meu é Lili.

Otto levantou a garrafa e inclinou o gargalo sobre o copo. Inclinou-o demais e o líquido transparente começou a derramar por sobre a borda do copo e no tampo arranhadíssimo da mesa.

— Ei, ei! — disse Lili, endireitando-lhe a mão. — Calma aí, Felix.

Guiou a garrafa de volta para a posição vertical, deixando a mão demorar-se sobre a de Otto. Um dos velhos gritava alguma coisa sobre a batalha de Solferino e, de repente, o violinista começou a tocar uma canção popular cigana dissonante, mas reconhecível. Otto pegou o copo e derramou o conteúdo goela abaixo. A vodca barata era áspera e abrasiva.

Uma imagem invadiu-lhe a mente, vívida, sem ser convidada.

Lotte. Seu cabelo louro — como fios de ouro à luz das velas. Seus olhos verdes, incandescentes de raiva.

Ele não devia ter-lhe pedido mais dinheiro, e com certeza não deveria ter batido nela. Mas a discussão se havia acalorado. E, de repente, lá estava ela, emoldurada na porta, brandindo uma faca de cozinha. Otto sacudiu a cabeça e fez um gesto de quem tentasse afastar uma lembrança.

— O que houve? — perguntou Lili.

— Nada — disse Otto. Virou-se para contemplar o violinista, que, exceto por um par de íris brancas enevoadas, era quase invisível em seu canto escuro. O vagabundo movia o arco feito uma serra, com uma violência rude. O som que produzia era diabólico, assim como suas emanações mefíticas.

Lili serviu outra dose e, sem buscar a aprovação de Otto, esvaziou ela mesma o copo. Depois, acariciou a manga do paletó do rapaz.

— Muito bom — comentou. — Veludo. E muito bem-talhado.

Recostou-se e olhou com mais atenção para Otto, inspecionando suas roupas e avaliando o valor. Embora meio desalinhado, ele era um belo rapaz. O cabelo longo e escuro e o queixo quadrado davam-lhe o ar de um poeta romântico.

— E então, que é que você faz, hem?

Otto não respondeu.

— É artista?

Ele empurrou a franja para trás, grudando o cabelo no alto da cabeça com o suor da testa.

— De certo modo.

— Como assim?

Otto pegou a mão de Lili e, com destreza, tirou um anel de *strass* de um de seus dedos.

— Ai!

— Fique quieta — disse Otto. — Observe.

Em seguida, mostrou a Lili os dois punhos fechados.

— Em que mão ele está?

Lili sorriu e o tocou na mão esquerda. Otto mostrou-lhe que estava vazia. Então, ela tocou a direita — também vazia.

— Muito esperto! Agora, pode devolver o anel!

Otto apontou para a garrafa de vodca.

Lili inclinou-se para a frente e disse baixinho:

— Ora essa...

O anel estava dentro da garrafa, onde parecia ter descido para o fundo.

— Agora, teremos de beber a garrafa toda para tirá-lo — disse Otto.

Lili deu uma risada alta — que pareceu um chocalho. Achegou-se mais, e Otto sentiu que ela deslizava a mão pela sua coxa.

— Mostre outra — pediu a mulher. — Ande!

— Está bem — disse Otto. Tirou do bolso suas três últimas moedas e as enfileirou na mesa. — Quero que você observe com muita, muita atenção...

7

O NECROTÉRIO ERA CAVERNOSO E FRIO. Uma grande lâmpada elétrica, suspensa na ponta de um fio comprido, pendia vários palmos acima do cadáver. Sua ampla sombra cônica criava uma poça de luz além da qual era difícil enxergar qualquer coisa senão vultos.

O professor Mathias tirou um dos lençóis mortuários e examinou o rosto de Fräulein Löwenstein. A pele era imaculada e, sob a luz próxima, o cabelo tinha um brilho mais luminoso do que nunca. Embora os lábios já não fossem vermelhos, mas de um azul curioso, ela ainda era belíssima. Na verdade, a estranha coloração dos lábios parecia acrescentar uma nova dimensão à sua perfeição antinatural. Aos olhos de Rheinhardt, ela parecia uma boneca exótica.

— Desculpe-me — disse Mathias. — Como foi que disse que ela se chamava?

— Isso tem importância, Herr professor?

Mathias olhou-o por cima dos óculos.

— É claro que sim, inspetor.

Rheinhardt deu de ombros.

— O nome dela era Charlotte Löwenstein.

Mathias voltou-se para o rosto angelical da mulher e rearrumou um cacho de seu cabelo. Depois, passados alguns minutos de silêncio, apoiou os nós dos dedos contra a face dela e começou a recitar:

— Lotte! Lotte! Uma só palavra a mais! Apenas uma palavra de adeus! Adeus, Lotte! Adeus para sempre!

— Goethe — disse Rheinhardt.

— Muito bem, inspetor. *Os sofrimentos*, é claro.

Mathias não afastou a mão. Em vez disso, fitou o cadáver, com o rosto transbordante de compaixão.

Rheinhardt tossiu, meio desconcertado com as excentricidades do professor.

— Professor, se pudéssemos prosseguir...

Mathias fungou, em sinal de reprovação.

— Quando se trabalha com os mortos, Rheinhardt, aprende-se a fazer as coisas devagar.

Continuou a contemplar o rosto da Fräulein e, ao fazê-lo, deu um suspiro, e sua respiração enevoou o ar. Voltou-se para fitar Rheinhardt, subindo e descendo a cabeça com uma lentidão quase bovina. Seus olhos lacrimejantes nadavam por trás das grossas lentes de aumento.

— Os mortos o deixam sem jeito, Rheinhardt?

— Na verdade, professor, sim.

— Seja como for — retrucou Mathias —, é minha convicção de que os mortos continuem a merecer pequenas gentilezas.

Dito isso, o professor cobriu o rosto de Fräulein Löwenstein e, entre dentes, continuou a citar trechos de *Os sofrimentos do jovem Werther*:

— Pacifica teu coração...

Rheinhardt sentiu-se aliviado quando Mathias finalmente saiu de seu estado de abstração e começou a dar sinais de industriosidade. Arregaçou as mangas, amarrou o avental e começou a dispor os instrumentos de seu ofício num carrinho branco de metal: bisturis, serras, talhadeiras, pequenas macetas de metal e uma broca. O professor ficou claramente insatisfeito com o arranjo e começou a mexer na posição de vários objetos. Rheinhardt não conseguia discernir nenhuma razão óbvia para essas mudanças triviais, e desconfiou que Mathias estava empenhado em algum obscuro ritual supersticioso. Após alguns minutos de deliberação, o professor assentiu com a cabeça e sua expressão passou de uma leve ansiedade para a satisfação.

— Comecemos — anunciou.

Pegou uma enorme tesoura e começou a cortar a roupa do cadáver. Partiu do meio do decote e desceu até a cintura. Terminado o corte, puxou delicadamente o tecido: o sangue ressecado o fizera aderir à pele do cadáver. O tecido soltou-se aos poucos, revelando os seios nus e o tronco de Charlotte Löwenstein.

— Sem espartilho — comentou Mathias.

Puxou os lençóis e cobriu o corpo, para que não ficasse nada à mostra, exceto a cratera incrustada de sangue sobre o coração de Fräulein

Löwenstein. Quando um dos mamilos da morta ameaçou reaparecer, Mathias tornou a ajeitar o lençol, para proteger sua pudicícia.

— Desculpe-me — disse baixinho.

Rheinhardt começou a achar cansativa e macabra a simpatia de Mathias pelos mortos.

O velho apalpou delicadamente o contorno do ferimento com as pontas dos dedos. Ao fazê-lo, começou a cantarolar uma melodia. Rheinhardt ouviu a primeira frase e se perguntou se estaria sendo testado mais uma vez. Foi-lhe impossível não fisgar uma isca tão fácil.

— Schubert.

O professor parou, encerrando seu recital com uma nota sibilante e insegura. O som fez lembrar um antigo fole se fechando.

— É mesmo? A melodia apenas me veio à cabeça. Não sei qual é.

— É Schubert. "Das Wandern"...

— Ah, sim, agora me lembro. Você canta um pouco, não é?

— Um pouco...

— "Das Wandern", hem?

— Sem a menor dúvida.

Mathias recomeçou a cantarolar e continuou examinando o ferimento. Depois, pegou uma lente de aumento no carrinho e baixou a cabeça para olhar mais de perto. De repente, parou de cantarolar no meio de uma frase musical e soltou um gritinho abafado. Após um instante de silêncio, disse, num dramático sussurro teatral:

— Ah, sim!

— O que foi? — perguntou Rheinhardt.

— Ela levou um tiro — respondeu Mathias.

Rheinhardt deu um suspiro.

— Achei que já tínhamos estabelecido isso, professor.

Mathias sacudiu a cabeça.

— Sempre confiei muito no dito romano, Rheinhardt: *festina lente*. Quanto maior a pressa, menor a velocidade.

— Sabe — observou Rheinhardt —, não posso dizer que isso me surpreenda.

O professor ignorou o comentário contundente e continuou sua vagarosa inspeção. Fechando um dos olhos, alterou a distância focal da lente de aumento e fez um aceno afirmativo. Depois, falando mais consigo mesmo do que com o inspetor, afirmou:

— Um tiro direto, bem no coração, à queima-roupa. Há queimaduras de pólvora e... sim, estou vendo uns machucados causados pela boca da arma.

Os dedos de Rheinhardt estavam ficando dormentes e ele começava a se arrepender de ter buscado a ajuda do professor Mathias. Este repôs a lente de aumento em sua posição especial no carrinho e pegou um bisturi de prata de tamanho médio. Fez uma incisão profunda na carne branca de Fräulein Löwenstein, que se abriu com a graça lenta de uma concha de vieira, expondo a polpa vermelha do interior. Rheinhardt havia assistido a muitas autópsias, mas continuava a achá-las extremamente perturbadoras.

— Com licença, Herr professor — disse, dando um passo atrás. — Acho que vou deixar isso por sua conta.

— Como quiser, inspetor — respondeu Mathias, visivelmente mais absorto em sua tarefa.

Rheinhardt contornou a mesa de autópsia e se afastou para a sombra. Pelas costas, pôde ouvir o legista vasculhando suas ferramentas. Primeiro, escutou umas batidas, depois o ranger de uma serra. Presumiu que Mathias estivesse retirando uma costela. Enquanto trabalhava, o professor recomeçou a cantarolar a melodia de Schubert. Sua emissão era lenta e muitas notas saíam dissonantes ou inseguras. Mas a voz idosa e o caráter arrastado de cada frase imbuíram de um páthos infinito a alegre melodia de Schubert sobre uma caminhada.

À medida que seus olhos se adaptaram à escuridão, Rheinhardt descobriu-se parado junto a uma série de portas quadradas de metal. Sabia que a maioria das câmaras atrás delas era ocupada, com toda probabilidade, por cadáveres. Os mortos congelados.

Virou-se e olhou novamente para o estranho homenzinho, que se debruçava sobre o corpo de Fräulein Löwenstein como um duende ou um anão, alguma coisa saída de um conto de fadas dos irmãos Grimm. Sob a luz brilhante, a respiração de Mathias havia se condensado no ar frio e se acumulara acima da mesa, como uma névoa fina e luminosa. Rheinhardt soprou as mãos em concha e as esfregou. O frio mortuário infiltrava-se pela medula de seus ossos.

Retornando à mesa de autópsia, parou para examinar os instrumentos do professor Mathias, tentando ignorar um som que lhe recordava o arrancar da coxa de uma galinha assada.

De repente, as luzes se apagaram e o necrotério mergulhou na completa escuridão: uma extensão de negrume impenetrável.

O professor Mathias ainda cantarolava baixinho a melodia de Schubert, e Rheinhardt, já desencorajado pelo ambiente espectral, conscientizou-se de que seu coração batia um pouco depressa demais. As palavras do conde Záborszky, como uma alucinação auditiva, surgiram em sua mente: *Sinto o cheiro do mal.*

— Professor? — chamou Rheinhardt no vazio.

O cantarolar parou.

— Ah, está tudo bem, inspetor, a luz costuma voltar depois de alguns minutos; é provável que tenha algo a ver com o temporal de hoje. Pessoalmente, acho que devíamos ter continuado com a iluminação a gás.

Houve um pequeno movimento e um barulho de metal nos ladrilhos. Rheinhardt sentiu alguma coisa atingir seu pé.

— Ora essa — disse Mathias —, parece que tirei da ordem um de meus instrumentos.

Houve um estalido alto e, de repente, a luz voltou.

— Pronto — disse o professor. — Eu lhe disse.

Rheinhardt baixou os olhos e viu um bisturi no chão, junto a seu pé. Agachou-se e o apanhou.

— Seu bisturi, professor?

— É só recolocá-lo no carrinho, por enquanto, mas não com os outros. Na prateleira inferior, na retorta de vidro.

Enquanto proferia essa frase, Mathias retirou um grande pedaço de matéria ensangüentada do peito de Fräulein Löwenstein. Rheinhardt desviou os olhos depressa, baixando a cabeça. Para se distrair, ficou girando o bisturi nas mãos e o deixou cintilar algumas vezes, ao captar a luz. Notou que o bisturi tinha uma gravação em escrita cursiva: *Hans Bruckmüller & Cia.*

— Professor?

— Sim, o que é?

— O nome Hans Bruckmüller significa alguma coisa para o senhor?

— É claro que sim. Bruckmüller. É a loja de instrumentos cirúrgicos perto da universidade.

— O senhor conhece Herr Bruckmüller?

— Não. Por que pergunta?

— Ele era conhecido de Fräulein Löwenstein.

— É mesmo? — disse o professor, embora ficasse claro que não estava prestando muita atenção. Rheinhardt pôs o bisturi na retorta de vidro. Ele tilintou como um sino.

Parado atrás de Mathias, o inspetor não pôde deixar de notar que, apesar das exortações anteriores do velho a respeito da pressa, ele havia acelerado muito seu trabalho. Utilizava instrumentos diferentes, um após outro, e ia dando estalidos altos de irritação. Na verdade, parecia cada vez mais agitado, se não efetivamente aborrecido. Rheinhardt achou melhor não interferir e aguardou pacientemente.

Passados vários minutos, Mathias limpou o sangue de uma pinça comprida e, numa manifestação atípica de desleixo, jogou-a no carrinho. Rheinhardt ficou perplexo. Em seguida, o velho encarou-o diretamente, sem dizer palavra. Sua expressão estava longe de ser amistosa.

— Professor? — arriscou Rheinhardt.

— O que significa isto? — perguntou Mathias, gesticulando em direção ao corpo.

— Como assim, professor?

— Foi Orlov? Ou será que foi Humboldt? Foram eles que o incitaram a isso?

— Sinto muito, professor, mas não faço a menor idéia do que o senhor está dizendo.

Mathias soltou um resmungo, tirou os óculos e esfregou os olhos. Rheinhardt se perguntou se, afinal, a excentricidade do legista não seria algo muito próximo da loucura. O velho repôs os óculos e desamarrou o avental com um puxão decidido. Passou a alça pela cabeça, enrolou o avental e o colocou na prateleira inferior do carrinho. Em seguida, começou a remexer nos instrumentos, mudando-os de um lado para outro, como se fossem peças de um bizarro jogo de xadrez.

— Professor — disse Rheinhardt —, eu ficaria muito grato se o senhor se explicasse.

Mathias ergueu a cabeça dos instrumentos. Mais uma vez, encarou Rheinhardt, com os olhos aumentados nadando atrás das lentes. O inspetor suportou o silêncio até onde lhe foi possível agüentar, antes de finalmente perder a paciência.

— Herr professor, tive um dia longo e difícil. Não comi nada desde hoje de manhã e estou cansado. Gostaria muito de ir para casa. Agora, pela última vez, eu ficaria muito grato se o senhor se explicasse!

O professor grunhiu, mas uma nuvem de dúvida passou-lhe pelo rosto, abrandando sua tromba raivosa.

— Isto não é uma brincadeira? — perguntou, em tom neutro.

Rheinhardt sacudiu a cabeça.

— Não, professor, não é brincadeira.

— Muito bem — disse Mathias, cansado. — Explicarei o que descobri e, se você conseguir dar algum sentido a isso, será um patologista melhor do que eu. — O velho fez uma pausa antes de se voltar para o cadáver. Apontando para o enorme buraco no peito de Fräulein Löwenstein, prosseguiu: — Essa mulher levou um tiro. Este é o ponto em que a bala penetrou no corpo. O coração foi rasgado, como seria de esperar — disse, enfiando um dedo no peito e levantando uma aba de pele. Rheinhardt sentiu-se meio nauseado. — Olhe aqui — continuou. — Foi aqui que a bala cortou o ventrículo esquerdo. Tudo é compatível com um ferimento a bala.

— Sim — disse o inspetor. — Estou vendo.

— Só que — completou Mathias — não há bala.

— Perdão, Herr professor?

Mathias repetiu:

— Não há bala.

Rheinhardt fez que sim com a cabeça.

— Ela atravessou o corpo?

— Não — respondeu o legista. — O canal de entrada tem um fim claro. Não saiu nada do outro lado do corpo.

— Então, o que o senhor está dizendo é que a bala foi... retirada?

— Não. A bala não foi retirada.

— Tem certeza absoluta?

— Absoluta.

— Então, como pode explicar...

As palavras de Rheinhardt extinguiram-se no silêncio. O sistema da luz elétrica começou a zumbir e as luzes voltaram a piscar por um ou dois segundos.

— Não sei como explicar isso — disse Mathias, soltando a aba de pele como se fosse a tampa de uma caixa de jóias. — Rheinhardt, você me trouxe uma impossibilidade física. É por isso que estou convencido de que eu, ou talvez nós dois, estejamos sendo vítimas de uma cansativa brincadeira de mau gosto. Boa noite, inspetor.

Mathias limpou os dedos ensangüentados numa toalha branca. Depois, encaminhou-se para a porta, com os sapatos de ponta metálica faiscando no piso de lousa enquanto arrastava os saltos pesados.

8

Heinrich e Juno Hölderlin estavam sentados na espaçosa sala reservada para o café da manhã em sua mansão no bairro de Hietzing. Duas criadas tiravam a mesa — e, enquanto isso, trocavam olhares sub-reptícios de compreensão: claramente, os donos da casa não estavam com muita fome. Uma barra de manteiga reluzente e amarela mal fora raspada algumas vezes, e a cesta de pão ainda exibia uma pilha alta de pães frescos. O bacon e os ovos cozidos praticamente não tinham sido tocados.

Hölderlin tocou a sineta da mesa para chamar o mordomo, que se materializou no mesmo instante com o café. Vestia-se imaculadamente com luvas brancas e paletó vermelho-tijolo, com colarinho de veludo preto.

— Obrigada, Klaus — disse Juno, enquanto o elegante criado depositava uma bandeja e um grande bule de prata na mesa.

— A cozinheira vai preparar leitão com alcachofras para o almoço, e gostaria de saber se o senhor prefere musse de abacaxi ou sorvete na sobremesa.

Hölderlin deu uma rápida olhadela para a mulher.

— A musse?

— Sim — disse Juno. — A musse.

O mordomo curvou-se numa reverência, bateu os calcanhares e se retirou da sala, seguido pelas copeiras sobrecarregadas. Hölderlin pegou seu exemplar do *Wiener Zeitung* e o abriu no caderno de finanças.

— O que ele diz? — perguntou Juno, nervosa.

A cúpula luzidia da cabeça de seu marido erguia-se sobre o horizonte do jornal como o sol do amanhecer.

— Sobre Fräulein Löwenstein?

Juno acenou com a cabeça, piscando as pálpebras rapidamente.

— Nada, é claro. É cedo demais.

Juno serviu uma xícara de café para o marido, outra para si.

— Quem faria uma coisa dessas? É uma história terrível — comentou ela, baixinho.

— Ninguém discordaria de você nesse ponto — disse Hölderlin, virando uma página.

— Não consegui dormir.

— Nem eu.

Juno correu os olhos pela sala e improvisou uma inspeção de suas plantas domésticas. Achou que a aspidistra tinha um aspecto meio murcho e registrou mentalmente que conviria dar-lhe mais água. Ao lado da aspidistra havia uma fotografia emoldurada de sua querida irmã, Sieglinde.

Sieglinde havia morrido (ou, como Juno preferia dizer, "partira") no outono do ano anterior, após uma longa e dolorosa enfermidade. Os médicos pouco tinham feito para reduzir seu sofrimento, e fora com sentimentos confusos que Juno a havia sepultado no Zentralfriedhof, o cemitério central. Juno sabia que sentiria a ausência da irmã como a perda de um membro do corpo, mas ver Sieglinde tossir coágulos escuros de sangue e se contorcer de agonia tinha sido intolerável.

Durante todos os meses de inverno, mesmo quando nevava, Juno fizera o trajeto de Hietzing ao Zentralfriedhof para pôr flores no túmulo da irmã. Depois, numa cinzenta manhã de dezembro, ao sair do cemitério, havia entabulado conversa com outro sobrevivente enlutado, um belo rapaz chamado Otto Braun. Ele lhe explicara que, depois da perda de sua querida mãe, a desolação de seu luto fora aliviada por uma médium talentosa no bairro de Leopoldstadt. Juno havia implorado a Heinrich que a acompanhasse. A mulher, Fräulein Löwenstein, fazia reuniões todas as quintas-feiras à noite, e Juno não queria aventurar-se sozinha em Leopoldstadt. Após uma única reunião, convencera-se de que a mulher não era charlatã. Heinrich se mostrara cético a princípio, mas até ele fora obrigado a mudar de idéia quando seu pai se havia "manifestado".

Sim, Fräulein Löwenstein tinha sido especial.

— Você acha que o inspetor virá aqui hoje?

— Não faço idéia.

— Como era o nome dele? Eu esqueci.

— Rheinhardt, inspetor Rheinhardt.

— Ele disse que viria, não foi?

Hölderlin olhou para a mulher. A velocidade com que suas pálpebras piscavam havia aumentado.

— É, ele disse que gostaria de nos entrevistar outra vez — disse Hölderlin. — Mas não creio que tenha dito que seria hoje, especificamente. — Levantou o jornal. — Bem, pelo menos foi essa a minha impressão.

— Por que ele quer nos fazer mais perguntas?

— Não sei.

— Com certeza... com certeza não suspeita de nós. Certamente não acha que nós...

— É claro que não! — exclamou Hölderlin, levantando a voz. — Não seja ridícula! É claro que ele sabe que isso não tem nada a ver conosco — e virou a página com raiva.

Juno levou a xícara de café aos lábios, mas não bebeu.

— Espero que sim — disse, mais serena. — Pareceu-me um homem sensato.

— Sim — concordou Hölderlin com rispidez. — Muito sensato.

Juno tomou um gole diminuto de café.

— Aquele serralheiro baixinho — comentou. — Ele estava muito perturbado. Arrasado.

Por trás do jornal, Hölderlin respondeu:

— Herr Uberhorst é um sujeito muito sensível.

— É mesmo. Creio que ele ainda está com um de meus livros. Emprestei-lhe minha Madame Blavatsky. Quem sabe você pode pegá-lo de volta com ele, meu bem, se passar por lá?

— Sim... sim.

— Ele é um sujeito sensível. Mas havia mais alguma coisa, não lhe parece?

Hölderlin não respondeu.

— O modo como ele costumava olhá-la...

Hölderlin baixou o jornal, com visível impaciência.

— Que é que tem?

— Você nunca notou?

— Notar o quê? — indagou Hölderlin, irritado.

Juno piscou as pálpebras para o marido.

— O modo como Herr Uberhorst olhava para Fräulein Löwenstein. O jeito de parecer fixado em cada palavra que ela dizia.

Hölderlin balançou a cabeça brilhosa e continuou a ler.

— Parecia um colegial — continuou Juno. — Entenda bem, ele não era o único, é claro. Ela parecia exercer, como é que eu diria...?, uma influência nos homens. Você não acha? Se quer saber, o conde também estava enrabichado, assim como aquele rapaz, Braun. Não há como negar o talento dela, é claro. Era muito talentosa. Abençoada, eu diria. É estranho, não? Que uma... não sei se seria justo dizê-lo... que uma mulher tão vaidosa, tão meticulosa com a questão da aparência, possuísse tamanho dom. Mas quem sou eu para questionar a vontade do Senhor? Um dom como aquele é uma dádiva divina, disso tenho certeza.

Quando ela acabou de falar, o silêncio foi esmagador.

— Heinrich?

O marido não disse nada.

Juno depôs ruidosamente a xícara de café no pires.

— Heinrich — tornou a dizer, um pouco mais alto. — Você não está ouvindo, não é?

Por trás da capa protetora do jornal, Heinrich Hölderlin sentava-se de olhos arregalados, vazios, fixados num anúncio de pasta de dentes Kalodont: *Indispensável*. Tinha ouvido cada palavra e ficara com a boca totalmente ressequida, como que cheia de serragem Engoliu em seco, para aliviar a sensação incômoda, mas de nada adiantou.

9

O CABELO ERA BEM REPUXADO para trás, e a expressão dos traços, com o cenho semifranzido em caráter permanente, sugeria uma seriedade habitual. Apesar de jovem, não havia nela nada que indicasse ingenuidade ou despreocupação.

Para além dos confins da sala de exames, Liebermann ouviu um homem gritar. Estava acostumado com esses sons do hospital; no entanto inquietou-se com a possibilidade de que aqueles gritos angustiados, que sugeriam a prática de alguma tortura medieval, perturbassem sua nova paciente.

A mulher levantou a mão esquerda para abafar uma tosse repetitiva. A direita permaneceu visivelmente imóvel, com a palma e os dedos encurvados para cima, em seu colo, como as pétalas de uma flor agonizante.

Os gritos cessaram.

— Com sua licença — disse Liebermann —, eu gostaria de examinar seu braço, Srta. Lydgate.

— É claro — fez ela. Sua voz era suave, mas perpassada por uma certa rouquidão, sem dúvida conseqüência da tosse incessante.

Liebermann arregaçou a manga direita da camisola da jovem. Seu braço era fino, quase emaciado, e sob a transparência da pele, que lembrava papel crepom, uma rede de veias ramificadas era claramente visível.

— Pode fechar os olhos, por favor? Agora, diga-me se sente alguma coisa.

Liebermann bateu de leve com o lápis na palma da mão, no punho e no antebraço da mulher, e não obteve nenhuma reação. Quando atingiu um ponto próximo do ombro da moça, de repente ela se encolheu e disse:

— Sim, sinto alguma coisa aí.

Continuando a dar batidas leves nessa região, Liebermann pôde estabelecer que a paralisia da mulher tivera um começo bastante repentino. Era como se um amuleto lhe cercasse a parte superior do braço e, abaixo dela, o aparelho sensorial já não funcionasse. Essa linha demarcatória tão definida não correspondia às continuidades subjacentes do sistema nervoso. O fenômeno era uma impossibilidade física e um sintoma cardeal de histeria.

— Obrigado, Srta. Lydgate, pode abrir os olhos agora. Quando notou a paralisia pela primeira vez?

— Na semana passada.

— Já tivera algum problema desse tipo antes?

— Não.

— A paralisia surgiu de forma súbita ou gradativa?

— Súbita. Quando acordei, já não conseguia mexer o braço.

— Nem mesmo os dedos?

— Não.

— A paralisia é contínua, ou a sensação às vezes retorna?

— É contínua.

Liebermann baixou a manga da Srta. Lydgate e, com precisão meio exagerada, posicionou a borda do punho ao longo das pregas do pulso.

— A tosse começou ao mesmo tempo?

— Sim.

— Aconteceu alguma coisa significativa na semana passada?

— Não. Não realmente.

— A senhorita sofre de outros problemas?

Ela fez uma pausa e respirou fundo.

— Amenorréia.

— Entendo — disse Liebermann, tentando atenuar o constrangimento da moça com uma eficiência corriqueira. — E quando foi a última vez que a senhorita menstruou?

As faces da Srta. Lydgate enrubesceram como se lhe houvessem borrifado uma pitada de tintura ocre.

— Há três meses.

— Imagino que não tenha tido muito apetite ultimamente.

— Não, isso mesmo. Não tive.

Liebermann abriu o caderno de anotações e começou a escrever.

— Seu domínio do alemão é notável, Srta. Lydgate.

Um sorriso começou a despontar de leve, mas não se acendeu: o cenho semifranzido reafirmou-se prontamente.

— Bem, não é *tão* notável assim. Meu avô era alemão, e minha mãe falava comigo em alemão quando eu era pequena.

Liebermann virou uma nova página e tratou de fazer à Srta. Lydgate várias perguntas sobre sua situação. Descobriu que ela residia com parentes distantes: Herr Schelling (um ministro socialista-cristão do Parlamento), Frau Schelling e os dois filhos do casal, Edward e Adele. Herr Schelling havia concordado em oferecer à Srta. Lydgate um quarto e um salário mensal, correspondente ao exercício dos deveres de governanta; na realidade, porém, a única tarefa significativa da moça era dar aulas de inglês escrito e falado a Edward e Adele.

— Quanto tempo pretende permanecer em Viena? — perguntou Liebermann.

— Algum tempo — respondeu a Srta. Lydgate. — Anos, talvez.

— Os Schelling concordaram com isso?

— Não há necessidade — disse ela. — Não quero conservar meu emprego de governanta na casa dos Schelling.

— Não?

Ela abanou a cabeça e prosseguiu:

— Não. Quero estudar medicina.

— Aqui? — perguntou Liebermann, erguendo as sobrancelhas. — Em Viena?

— Sim — fez a Srta. Lydgate. — Recentemente, o departamento da universidade começou a aceitar alunas.

— É verdade. Mas por que aqui? Com certeza, se deseja estudar medicina, não lhe seria mais conveniente estudar em Londres?

— Vim para Viena por causa do Dr. Landsteiner. Sabe, estou interessada... — Interrompeu-se com uma pausa, antes de recomeçar: — Eu me interesso pelo sangue.

Seus olhos tinham uma cor inusitada, nem azul nem cinza, mas algo entre os dois: uma mescla que fazia Liebermann lembrar-se da cor de peltre. Eram olhos de uma profundeza cativante, ressaltados por um escurecimento sutil nas bordas de cada íris. A moça percebeu que Liebermann esperava outras explicações.

— Meu avô era médico e escreveu muito sobre as doenças sangüíneas. Também sentia enorme fascínio pelos estudiosos do Iluminismo britânico, sobretudo os que fizeram experiências com transfusões. Interessei-me pelo assunto depois de ler o diário de meu avô, que contém um registro detalhado de suas idéias e observações. Misturando amostras sangüíneas e examinando-as ao microscópio, ele determinou que o sangue não é uma substância única, mas pode ser classificado conforme o tipo; e, posteriormente, propôs que a incompatibilidade era a razão principal por que as tentativas iniciais e posteriores de transfusão tinham falhado. Portanto, meu avô parece ter-se antecipado em mais de meio século à descoberta recente de Landsteiner. Correspondi-me com o Dr. Landsteiner quando ainda estava morando na Inglaterra e, quando cheguei a Viena, ele me convidou para assistir a umas reuniões no Instituto de Patologia.

— Para discutir o trabalho do seu avô?

— Sim, e... — Ela fez outra pausa antes de continuar: — E para examinar algumas idéias minhas. De lá para cá, o Dr. Landsteiner me prometeu que, se eu for aceita pela universidade, também poderei trabalhar em seu laboratório.

— Ele deve ter ficado muito impressionado.

A moça baixou os olhos para os pés, desconcertada com o elogio de Liebermann.

O médico a incentivou a falar com mais detalhes sobre o avô e seu diário. Embora a paciente fosse meio reticente, a princípio, logo se pôs a falar com fluência e entusiasmo consideráveis. O Dr. Ludwig Buchbinder tinha se mudado para a Inglaterra a pedido de ninguém menos do que o príncipe Albert. Fora nomeado Médico Pessoal pela rainha Vitória, mas seus deveres iam muito além do exercício da medicina. Ele tinha sido confidente do príncipe consorte e desempenhado um papel significativo no planejamento e organização da Grande Exposição. Fizera parte do grupo relativamente pequeno de médicos que defendiam o uso do estetoscópio (um instrumento visto com considerável desconfiança pela maioria dos médicos britânicos, em virtude de sua proveniência da Europa continental). Embora tivesse havido uma demanda considerável de seu tempo, Buchbinder ainda conseguira dedicar-se à sua paixão pela história da medicina e, com o tempo, havia deparado com diversos relatos de experimentos de transfusão de sangue conduzidos no século XVII sob a égide da Royal Society. Buchbinder tinha se estabelecido em Londres e se casara tardiamente. Ele e a mulher haviam gerado duas filhas, a mais nova das quais era Greta (a mãe da Srta. Lydgate). Já mais velho, Buchbinder continuara a especular sobre muitos problemas de ordem prática, inclusive as propriedades analgésicas das plantas. Em sua lista de candidatas estava a *Salix Alba* — o salgueiro-branco (um de cujos derivados fora introduzido por Hoffmann na prática da medicina, apenas três anos antes, sob a forma da aspirina).

— Fascinante — comentou Liebermann. — Ele parece ter sido um homem realmente notável.

— Sem dúvida — retrucou a Srta. Lydgate. — O Dr. Landsteiner acha que o diário de meu avô deveria ser preparado para publicação.

— A senhorita se disporia a se encarregar dessa tarefa?

— Quando estiver melhor, sim.

— E quanto ao resto de sua família?

A Srta. Lydgate passou do tema do avô ilustre para sua mãe, a quem descreveu com grande afeição. Em seguida, falou do pai, Samuel Lydgate, professor de ciências e homem de simpatias nitidamente progressistas. Ele acreditava que as mulheres modernas deveriam ter as mesmas oportunidades e direitos que os homens, e havia tratado a filha em consonância com isso. A Srta. Lydgate era filha única, e Liebermann se perguntou se a criação dela teria sido diferente, caso Greta Lydgate tivesse dado ao marido mais de um filho com quem praticar suas teorias pedagógicas. Liebermann pôde perceber que a Srta. Lydgate fora beneficiária — ou vítima — de uma educação singularmente exigente.

Os Lydgate moravam alguns quilômetros ao norte da capital. Liebermann tinha visitado Londres muitas vezes, mas nunca ouvira falar em Highgate. A descrição da Srta. Lydgate lhe trouxe à lembrança uma espécie de Grinzing inglês: um vilarejo erguido sobre uma elevação natural, de onde, à noite, o observador podia apreciar o espetáculo cintilante das luzes da cidade lá embaixo.

Depois de obter uma quantidade suficiente de informações sobre os antecedentes, Liebermann passou um risco sob suas notas e ergueu os olhos. Tornou a se surpreender com a intensidade da expressão da paciente: o modo como seus olhos de peltre luziam sob o sobrolho carregado, a firmeza com que ela havia prendido o cabelo na nuca. Liebermann deu-lhe um sorriso, convidando-a a retribuí-lo, mas a Srta. Lydgate simplesmente inclinou a cabeça para um lado (quase como quem se intrigasse com a conduta do médico). Depois, de forma inesperada, disse:

— Aquilo é uma bateria, Dr. Liebermann?

Liebermann virou-se para o outro lado da sala. No canto, havia uma caixa grande de madeira, na prateleira superior de um carrinho hospitalar.

— É, sim.

— Minha eletroterapia começará hoje?

Ela enunciou as palavras em tom monocórdio, sem emoção.

— Não — disse Liebermann.

— Então, amanhã? — indagou a moça, abafando uma tosse nervosa.

— Talvez.

— O professor Gruner me disse que...

— Srta. Lydgate — interrompeu Liebermann. — Por enquanto, penso que devemos apenas conversar.

— Sobre o quê?

O médico juntou as mãos, formando uma torre.

— Sobre a senhorita. E sobre seus sintomas, é claro.

— Mas de que adiantará isso?

Antes que ele pudesse responder, houve uma batida na porta.

Stefan Kanner entrou. Deu uma olhada rápida na Srta. Lydgate e falou em voz baixa com Liebermann.

— Desculpe, Max, mas acho que você ficou com as chaves do depósito.

Liebermann levantou-se e tirou do bolso três molhos de chaves: o do apartamento, as chaves do hospital e, por último, as do depósito.

— Ah, sim, que bobagem minha.

Antes que Kanner pudesse pegá-las, os dois tiveram sua atenção desviada pela Srta. Lydgate. Ela havia começado a tossir com violência considerável — um ladrar sinistro, estridente. Sem aviso prévio, dobrou-se à frente e começou a ter ânsias de vômito. As vértebras de sua espinha dorsal e as bordas pontudas das omoplatas transpareciam claramente na camisola hospitalar. Era como se uma estranha criatura marinha, de guelras maciças e uma longa cauda segmentada, se houvesse prendido ao corpo dela — e estivesse no processo de sacudi-la até a morte.

Kanner era quem estava mais perto da pia, sob a qual havia um velho balde de latão. Num movimento rápido, ele o pegou e o colocou no chão, diante da cadeira da mulher. Ao fazê-lo, pôs uma das mãos nas costas dela, num gesto reconfortante.

O que aconteceu a seguir também foi muito rápido, mas deixou uma impressão duradoura em Liebermann.

O corpo da moça retorceu-se — como se Kanner lhe tivesse encostado um ferro de marcar em brasa entre as omoplatas. A moça contorceu-se ao ser tocada, curvando sinuosamente a espinha para escapar dos dedos do médico.

A Srta. Lydgate havia passado por uma transformação extraordinária. A inglesa de fala mansa fora possuída por algo demoníaco, e sua expressão estava carregada de ódio e veneno. Os olhos injetados protuberavam dos globos oculares e uma veia azul e grossa tinha-se elevado em sua testa — um vergão azulado que contrastava com a palidez de sua pele. Ela exibia um sorriso zombeteiro e lançava olhares furiosos, movida por uma raiva desumana. Kanner não conseguiu mexer-se — ficou imóvel, observando, em estado de extremo choque. Mas não foi a expressão diabólica da Srta. Lydgate que chamou a atenção de Liebermann. Havia algo muito mais significativo acontecendo: sua mão, antes morta, tinha ganhado vida e se contorcia furiosamente.

10

Acima da cabeça do comissário Manfred Brügel pendia um enorme retrato do imperador Francisco José. Era um retrato que se podia encontrar na maioria das casas e em praticamente todos os prédios públicos. O patriarca imperial, aparentemente eterno, era uma presença inescapável e vigilante. Como muitas altas autoridades, Brügel havia optado por afirmar seu apoio aos Habsburgo deixando crescer uma cópia exata das gigantescas suíças do monarca.

O comissário examinou a primeira de várias fotografias: Fräulein Löwenstein reclinada sobre a *chaise longue*, com a mancha de sangue claramente visível sobre o coração.

— Bonita moça.

— Sim, senhor — concordou Rheinhardt.

— Tem alguma idéia do que aconteceu com a bala?

— Não, senhor.

— Bem, tem alguma teoria?

— Ainda não, senhor.

— E quanto a Mathias? O que acha ele?

— O professor Mathias não conseguiu explicar o que descobriu.

Brügel depôs a primeira fotografia e apanhou a segunda: um retrato da cabeça e dos ombros da vítima. Parecia uma Vênus adormecida.

— Muito bonita — repetiu Brügel. Depois de contemplar um pouco mais a imagem de Charlotte Löwenstein, o comissário levantou a cabeça meio quadrada e fitou seu subordinado com um olhar mal-humorado. — Você acredita no sobrenatural, Rheinhardt?

O inspetor hesitou.

— E então?

— Acredito — respondeu Rheinhardt, escolhendo as palavras com extremo cuidado — que só devemos considerar uma explicação sobrenatural depois que todas as outras tiverem sido eliminadas.

— Com efeito... mas perguntei se você acredita ou não no sobrenatural.

Rheinhardt mudou de posição, para diminuir o incômodo do escrutínio do comissário.

— Seria presunçoso supor que temos uma compreensão completa do mundo em que vivemos. Eu ousaria afirmar que há muitos fenômenos que não revelaram seus segredos à ciência. Mas, com todo o respeito, senhor... Sou policial, não filósofo.

Brügel sorriu: um meio sorriso enigmático — opaco e mordaz.

— Essa história vai despertar muita atenção, Rheinhardt. Você se dá conta disso, não?

— Os dados do caso que reunimos até agora são... intrigantes.

— Intrigantes? — bufou o comissário, como se a palavra o engasgasse e ele tentasse tirá-la do lábio superior. — Os fatos não são *intrigantes*, Rheinhardt: são extraordinários! Imagino que nossos amigos do *Zeitung* façam sensacionalismo com todos os detalhes. E você sabe o que isso significa, Rheinhardt? — Foi uma pergunta retórica do comissário. — Expectativas!

Brügel pegou a terceira fotografia: um close do ferimento à bala. Ao lado da cratera esfrangalhada havia uma régua de metal. A mão de quem a segurava aparecia no canto esquerdo inferior.

— Casos como esse moldam a opinião pública, Rheinhardt — continuou Brügel. — Solucione um mistério desses e o serviço de segurança vienense será enaltecido daqui aos mais distantes confins do império de Sua Majestade. — Isto foi dito com o polegar apontando para o quadro de Francisco José, às suas costas. — Fracasse e... — O comissário fez uma pausa. — Fracasse... e corremos o risco de ser transformados em objeto de chacota. Já posso ver a manchete: *Demônio de Leopoldstadt Confunde Detetives Vienenses*. Bem, nós não queremos isso, queremos, Rheinhardt?

— Não, senhor.

Brügel empurrou as fotografias de Charlotte Löwenstein por cima da mesa.

— Mantenha-me informado, Rheinhardt.

A conversa estava encerrada.

11

ENQUANTO OSKAR RHEINHARDT VIRAVA as páginas de seu livro de partituras, Liebermann se divertia improvisando uma seqüência simples de acordes no piano Bösendorfer. Ao repeti-la, apercebeu-se de haver escolhido inconscientemente as harmonias básicas da marcha nupcial de Mendelssohn. Erguendo os olhos para Rheinhardt — o mais feliz dos maridos —, experimentou uma curiosa sensação de camaradagem. Em breve, também ele se juntaria à confraria dos homens casados. Liebermann estava impaciente para compartilhar com Rheinhardt a notícia de seu noivado, mas reconheceu que seria meio impróprio dar a informação ao amigo antes de contá-la à sua própria família.

— Oskar, o seu aniversário de casamento está próximo, não é?

— Está — disse Rheinhardt. — Mês que vem.

— É o décimo quinto?

— Isso mesmo.

— Já comprou o presente de Else?

— Tenho tido uns encontros clandestinos com Maria, a costureira dela.

— Ah — fez Liebermann, deixando as mãos caírem num acorde de sonoridade lúgubre, na extremidade mais grave do teclado.

— É complicada essa história de costura — comentou Rheinhardt.
— Mais complicada do que você poderia imaginar.

— Eu diria que sim.

— Maria tem recomendado toda sorte... você sabe, de tecidos, estampas... disse que poderia copiar um modelo que viu na butique de Bertha Fürst, aquela loja chique na Stumpergasse... Espero ter feito a coisa certa.

— Ah, tenho certeza de que fez. Que cor você escolheu?

Liebermann começou a tocar uma escala cromática em terças, mas parou ao perceber que o amigo não tinha respondido. Levantando a cabeça, viu que Rheinhardt parecia meio constrangido. Seu bigode imaculadamente aparado mexia-se de um lado para outro, conforme sua expressão se alterava, refletindo graus crescentes de esforço mental.

— O que foi, Oskar? — perguntou Liebermann.

— Sabe — respondeu Rheinhardt —, não tenho certeza do que acabei decidindo. Houve tanta conversa... e tantas cores! Será que foi um tom de verde? Sabe, não consigo me lembrar.

Liebermann deu de ombros.

— Não se esforce tanto, a lembrança não tardará a voltar.

Ao ver que o amigo não prestara muita atenção a seu conselho, Liebermann deu um tapinha na pilha de partituras junto à estante de música e perguntou:

— Bem, com que terminaremos?

— Não há mais nada aqui... — fez Rheinhardt, depondo o livro que estava segurando. — Que tal um pouco de Schubert?

— Excelente.

— *Das Wandern*?

Liebermann correu o dedo pelas lombadas das partituras e tirou da pilha "Die schöne Müllerin". Abriu o volume na primeira página e, quando Rheinhardt estava pronto, lançou-se na harmonia repetitiva do acompanhamento. O Bösendorfer emitia um som particularmente encorpado, e Liebermann martelou as teclas com prazer.

Inesperadamente, Rheinhardt levantou a mão.

— Não, Max.

Liebermann parou de tocar e lançou um olhar inquisitivo ao amigo.

— Eu estava pensando — continuou Rheinhardt. — Não poderíamos experimentar num andamento um pouco mais lento?

— É claro.

Liebermann recomeçou, dessa vez tocando o acompanhamento de modo a sugerir um caminhar suave, em vez de uma marcha enérgica. Depois de alguns compassos, Rheinhardt abriu a boca e encheu o aposento com sua voz doce e lírica de barítono.

— *Das Wandern is des Müllers Lust, das Wandern*!

A canção da caminhada, evocando um idílio rural de estradas desimpedidas, regatos murmurantes e o girar de rodas do moinho.

— *Das Wandern! Das Wandern!*

Rheinhardt demorava-se em cada palavra, saboreando a forma de cada frase, e Liebermann respondia com o lento avanço do acompanhamento. O efeito musical sugeria um esforço. Um caminhante fatigado, com as forças esgotadas, lutando para chegar a seu destino. A execução foi estranhamente elegíaca. Após o último compasso, os dois homens ficaram em silêncio, embalados por um estado de reflexão meditativa.

— Encantador — disse Liebermann. — Não foi a interpretação costumeira, é claro, mas foi encantadora, assim mesmo.

Fechou a partitura.

— Ah — fez Rheinhardt, como quem levasse um susto repentino.

— Que foi?

— A cor do vestido de Elsa. Era azul! Um vestido de baile azul.

— Pronto — comentou Liebermann. — Eu lhe disse que a lembrança voltaria.

O médico pôs "Die Schöne Müllerin" no alto da pilha de partituras, dobrou a estante de música e fechou a tampa do piano. Não pôde resistir a alisar a superfície lustrosa do instrumento ao se levantar.

A sala de música era ampla e decorada em estilo moderno. As cadeiras eram de um preto fosco, estofadas com um tecido de padronagem espartana — listras vermelhas sobre fundo cor de camurça. O tapete também tinha poucos detalhes — nada além de um friso externo de quadradinhos azuis e vermelhos. Rheinhardt não compartilhava o gosto moderno do amigo. Na verdade, ficava intrigado com ele. Sentiu-se muito mais à vontade quando Liebermann abriu a porta dupla, revelando o salão para fumantes, com suas paredes revestidas de madeira: poltronas de couro, uma lareira crepitante e uma mesa em que o criado pusera uma garrafa de conhaque, copos de cristal e dois charutos grossos, recém-cortados.

Rheinhardt afundou-se na poltrona da direita, a que sempre escolhia, e entregou sua atenção às chamas da lareira. Ouviu Liebermann servir o conhaque, mas só ergueu os olhos quando o amigo lhe ofereceu um charuto. Acomodados ambos, Liebermann foi o primeiro a falar.

— Bem, Oskar, você está prestes a me falar de uma investigação de assassinato. E, se não me engano, vai precisar da minha ajuda.

Rheinhardt riu.

— É tão óbvio assim?

— É. O corpo foi descoberto na tarde de quinta-feira e você teve que derrubar uma porta para entrar no apartamento. A vítima era uma jovem na casa dos vinte anos e muito atraente. Havia perdido uma quantidade considerável de sangue, que esguichara de um ferimento fatal e a deixara manchada... deixe-me pensar: era um vestido azul?

Liebermann tomou um gole do conhaque e sorriu para o amigo:

— Isso está bom, experimente.

Rheinhardt aceitou o convite e balançou a cabeça com aprovação, antes de dizer:

— Bem, e como foi que me traí desta vez?

— Um pouco mais cedo — começou Liebermann — estávamos discutindo Schubert e, sem querer, você confundiu o quarteto de cordas "A morte e a donzela" com o quinteto "A truta"! Ora, tenho plena certeza de que está muito familiarizado com o repertório de Schubert. Assim, considerei que esse erro, esse lapso de linguagem, era importante. Sendo inspetor policial, como é, o tipo de morte que mais o preocupa, naturalmente, é o assassinato. O termo "donzela" implica juventude e beleza... Juntando tudo, inferi a influência de uma lembrança inconsciente. A lembrança inconsciente de uma jovem assassinada.

Rheinhardt abanou a cabeça, incrédulo.

— Está bem. Mas e o sangue, o sangue no vestido azul? Como foi que você deduziu isso?

— Quando estávamos executando a música de Hugo Wolf, "Auf Dem See", você tropeçou na palavra "sangue", nas duas vezes em que a executamos. Tomei isso como uma confirmação de minha especulação anterior. Quando lhe perguntei, agora há pouco, o que pretendia comprar para sua mulher no aniversário de casamento, você falou num vestido. Mas, a princípio, não conseguiu lembrar-se da cor do tecido que a costureira havia recomendado; um pouco depois, no entanto, soube dizer que era azul. Entendi que isso significava que a idéia de um vestido azul estava sendo recalcada.

Liebermann bateu o charuto, deixando um cilindro de cinza cair no cinzeiro.

— E o dia da investigação? Como soube que tinha sido quinta-feira?

— Topamos um com o outro na saída do Café Imperial, lembra-se?

— Sim, é claro, mas...

— Você estava com uma pressa terrível. Dei um palpite esclarecido; receio que não haja nada mais psicológico do que isso.

Rheinhardt inclinou-se para o amigo.

— A propósito, obrigado novamente por ter-me deixado confiscar seu fiacre. Você se molhou muito?

— Sim. Muito.

— Ah, sinto muito...

Rheinhardt fez um ar absurdamente sofrido: seus olhos abatidos e melancólicos expressaram uma angústia e piedade consideráveis.

— Não foi tão ruim assim, Oskar, realmente — fez Liebermann, embaraçado com a contrição do amigo.

Rheinhardt deu um sorriso pálido e continuou a se intrigar com as deduções do médico:

— Max, você disse que eu tive que derrubar uma porta... para entrar no apartamento. Também adivinhou isso?

— Não. Você passou a maior parte da noite esfregando distraidamente o ombro direito. Sempre faz isso depois de derrubar uma porta. Imagino que esteja muito machucado. Permite-me recomendar-lhe que use o pé, da próxima vez?

Rheinhardt fez uma pausa de alguns instantes antes de se autorizar a rir.

— Notável. Foi realmente muito perspicaz, Max.

Liebermann reclinou-se na poltrona e deu uma tragada no charuto.

— Mas — acrescentou — o que não consegui descobrir foi por que você precisa da minha ajuda. Deve haver alguma coisa diferente ou especial nesse caso, não é?

A expressão de Rheinhardt toldou-se.

— Sim. Há.

Liebermann virou o rosto para o amigo.

— Continue...

— A vítima — relatou Rheinhardt — era espírita, uma médium chamada Charlotte Löwenstein. Descobrimos seu corpo na quinta-feira à tarde, num apartamento em Leopoldstadt, que dá para a praça do mercado.

Liebermann assumiu sua postura de escuta, com a mão direita segurando a face e o indicador apoiado na têmpora.

— Ao que parece — prosseguiu Rheinhardt —, ela havia levado um tiro no coração. Mas o cômodo em que encontramos o cadáver tinha sido trancado por dentro e a arma do crime não estava lá. Também não havia nenhuma saída.

— Tem certeza?

— Nos anais da investigação, já houve alguns casos desse tipo: um corpo encontrado num aposento trancado. Em geral, consegue-se esse efeito pela ocultação. O assassino fica esperando num compartimento secreto e vai embora quando a porta é finalmente aberta. As paredes do apartamento de Fräulein Löwenstein eram completamente sólidas, assim como o piso.

Rheinhardt soltou uma nuvem ondulada de fumaça antes de prosseguir:

— Além disso, quando fez o exame *post mortem*, o professor Mathias não conseguiu encontrar a bala. Não havia nenhum ferimento secundário que mostrasse por onde a bala poderia ter saído do corpo, nem qualquer indício sugestivo de que o projétil tivesse sido retirado.

Rheinhardt fez uma pausa para avaliar a reação de Liebermann e, no estreitamento dos olhos do jovem médico, reconheceu a desconfiança que havia esperado. O indicador de Liebermann tamborilava em sua têmpora.

— É um truque, não é? Uma ilusão.

— Suponho que deva ser.

— Por que supõe? Como é fascinante que alguém se dê tanto trabalho... Quero dizer, que tipo de pessoa...

— Tem mais, Max — interrompeu Rheinhardt. — Encontramos isto ao lado do corpo.

Enfiando a mão no bolso, Rheinhardt tirou o bilhete de Fräulein Löwenstein e o entregou a Liebermann.

— "Deus me perdoe" — o médico começou a ler — "pelo que fiz. Existem conhecimentos proibidos. Ele me levará para o inferno... e não há esperança de redenção." — Sua voz se manteve firme e sem inflexão.

— Bem — fez Rheinhardt —, o que você entende disso?

Liebermann inspecionou cuidadosamente o bilhete antes de responder.

— É claro que esta é a letra bem-cuidada de uma mulher. Nunca vi uma letra de homem em que os pontos fossem desenhados como pequenos círculos. — Em seguida, o médico virou o bilhete e examinou o verso. — Ela estava extremamente tensa quando isso foi escrito. A ponta da pena foi apertada com força contra o papel. Ela parou ao concluir a última palavra. Sei disso porque o papel absorveu mais tinta aqui — e apontou para uma área específica. — Depois, imagino que se tenha levantado às pressas, produzindo esse arco que desce pela página... — Os olhos de Liebermann faiscaram à luz da lareira, e ele concluiu: — Mas o que eu realmente gostaria de saber é a identidade da terceira pessoa.

Rheinhardt quase se engasgou com o conhaque.

— Terceira pessoa? O que quer dizer com "terceira pessoa"?

Liebermann deu um sorriso matreiro.

— Quando esse bilhete foi escrito, havia três pessoas no cômodo. Fräulein Löwenstein, seu assassino e uma terceira pessoa, que, segundo devemos presumir, acompanhou-a em sua viagem para o inferno.

Rheinhardt abanou a cabeça.

— Isso é ridículo, Max! Como é que você pode saber uma coisa dessas com uma simples olhada nesse bilhete?

Liebermann levantou-se da poltrona e, depois de um rápido exame de sua estante, voltou com um livro que entregou a Rheinhardt para examinar.

— *Psicopatologia da vida cotidiana* — leu Rheinhardt. — Do Dr. Sigmund Freud.

— Sim — disse Liebermann, voltando a se sentar. — Não poderia ser mais recomendável. Como você sabe, Freud sugere que erros como os lapsos de linguagem podem ser muito reveladores. Mas o mesmo pode acontecer com outros atos inadvertidos, como os lapsos da escrita. Ora, dê uma olhada no bilhete de Fräulein Löwenstein — e o devolveu a Rheinhardt. — Vê alguma coisa interessante?

— Você se refere, é claro, a esse termo riscado antes da palavra *me*.

— Exato. Olhe de perto. Que palavra você acha que ela começou a escrever, antes de riscá-la? Segure o bilhete de frente para a lareira... a tinta se torna mais transparente.

Rheinhardt seguiu as instruções.

— É difícil dizer... mas acho... acho que ela começou a escrever a palavra *nós*.

Liebermann sorriu.

— Exatamente. Ela havia começado a escrever *Ele* nos *levará para o inferno*, quando pretendia escrever *Ele* me *levará para o inferno*. Ora, por que cometeria um erro desses?

Rheinhardt pareceu meio decepcionado.

— Sabe, Max, às vezes um erro é só um erro.

Liebermann executou uma escala silenciosa no braço da poltrona e começou a rir baixinho.

— É, provavelmente você tem razão, Oskar. Como muitos dos que gostam do trabalho de Freud, inclino-me a estragar as coisas, indo um pouquinho longe demais.

12

Ao passar pelas marquises de cores vivas do parque de diversões Volksprater, Natalie Heck descobriu-se parando mais uma vez para contemplar a Riesenrad. Era um milagre da engenharia. A circunferência da roda-gigante era um círculo quase perfeito, obtido pela ligação contínua de vigas de ferro presas com cavilhas, enquanto o espaço interno ao círculo era preenchido por uma rede de reforço feita de imensos cabos de metal. Natalie imaginou a mão de um Titã, tangendo-as como as cordas de uma harpa gigantesca. O que mais chamava a atenção na Riesenrad, entretanto, era sua frota de gôndolas vermelhas, cada uma do tamanho de um vagão de bonde, e todas carregando uma frágil carga humana muito acima da cidade.

Lena, uma amiga de Natalie, efetivamente andara na Riesenrad. Fora levada pelo pai quatro anos antes, em 1898. Natalie sabia a data exata porque a roda-gigante fora erigida para comemorar o jubileu de ouro do imperador Francisco José, e Lena estivera entre os primeiros a pisar numa das gôndolas. A descrição que ela fizera do passeio deixara Natalie assustada. A subida chacoalhante, os arquejos dos passageiros, o ranger e estalar dos cabos metálicos sob tensão. E, pior do que tudo, o terrível momento de suspensão no ponto mais alto, onde o vento havia açoitado a gôndola de Lena, fazendo-a tremer e balançar como um berço. Ao que parece, uma outra jovem havia desmaiado.

Lena tinha sorte — seu pai ainda era vivo. O de Natalie morrera três anos antes do jubileu de ouro do imperador, de modo que não teria havido ninguém para levá-la à Riesenrad, mesmo que ela quisesse. Natalie tivera adoração pelo pai. Depois de sua morte, conversava com ele nos momentos que antecediam o sono, dirigindo-se à escuridão e imaginando as respostas dele. Sentia constante necessidade de ajuda, mas não tinha a quem recorrer. Sua mãe tornara-se fria e distante.

O doloroso sentimento de perda vivenciado por Natalie persistira durante anos, e teria continuado se ela não houvesse travado conhecimento com a mulher que os donos das barracas (em especial os homens) chamavam de "A Princesa" — uma mulher elegante e graciosa, que falava com grande cortesia.

A Princesa gostava particularmente da barraquinha de Natalie, que sempre exibia uma bela seleção de xales bordados. Tinha-se apresentado como Fräulein Charlotte Löwenstein, e Natalie ficara sinceramente surpresa por ela não ter um título nobiliárquico. Os diálogos amáveis haviam-se transformado em conversas e, ao saber da perda sofrida por Natalie, Fräulein Löwenstein convidara imediatamente a "pobre moça" para um chá em seu apartamento, situado logo do outro lado da rua. Tinha sido ao tomar chá com Fräulein Löwenstein que Natalie Heck soubera do estranho dom da mulher. Na noite da quinta-feira seguinte, Natalie chegara à porta de Fräulein Löwenstein às oito em ponto. Três horas depois, abraçava a si mesma na cama, chorando de alegria.

Mas, desde aquela ocasião, seu relacionamento com Fräulein Löwenstein tornara-se cada vez mais complicado, seus sentimentos, mais confusos...

O avanço da roda era lento, e Natalie tinha que observá-lo com muito cuidado para detectar algum movimento. Embora a perspectiva de dar uma volta na Riesenrad fizesse seu coração acelerar a tal ponto que sentia o peito comprimir-se contra a jaula restritiva do espartilho, feito de barbatanas de baleia, as emoções que Natalie experimentava não eram claras. Ela se sentia assustada e empolgada ao mesmo tempo.

Fechou mais o xale em volta dos ombros e apertou o passo. Era um xale muito atraente — mas, afinal, tudo que ela fazia era atraente. Natalie era uma moça muito trabalhadora.

Fräulein Löwenstein está morta.

Tal como a Riesenrad, essa idéia evocou medo e excitação. A consciência de Natalie perturbou-se com um remoinho sutil de culpa, quando ela se atreveu a acreditar que agora talvez as coisas mudassem para melhor.

Ao entrar em Leopoldstadt, Natalie escolheu um trajeto sinuoso, para evitar qualquer aproximação do apartamento de Fräulein Löwenstein. A noite da quinta-feira anterior ainda estava fresca em sua memória: os policiais com seus cadernos de notas, as vozes sussurradas, o som dos soluços de Herr Uberhorst e, o tempo todo, a consciência de que *ela* ainda estava no cômodo ao lado. Natalie não conseguira afastar as imagens mentais inquietantes — fantasias macabras — do cadáver de Charlotte Löwenstein, esparramado no chão ou caído sobre a *chaise longue*, como uma desditosa heroína romântica.

Fräulein Löwenstein era — ou melhor, tinha sido — uma bela mulher. Tão linda que Natalie nem sequer tentara competir com ela. Nunca se dera o trabalho de prender o cabelo, empoar o rosto ou usar um vestido revelador na presença da outra. Não é que Natalie não fosse atraente. Aliás, muito pelo contrário. Era jovem, bem-feita de corpo, e dona de uns olhos negros que, nos últimos anos, haviam suscitado muitos elogios. Mas ela sabia tão bem quanto qualquer um que Charlotte Löwenstein era uma rival insuperável nas questões do coração. Durante as sessões, à luz bruxuleante das velas, quando seus lábios cheios se abriam para produzir um sorriso radiante, sua beleza era insólita.

Quando Natalie confessara seu segredo (e seu desespero) a Lena, a amiga lhe dissera que uma mulher como Fräulein Löwenstein devia ter parte com o diabo. Isso fora dito em tom de pilhéria, mas agora Natalie se perguntava se tal coisa seria possível. A polícia lhe fizera umas perguntas muito estranhas...

Embora as avenidas principais de Leopoldstadt fossem respeitáveis, as vielas ainda eram dilapidadas e miseráveis. Os prédios velhos e lúgubres eram altos e bloqueavam quase todo o céu. Natalie apertou o passo, escorregou e teve de se agarrar a um poste de iluminação para não cair.

Estava chegando mais perto de onde morava.

Uma grande ratazana preta saiu correndo de debaixo de uma pilha de lixo e disparou pela rua à sua frente. Natalie estremeceu e, reduzindo a marcha, estacou. Resolveu pegar um desvio. Dobrando uma esquina, avançou ainda mais pelo sombrio labirinto.

Era muito injusto, pensou Natalie, que um homem da classe e do talento dele ficasse reduzido a uma situação daquelas, sem ter nenhuma culpa. Fora ludibriado no recebimento de uma herança por seu desprezível irmão mais velho, Felix, e agora tinha que batalhar por uma existência impecuniosa como pintor. Estava sempre lutando para ganhar o dinheiro do aluguel, e Natalie adquirira o hábito de lhe emprestar pequenas somas para impedir que o rapaz fosse despejado. Com o aprofundamento da amizade entre os dois, ela fizera saques repetidos de moedas da caixa em que guardava suas economias, escondida sob uma tábua solta no piso do quarto. Com o tempo, essas pequenas quantias se haviam acumulado, e agora a caixa estava quase vazia.

Mesmo assim, valia a pena. Apenas um mês antes, haviam passeado pelos amplos e verdes jardins do Prater, observando os cervos e conversando sobre os planos dele para o futuro — uma grande exposição no novo prédio da Secessão, com pintores como Gustav Klimt. Ele lhe agradecera a ajuda, chamando-a de sua "salvadora", seu "anjo". Depois, inopinadamente, inclinara-se e lhe lascara um beijo na face. Fora impróprio, mas Natalie não havia protestado: a estranha combinação de medo e excitação tinha sido estonteante.

Natalie levou a mão ao rosto, para sentir o lugar em que os lábios dele haviam tocado sua pele.

Beleza não é tudo, pensou. *Também existe a bondade.*

Mais uma vez, porém, a imagem de Fräulein Löwenstein invadiu-lhe o pensamento — tornada ainda mais marcante por suas aquisições recentes: o colar de pérolas, os brincos de brilhante e o primoroso broche em forma de borboleta (tido como criação de Peter Breithut). Assim adornada, a perfeição de Löwenstein havia zombado dos dignos sentimentos da costureira.

Ao chegar ao prédio de apartamentos em que ele morava, Natalie encontrou a porta aberta. Agora ela pendia do batente, presa por apenas uma dobradiça. A moça esgueirou-se pela abertura estreita e se viu num corredor úmido e sem luz. O ar rançoso cheirava a repolho cozido e urina. Ela ouviu um bebê chorar, mas nenhuma voz adulta. As paredes tinham manchas de infiltração e, em um ou dois pontos, pedaços de reboco haviam caído. Natalie estremeceu, subiu correndo a escada íngreme, cruzou o patamar e bateu delicadamente na porta.

— Otto — disse. — Otto, sou eu, Natalie.

Não houve resposta.

Ela tornou a bater, dessa vez um pouco mais forte.

— Otto, você está aí?

Ao encostar o ouvido na porta, teve a vaga sensação de ouvir um movimento nas sombras. Antes que pudesse voltar-se, uma grande mão enluvada desceu pesadamente sobre seu ombro.

13

Era domingo à tarde e Rheinhardt estava sentado na sala de visitas, fumando um charuto depois do almoço. Em seu colo descansava o primeiro volume do *Manual para magistrados*, do professor Hans Gross, a obra definitiva em matéria de criminologia. O inspetor vinha examinando uma passagem que exortava o investigador a buscar homens com habilidades especializadas: *Com tais homens a seu dispor*, proclamava a voz abalizada de Gross, *será possível evitar muito trabalho e problemas, assim como muitos erros*.

É, pensou Rheinhardt, *isso faz muito sentido*. E se cumprimentou por haver consultado seu amigo Liebermann na noite anterior.

Levantou a cabeça e correu os olhos pela sala. Sentada à mesa estava sua mulher, Else, recosendo um botão prateado em seu velho paletó de tweed. Quinze anos de casamento não haviam diminuído o prazer que ele sentia simplesmente ao contemplá-la. Else tinha o mais bondoso dos rostos e uma boca cuja curva, mesmo em repouso, sugeria uma certa propensão para o riso. No sofá sentavam-se suas duas filhas, Therese, que mal completara 13 anos, e a pequena Mitzi, de 11. A menina mais velha divertia a caçula, lendo histórias de um livro de contos populares. Rheinhardt deu um suspiro de prazer e passou para outra seção do *Manual*. Essa versava sobre os perigos das teorias preconcebidas... Enquanto ele tentava acompanhar a linha de raciocínio do professor, sua atenção tornou a vagar para as filhas.

— Mais uma?

— Sim, por favor.

— Tem certeza, Mitzi?

— Tenho.

— Bom, então está bem.

Therese pigarreou como uma oradora e começou a ler.

— "No alto da Böhmerwald, a cordilheira situada entre a Áustria, a Baviera e a Boêmia, fica a antiga cidade de Kasperske Hory. Ao se aproximar dela, você deve tomar muito cuidado, porque ali na vizinhança mora a velha bruxa Swiza. Ela não é como as outras anciãs, não é como sua avó, ou mesmo sua bisavó. Se você a visse, seu sangue ficaria gelado. Swiza tem chifres de cervo e usa uma pele de lobo. Mora perto de Kasperske Hory há mais tempo do que qualquer pessoa se lembra. Ninguém sabe quem ela é, de onde veio nem por que vive ali. Alguns dizem que é feiticeira. Quando chegam à taberna viajantes que dizem ter visto a velha megera, os homens param de falar e as mulheres rezam. É que, toda vez que Swiza é vista, sempre vem uma calamidade..."

Rheinhardt olhou para sua mulher. Também ela havia parado de ler e estava escutando a história.

— "Há muitos anos" — continuou Therese — "um homem de Zda... Zdan..."

— Zdanov — disse Else.

— Ah, é, Zdanov. "...um homem de Zdanov dirigia-se a Kasperske Hory e se deparou com Swiza. Sabia quem ela era e tentou fugir, mas a velha bruxa lhe ordenou que ficasse e a adorasse. O homem de Zdanov era cristão e não queria fazer isso. Como castigo, Swiza o transformou em pedra."

— Therese — disse Rheinhardt —, será que convém você ler essas histórias para sua irmã? Vai deixá-la assustada.

— Não estou assustada — protestou a caçula.

— Bem, você diz isso agora, Mitzi, mas não é o que dirá na hora de dormir.

— Eu gosto dessas histórias.

Rheinhardt suspirou e olhou para a mulher, em busca de orientação.

— Eu também gosto — disse Else, os olhos reluzentes de bom humor.

Acostumado a fazer concessões quando confrontado com a solidariedade feminina, Rheinhardt resmungou:

— Então, vão em frente... mas, se Mitzi tiver pesadelos, não venham correndo para mim.

E tornou a enterrar o nariz entre as páginas do livro de Gross.

— Papai?

Era Mitzi.

— Sim — fez ele. A sílaba alongou-se e abaixou um pouco no meio, dando sinal de uma leve irritação.

— Você acredita em bruxas?

— Não.

Rheinhardt proferiu a palavra em voz alta, como se, negando a existência das bruxas, pudesse negar a existência de todas as coisas sobrenaturais.

14

— ELA FOI ENCONTRADA ALI — disse Rheinhardt, apontando para a *chaise longue*.

O olhar de Liebermann vagou de um canto para outro e, uma ou duas vezes, aventurou-se pelas paredes até o teto rachado em baixo-relevo.

— Ela estava reclinada — continuou Rheinhardt —, com uma das mãos atrás da cabeça e a outra ao lado do corpo.

— Isso lhe pareceu estranho?

— É claro. Ela parecia estar descansando. Não é o que se esperaria, dadas as circunstâncias.

Liebermann agachou-se junto à porta aberta e examinou a fechadura. Ainda funcionava, e ele girou a chave algumas vezes para testá-la. A fechadura estava em perfeito funcionamento. Ele deixou que a grossa lingüeta de metal deslizasse para fora do encaixe e pressionasse a palma de sua mão.

— Então... — disse, pensando em voz alta. — No que é que devemos acreditar? Em que Fräulein Löwenstein esperava alguma forma de retaliação sobrenatural? Redigiu seu bilhete e, reconhecendo que não havia como escapar, deitou-se na *chaise longue*, onde aguardou pacientemente seu transporte para o inferno? Como Fausto, Fräulein Löwenstein havia tirado proveito de um saber proibido, e o preço por isso seria a maldição eterna?

Liebermann dirigiu-se a uma das janelas e, erguendo o braço, soltou o trinco. Abriu-a e olhou para fora — uma rajada de ar frio o fez recuar. O apartamento ficava num andar alto e não havia meios visíveis de fuga. Fechando a janela, continuou a pensar em voz alta.

— No momento devido, chegou um assassino espectral, armado de um revólver fantasmagórico, cujo tambor estava carregado com uma bala ectoplásmica. Ao que parece, nosso amigo demoníaco despachou Fräulein Löwenstein prontamente e se foi, atravessando uma porta trancada, ou talvez uma das janelas, e arrastando consigo, ao que podemos presumir, a alma condenada da pobre Fräulein Löwenstein.

Pelo tom de Liebermann, estava claro que ele achava a idéia inteiramente ridícula.

— Sim — disse Rheinhardt. — É absurdo, mas infelizmente não há explicações alternativas.

Liebermann encaminhou-se para a estante e pegou a mão de cerâmica, demonstrando um palpável desdém.

— Você tem algum suspeito?

Rheinhardt ergueu os braços e olhou ao redor, desalentado.

— Suspeitos? Porventura os homicídios impossíveis têm suspeitos? Para ser franco, Max, realmente não tenho dado muita atenção à questão dos suspeitos.

— O que era a intenção do criminoso, é claro — disse Liebermann. — O quadro que você pinta da cena do crime é tão bizarro, que todos os nossos recursos mentais são gastos na tarefa de descobrir como se perpetrou o assassinato. Ficamos tão preocupados com essa questão, que nem sequer pensamos em formular a pergunta mais *importante*: quem matou Fräulein Löwenstein? Além disso, imagino que, mesmo que você viesse a deter tal ou qual indivíduo por suspeita de homicídio, neste momento haveria poucas perspectivas de um processo satisfatório. Como se pode processar alguém por um crime impossível? É tudo muito sagaz. O homem... ou mulher... que você procura é, com certeza, muito inteligente, e extremamente imaginativo.

— Então, como acha que devemos proceder, Max?

— Não se deixe enganar pela ilusão. Esqueça os demônios, as aparições e os pactos faustianos. Apenas faça seu trabalho como de praxe.

— E você está convencido de que é um truque?

— É claro que é um truque! — exclamou Liebermann, obviamente estarrecido com o fato de o amigo lhe fazer tal pergunta. — Os truques são a matéria-prima com que essa gente trabalha, esses espíritas! Quero dizer, dê uma olhada nesta mesa — e bateu no tampo com os nós dos dedos. — Ouça.

À medida que sua mão percorreu a superfície, a qualidade do som se alterou e ele disse:

— Partes dela são ocas. Veja o tamanho dessa coisa! Abra-a e você descobrirá toda sorte de tramóias aí dentro. Fräulein Löwenstein devia ter cúmplices que a ajudavam a praticar suas fraudes. Um aposento trancado, uma bala que desaparece, tudo isso me cheira a teatro. Montagem de cena. Fumaça e espelhos! Talvez um dos cúmplices a tenha matado. E talvez você devesse consultar um mágico teatral, em vez de um psiquiatra!

— Bem, a propósito, visitei o Volksprater hoje de manhã — disse Rheinhardt — e conversei com um certo Adolphus Farber, mais conhecido pelos freqüentadores do circo como O Grande Magnífico. Ele faz as pessoas desaparecerem, depois de fechá-las dentro de armários.

— E?

— Embora Herr Farber tenha a reputação de ser o melhor dos ilusionistas, quando lhe relatei os dados do caso, não pôde me ajudar.

— Qual foi a conclusão dele?

— Disse que o assassinato deve ser resultado de uma visitação sobrenatural.

Liebermann abanou a cabeça em desespero.

— Esse crime é uma farsa, não se deixe enganar. E se não compreendermos como foi cometido, isso só fará demonstrar a superioridade intelectual e criativa de nosso adversário, mais nada.

Rheinhardt animou-se com a confiança do amigo, mas os dados extraordinários do caso ainda o deixavam profundamente inquieto.

— Se esse assassinato foi perpetrado por um cúmplice — disse Liebermann —, ele deve ser integrante do círculo espiritualista de Fräulein Löwenstein. Você sabe muita coisa sobre eles?

Rheinhardt pegou o caderno de notas.

— Há um serralheiro chamado Uberhorst. Hans Bruckmüller, um empresário, fabrica instrumentos cirúrgicos. Há um banqueiro e sua mulher: Heinrich e Juno Hölderlin. Natalie Heck, costureira. E Zoltán Záborszky, um aristocrata húngaro. Digo aristocrata, mas, a julgar por sua aparência, meu palpite é que anda enfrentando dificuldades. Essas pessoas parecem representar o núcleo do grupo dela. Ah, e há mais um: um rapaz chamado Otto Braun. Era esperado na noite de quinta-feira, como de hábito, mas não apareceu. E não foi visto desde então.

— Bem, isso é suspeito...

— Sem dúvida. Haussmann e eu fizemos algumas entrevistas preliminares com o círculo, de modo que sabemos algumas coisas sobre ele. Como é, onde mora...

— O que ele faz?

— É pintor.

— Pintor? Nunca ouvi falar dele — fez Liebermann.

Rheinhardt deu de ombros.

— É possível que haja alguma coisa entre Braun e a costureira, Natalie Heck. Ela visitou o apartamento de Braun ontem e foi surpreendida por um de nossos policiais.

— E quanto ao serralheiro? Você conversou sobre a porta com ele, digo, sobre a fechadura?

— Não. Não revelamos a ninguém a natureza inusitada do assassinato... por enquanto.

— Mas pretendem fazê-lo?

— É claro.

— E os jornais?

— Sim, eles serão informados de tudo, no devido tempo.

— Por que a demora?

— O comissário Brügel teme que, se os jornais forem informados, o assassinato de Löwenstein desperte muito interesse. Você sabe como as pessoas desta cidade adoram qualquer sensacionalismo e, se não conseguirmos solucionar esse mistério...

— Parecerão incompetentes?

— Bem, digamos que isso decerto prejudicaria a confiança popular no serviço de segurança.

Liebermann tocou na moldura da porta.

— Não há como não pensar que um serralheiro poderia dispor dos meios para fazer um truque dessa natureza... ou, pelo menos, esta parte dele.

— Mas o homem ficou arrasado. Na quinta-feira, estava absolutamente consumido pela tristeza.

— Tristeza de verdade?

— Foi a minha impressão.

— Mas por quê? Seria possível que a relação deles fosse além da que prevalece entre cartomante e cliente?

— Eu não conseguiria imaginar um casal mais disparatado!

— Mesmo assim...

Rheinhardt rabiscou um lembrete em seu caderno.

— E quanto aos outros? — prosseguiu Liebermann.

O inspetor guardou o caderno de notas e enroscou o bigode.

— O húngaro, Záborszky, era um tipo esquisito. Disse uma coisa estranha sobre sentir cheiro de algo maligno.

— E isso perturbou você?

— Para ser franco, sim.

— Talvez isso nos diga mais a seu respeito do que sobre ele — comentou Liebermann, abrindo um sorriso largo.

Rheinhardt fez um ar intrigado.

— Oskar — disse o médico, pousando a mão amistosa no braço do inspetor —, foi um truque! Eu lhe asseguro!

Rheinhardt deslocou o peso do corpo de um pé para o outro. Estava sem jeito. O jovem médico obviamente detectara nele um traço subjacente de credulidade — uma predisposição latente a aceitar o sobrenatural. O inspetor invejava a sensibilidade refinada de Liebermann, sua aparente imunidade às forças obscuras que todo nativo da Europa Central aprendia a respeitar antes de sair do berçário. Em algum lugar dos recônditos mais tenebrosos da mente conturbada de Rheinhardt, uma velha bruxa provida de chifres gargalhava de alegria — uma risada seca, zombeteira.

— O que há aqui? — perguntou Liebermann. Tinha desaparecido atrás do biombo e tamborilava sobre algo que produzia um som oco de madeira.

— Ah, meu Deus! — exclamou Rheinhardt entre dentes.

— Oskar?

Liebermann reapareceu, carregando a caixa japonesa.

— Eu tinha esquecido disso por completo. Era para Haussmann conseguir a chave.

Liebermann sacudiu um pouco o baú.

— Há alguma coisa dentro dele.

Pôs a caixa na mesa, e os dois se entreolharam.

— Bem? — fez Liebermann.

— Suponho que seja melhor abri-la — disse Rheinhardt. Dirigiu-se à porta e gritou para o corredor: — Haussmann?

Minutos depois, apareceu seu assistente. Entrou na sala e fez duas pequenas mesuras.

— Inspetor. Herr doktor.

— Haussmann, você encontrou a chave desta caixa? — indagou Rheinhardt.

— Não, senhor — respondeu o rapaz. — Fräulein Sucher não tinha a chave e disse que nunca viu a caixa aberta.

— Provavelmente porque ela contém algum truque — comentou Liebermann.

Haussmann o olhou, sem saber ao certo como entender sua afirmação.

Rheinhardt chamou seu ajudante à mesa.

— Arrombe-a.

O jovem policial tirou um canivete do bolso e começou a forçar a tampa. A fina madeira laqueada estilhaçou-se facilmente.

Liebermann deu um passo à frente e abriu a caixa. Podia sentir Rheinhardt e Haussmann espiando por cima de seus ombros.

Dentro da caixa, deitada numa cama de veludo, havia uma estatueta de pedra. Tinha corpo de cachorro, olhos rasgados, orelhas de ponta quadrada e um longo focinho curvo.

— Que diabo é isso? — perguntou Rheinhardt.

— Não sei — fez Liebermann —, mas parece muito antiga. Uma antiguidade, eu diria.

Estendeu a mão e levantou a efígie. Era muito pesada para seu tamanho. Ao erguê-la, porém, Liebermann notou uma chavinha que se projetava da borda do baú. A criatura fora trancada na caixa — por dentro.

15

— MAS POR QUE DEVO me deitar?

— Porque quero que a senhorita relaxe.

A Srta. Lydgate estava sentada na mesa de exame. Ergueu as pernas, girou o corpo e se deitou de costas, devagar. Quando a cabeça encostou no travesseiro, começou a rolá-la de um lado para outro. Não conseguia encontrar uma posição confortável, por causa do modo como havia prendido o cabelo.

— Bem, não consigo relaxar dessa maneira...

A voz soou ligeiramente irritada. Ela tornou a se sentar e, depois de retirar numerosos grampos, fitas e uma rede, soltou a cabeleira. Esta se espalhou e lhe caiu pelas costas: uma massa flamejante, raiada de castanho-avermelhado e mechas cor de cobre. Liebermann surpreendeu-se com o fato de um volume tão grande ter sido tão habilmente escondido. A jovem inglesa se deitou pela segunda vez.

— Assim está melhor.

— Pode fechar os olhos, se quiser.

Eles continuaram abertos e se viraram para cima, em busca do interlocutor.

— Srta. Lydgate — suspirou Liebermann. — É importante que não tente olhar para mim. Forçará sua vista.

A moça cravou um olhar vazio no teto e, com a mão esquerda, cruzou o braço direito sobre o ventre.

— Não me sinto à vontade deitada aqui desse jeito, com o senhor atrás de mim.

— Com o tempo a senhorita se acostumará com este processo, eu lhe asseguro.

Ela mordeu o lábio inferior, tossiu na mão esquerda e por fim aquietou-se; mas tinha os dedos dos pés recurvados de tensão.

— Srta. Lydgate — perguntou Liebermann —, lembra-se da última vez em que esteve nesta sala?

— Sim.

— Pode me dizer o que aconteceu?

— O senhor me examinou... e conversamos sobre alguns assuntos. Creio lembrar-me de haver falado com alguma minúcia sobre meu avô.

— Isso mesmo. E o que mais discutimos?

— Os Schelling, o Dr. Landsteiner... — Parou e deu um suspiro.

— Por favor, continue.

— Não há nada errado com minha memória.

— É claro. Estou interessado em suas impressões do nosso último encontro.

— Não entendo o que o senhor quer que eu diga, Dr. Liebermann. Quer que eu repita tudo, palavra por palavra?

— Não. Quero apenas que me diga o que aconteceu.

— Muito bem. Fui acompanhada até aqui por uma enfermeira. O senhor examinou meu braço. Em seguida, conversamos sobre como consegui meu emprego com a família Schelling. Eu lhe falei da minha intenção de estudar medicina e expliquei por que queria estudar aqui, e não em Londres. Falei-lhe do diário de meu avô e contei um pouco da vida dele. Em seguida, o senhor indagou sobre minha família e nossa casa. Pouco depois, houve uma batida na porta e um de seus colegas entrou.

— O Dr. Kanner.

— É esse o nome dele?

Liebermann confirmou.

— E que aconteceu então?

— Os senhores conversaram... por algum tempo, acho.

— Quanto tempo?

— Devem ter sido... é difícil dizer.

— Cinco minutos, dez minutos? Quanto tempo?

— O bastante para que eu adormecesse.

— A senhorita não se lembra de mais nada?

— Não. Presumo que o senhor tenha julgado que era melhor eu não ser perturbada, e que depois tenha mandado me levarem para a enfermaria.

Liebermann não disse palavra.

— Acon... — A Srta. Lydgate hesitou, revelando em sua voz um leve tremor de ansiedade. — Aconteceu alguma coisa, Dr. Liebermann? Algo de que eu não consiga lembrar-me?

— Sim. Aconteceu uma coisa.

— O quê? — A Srta. Lydgate remexeu-se, pouco à vontade, e apertou a mão direita com a esquerda. — Conte-me, por favor.

— A senhorita ficou muito agitada. Foi uma espécie de convulsão.

— E fiz alguma coisa?

— Realmente não se lembra?

— Não! — Sua voz elevou-se, em tom agudo e ela começou a tossir.

— A senhorita ficou extremamente angustiada e o Dr. Kanner a acudiu, para socorrê-la. A senhorita estava prestes a vomitar, de modo que ele pôs um balde diante de sua cadeira.

— Não pode ser verdade.

— Ele tentou consolá-la, pondo uma das mãos em suas costas. Foi nessa hora que a senhorita ameaçou matá-lo, antes de atingi-lo no estômago com... — Liebermann interrompeu-se. A sala ficou em absoluto silêncio. A tosse da Srta. Lydgate acalmou-se. O médico prosseguiu: — Com seu punho direito.

Liebermann observou o peito da Srta. Lydgate, que subia e descia conforme sua respiração se acelerava. Ela balançou a cabeça de um lado para outro, e sua habitual expressão meio fechada transformou-se em outra de total incredulidade.

16

Uberhorst estava parado no meio de sua pequena oficina. Usava um avental branco com manchas de óleo, mas tinha as mãos meticulosamente limpas.

— O senhor ficou muito aflito na noite em que o corpo dela foi encontrado?

— Sim, inspetor... Ainda não consigo acreditar no que aconteceu. Ela era uma amiga muito querida.

Era visível que Uberhorst continuava a lutar pelo controle das emoções.

— Até que ponto a conhecia?

— De certa maneira, eu não a conhecia, em absoluto. Se o senhor me perguntasse onde ela nasceu, quem foram seus pais, ou que escola freqüentou, eu não saberia responder. Mas sei outras coisas...

Uberhorst não conseguia manter o contato pela linha do olhar. Desviava os olhos e os fazia percorrer toda a oficina, com movimentos abruptos de ave, que sugeriam ansiedade.

— Que coisas? — indagou Rheinhardt.

— Que ela era uma boa pessoa... e corajosa.

— Alguma vez se encontrou em particular com Fräulein Löwenstein? A sós?

— Sim. Para as leituras — confirmou Uberhorst, que ergueu a palma da mão e refez o traçado de uma das linhas com o indicador da mão esquerda.

— Ela fazia previsões?

— Não, nunca falava do futuro.

— Então de que adiantava a consulta?

— Ela me falava... de mim.

— E acertava?

— Muito. Fazia com que eu me sentisse... compreendido. Menos... — A voz do homenzinho esvaiu-se e ele ergueu os olhos para uma imagem de Cristo no crucifixo pendurado acima de uma pequena estante. Seu lábio inferior tremia.

— Menos o quê? — pressionou Rheinhardt.

— Sozinho — disse Uberhorst, com os olhos marejados de lágrimas.

— Quanto lhe cobrava Fräulein Löwenstein por essas leituras, Herr Uberhorst?

— Nada, mas eu ficava feliz por fazer uma contribuição voluntária.

— De quanto?

— Duas coroas.

— O senhor poderia ir à Ópera de Viena por menos.

— Mas, nesse caso, nunca me beneficiaria dos extraordinários poderes dela.

Uberhorst passou o antebraço pelo rosto, tentando esconder as lágrimas. Foi um gesto patético, como a deplorável tentativa de preservar a dignidade que é feita pela criança magoada.

— Por que o senhor disse que ela era generosa? E corajosa?

— Ela levou uma vida difícil, inspetor. Só uma alma corajosa poderia superar uma adversidade tão terrível.

— Ah, sim? Em que sentido a vida dela era difícil?

— Ela perdeu a mãe e o pai quando era muito pequena... tinha dez ou onze anos, acho. Foi mandada para a casa de um tio, irmão do pai. O homem morava sozinho e Lotte tinha que cozinhar e cuidar das coisas dele. Fazia o melhor possível, mas o tio nunca estava satisfeito. Batia nela com freqüência e... e quando ela ficou mais velha, quando começou a se tornar mulher, ele... Ele era um homem cruel e...

Uberhorst estremeceu.

— E o quê, Herr Uberhorst?

— Creio que talvez tenha...

— Abusado dela?

Uberhorst fez que sim com a cabeça e ajeitou o pincenê, numa confirmação muda da especulação do inspetor.

— Por que acha que Fräulein Löwenstein lhe contou essas coisas? Elas são muito pessoais, não?

— Talvez também fosse solitária.

Rheinhardt considerou essa afirmação. Seria possível? Seria possível que a bela Löwenstein e o diminuto Uberhorst fossem igualmente sozinhos? Que uma amizade íntima houvesse crescido entre eles? O inspetor rabiscou as palavras "solidão" e "revelação" no caderno de notas, seguidas por três pontos de interrogação.

— O que aconteceu então? Depois de ela morar com o tio?

— Ela fugiu...

— Para onde?

— Não sei.

— E viveu de quê?

— Arranjou empregos subalternos... faxinas, pequenas incumbências de outras pessoas... e depois, creio que talvez tenha trabalhado no teatro. Inspetor?

— Pois não?

— O que acabei de dizer... sobre o tio dela. Ela me contou essas coisas em confiança.

— É óbvio.

— Os outros... Bruckmüller, Záborszky, os Hölderlin... eu ficaria grato se o senhor não discutisse esses assuntos com eles.

— O senhor tem minha palavra. Herr Uberhorst, quando foi que Fräulein Löwenstein tornou-se médium?

— Ela sempre foi sensitiva... sempre viu coisas.

— Espíritos?

— Sim.

— Muito bem. Nesse caso, quando foi que se tornou médium profissional?

— Não sei. Mas ela aceitou a vocação depois de ter tido uma visão.

— Que tipo de visão?

— Ela dizia que era impossível descrevê-la: como se pode descrever a comunhão com o infinito?

— O senhor acha que ela era instruída por uma força superior?

— Com certeza.

— Entendo. — Sem nenhuma pausa ou preparação, Rheinhardt acrescentou: — Lembra-se do que fez na noite de quarta-feira, Herr Uberhorst?

— Sim — e houve um ligeiro tremor na voz do serralheiro.

— Onde estava?

— Por favor, não quero ser descortês, inspetor, mas eu disse a seu assistente...

O cenho de Rheinhardt franziu-se, incitando Uberhorst a responder à pergunta sem mais delongas.

— Eu estava aqui. Moro no andar de cima.

— E há alguém que possa confirmar sua história?

— Não é história, inspetor. Eu estava aqui... e não, não tenho nenhum álibi. Raramente recebo visitas.

Rheinhardt andou até o torno, os sapatos estalando sobre um verdadeiro tapete de aparas de metal. Acima dele pendia, emoldurada, uma gravura a meia-tinta. Parecia ter pouco mérito artístico, não passando de uma representação diagramática de um mecanismo cujas partes eram rotuladas com as letras do alfabeto.

— O que é isso? — perguntou Rheinhardt.

— É o desenho da fechadura detectora projetada por Jeremiah Chubb. Ela foi patenteada em 1818. Uma obra-prima, a meu ver.

Rheinhardt deu mais alguns passos e examinou os títulos dos livros que enchiam a estante. Quase todos eram periódicos encadernados e publicações técnicas.

— O senhor parece ser uma espécie de perito — comentou.

— Gosto do meu trabalho.

Uberhorst juntou-se a Rheinhardt e tirou um volume da prateleira do alto. A lombada trazia uma gravação em inglês, mas Uberhorst a traduziu:

— *Sobre a construção de fechaduras e chaves*, de Jeremiah Chubb. É a primeira edição. — Acariciou a capa e deu um sorriso tímido, nervoso.

Rheinhardt tentou mostrar-se impressionado e apontou para outro livro.

— *Fechaduras do mundo antigo*? Eu não sabia que eles as possuíam...

— Ah, sim — disse Uberhorst, cujos olhos agora brilhavam com a luminosidade especial gerada pelo interesse fanático. — As mais antigas eram de madeira, mas é possível encontrar exemplos de metal, com desenho similar, que remontam à época dos Césares. Até hoje se encontram chaves romanas... Tenho uma em meu poder, aliás. Foi encontrada quando estavam construindo a nova estação da Karlplatz.

Uberhorst repôs o tratado de Jeremiah Chubb no espaço vazio da estante.

— Herr Uberhorst, o senhor está familiarizado com as fechaduras do apartamento de Fräulein Löwenstein?

— Não lhes dei atenção especial. Mas imagino, pela idade do prédio, que todas sejam alguma forma de fechadura com pino e tranqueta.

— Quando encontramos o corpo — disse Rheinhardt, em tom displicente —, não havia nenhuma arma na sala, e a porta fora trancada por dentro. O senhor tem idéia de como o assassino de Fräulein Löwenstein conseguiu fazer isso?

— Deve ter trancado a porta e saído pela janela.

— Acho que não. As janelas também estavam trancadas e, como o senhor sabe, a altura é considerável.

Uberhorst pensou por um instante.

— Nesse caso, o senhor deve estar equivocado, inspetor.

— Por quê?

— É impossível.

— Será mesmo? Até para um mestre-serralheiro?

O homenzinho tocou o lábio inferior com o indicador. Seus lábios já não tremiam, mas o dedo estava claramente trêmulo.

17

Era fim de tarde, mas os lustres do Café Schwarzenberg já resplandeciam. Do lado de fora, uma chuvinha persistente havia abatido a luz. Olhando pela janela para a praça Scharzenberg, Liebermann podia ver a grande estátua eqüestre do príncipe Karl von Schwarzenberg, um cavaleiro pálido e fantasmagórico que emergia lentamente da névoa fina. Mais além do príncipe espectral, quase invisível, ficava o repuxo de um chafariz.

— Não compreendo — disse Clara. — Se não há nada errado com o braço dela, por que ela não consegue mexê-lo?

Estavam os dois sentados num nicho aconchegante, revestido de madeira. Embora o interior abobadado do café estivesse quase cheio, esse local trazia uma sensação de privacidade. Eles também estavam isolados pela intimidade singularmente potente e quase tangível dos enamorados.

— O braço está paralisado — disse Liebermann.

— Certo, e se está paralisado, como é que ela pôde bater no Dr. Kanner? Você não percebe? Ela só está fingindo, Maxim!

Depois de oferecer essa opinião muito decidida, Clara começou a dissecar sua *Apfelstrudel*. Rompeu a açucarada camada superior da torta: pedaços grandes de maçã assada e diversas passas espalharam-se pelo prato. O doce aroma de cravo e canela misturou-se ao perfume do café e da fumaça de charutos. Fitando o noivo com uma expressão ambígua, que oscilava entre impertinente e divertida, Clara pôs um cubo de maçã aromática na boca.

— De certo modo... você tem razão — disse Liebermann. Suas palavras quase se perderam em meio ao barulho dos talheres, ao burburinho das conversas e ao som do piano. — Ela está fingindo. Mas não para nós. Está fingindo para si mesma.

Engolindo depressa, Clara retrucou:

— Maxim, como é que alguém pode fingir para si mesmo? A pessoa saberia que está fingindo!

— Bem, isso depende de como você pensa na mente — respondeu Liebermann. — E se a mente não for uma coisa só, mas duas? E se ela tiver uma região consciente e uma região inconsciente? Nesse caso, seria possível as lembranças do inconsciente influenciarem o corpo, sem que a mente consciente tivesse o menor conhecimento dessas lembranças. Se é assim que a mente funciona, quando a moça diz que não pode mexer o braço, está dizendo a verdade. Ela não pode mesmo.

— Mas ela *pode* mexer o braço! — repetiu Clara, com um toque de autêntica frustração insinuando-se na voz.

— Não — fez Liebermann com firmeza —, não pode. Há uma parte da mente dela, a parte inconsciente, que é capaz de mover o braço. Mas essa não é a parte da sua mente que corresponde a seus pensamentos, emoções e percepções do dia-a-dia.

— Ah, tudo isso parece tão... tão... — Clara agitou um pedaço de maçã na ponta do garfo.

— Complicado?

— É.

— Bem, suponho que seja.

Clara deu um sorrisinho presunçoso e ofereceu a Liebermann o pedaço de maçã espetado. Dando uma espiada em volta, para se certificar de que não havia ninguém olhando, ele levou a cabeça à frente e abocanhou o bocado reluzente de fruta. Sua conduta indecorosa pareceu deixar Clara absurdamente feliz. Ela deu um sorriso radiante, como uma criança travessa que houvesse acabado de escapar de um castigo.

— E como está o Dr. Kanner?

— Ah, Stefan está com a saúde excelente.

— Ele ainda continua a perseguir aquela cantora... como é o nome dela?

— Cora. Não.

Clara baixou a cabeça e olhou para cima, com uma expressão desconsolada e súplice.

— Ela era muito bonita...

Liebermann sabia que era preciso dar uma resposta diplomática e, reprimindo a vontade de rir, respondeu em tom descuidado:

— Eu não a achava especialmente atraente.

Suas palavras surtiram o efeito desejado. O rosto de Clara tornou a se iluminar e ela lhe ofereceu prontamente outro pedaço de maçã. Dessa vez, Liebermann declinou.

A chuva continuava a tamborilar na janela, com paciente determinação. Um bonde passou chacoalhando e descreveu um arco em volta do cavaleiro fantasma.

— Você disse que ela é inglesa?

— Quem?

— Essa sua paciente.

— Sim.

— Eles são muito estranhos, não acha, os ingleses?

— Em que sentido?

— Não têm calor humano.

— Às vezes... Mas, quando você trava conhecimento com eles, vê que são muito parecidos conosco. Fiz ótimas amizades na temporada que passei em Londres.

— Frau Frischmuth contratou uma babá inglesa no ano passado...

— E?

— Elas não se deram nada bem.

Liebermann deu de ombros.

No extremo oposto de uma rua adjacente, a primorosa cúpula verde da Karlskirche tremeluzia ao longe, como um palácio de contos de fadas. O pianista, que antes havia tocado valsas pouco sofisticadas, começou a executar a "Träumerei", de Schumann. Encantadora: inocente, pensativa, quase enveredando pela tristeza, mas, de algum modo, resistindo no último minuto, à medida que cada acorde criativo fundia-se com o seguinte. A música flutuou no ar como incenso, transportando e embalando a mente numa languidez hipnótica. Os dedos de Liebermann imitaram automaticamente a melodia no tampo de mármore da mesa.

Emergindo de seu devaneio, ele se deu conta de que Clara estava pressionando o joelho contra o seu. Olhou-a e, por um instante, a confiança da noiva hesitou. Ela enrubesceu e desviou o olhar, mas em seguida, recobrando a determinação, deixou que a perna de Liebermann se encaixasse entre as suas. Os dois mantiveram o contato por alguns segundos, depois se afastaram ao mesmo tempo.

— Sabe que música é essa? — perguntou ele, sorrindo.

— Sim — disse Clara. — É a peça sobre os sonhos... de Robert Schumann.

— E com que você está sonhando?

— Você não adivinha, Maxim?

O olhar que ela lhe deu foi pouco menos que indecente.

18

— POIS ENTÃO — DISSE O professor Freud —, dois judeus se encontram do lado de fora das termas. *Já tomou seu banho?*, pergunta um deles. *Por quê?*, diz o outro. *Está faltando algum?*

Liebermann riu, se bem que mais da maneira como o professor contou a piada do que dela mesma. Freud havia usado um sotaque iídiche mais pronunciado e optara por terminar a piada com um gesto fixo, de mãos levantadas, numa paródia grotesca aos maneirismos dos judeus da Europa Oriental.

— Deixe-me contar-lhe outra — disse ele. — Um rapaz procura uma casamenteira e ela lhe pergunta: *Que tipo de noiva você quer?* O jovem responde: *Ela tem que ser bonita, rica e inteligente. Ótimo*, diz a casamenteira, *mas, para mim, isso são três esposas.*

Freud apagou o charuto, mas não teve êxito na tentativa de impedir que um sorriso reticente se transformasse numa risada ofegante, que prosseguiu por algum tempo. Ele estava com ótima aparência, pensou Liebermann. Na verdade, Freud parecia muito mais feliz desde fevereiro, quando, após muitos anos de uma demora injustificável, finalmente fora distinguido com o título importantíssimo de *Professor Extraordinarius*. Era curioso que um homem cuja promoção fora obstruída pelo anti-semitismo gostasse tanto de piadas judaicas, muitas das quais retratavam os judeus por um prisma que não era propriamente envaidecedor. Mas, enfim, o professor Freud era um homem complexo, e Liebermann não se sentia inclinado a analisar o pai da psicanálise. Só havia um indivíduo equipado para embarcar numa empreitada tão assustadora, e esse indivíduo era o próprio Freud.

Quando o risinho de Freud se extinguiu, ele levantou um dedo.

— Mais uma. Depois eu paro.

— Como quiser — disse Liebermann.

— Como sabemos que Jesus era judeu? — perguntou Freud.

— Não sei — respondeu Liebermann. — Como sabemos que Jesus era judeu?

— Ele morou com a família até os trinta anos, foi trabalhar no negócio do pai, e a mãe achava que ele era Deus!

Dessa vez, Liebermann soltou uma gargalhada autêntica.

— Por que o senhor começou a colecionar anedotas? — perguntou.

— Não *comecei*. Faz anos que as coleciono. Estou pensando em escrever um livro sobre elas.

— Sobre os chistes?

— É. Os chistes. Estou convencido de que os chistes, assim como os sonhos e os lapsos de linguagem, revelam o funcionamento do inconsciente.

O professor acendeu outro charuto. Era o terceiro desde a chegada de Liebermann, e havia uma densa fumaça no gabinete. Parte dela pairava como uma neblina espessa ao redor das estatuetas antigas na escrivaninha de Freud. Pela perspectiva de Liebermann, a coleção freudiana parecia um exército mítico, emergindo de um lodaçal primevo.

— Tem certeza de que não posso interessá-lo em mais um? — perguntou Freud, empurrando a caixa de charutos sobre o tampo da escrivaninha. — São ótimos, sabe? Cubanos.

— Obrigado, Herr professor, mas um já foi o suficiente.

Freud olhou para Liebermann como se sua relutância em aceitar outro charuto fosse completamente incompreensível.

— Meu rapaz — disse —, considero o fumo um dos maiores... e mais baratos prazeres da vida — e deu uma tragada, reclinando-se na cadeira com um sorriso extasiado.

— Vejo que sua coleção está crescendo — disse Liebermann, apontando para as estatuetas. — Toda vez que venho visitá-lo, o senhor parece ter comprado mais uma.

— De fato — respondeu Freud. Estendeu a mão e afagou a cabeça de um macaquinho de mármore, quase como se fosse um verdadeiro bicho de estimação. — Esta é minha aquisição mais recente. É o babuíno de Thot. Egípcio, é claro; ano 30 antes de Cristo, ou coisa assim.

Liebermann não tinha grande conhecimento de arqueologia. Também não compreendia a atração estética das antiguidades (suas simpatias eram decididamente modernas). Mesmo assim, não queria ofender o professor, de modo que balançou a cabeça em sinal de apreciação.

Enquanto Freud admirava sua coleção, Liebermann aproveitou a oportunidade por que havia esperado.

— Na verdade, Herr professor, eu gostaria de saber se posso fazer-lhe uma pergunta, em sua condição de arqueólogo.

Freud ergueu os olhos e sorriu, meio embaraçado.

— Arqueólogo, eu? É um passatempo, só isso...

Liebermann fez um gesto para a estante do professor.

— Ainda assim, não conheço ninguém que tenha lido mais sobre o assunto.

Freud fez um aceno vigoroso com a cabeça.

— Isso é verdade. Sabe, sinto vergonha de admiti-lo, porém li mais textos de arqueologia que de psicologia.

— Talvez devesse ter sido arqueólogo, não?

Freud soltou uma baforada de fumaça sobre a escrivaninha.

— Ah! — disse. — Mas eu sou, de certo modo. Não lhe parece?

Liebermann aceitou tacitamente a afirmação do professor. Depois, enfiando a mão em sua maleta de couro, tirou a estatueta encontrada no apartamento de Charlotte Löwenstein.

— O senhor acha que esta é uma antiguidade autêntica? — e a mostrou a Freud. — E, nesse caso, tem alguma idéia do que possa ser?

Freud pôs o charuto no cinzeiro e estendeu a mão, enquanto sua expressão tornava-se mais concentrada e séria. Tomou delicadamente a peça nas mãos e começou a girá-la, inspecionando cada detalhe. O silêncio era perturbado pelos filhos do professor, que corriam e gritavam no andar de cima. Freud levantou a cabeça, momentaneamente distraído pelo barulho, e tornou a entrar num estado de completa absorção. Liebermann já considerava se seria indelicado lembrar sua presença ao professor, quando Freud subitamente anunciou:

— É egípcia. Decerto parece autêntica, mas é difícil dizer. O senhor precisaria de um antiquário para lhe dar a confirmação.

— E ela seria o quê?

Freud levantou a cabeça e fixou seu olhar penetrante em Liebermann.

— Só existe uma divindade dotada de focinho e cauda bifurcada. É Set, ou Seth. O deus do caos, o deus das procelas e da maldade.

Liebermann pareceu impassível, mas as idéias disparavam em sua cabeça. As palavras do professor eram como marteladas: tempestades e violência. Ele sempre havia presumido que o assassinato de Fräulein Löwenstein tinha sido um embuste inteligente. Nada além de um sofisticado truque cênico. Uma trapaça, com certeza, mas uma trapaça mortal. Pela primeira vez, Liebermann ficou em dúvida. Que tipo de ilusionista seria capaz de invocar uma tempestade? Recordou-se do dilúvio de quinta-feira, atípico na estação: gigantescos relâmpagos ramificados, seguidos por trovões apocalípticos, e a chuva transbordando das calhas e batendo com estrondo nas calçadas, feito uma cachoeira.

— Onde conseguiu isto? — indagou Freud.

— Pertence a um amigo meu — respondeu Liebermann. — Ele me pediu que a avaliasse.

— Ah — fez Freud, erguendo a peça contra a luz. — Não deve valer grande coisa. As antiguidades egípcias não são muito populares em Viena. Hoje em dia só se fala nos estilos barroco e Biedermeier.

— É?

— Ah, sim. Mas há alguns bons antiquários na Wieblinger Strasse. É lá que você deveria levá-la.

— Eu irei...

— E — interrompeu Freud, bem depressa — se seu amigo não ficar satisfeito com a oferta, por favor, me avise. Eu teria muito interesse em acrescentar esse mocinho à minha coleção.

O professor pôs a estatueta na escrivaninha, entre o símio e um bronze de Hórus. Depois, deu um tapinha na cabeça do demônio e disse:

— Rapazinho bonito. Bonito.

Uma espiral de fumaça enroscou-se em volta das pernas e da cauda da criatura, mais uma vez evocando a impressão de uma força primitiva — o despertar de uma antiga e frívola malevolência.

Parte Dois

A Terceira Pessoa

19

Era começo de noite e os lampiões a gás estavam baixos. Rheinhardt serviu seu café *Türkische* de um pequeno bule de cobre e levou a xícara aos lábios. Insatisfeito, acrescentou mais meia colher de chá de açúcar e provou o segundo gole.

— Assim está melhor — comentou. — E o seu?

— Satisfatório — respondeu Liebermann.

Do outro lado do salão, sob o primeiro de dois arcos, o dono do café postava-se como um vigia. À exceção de um senhor vestido de cafetã, Liebermann e Rheinhardt eram os únicos fregueses.

— As fechaduras parecem ter adquirido uma importância especial para Herr Uberhorst.

— Como assim?

— Bem, ele descreveu uma delas como... uma obra-prima. Parece encarar os mecanismos das fechaduras com o mesmo grau de veneração que você ou eu reservaríamos para uma sonata de Beethoven. Agora que realmente o interroguei da maneira adequada e vi sua oficina, devo admitir que estou mais desconfiado... Mas...

— Você não acha que ele seja capaz de matar.

— Francamente, não.

Liebermann detectou uma certa hesitação — uma pausa reveladora entre as palavras.

— O que é, Oskar?

O inspetor franziu o cenho.

— Não creio que ele seja capaz de matar, mas não me convenço de que Herr Uberhorst esteja sendo sincero.

— Por que diz isso?

— Ele estava nervosíssimo.

— Talvez seja o temperamento dele.

— É muito provável. Mesmo assim... chame de palpite.

— Ele poderia ter usado a habilidade que tem para ajudar outra pessoa? Alguém de temperamento mais adequado à tarefa do homicídio?

— Braun? É uma possibilidade...

Liebermann olhou pela janela. Dois hussardos passaram marchando. Vistos do despretensioso café, pareciam criaturas do outro mundo, aves-do-paraíso de plumagem extravagante. O uniforme da cavalaria ligeira era notável: barrete alto, túnica cheia de alamares e a capa solta característica, pendurada no ombro esquerdo. Em poucos segundos, os dois desapareceram e a janela voltou a ser um quadrado vazio de escuridão.

— Posso ver o depoimento de Fräulein Sucher? — perguntou Liebermann.

— Sim, é claro.

Rheinhardt tirou do bolso duas folhas de papel e as entregou ao amigo.

— Esta é a letra dela?

— Não, é de Haussmann.

— Foi o que pensei.

— As informações importantes estão na segunda página. Bem aí — disse Rheinhardt, apontando.

Liebermann estudou o parágrafo.

— Quer dizer que Braun era uma visita freqüente.

O inspetor acenou com a cabeça.

Liebermann começou a ler:

— *"Herr Braun visitava o apartamento da minha patroa quando eu estava lá. Ela o recebia na sala de visitas. Em várias ocasiões, ouvi as vozes se elevarem, mas não sei o que estava acontecendo entre eles. Não era da minha conta."*

Liebermann arqueou as sobrancelhas e bebeu um gole de seu *Schwarzer*.

— Que foi? Não acredita nela?

— Uma empregada que não escuta às escondidas?

— Pode ser — disse Rheinhardt, com ênfase suficiente para despertar o interesse de Liebermann.

— Por que diz isso?

A expressão de Rheinhardt passou da indignação ao constrangimento:

— Está bem, está bem, ela me lembrou um pouco Mitzi.

— Ah!... — fez Liebermann.

— Mesmo assim, tenho toda confiança em Fräulein Sucher — disse Rheinhardt. — Ela é uma boa menina, acredite.

O uso da expressão "boa menina" pelo inspetor só fez reforçar a convicção de Liebermann de que, de algum modo, seu amigo havia misturado Fräulein Sucher e sua filha.

— Para ser franco, Max — prosseguiu Rheinhardt —, não estou muito seguro quanto à empreitada de hoje. Que mais podemos ter a expectativa de descobrir? Fräulein Sucher já nos disse tudo que sabe.

Liebermann devolveu o depoimento, empurrando-o pelo tampo da mesa:

— Mas memória e conhecimento não são a mesma coisa.

— E isso significa o quê?

— Fräulein Sucher talvez possa lembrar-se de mais do que sabe.

Rheinhardt torceu a ponta do bigode e estava prestes a fazer outra pergunta, quando o carrilhão começou a tocar.

— Oito horas — disse Liebermann. — Temos que ir andando.

Rheinhardt apanhou o depoimento de Rosa Sucher e jogou alguns *hellers* numa bandeja de prata. Depois, olhando de relance para as mesas vazias ao redor, largou mais algumas moedas, à guisa de gorjeta. O velho de cafetã levantou os olhos, com a atenção captada pelo tilintar das moedas que caíam.

— E você vive insistindo em que sou extravagante — comentou Liebermann, baixinho.

O proprietário fez uma mesura e clicou os calcanhares quando os dois estranhos pegaram seus casacos e se retiraram.

Tinha chovido outra vez — uma pancada rápida, que vitrificara as pedras do calçamento. O ar recendia a esterco de cavalo e pó de carvão.

Rheinhardt partiu em passo acelerado e dobrou prontamente numa ruela estreita. Era tão escura que Liebermann se apanhou esticando instintivamente o braço para tocar as paredes. O inspetor avançou depressa, assobiando de forma incongruente o tema introdutório da "Sinfonia pastoral" de Beethoven: uma melodia animada, que representaria o despertar de sentimentos alegres na chegada à zona rural.

No fim da viela, Rheinhardt parou para se orientar:

— É por aqui, acho.

Os dois se viram de novo numa rua principal, embora estivesse deserta de trânsito e pedestres. Os lampiões tinham sido acendidos e o ar úmido produzia uma névoa fosforescente em volta das lanternas bruxuleantes.

Liebermann notou uma mulher parada numa porta do outro lado da rua. Ela saiu da sombra quando os dois se aproximaram e levantou a saia o bastante para revelar as meias verde-limão e as anáguas.

— Boa noite, senhores — disse, em tom atrevido.

Seu rosto fora excessivamente empoado, o que lhe conferia a aparência vazia e levemente perturbadora de uma máscara veneziana.

— Boa noite — respondeu Rheinhardt, secamente.

A mulher deu de ombros e se afastou, numa confirmação inequívoca de sua profissão. Olhou para trás de relance, ainda esperançosa, e desapareceu na escuridão de outra viela. O som de seus passos, batendo nas pedras do calçamento, extinguiu-se na noite.

Depois de caminhar mais uns cem metros, Rheinhardt parou do lado de fora de um prédio grande e dilapidado.

— É aqui.

Liebermann ergueu os olhos para a fachada. Devia ter sido bonita, em certa época. Ainda se viam restos de estátuas em diversos nichos, assim como os fantasmas de relevos dourados — cordões grossos e folhas espectrais. A porta da frente era enorme e decorada com uma grade de ferro enferrujada, que sugeria a ponte levadiça de um castelo medieval. Rheinhardt testou-a com a palma da mão e ficou surpreso ao encontrar pouca resistência. As dobradiças rangeram e a porta se abriu.

Liebermann o seguiu por um corredor austero. As paredes eram inexpressivas, tal como o piso, um quadriculado tosco de ladrilhos pretos e brancos, muitos dos quais estavam rachados ou faltando. Logo à direita, alguns degraus conduziam a um patamar e à porta arranhada e lascada do apartamento de Rosa Sucher. Rheinhardt segurou a aldrava de ferro e bateu três vezes.

A porta se abriu quase de imediato.

— Boa noite, inspetor.

Rosa Sucher era exatamente como Rheinhardt a recordava: simples, delicada e tímida.

— Boa noite, Rosa. Permita-me apresentar meu colega, o Dr. Max Liebermann.

Os olhos de Rosa se arregalaram, sugerindo uma combinação de surpresa e respeito.

— Por favor, entre, Herr doktor.

Rosa pegou os sobretudos de ambos e os pendurou no cabide da entrada, antes de introduzi-los no que funcionava como sala de visitas. Era um cômodo pequeno e com poucos móveis, porém um grande esforço fora feito no arranjo de enfeites e almofadas, para criar uma ilusão de aconchego doméstico. Num dos cantos, uma senhora idosa se pusera de pé e se equilibrava precariamente, apoiada numa bengala.

— Minha avó — disse Rosa, antes de correr para ajudar a sustentar o esqueleto minúsculo da anciã.

— Ofereça uma aguardente aos cavalheiros — resmungou ela, enquanto se agachava e tornava a desabar na cadeira. — Está uma noite fria, eles vão querer um *Schnapps*.

— Não temos nenhuma bebida, vovó — disse Rosa, baixinho, lançando um olhar aflito para Rheinhardt.

O inspetor fez um aceno com a mão:

— Cara senhora, muito obrigado pela gentileza de sua oferta, mas meu colega e eu teremos que declinar. — Em seguida, olhando diretamente para Rosa, acrescentou, em tom mais terno: — Obrigado por concordar com mais uma entrevista.

A moça enrubesceu e fez uma mesura quase imperceptível.

Rosa tirou umas cadeiras debaixo da mesa e convidou os visitantes a se sentarem perto de uma estufa bojuda. Em seguida, sentou-se numa banqueta ao lado da avó e segurou a mão da anciã.

Rheinhardt teceu alguns comentários sobre o tempo antes de agradecer novamente a Rosa. Depois, olhou para o companheiro e disse que o médico queria fazer-lhe umas perguntas.

Rosa alisou as dobras do vestido e lançou um olhar nervoso para Liebermann.

— Fräulein Sucher — começou ele —, a senhorita está familiarizada com a idéia de hipnose?

20

O LAMPIÃO DE PARAFINA estava com a chama baixa e emitia apenas uma luz tênue. Rosa Sucher mantinha-se completamente imóvel, com o corpo estendido num divã, qual um cadáver num caixão. Liebermann sentou-se à cabeceira do divã, fora do ângulo de visão da moça, porém observando-a atentamente.

— Quero que você fixe os olhos num ponto do teto; aquele bandô junto ao trilho da cortina serve.

Rosa seguiu as instruções, virando a cabeça para trás, para enxergar o bandô.

— Enquanto se concentra — continuou Liebermann —, talvez seus olhos comecem a se sentir cansados... suas pálpebras ficarão pesadas.

Rheinhardt surpreendeu-se ao ver o efeito imediato das palavras de Liebermann. Rosa Sucher começou a piscar com mais e mais freqüência e, dentro em pouco, suas pálpebras estremeciam como se ela estivesse fazendo um grande esforço para se manter acordada. Liebermann foi modulando a voz, falando em tom monótono e persuasivo.

— Seus braços estão pesados. Suas pernas estão pesadas. Pesadas e relaxadas.

A mão de Rosa Sucher escorregou de sua coxa e bateu no divã com uma pancada surda.

— Observe como sua respiração está ficando leve. Toda vez que você expira, sente-se um pouco mais relaxada...

O aquecedor sibilava e as toras de lenha em brasa dentro dele exalavam uma fragrância fumarenta.

— Suas pálpebras estão ficando cada vez mais pesadas — murmurou Liebermann. — Mais e mais pesadas. Você está mergulhando num sono profundo, profundo e relaxante.

Um estalido no braseiro assustou Rheinhardt. Os músculos de seu pescoço tinham-se afrouxado, deixando a cabeça balançar de um lado para outro, e ele ficou alarmado ao descobrir que sua respiração havia adquirido o ritmo desigual que tipicamente acompanha o mergulho da mente no esquecimento. Mordeu o lábio inferior, até a dor desfazer a névoa em sua cabeça e, em seguida, para se certificar de permanecer acordado, beliscou-se disfarçadamente.

— Quando eu contar até três — disse Liebermann, mantendo o tom lânguido —, seus olhos se fecharão e você cairá num sono profundo e sem sonhos. Mas será um sono muito diferente do sono comum a que está habituada. Enquanto estiver *nesse* sono, conservará a capacidade de ouvir minha voz e será perfeitamente capaz de responder a perguntas. Um, dois...

As pálpebras de Rosa começaram a se fechar, continuando a estremecer com a agitação irrequieta de uma borboleta. À contagem do "três", no entanto, ela sucumbiu ao sono, com a rapidez decidida de uma guilhotina caindo. As pálpebras se fecharam e, num instante, seu rosto adquiriu a compostura querubínica de um bebê adormecido.

Liebermann ergueu a cabeça e sorriu para Rheinhardt — claramente satisfeito com o sucesso do procedimento. Em seguida, passou a fazer a Rosa uma série de perguntas sobre os deveres domésticos que Fräulein Löwenstein a instruía a cumprir. As respostas da moça eram perfeitamente inteligíveis, embora sua voz soasse meio monocórdia, como se ela estivesse sob a influência de um sonífero potente. Essa forma de interrogatório prosseguiu por algum tempo. Na verdade, Rheinhardt descobriu-se ficando meio impaciente, enquanto as perguntas de Liebermann passavam de um assunto irrelevante para outro: arranjos de flores, lavagem da roupa, espanada e lustração dos móveis e coisas similares. O inspetor ficou particularmente exasperado quando Liebermann pareceu deter-se numa discussão prolongada das listas de compras e da comida.

— Quer dizer que você encomendou menos café?

— Em fevereiro, sim.

— E menos ovos?

— A patroa parou de comer ovos.

— Mas o talharim apareceu com mais freqüência na lista de compras?

— A patroa pedia para eu fazer *Schinken-fleckerin** para ela.

---

* Tradicional prato austríaco, preparado com talharim e presunto. (N. da T.)

— Para o desjejum?

— Sim, senhor.

— Quantas vezes?

— Cinco, senhor.

— Isso lhe pareceu inusitado?

— Sim, senhor. A patroa raramente tomava o café da manhã.

— Diga-me, alguma vez Fräulein Löwenstein lhe pediu que comprasse chá de hortelã?

— Sim. Numa loja da Kärtner Strasse.

— Recentemente?

— Em fevereiro.

— Ela já lhe pedira que comprasse chá de hortelã antes disso?

E assim prosseguiu a conversa peculiar, tocando num tema banal após outro. Finalmente, Liebermann abandonou sua investigação exaustiva das minúcias dos arranjos domésticos de Charlotte Löwenstein e trouxe à baila a questão de Otto Braun. Rheinhardt suspirou de alívio, chamando a atenção do médico, que se virou para ver se havia alguma coisa errada. O inspetor abanou a cabeça, como dizendo "nada". Liebermann continuou:

— Com que freqüência Herr Braun visitava sua patroa?

— Muitas vezes, senhor.

— Todos os dias?

— Não, não todo dia.

— Duas ou três vezes por semana?

— Sim, mais ou menos isso. Mas nem sempre. Às vezes ele passava semanas sem aparecer.

— Por quê? Acha que às vezes ele tinha que viajar?

— Não, porque ele sempre comparecia às reuniões de Fräulein Löwenstein.

— Onde é que Fräulein Löwenstein recebia Herr Braun?

— Na sala de visitas, senhor.

— E onde ficava você, quando eles estavam juntos?

— Às vezes na cozinha... às vezes na saleta de entrada... e às vezes...

Rosa franziu o sobrolho.

— Sim? — fez Liebermann.

— Às vezes, Fräulein Löwenstein sugeria que eu saísse do apartamento... por algumas horas.

— Queria ficar a sós com Herr Braun?

— Não sei.

— Parece provável, não acha?

— Não sei.

Rheinhardt julgou comovente a lealdade da moça. Mesmo sob hipnose, ela se empenhava em proteger a honra da patroa.

— Ouça-me com muita atenção — continuou Liebermann. — Você deve responder a minhas perguntas com franqueza. Repito: acha que sua patroa queria ficar a sós com Herr Braun?

O canto da boca de Rosa estremeceu.

— Você precisa responder — insistiu Liebermann.

— Sim — disse Rosa, com um suspiro profundo. — Sim, é o que eu acho.

Liebermann olhou de relance para Rheinhardt e prosseguiu:

— Eles costumavam discutir, Herr Braun e Fräulein Löwenstein?

— Às vezes... às vezes eu ouvia as vozes deles. Quando estava na cozinha. Pareciam agitados...

— E o que diziam?

— Não me lembro.

Liebermann inclinou-se para a frente.

— Rosa, imagine que você está na cozinha de Fräulein Löwenstein. Faça uma imagem mental. Com todos os detalhes. O piso, os armários, a pia... As cortinas penduradas na moldura da janela. Consegue visualizar essas coisas?

— Sim.

— A imagem em sua mente é tão clara, tão vívida, que chega a ser quase real. É como se você estivesse novamente na cozinha. Como se estivesse lá. Diga-me: você está sentada ou de pé?

— Sentada. Sentada à mesa.

— O que está fazendo?

— Amolando as facas.

— Agora, escute. Escute com muita atenção... Você está ouvindo vozes. São Fräulein Löwenstein e Herr Braun. Eles se encontram na sala de visitas e você ouve suas vozes. Eles parecem agitados...

— Sim. Agitados e...

— O quê?

— Zangados.

— Agora, escute com muito cuidado. O que eles estão dizendo?

— Não os escuto direito. Eles estão muito longe.

— Tente, Rosa. Concentre-se. Escute a voz deles. O que estão dizendo?

— Não tem nada a ver comigo. Não é da minha conta.

— Mas você não pode se impedir de ouvir. Eles estão gritando um com o outro. Que estão dizendo, Rosa?

— Não posso ouvi-los. Estão muito longe...

Liebermann inclinou-se à fre. te e pôs as mãos nos dois lados da cabeça de Rosa. Exercendo uma pressão delicada em suas têmporas com as pontas dos dedos, prosseguiu num murmúrio baixo e persuasivo:

— Escute, Rosa, escute as vozes. À medida que a pressão aumenta, as vozes ficam mais altas. Escute-as... Você está sentada à mesa, afiando facas... e, na sala de visitas, Fräulein Löwenstein e Herr Braun gritam um com o outro. O que eles estão dizendo, Rosa? O que estão dizendo?

De repente, Rosa soltou um arquejo.

— Saia...

Sua voz soou muito diferente. A entonação monocórdia do estado de transe fora substituída por um lúgubre sussurro teatral, carregado de emoção.

— Saia daqui... você... você... me enoja... Preciso de mais dinheiro... Você sempre precisa de mais dinheiro... Saia, saia, senão, eu...

A voz de Rosa reduziu-se a um resmungo agitado: um som abafado e estranho, que vinha do fundo da garganta. Pouco depois, outros fragmentos de fala emergiram do murmúrio caótico de tons:

— Theo... Nunca... última vez, eu juro... Deus me perdoe, vou...

E então, novamente o silêncio. Silêncio, exceto pelo sibilar suave do da estufa.

— Sinta a pressão — disse Liebermann. — As vozes estão ficando mais claras. O que você consegue ouvir?

— Não há nenhuma voz.

— Tem certeza?

— Há uma carruagem passando, passando na rua, lá embaixo... e um faz-tudo gritando... cordões de sapatos... cordões de sapatos para vender... cordões de sapatos...

Liebermann tirou as mãos da cabeça de Rosa e se reclinou no encosto da cadeira. O rosto da moça voltara a assumir a expressão de uma criança adormecida.

21

A TARDE NÃO TIVERA MAIORES INCIDENTES, e o pavilhão hospitalar estava sereno como um lago no verão.

Sabina Rupius formara-se na prestigiada Rudolfinerhaus — onde só se aceitavam moças de "boa família" para uma formação rigorosa em enfermagem. A instituição tinha a reputação de produzir profissionais conscienciosas. No entanto os pensamentos dela vagavam.

A enfermeira deveria estar preparando o carrinho dos medicamentos. Contudo, entre verificar a dosagem das cápsulas gelatinosas de hidrato de cloral de Frau Auerbach e servir o xarope mentolado de Frau Bertram, deixara-se distrair por seus pensamentos, e agora estava totalmente imersa num devaneio cujo tema era o Dr. Stefan Kanner.

Não havia como duvidar — o Dr. Kanner era um homem de beleza excepcional. Sabina desenhou uma imagem mental de seu rosto e contemplou o azul inusitado de seus olhos. Aquele simples pensamento produziu-lhe uma sensação curiosa na boca do estômago e deixou suas faces afogueadas. Ele era muito exigente com a roupa, muito meticuloso. E, quando ficava perto, a fragrância de sua colônia era inebriante.

A enfermeira Rupius abanou a cabeça.

Isso não é possível. Não é possível mesmo.

Obrigou-se a concentrar a atenção no pote de cápsulas de hidrato de cloral. Recontando a dose receitada a Frau Auerbach, repôs a tampa pesada com um suspiro.

Uma mecha grossa de cabelo castanho-avermelhado escapou-lhe da touca. Ela estalou a língua, recolocou-a no lugar e a prendeu com um grampo. Inspecionando seu reflexo na superfície metálica do carrinho, admirou seu trabalho.

Tenho olhos grandes e um queixo delicado. Não sou feia.

Erguendo os olhos, notou que a governanta inglesa andara até a cama de Fräulein Dill e que as duas estavam absortas numa conversa atenciosa.

A enfermeira tirou a rolha da garrafa verde-escuro de xarope mentolado e, medindo duas colheres de chá, transferiu o medicamento para um copinho. Depois, sentando-se, fez uma anotação nos prontuários de Frau Auerbach e Frau Bertram.

A moça e a governanta inglesa continuavam a conversar em voz baixa. A enfermeira Rupius ainda não se recuperara de seu devaneio, e a imagem do rosto do Dr. Kanner continuava a obcecar sua imaginação, interpondo-se entre ela e as duas pacientes. Através do vulto transparente do rosto gentil de Kanner, a enfermeira viu a jovem Dill exibir seu bordado.

Mais uma vez, Sabina Rupius sacudiu a cabeça para dissipar a imagem.

Dill ergueu o bordado inacabado, para que a governanta inglesa o examinasse. Em seguida, pegou uma cestinha da qual tirou um novelo de lã e uma tesoura.

O sorriso da governanta inglesa desapareceu. Foi uma mudança drástica, como quando o sol é engolido por uma nuvem. Súbito, ela pareceu amedrontada — perturbada. A enfermeira Rupius viu Fräulein Dill tentar consolá-la, mas os esforços da jovem não surtiram efeito. A governanta se tornara totalmente impassível. Seu rosto crispara-se numa expressão de pavor e seu olhar congelado fixara-se na lã e na tesoura.

— Enfermeira! — chamou Fräulein Dill. — Enfermeira, acho que há alguma coisa errada.

Sabina Rupius levantou-se e foi até a cama de Dill.

— O que houve, Fräulein Dill?

— Estávamos conversando — disse a jovem — e, de repente, a moça inglesa parou. Começou a me olhar de um jeito esquisito, como se estivesse assustada.

A enfermeira inclinou-se e pôs a mão no ombro da governanta.

— Srta. Lydgate? — chamou, sacudindo de leve a inglesa. — Srta. Lydgate, o que houve?

A governanta inglesa não respondeu. Era como se estivesse sofrendo de catalepsia; no entanto sua mão esquerda segurava o braço direito com muita força. Tanta, na verdade, que as unhas haviam rompido a pele finíssima e gotas vivas de sangue tinham começado a brotar.

— Enfermeira?

Sabina Rupius ergueu os olhos e viu o ricto de pavor da Srta. Lydgate espelhar-se no rosto de Fräulein Dill.

— Enfermeira — repetiu a moça, com a voz trêmula. — Olhe para os lábios dela. Acho que ela está tentando dizer alguma coisa.

Sabina Rupius aproximou o ouvido da boca da governanta. A Srta. Lydgate *estava* dizendo alguma coisa — mas não em alemão. A enfermeira não dominava muito bem o inglês, mas conseguiu reconhecer algumas palavras e fez um esforço resoluto para gravar na memória o que a mulher dizia.

— Eu o farei, se você não o fizer... — dizia a governanta. — Eu o farei. Eu o farei, se você não...

22

A FECHADURA ESTAVA PRESA entre dois pequenos tornos. Uma única vela ardia sobre o console da lareira, mas ele não precisava ver o que estava fazendo. Guardava na lembrança uma imagem mental do mecanismo, e seus dedos hábeis reagiam à mais leve resistência ao manobrar a gazua.

Era o que ele fazia para se distrair, e o vinha fazendo havia muitos anos. Alguns podiam jogar xadrez ou tocar um instrumento, ou ler poesia, mas Karl Uberhorst forçava fechaduras. Era uma tarefa tão exigente que ele podia perder-se no processo e, dessa maneira, não pensar nas coisas que faziam sua alma sofrer: a solidão e a saudade.

Às vezes, passavam-se meses até ele descobrir (por tentativa e erro) a seqüência exata dos movimentos necessários para abrir determinada fechadura. Mas, para um homem cuja vida era solitária e sem nenhum acontecimento, a não ser a rotina, a duração de cada projeto era essencialmente irrelevante. Sua paciência era infinita. Além disso, não se sentia no direito de reivindicar a compreensão de nenhum mecanismo de trava se não pudesse dominá-lo.

Apesar de ser um homem sensível, Uberhorst não era dado a fantasias. Vez por outra, no entanto, forçar fechaduras mobilizava e despertava nele algo próximo da inspiração poética. Então se sugeriam símiles transformados em coloridos afrescos mentais. Ele se assemelhava a um místico que perscrutasse os mistérios do universo; a um apaixonado que superasse a resistência de uma mulher tímida; a Édipo, desvendando o segredo da esfinge. Esses símiles, quando vinham à tona, influenciavam sua técnica. Algumas fechaduras precisavam ser persuadidas, seduzidas com estratagemas sutis, enquanto outras precisavam ser atacadas, exigindo uma espécie de heroísmo.

A fechadura em que estava trabalhando era uma "detectora" do estilo das de Chubb, recentemente patenteada nos Estados Unidos (país que agora parecia ameaçar a preeminência histórica dos britânicos). Essas fechaduras exigiam grande cuidado, pois às vezes o trinco ficava preso, quando uma das alavancas se elevava demais. Nesse caso, a fechadura tinha que ser reposta na posição correta, usando a chave verdadeira, e ele era obrigado a recomeçar seus esforços do zero. Mordendo o lábio inferior, Uberhorst inseriu cuidadosamente a gazua, testando cada alavanca, para determinar qual delas prendia a lingüeta.

Além da recreação e da analgesia, esse passatempo singular servia a um outro propósito menos prontamente enunciável. Em algum lugar dos recônditos mais obscuros da mente sombria de Uberhorst, um germe de ambição tinha criado raízes. Um dia, sua compreensão abrangente dos mecanismos das fechaduras lhe permitiria projetar um sistema que fosse realmente invulnerável. Nos instantes que antecediam o sono, ele era provocado por uma visão especulativa, um mecanismo hipotético que pairava na escuridão: uma fechadura de pinos e alavancas com um cilindro giratório...

Uberhorst fechou os olhos e levantou a alavanca, sentindo a leve resistência.

Um pouco mais... um pouco mais...

Nesse ponto, a habilidade exigia a vantagem complementar da intuição. Uberhorst decidiu arriscar.

Bem devagarinho...

Mas tinha ido longe demais. Fizera a alavanca passar do canto da mola detectora.

A lingüeta ficou presa.

Ele deu um suspiro, retirou a gazua e avaliou a importância de seu erro. Ao fazê-lo, seus pensamentos foram interrompidos por uma imagem que lhe vinha invadindo a mente a semana toda: o inspetor, com seus olhos empapuçados e o bigode virado para cima, enchendo a oficina com seu corpanzil, e as últimas palavras da conversa entre os dois.

Nesse caso, o senhor deve estar equivocado, inspetor.

Por quê?

É impossível.

Será mesmo? Até para um mestre-serralheiro?

Se não tomasse cuidado, Uberhorst poderia descobrir-se pendurado numa corda.

23

Ao ACEITAR O CONVITE do pai para jantar, Liebermann sentira um leve constrangimento. A sensação tinha voltado quando ele descera do fiacre na Concordiaplatz; depois, ao descobrir que, além dos pais e da irmã caçula, Hannah, também sua irmã mais velha, Leah, tinha sido convidada — junto com o marido, Josef —, e que o pequeno Daniel estaria igualmente presente, ele se sentiu desanimar. Era óbvio que Mendel tinha decidido organizar uma reunião de família em torno da visita do filho, o que significava que o velho se sentiria com bons motivos para celebrar o *Shabat*.

Com a taça de vinho conspicuamente erguida, Mendel estava à cabeceira da mesa, recitando o *Kidush* com a solenidade de um profeta do Antigo Testamento.

Mendel era perfeitamente cônscio de que o filho não tinha praticamente nenhum apego às tradições judaicas, mas essa era uma verdade que não se dispunha a aceitar. Às vezes, aliás, Liebermann tinha a impressão de que o pai travava uma guerra psicológica — sempre procurando desgastar sua resistência, submetendo-o, sempre que possível, aos costumes e rituais.

— Boruch Atoh Adonoi Eloheinu Melech Hoolom.

Bendito sejas, Senhor nosso Deus, Rei do Universo, que nos santificas com Teus mandamentos e Te mostras satisfeito conosco.

Do outro lado da mesa, para além das velas do *Shabat*, Liebermann captou o olhar de Hannah e assumiu uma expressão de devoção exagerada. A irmã caçula virou para o outro lado, e Liebermann ficou contente ao ver seus ombros sacudirem, enquanto ela se esforçava por esconder o riso. Ele considerava a facilidade com que sabia provocar a irmã apenas ligeiramente menos notável do que a magnitude de sua própria imaturidade.

— Kiy Vanu Vacharsa V'osanu Kidashta Mikol Haamim...

Pois que nos escolheste e nos santificaste entre todos os povos, e de bom grado e amorosamente nos deste por herança Teu sagrado Shabat.

Liebermann encheu o recipiente da lavagem das mãos e derramou sistematicamente uma pequena quantidade de água sobre a mão direita, depois sobre a esquerda, três vezes seguidas. Seus gestos fizeram-no lembrar dos rituais supersticiosos associados à neurose obsessiva. Antes de secar as mãos, ele recitou a bênção seguinte.

Bendito sejas, Senhor nosso Deus, Rei do Universo, que nos santificas com Teus mandamentos e nos ordenas a lavagem das mãos.

Leah, dotada da insólita presciência das mães vigilantes, interceptou os dedinhos rechonchudos de Daniel quando eles se arrastavam em direção ao pão. Imperturbável, Mendel retirou a cobertura decorada que cobria as tranças, preparando a bênção final.

— Boruch Atoh Adonoi Eloheinu Melech Hoolom.

Bendito sejas, Senhor nosso Deus, rei do universo.

— Hamoitzi Lechem Min Haaretz.

Que trazes o pão da terra.

Liebermann murmurou um "amém" indiferente junto com os outros, e piscou para Hannah quando ela levantou a cabeça. Hannah sorria — um sorriso largo, triunfal. Mais uma vez, tinha sobrevivido ao ritual do *Shabat*, apesar dos esforços do irmão para envergonhá-la.

Mendel fez um sinal para o chefe dos criados, que estivera aguardando pacientemente junto à porta, e, em poucos instantes, a sala fervilhava de atividade. Uma grande terrina de canja foi depositada no centro da mesa e várias conversas começaram ao mesmo tempo. A mãe de Liebermann, Rebecca, alvoroçava-se com Daniel, enquanto Mendel fazia perguntas a Josef sobre um detalhe abstruso da legislação contratual. O velho olhou para o filho do outro lado da mesa, desejoso de que ele participasse, mas Liebermann apenas sorriu e se virou para Hannah.

— E então... — começou, mas, antes que conseguisse proferir outra palavra, a mãe se dirigiu a ele.

— Maxim, você jamais adivinhará quem encontrei outro dia.

— Quem?

— Frau Hirschfeld.

— É mesmo?

— É. Fazia anos que eu não a via. Ao que parece — disse Rebecca, que, sem nenhuma pausa, limpou um fio de canja que escorria da boca de Daniel e penteou o cabelo do neto com os dedos —, eles estão morando na Itália, a família toda, exceto Martin, é claro. Você tem visto Martin?

— Muito raramente.

— Ele foi promovido, você sabe — continuou a mãe, passando mais pão para Mendel. — Ela estava com boa aparência, Frau Hirschfeld. Ganhou um pouco de peso, é claro, mas, afinal, quem não engorda, quando chega à nossa idade?

Com uma agilidade quase impossível de detectar, Rebecca ajeitou o ângulo da colher na mão de Leah, antes que ela chegasse à boca de Daniel.

— Ah, e Rosamund, lembra-se da irmã de Martin, Rosamund? Agora ela tem dois filhos. Foi a que se casou com o arquiteto. Como era o nome dele?

— Weisel. Hermann Weisel.

— Isso mesmo. Primo de Herr Klein. Está fazendo o próprio nome, pelo que disse Frau Hirschfeld.

— Herr Klein?

— Não, não. O arquiteto — disse ela. Virando-se de repente para o marido, emendou: — Mendel, deixe Josef comer. Ele ainda não tocou na canja.

Fazendo um gesto para a tigela de Rebecca, Mendel respondeu secamente:

— Nem você, minha cara.

Rebecca deu de ombros e continuou a se alvoroçar, preocupada.

— E então — disse Liebermann, olhando pela segunda vez para Hannah, do outro lado da mesa —, o que você tem feito?

Hannah fez uma careta.

— Nada, na verdade.

Liebermann abanou a cabeça.

— Você deve ter feito alguma coisa. Faz quase um mês que não a vejo.

— Está bem — disse Hannah, abrandando a careta adolescente num beicinho mais adulto. — Fui visitar Emelie. Mas foi só.

— É mesmo?

— Sim, é mesmo.

Liebermann condoeu-se da irmã caçula. Hannah fora um acréscimo temporão à família e, desde o casamento de Leah, tinha que morar sozinha com os pais. Aos 16 anos, estava isolada numa casa que começava a ter um ar antiquado e moribundo.

— Nesse caso, imagino que eu deva levá-la para sair, para animá-la. Que tal lhe parece?

O rosto de Hannah iluminou-se.

— Eu gostaria muito.

— Onde quer ir?

— Não sei.

— Ora, vamos, você escolhe.

— Uma exposição?

— Qual delas?

— Qualquer uma.

— Bem, que tal a da Secessão? Você gostaria de vê-la? Está no prédio novo. Você sabe, aquele que os filisteus andam chamando de repolho dourado.

— Será que vai ser muito... — Hannah fez uma pausa antes de continuar — moderna?

— É claro, mas você vai adorar, garanto. Klimt criou um friso maciço. Muito controvertido, ao que parece.

— Não tenho certeza de que o papai...

Liebermann levou um dedo aos lábios. Certificando-se de que Mendel não ouvira nada, segredou:

— Eu lhe mando um bilhete. Um dia da semana que vem.

Ao longo dos diversos pratos, a família Liebermann manteve o burburinho da conversa, que só diminuiu depois da chegada da sobremesa — um lago aromático de compota de ameixa, servido numa enorme compoteira de prata. A cozinheira levou-a pessoalmente à mesa, e foi recebida com um coro de elogios.

Depois que todos terminaram de comer, Liebermann levantou-se.

— Posso pedir sua atenção, por favor?

A sala calou-se.

— Fico contente por estarem todos aqui, porque tenho um anúncio importante a fazer.

— Anúncio? — disse Rebecca, mais ansiosa do que curiosa. — Que anúncio?

Mendel pôs uma mão tranqüilizadora no braço da mulher.

— É o que vou lhe dizer, mamãe — respondeu Liebermann.

Correu os olhos pela mesa. Todos os familiares o fitavam com ar interrogativo. Só Mendel parecia perfeitamente sereno.

— Na quinta-feira passada, propus casamento a Clara Weiss — começou. Fez uma pausa para prolongar o suspense. — E... alegra-me informar que ela aceitou minha proposta. Estamos noivos.

Um silêncio de uma fração de segundo precedeu uma explosão de gritos e aplausos. Rebecca levantou-se da cadeira e, correndo até o filho, pendurou-se em seu pescoço. Em seguida vieram Leah e Hannah e, instantes depois, Liebermann descobriu-se no meio de uma aglomeração afetuosa e lacrimejante, sendo espremido, beijado e cumprimentado. O tumulto foi tão súbito e ruidoso, que assustou o pequeno Daniel — que não tardou a contribuir para a algazarra com seu choro. Quando finalmente soltaram Liebermann, ele constatou que o pai também se levantara e estava parado bem à sua frente. O velho abriu os braços.

— Parabéns, meu rapaz.

— Obrigado, papai.

Os dois se abraçaram — pela primeira vez em mais anos do que Liebermann era capaz de lembrar.

24

A SALA DE INTERROGATÓRIO TINHA um mobiliário escasso: uma mesa e algumas cadeiras simples de madeira. O vazio espartano era um pouco atenuado por uma reprodução fotográfica do ubíquo retrato de Francisco José. O velho imperador olhava para baixo, irradiando benevolência. De seu posto de observação elevado, quase divino, ele parecia satisfeito em esperar séculos por uma confissão. O que não se poderia dizer de Rheinhardt.

Mais uma vez, o inspetor descobriu-se meio irritado e perplexo com os rodeios das perguntas feitas por seu amigo. Até Natalie Heck dava sinais de confusão. Era claro que havia esperado uma entrevista mais rigorosa, talvez prevendo que "o doutor" a induziria a revelar mais do que era sua intenção. Em vez disso, Liebermann passara um tempo enorme discutindo a arte da costura e, nesse momento, parecia inteiramente fixado no conhecimento que a costureira tinha do guarda-roupa de Fräulein Löwenstein. Rheinhardt vira a expressão de Fräulein Heck passar do medo para o alívio e para algo que se assemelhava muito à confusão.

— Havia três vestidos de seda?

— Sim — respondeu Natalie Heck —, ao que eu saiba. Um vermelho, que ela comprou na Taubenrauch & Cie., aquela loja da Mariahilferstrasse, um verde e um azul, desenhado por Bertha Fürst. Às vezes ela usava um broche maravilhoso, em forma de borboleta, com o azul.

— E eram todos bem-feitos? De boa qualidade?

— É claro. A seda era muito cara... chinesa, acho. E tinham um corte lindo, especialmente o Fürst, embora não agradassem a todos.

— Por que diz isso?

— Algumas pessoas diriam que eles eram pouco recatados.

— E o que diria você?

— Eu... eu... — hesitou Natalie, antes de levantar o queixo e declarar, orgulhosamente: — Eu não me sentiria à vontade usando um vestido daqueles.

Rheinhardt sufocou um bocejo e consultou o relógio de bolso.

— Quer dizer — prosseguiu Liebermann — que era hábito de Fräulein Löwenstein usar um desses vestidos toda quinta-feira, à noite.

— Sim.

— Ela nunca usava nenhum dos outros?

— Havia um vestido de baile de veludo preto, e um vestido velho de cetim... mas ela parou de usá-los. Fazia algum tempo, na verdade.

— Esses eram de qualidade inferior?

— Sim. Os punhos do vestido de baile estavam puídos.

— Diga-me, Fräulein Löwenstein demonstrava gostar igualmente de todos os vestidos de seda, ou gostava mais de um que dos outros?

— Ela usava mais o azul, mas só porque era mais confortável.

— E como sabe disso?

— Ora — fez Natalie Heck, sorrindo —, porque ela me pediu que o alargasse. Disse que ele sempre fora muito apertado.

Liebermann fez uma pequena pausa. Tirou um fiapo das calças e o jogou fora, esticando o braço. Depois, voltando a atenção para Fräulein Heck, perguntou:

— E isso não lhe pareceu estranho?

Natalie Heck não entendeu a pergunta. Comprimiu os lábios e assumiu uma expressão vazia, arregalando os grandes olhos pretos — dois lagos de nanquim.

— É incrível — continuou Liebermann — que um vestido tão bem-feito fosse apertado demais, não acha? Será que uma pessoa como Frau Fürst, alguém com sua esplêndida reputação, cometeria um erro tão elementar?

Natalie Heck deu de ombros.

— Essas coisas acontecem. Pode-se tirar as medidas de uma pessoa num dia e, no dia seguinte... — disse, estendendo as mãos à frente do corpo e afastando-as.

Liebermann calou-se. Tirou os óculos e começou a limpar as lentes com o lenço. Ao terminar, repôs o lenço no bolso e examinou as lentes contra a luz. Enquanto o fazia, disse, com o ar despreocupado de quem fizesse uma observação casual ou se lembrasse de alguma coisa:

— Fräulein Heck, por que foi visitar o apartamento de Herr Braun?

Natalie Heck pareceu surpresa com a guinada — bastante repentina — da conversa para um território menos confortável. Rheinhardt parou de alisar o bigode e se empertigou na cadeira.

— Herr Braun é meu amigo — disse a costureira.

Liebermann repôs os óculos e fitou a moça diretamente nos olhos. Ela desviou o olhar e enrubesceu de leve.

— A senhorita visita com freqüência o apartamento de Herr Braun? — perguntou, acrescentando, depois de uma brevíssima pausa: — Sozinha?

Natalie Heck abanou a cabeça.

— Não, não. Herr Braun é meu amigo. Não somos...

— Por favor — interrompeu Liebermann. — Perdoe-me. Não era minha intenção sugerir nenhuma impropriedade de sua parte — disse. E, escolhendo cuidadosamente as palavras, acrescentou: — Nenhuma falta de pudor.

Natalie Heck ficou vivamente rubra. Aturdida, lançou-se numa defesa desarticulada.

— Só estive algumas vezes no apartamento de Herr Braun. Ele não é um homem forte... é comum ficar adoentado. No domingo, quando o policial me deteve... eu estava preocupada... queria saber se ele estava bem.

— Tem alguma idéia de onde ele está agora?

— É claro que não — respondeu ela, lançando um olhar enraivecido para Rheinhardt. — Inspetor, eu lhe disse a verdade na semana passada. Não há mais nada a dizer.

— Certamente, Fräulein — fez Rheinhardt —, e estamos muito gratos por sua ajuda.

Natalie Heck virou-se para encarar Liebermann novamente. Ele prosseguiu como se o diálogo anterior não houvesse acontecido.

— Parece-lhe, Fräulein, que seu amigo, Herr Braun, sentia-se atraído por Fräulein Löwenstein?

— Eu... — fez a moça, lutando para recuperar a compostura. — Acho que provavelmente sim. Ela era uma mulher muito bonita.

— Ele falava nela?

— Não.

— Então, por que acha que sentia atração por ela?

— Às vezes... — e Fräulein Heck apertou o xale de cores vivas em torno dos ombros, como se um vento frio houvesse atravessado a sala. — Às vezes ele a olhava de um certo jeito.

Justo quanto Rheinhardt pensou que o amigo tinha farejado sangue e preparava sua presa para lhe desferir a pergunta fatal, Liebermann simplesmente sorriu, reclinou-se na cadeira e disse:

— Obrigado, Fräulein Heck. A senhorita foi sumamente útil. — Em seguida, virando-se para Rheinhardt, acrescentou: — Não tenho mais perguntas, inspetor.

— Tem certeza, Herr doktor? — indagou Rheinhardt.

— Sim, inspetor. Toda a certeza.

Rheinhardt levantou-se, meio relutante, sem saber se Liebermann estava fazendo um jogo psicológico e criando em Natalie Heck, ardilosamente, um falso sentimento de segurança. Mas o jovem médico não deu sinais de maior interesse.

— Nesse caso, a senhorita está liberada, Fräulein Heck — disse Rheinhardt.

A costureira levantou-se da cadeira e, mantendo-se bem longe de Liebermann, com ar gelado, retirou-se da sala. Rheinhardt a acompanhou e Liebermann ouviu o amigo instruir um policial a escoltá-la de volta a sua casa, perto do Prater.

Ao regressar, Rheinhardt sentou-se na cadeira antes ocupada pela costureira. Por um momento, os dois homens compartilharam um silêncio constrangido. Por fim, Rheinhardt sacudiu a cabeça:

— Foi uma entrevista curiosa, Max.

— Foi?

— Sim. Por que você a encerrou de maneira tão peremptória? Justamente, ou assim me pareceu, quando as coisas começavam a ficar interessantes.

— Fräulein Heck nos disse tudo o que sabe.

— Nesse caso, a manhã não foi muito produtiva.

— Bem, eu não diria isso.

Rheinhardt franziu o sobrolho.

— Está certo: será que sabemos alguma coisa que já não soubéssemos ontem?

— Sim, muita coisa, creio eu. Sabemos que Natalie Heck estava apaixonada por Otto Braun; a negação dela não poderia ter sido mais reveladora. Também temos mais provas sugestivas de que Fräulein Löwenstein e Braun eram amantes. O desespero de Heck era palpável. Porém o mais importante é que agora temos a confirmação de uma hipótese anterior.

— Temos?

— Ah, sim. Você deve estar lembrado que especulei sobre a presença de uma terceira pessoa quando Charlotte Löwenstein foi assassinada, não?

— De fato, mas...

Interrompendo, Liebermann continuou:

— Agora conhecemos a identidade dessa terceira pessoa.

Fez uma pausa e Rheinhardt, incapaz de se conter, tornou a ficar de pé. Fez um movimento tão abrupto que a cadeira balançou e por pouco não foi derrubada.

— Qual é?

— A terceira pessoa — disse Liebermann, baixinho — era o filho não nascido de Fräulein Löwenstein. No dia do assassinato, ela estava com aproximadamente três meses de gravidez.

— Mas como foi que você deduziu isso? — exclamou Rheinhardt. A porta se abriu e um jovem policial enfiou a cabeça para dentro.

— Está tudo bem, senhor?

— Está, está — disse Rheinhardt, impaciente, abanando as mãos no ar. O policial fez uma reverência, desculpando-se, e fechou a porta.

— Eu lhe explicarei, no momento oportuno — disse Liebermann. — Preciso voltar ao hospital. Mas, por ora, Oskar, eu recomendaria com insistência que você redigisse um bilhete educado ao professor Mathias, solicitando a conclusão da autópsia interrompida de Fräulein Löwenstein o mais depressa possível.

— É claro.

— Ah, e Oskar...

— Sim?

— Eu gostaria de também estar presente... se puder.

25

ZOLTÁN ZÁBORSZKY estava sentado à sua mesa habitual no jardim do Csarda, um restaurante no Prater. Um tocador de címbalo e dois violinistas executavam "O lamento de Rákóczi", uma canção popular que a babá de Záborszky costumava cantar para ele quando era muito pequeno. O conde fechou os olhos e, por um momento, pareceu-lhe ouvir novamente o rio Tisza fluindo pelos jardins da propriedade familiar havia muito perdida. Reviu de memória a mansão imponente, com suas ameias e suas torres redondas, empoleirada em sua escarpa íngreme e rochosa: aqueles cômodos cavernosos que, no verão, enchiam-se de uma luz suave e lenta, que rolava feito mel pelas janelas. Agora, pensou, quem se estaria servindo daquela adega bem suprida, que continha, sob mantas de teias de aranha, garrafas trazidas pelos mais requintados comerciantes de vinho de Paris?

Záborszky tomou um gole de seu borgonha insosso e estremeceu, como quem sofresse de uma dor de dentes.

Se o velho conde, seu pai, houvesse sobrevivido à investida final da tuberculose, era muito provável que se tivesse levantado da cama com uma única intenção: enfiar uma bala na cabeça do filho errante. Záborszky contemplava essa cena imaginária com certa regularidade e, não raro, lamentava que ela não houvesse acontecido.

Quando a música parou, ele fez sinal para o cimbaleiro, que pousou imediatamente as baquetas sobre as cordas e se aproximou da mesa de Záborszky.

— Pois não, meu caro conde?

O músico não conseguiu esconder sua reação à aparência de Záborszky. O conde havia adquirido um suntuoso olho roxo. O inchaço quase lhe havia fechado o globo ocular, mal deixando visíveis o branco do olho e a íris.

Záborszky notou que o músico sobressaltou-se.

— Um acidente — disse, em tom categórico.

— O senhor precisa cuidar-se melhor, conde.

— Sem dúvida — fez Záborszky, que dobrou o guardanapo antes de prosseguir. — Tamás, por favor... chega de canções antigas.

— Ah, compreendo — disse o músico, com um sorriso solidário. — A melancolia, não é?

Záborszky assentiu com a cabeça, enquanto seu único olho visível ficava marejado.

O músico fez uma mesura e voltou para junto dos companheiros. Quando os três recomeçaram a tocar, o ar se encheu de um arranjo pobre, mas animado, da "Valsa do imperador", de Strauss.

Záborszky pegou seu exemplar do *Wiener Zeitung* e leu as notícias, a maioria das quais não lhe interessava. Aqui e ali, o texto era interrompido por espaços vazios, que traziam unicamente a palavra "censurado". Todas as manhãs, os exemplares de todos os jornais eram submetidos à aprovação do censor — que se inclinava a julgar numerosos artigos impróprios para o consumo do público. Záborszky estava prestes a pôr o *Zeitung* novamente de lado quando teve a atenção atraída por uma manchete: *Assassinato de Leopoldstadt confunde a polícia.*

Com que então finalmente eles tinham resolvido divulgar os detalhes. O conde se perguntou se a demora teria tido alguma coisa a ver com o censor.

Na ânsia de ler a matéria, foi pulando frases inteiras.

Sala trancada (...) *nenhuma bala* (...) *estatueta de um deus antigo* (...). *Truque habilidoso* (...) *montagem teatral.*

Um leve sorriso apareceu no rosto de Záborszky.

À procura de um rapaz chamado Otto Braun.

Tamás, presumindo que o conde estivesse apreciando a valsa de Strauss, percutiu as cordas do címbalo com mais vigor e estimulou os colegas a tocarem mais depressa.

— Aquele palhaço apatetado do inspetor — resmungou Záborszky consigo mesmo. — Completamente incapaz de compreender.

Podia imaginar todos eles: os policiais, com seus ridículos capacetes pontudos e seus sabres, guardando a porta da entrada, a equipe do inspetor tropeçando pelo apartamento, percutindo as paredes, procurando alçapões e alavancas. Não descobririam nada.

O conde tornou a fechar os olhos e uma lembrança distante veio à tona em sua mente já perturbada: o inverno. Os corvos, como trapos esfarrapados, apanhados nos galhos das árvores nuas.

Ele estava caçando na imensa floresta que cobria a parte alta das terras da propriedade: massas de neblina agitando-se nos vales, pedaços de terra congelada arrancados pelas patas do cavalo.

O animal se assustara. Havia farejado o perigo. Uma velha bruxa tinha parado junto aos arreios. Parecia ter surgido do nada. O cavalo havia relinchado e balançado a cabeça, nervoso. Záborszky não sabia *quem* era ela, mas sabia *o que* era.

A bruxa havia proferido uma palavra tabu. Mencionara a *szépasszony* — a Dama Alva, a bela mulher de longos cabelos louros que predava os homens jovens. A sedutora demoníaca que emergia nos temporais e nas chuvas de granizo...

A bruxa o havia amaldiçoado.

Ela o pegará, dissera.

26

O corpo de Fräulein Löwenstein tinha sido devolvido à mesa de dissecação, onde estava escondido sob os lençóis. As dobras e vincos do tecido criavam uma paisagem de montes e desfiladeiros em miniatura, que praticamente disfarçavam a forma humana ali embaixo. O ar estava carregado de putrefação — um eflúvio pestilento, que bem poderia ter sido cuspido por um respiradouro na crosta terrestre.

O professor Mathias puxou delicadamente o lençol de cima. Ele escorregou, revelando o rosto de Fräulein Löwenstein. Rheinhardt não esperava que ela estivesse muito mudada, mas a pele já estava descolorida e os traços, emaciados. Os lábios, antes azuis, nos estágios iniciais da morte, estavam quase negros. Havia em sua expressão algo que sugeria pavor, como se seu cérebro em decomposição ainda tivesse percepção sensorial suficiente para gerar um pesadelo. Apenas o cabelo de Fräulein Löwenstein havia preservado sua incandescência. As ondas e tranças brilhavam desafiadoramente sob a luz elétrica implacável.

Mathias pôs-lhe um dedo na testa e alisou uma ruga.

— Feneceu a grama e caiu a flor.

Rheinhardt captou o olhar de Liebermann e assumiu uma expressão abatida — a excentricidade do velho já começava a se tornar cansativa. Mathias deu um suspiro e, levantando a cabeça devagar, examinou o jovem médico parado do outro lado da mesa.

— Atenderei seu pedido — disse o legista, com súbita firmeza. — Mas o faço com certa relutância. Ainda suspeito que todos estejamos sendo vítimas de uma peça terrível. O que você me pede, Liebermann, é uma espécie de violação. Percebe isso, não? Não é um procedimento que eu execute com leviandade.

Liebermann fora avisado da afinidade peculiar de Mathias com os mortos, o que o levara a se perguntar por que um homem dotado de tamanha sensibilidade teria escolhido ser patologista, para começo de conversa.

— Professor Mathias — disse-lhe —, permita-me assegurar-lhe que dei a este assunto a máxima consideração.

— Espero que sim — continuou o outro. — Porque, se estiver errado e seus métodos de dedução psicológica se revelarem deficientes, não só pareceremos todos muito tolos, em mais uma ocasião, eu acrescentaria, como também teremos praticado um ato de violência imperdoável contra essa pobre, pobre mulher.

Os olhos de Mathias saltavam por trás das lentes grossas.

— Sem dúvida — concordou Liebermann. — Mas estou confiante em que os resultados do exame *post mortem* de hoje concordarão com minha previsão e serão de grande valor para meu colega — e apontou para Rheinhardt.

Mathias inclinou um pouco a cabeça.

— Onde trabalha, Liebermann?

— No departamento de psiquiatria do Hospital Geral.

— Com o professor Gruner?

— Sim.

— E qual é sua opinião sobre o professor Gruner?

Liebermann respondeu com certa hesitação:

— Creio que não seria apropriado eu tecer comentários sobre...

— Ora, vamos, estou-lhe fazendo uma pergunta perfeitamente razoável! — cortou Mathias, brusco. — Qual é sua opinião sobre o professor Gruner?

— Não posso afirmar nenhum conhecimento especial do professor Gruner como homem; entretanto, como médico...

— Sim?

Liebermann respirou fundo.

— Discordo profundamente de seus métodos.

— E por quê?

— Porque são desumanos.

Mathias grunhiu sua concordância.

— Exatamente. O homem é um idiota. Era o aluno mais obtuso da minha turma de anatomia; só chegou onde está através do nepotismo e do apadrinhamento!

Liebermann ouviu Rheinhardt soltar um pequeno suspiro de alívio.

— Bem, Herr doktor — prosseguiu Mathias —, talvez o senhor não seja tão mau juiz, afinal. Muito embora — acrescentou entre dentes — tenha resolvido especializar-se no ramo mais desacreditado da medicina.

Liebermann deu um sorriso polido e prendeu a língua entre os dentes.

O velho professor puxou seu carrinho para mais perto da mesa e começou a dispor sua coleção de instrumentos. Moveu um martelo uma fração de centímetro para a esquerda, mas depois cutucou-o de volta. Começou então a alinhar os bisturis, mas desistiu a meio caminho, para recomeçar a operação do zero. Liebermann reconheceu de pronto um caso muito óbvio de neurose obsessiva.

Rheinhardt começou a se impacientar. Não só estava ansioso por ver o professor prosseguir, como também considerava intolerável o cheiro do necrotério. O corpo de Fräulein Löwenstein exsudava vapores fétidos, que o deixavam enojado. O ar estava carregado de vapores de formaldeído e do fedor de putrefação. Rheinhardt pegou um lenço e o levou ao rosto, o que chamou a atenção do professor Mathias.

— Sabe — disse o velho —, mal sinto o cheiro de alguma coisa. Estou muito acostumado. — Pôs uma lâmina serrilhada junto a uma talhadeira e acrescentou: — Permitam-me sugerir charutos, cavalheiros. Dizem que o fumo torna os eflúvios mais toleráveis.

— Obrigado, Herr professor — disse Rheinhardt.

Com movimentos rápidos, desesperados, o inspetor desabotoou o botão superior do paletó e tirou do bolso uma caixa achatada de *panatelas*. Acendeu prontamente um dos charutos e o sugou até sua cabeça quase desaparecer numa nuvem de fumaça penetrante. As feições tensas de seu rosto abrandaram-se de prazer, à medida que o tabaco fragrante neutralizou o mau cheiro.

— Perdoem-me. Herr doktor? — disse, oferecendo a caixa ao amigo.

Liebermann achava que, como médico, deveria ser capaz de suportar a situação sem recorrer ao fumo; entretanto fazia muito tempo que não assistia a uma autópsia, e o miasma que subia o estava deixando muito nauseado.

— Obrigado — disse, pegando a caixa.

O professor Mathias concluiu o ritual preparatório e proclamou:

— "Se não encontrarmos nada agradável, ao menos encontraremos algo novo."

Em seguida, olhou para os dois companheiros, com uma expressão expectante no rosto.

— Não? Muito bem, é de *Cândido*.

Depois disso, levantou delicadamente os lençóis que cobriam a parte inferior do cadáver e revelou o abdômen de Fräulein Löwenstein. A barriga estava inchada e a pele, distendida, por causa dos gases intestinais. As laterais das costas, em contato com o tampo cinzento da mesa, estavam marmoreadas, com listras de tonalidade marrom e violeta. Mathias ajeitou as cobertas, para se certificar de que os órgãos genitais da morta não ficassem impropriamente à mostra.

— Herr professor — disse Liebermann —, antes de o senhor começar, posso ver o ferimento feito à bala?

Mathias fuzilou-o com um olhar de reprovação.

— Por favor — acrescentou Liebermann, esperançoso.

O legista levantou o lençol da parte superior e tornou a deixá-lo cair, oferecendo a Liebermann o mais breve relance.

— E o senhor não tem nenhuma explicação? — perguntou o jovem médico.

— Nenhuma — disse Mathias, numa resposta fria e desdenhosa.

O velho escolheu uma lâmina pequena e começou a fazer uma série de incisões no abdômen de Fräulein Löwenstein. Retraiu a carne, criando uma grande abertura pela qual se podia ver a superfície rósea e arredondada da bexiga. Atrás dela ficava a massa levemente mais escura do útero. Rheinhardt desviou os olhos.

— Ora, ora... — disse o professor Mathias. Ficara meio ofegante e com a voz levemente chiada.

— O que foi? — indagou Rheinhardt.

— O útero está intumescido.

A fumaça do charuto do inspetor rolou pelo cadáver de Fräulein Löwenstein e se acumulou dentro da cavidade abdominal. Mathias emitiu um grunhido de reprovação.

— Isso significa...

— Paciência, inspetor. Quantas vezes tenho que lhe dizer?!

— *Festina lente*?

— É claro. *Festina lente*.

O velho limpou o sangue da lâmina e escolheu uma tesoura grande. Introduziu-a no corpo de Fräulein Löwenstein, fez alguns cortes e, com as mãos em concha, retirou a bexiga do abdômen da morta. Depositou o saco murcho num pote de formaldeído e fez uma pausa para observá-lo afundar. O órgão desceu, deixando em sua esteira uma trilha de filetes viscosos marrons. Mathias pareceu imerso em pensamentos.

— Muito interessante... — comentou, baixinho.

— O quê? — perguntou Rheinhardt.

Mathias ignorou a pergunta. Em vez disso, dirigiu-se rapidamente à cabeça de Fräulein Löwenstein, dizendo "Desculpe-me". Em seguida, mergulhou novamente as mãos no cadáver e pressionou as palmas contra o balão distendido do útero.

— Sim — repetiu. — Realmente muito interessante.

Depois de tirar dos dedos um fétido resíduo transparente, escolheu outro bisturi e fez duas incisões rápidas. Liebermann tinha visto os garçons do Café Imperial fazerem movimentos similares ao prepararem frutas. Mathias debruçou-se sobre o corpo de Fräulein Löwenstein e, acompanhado pelas invenções melódicas de seus pulmões cansados, expôs a área do útero segmentado com terno cuidado.

Ao terminar a operação, manteve-se perfeitamente imóvel. Nem Rheinhardt nem Liebermann podiam ver o que o velho tinha descoberto. Mathias estava dobrado sobre o cadáver, com as mãos ensangüentadas ainda imersas nas entranhas de Fräulein Löwenstein.

Rheinhardt pigarreou, na esperança de chamar a atenção do patologista.

Não houve resposta.

— Herr professor?

Mathias balançou a cabeça e murmurou alguma coisa inaudível.

Liebermann lançou um olhar inquisitivo a Rheinhardt.

— Professor? — repetiu o inspetor.

O velho deu um passo atrás e, fazendo um gesto para o abdômen exposto de Fräulein Löwenstein, disse:

— Senhores...

O inspetor e o médico se aproximaram.

Liebermann havia-se considerado imune às surpresas. Tinha certeza de que Fräulein Löwenstein estava grávida e já havia formado uma imagem mental do que estava prestes a ver.

Mas se enganara.

Súbito, todas as suas expectativas foram invalidadas.

— Santo Deus! — exclamou Rheinhardt.

Na concha crua e exposta do ventre de Fräulein Löwenstein havia dois corpinhos, nenhum dos dois maior do que um polegar de homem, porém completos em todos os detalhes humanos. Os dedos minúsculos das mãos e dos pés estavam plenamente formados, e os rostos, de olhos fechados, eram a imagem da serenidade. Um emaranhado de cordões umbilicais distribuía-se entre os dois como uma serpente guardiã. Eles pareciam aconchegados em sua poça malcheirosa de líquido amniótico.

Passado o choque inicial, Liebermann sentiu-se tomado por uma terrível tristeza. Teve o impulso de fazer uma oração, mas, na falta de qualquer instinto religioso, foi obrigado a buscar consolo no bálsamo substituto da poesia: "Bom é o sono, melhor é a morte, mas claro está que o melhor de tudo seria nunca ter nascido."

— Heinrich Heine — disse o professor Mathias, novamente demonstrando seu gosto peculiar pelas citações e pela identificação delas. — *Morfina* — prosseguiu. — Eu o cumprimento por duas razões, Herr doktor: seus poderes de dedução e sua escolha do epitáfio. Vivemos num mundo perverso. Eles jamais serão afetados pelo mal ou pela dor. Seu sono inocente será eterno.

Dizendo isso, o professor ungiu cada cabeça minúscula com a ponta do indicador. Liebermann nunca tinha visto uma bênção tão bizarra nem macabra.

Mathias enxugou os dedos no avental, deixando trilhas vermelhas de muco. Olhando para Rheinhardt, acrescentou:

— Bem, inspetor, parece que agora o senhor está investigando um triplo homicídio.

27

O APOSENTO ERA MUITO PEQUENO, mas decorado como o palácio de um sultão. Cortinas azul-marinho, quase negras, adornadas com motivos bordados a ouro. Uma pilha de almofadas, enfeitadas com fio de prata e guarnecidas de espelhos e pérolas minúsculos, havia caído do divã e se espalhava pelo chão. Três velas grandes, cada qual da grossura de um braço de criança, ardiam em castiçais incrustados de pedras preciosas: sárdonix, opalina, safira e crisoprásio; e o ar estava denso com o perfume marcante do olíbano, uma pequena porção do qual queimava numa travessa maciça de granito polido.

Sentada a uma mesa de cartas forrada de baeta estava uma mulher corpulenta, cujas curvas amplas tinham sido comprimidas entre os braços sólidos de um grande trono de madeira. Este possuía a dignidade primitiva de um artefato medieval — o espaldar alto tinha um festão de rosetas toscamente entalhadas e tiras de serpentina, entre as quais se via um estranho grupo de gárgulas enfurecidas e serafins alados.

Fräulein Löwenstein foi encontrada morta num aposento trancado.

Levara um tiro no coração — mas não havia bala.

No *Zeitung*, eles tinham tentado sugerir que não acontecera nada de estranho, que Braun poderia ser o responsável e que tudo era uma aparência ilusória, um refinado truque teatral. Mas que é que *eles* sabiam?

Cosima von Rath rememorou um estranho encontro ocorrido dois anos antes. Ela viajara a Nova York com o pai. Numa reunião da alta-sociedade, oferecida pela família Decker, na qual ela e Ferdinand tinham sido totalmente ignorados pelos Rothschild (a afronta ainda doía), Cosima fora apresentada a um jovem mago inglês — lorde Boleskin, um belo rapaz — de olhos curiosamente ardentes. Boleskin estava em Nova York tentando levantar fundos para sua ordem de magia, A Lâmpada da Luz Invisível. Tão persuasivo era ele que Cosima havia concordado em fazer uma doação ali mesmo e, posteriormente, fizera várias outras, em resposta às cartas de Boleskin. Em troca, o rapaz lhe enviara alguns livros de poesia, que ele mesmo escrevera sob o pseudônimo discreto de Aleister Crowley. O mais recente, *A alma de Osíris*, estava na mesa em frente a ela.

Por ocasião desse primeiro encontro, Boleskin pusera uma das mãos no braço de Cosima von Rath e, inclinando-se para perto — perto demais, talvez —, havia segredado: *Sei quem você é. Perdoe esses tolos.* Correndo a mão pelo cômodo num gesto extravagante, tinha acrescentado: *Eles nada sabem.*

Conduzindo-a à sacada, de onde se podia avistar ao longe a Estátua da Liberdade, Boleskin lhe fizera algumas confidências. Explicara que vinha experimentando um ritual capaz de tornar o celebrante invisível. Um mago da estatura de Boleskin — ou alguém ainda mais hábil nas artes da magia negra — poderia entrar num aposento, cometer um assassinato e simplesmente esperar que a porta trancada fosse derrubada, quando então escaparia do cômodo sem se fazer notar — bem debaixo do nariz dos investigadores obtusos.

Refletindo sobre sua hipótese, Cosima se deu os parabéns, mas ficou perturbada com as implicações. Teria Fräulein Löwenstein realmente tido a oportunidade de se imiscuir em círculos tão elevados? Ela fora uma médium talentosa, sem dúvida, mas não uma pessoa versada nas leis esotéricas, isso era óbvio. O talento dela tinha sido um dom natural — bruto e sem orientação. Ela não sabia praticamente nada das divindades egípcias. Quando Cosima lhe mencionara Hórus, Ísis e Hoor-Paar-Kraat (mais conhecido pelos não iniciados como Seth), Charlotte Löwenstein havia simplesmente mudado de assunto, exibindo sinais inconfundíveis de embaraço.

Cosima remexeu-se, incomodada. Os braços da cadeira faziam pressão nas carnes que pendiam em dobras soltas em volta de sua cintura e quadris. Ela pegou o já desgastado baralho de tarô e examinou rapidamente os arcanos menores, retirando as quatro rainhas.

Perguntou a si mesma qual delas seria melhor para representar Charlotte Löwenstein.

Tocou em cada um dos quatro naipes e, após alguma deliberação, repôs o indicador gorducho na Rainha de Taças, a qual afastou do desfile da realeza e empurrou para uma esfera de cristal, que descansava num berço de marfim sobre a mesa de cartas.

É claro, ainda havia outra possibilidade. Fräulein Löwenstein poderia ter-se metido com forças que era incapaz de controlar. Lorde Boleskin havia falado da "Operação de Abramelin" e outros rituais similares: invocar os quatro Grandes Príncipes dos males do mundo e seus oito subpríncipes... Talvez a personalidade simplória de Charlotte Löwenstein tivesse sido um artifício, um disfarce conveniente, ocultando um coração orgulhoso e uma ambição maior do que Cosima havia suspeitado, a princípio. Se aquela moça tola houvesse tentado regatear com forças que não compreendia, elas teriam cobrado uma vingança terrível e inominável.

Cosima afagou a *ankh*, a cruz ansata incrustada de diamantes que levava no pescoço, e contemplou a bola de cristal. Um mundo virado para baixo pendia em sua bolha aquosa, sem sustentar nenhuma vida, exceto um homúnculo deformado, de olhos protuberantes. Em muitas ocasiões, Cosima sentara-se assim durante várias horas, fitando seu próprio reflexo distorcido, e nem uma vez a bola se tornara leitosa, nem uma vez seu interior se enevoara com visões prescientes.

— Madame... madame...

Uma voz trêmula chamava do outro lado da porta.

Oh, aquela menina idiota.

— O que é, Friederike? Eu lhe disse para nunca me incomodar quando estou aqui.

A voz continuou.

— Madame, Herr Bruckmüller está aqui para vê-la.

— Ah — fez Cosima, cujo tom de voz passou da irritação para uma leve surpresa.

— Devo mandá-lo embora?

— Não! — gritou Cosima. — Não, é claro que não, sua menina tola. Traga-o aqui agora mesmo.

A criada desceu a escada correndo e Cosima voltou a suas meditações.

A polícia estava despreparada para conduzir uma investigação dessa natureza. Havia equiparado a ausência de Braun à culpa. Mas e se ele tivesse sido cúmplice da busca de poder de Fräulein Löwenstein? As forças obscuras que haviam arquitetado a morte extraordinária da médium seriam perfeitamente capazes de dar sumiço num jovem pintor.

O ribombar da voz de baixo profundo de Bruckmüller pôde ser ouvido muito antes de seu andar pesado na escada. Por que ele se dava ao trabalho de conversar com os criados, era uma coisa que ultrapassava a compreensão de Cosima.

Houve uma leve batida na porta.

— Entre.

A porta se abriu e Friederike anunciou:

— Herr Bruckmüller.

— Obrigada, Friederike. Isso é tudo.

O homenzarrão sorriu e avançou em direção ao trono de madeira.

— Minha querida Cosima — trovejou. — Você está com uma aparência radiante.

Cosima ficou instantaneamente encantada — e constrangida — com o elogio. Estendeu a mão gorducha e deixou que Bruckmüller encostasse os lábios nos nós de seus dedos, cheios de covinhas. O bigode eriçado do homem estava surpreendentemente bem-aparado.

— Hans, meu querido. Você viu o *Zeitung*?

— Vi. Extraordinário! Realmente extraordinário!

— Ela foi visitada por uma força superior.

— Você acha?

— É claro. Aquela jovem tola estava brincando com fogo... metendo-se com artes que não tinha conhecimento para praticar com segurança.

Bruckmüller sentou-se no divã e abanou a cabeça.

— Deve ter sido terrível.

— Com certeza. É difícil imaginar as perturbações da alma que terá sofrido naquela noite. Estremeço só de pensar.

A expressão de Bruckmüller passou por uma mudança súbita.

— Entretanto...

— O quê? — perguntou Cosima.

— Existe a questão do Braun. Onde está ele? Por que se evadiu?

— *Será* que ele se evadiu? Isso é o que a polícia deixa implícito. Mas pode ter havido outra explicação. Talvez ele tenha sido *removido*.

— Como assim? Você quer dizer, pela mesma força superior?

— Receio que a polícia nunca tenha a oportunidade de entrevistá-lo.

— Mas por quê? — indagou Bruckmüller, com a voz tonitruante. — Por que Braun?

— Essa é uma pergunta que pretendo responder — retrucou Cosima, apertando a *ankh* e adotando uma expressão que almejava ser sedutora e misteriosa. — Em breve, muito em breve.

28

LIEBERMANN PÔS A CANETA-TINTEIRO na escrivaninha e aplicou um grande mata-borrão ao caderno de notas. Quando se convenceu de que a tinta estava seca, reexaminou seus resumos de casos e repôs o caderno na gaveta. No momento em que o fazia, houve uma batida na porta. Era Kanner.

— Olá, Max. Você dispõe de um minuto?

— Um minuto, porém não muito mais. Mahler estará conduzindo um concerto de Beethoven e Wagner na Filarmônica. Começa às sete.

— Não o deterei por muito tempo — disse Kanner, sentando-se. — Você viu a Srta. Lydgate hoje?

— Não.

— Max, ela teve outro daqueles... — fez uma pausa por um instante, antes de continuar: — ataques.

— Ah — exclamou Liebermann, cujo rosto se crispou de apreensão.

— Foi exatamente como o ataque anterior — continuou Kanner. — Ao que parece, a Srta. Lydgate passou bem a maior parte do dia, conversando com as enfermeiras e lendo. Eu estava fazendo a ronda e entrei para dizer um olá, e... — Kanner deu um sorriso de quem pedisse desculpas e encolheu os ombros. — Parece que tornei a desencadear alguma coisa. Assim que apareci, ela começou a tossir e, segundos depois, estava gritando comigo... Simplesmente não compreendo.

— A mão direita dela...

— Ah, sim — fez Kanner, assentindo vigorosamente com a cabeça. — Ela me deu um soco, mas, como eu estava mais preparado dessa vez, consegui desviar-me. Ela foi contida pelos atendentes até se acalmar.

— Ela disse mais alguma coisa?

— Não sei, achei melhor me retirar. Não queria piorar a situação. Pelo que sei, ela voltou a adormecer e acordou duas horas depois, sem nenhuma lembrança do que havia ocorrido. Sinto muito, Max, eu não tencionava...

— Por favor — disse Liebermann, erguendo a mão para silenciar o amigo. — Não é culpa sua, Stefan.

— É provável que não, mas continuo a me sentir responsável.

Liebermann pegou a caneta e guardou-a no bolso do paletó.

— Ah, e há mais uma coisa — acrescentou Kanner. — Na sexta-feira à tarde, a Srta. Lydgate estava sentada com Katia Dill... sabe quem é, a mocinha de Baden? Pois bem, enquanto elas conversavam, Katia mostrou seu bordado à Srta. Lydgate. Segundos depois, a governanta ficou extremamente agitada.

— Em que sentido?

— Distraída, incapaz de se concentrar. Talvez tenha até sofrido uma ausência. Ao que parece, começou a resmungar alguma coisa em inglês. Não sei exatamente o quê, eu não estava lá. Soube disso pela Sabina.

Liebermann fez um ar intrigado.

— A enfermeira Rupius — continuou Kanner. — Você sabe, aquela que é bonita, com os grandes olhos castanhos. Com certeza você...

— Stefan!

— Desculpe, Max.

Kanner tentou resgatar um pouco de credibilidade profissional antes de prosseguir:

— Talvez você deva dar uma palavrinha com a enfermeira Rupius, antes de fazer a próxima consulta com a Srta. Lydgate.

— Sim, farei isso.

Liebermann consultou o relógio e se levantou.

— Realmente tenho que ir, Stefan; e obrigado.

— De nada.

Liebermann abriu a porta para o amigo sair.

— Max? — fez Kanner, com ar constrangido.

— Sim.

— A Srta. Lydgate deveria estar sendo submetida à eletroterapia.

— Sim, eu sei.

— O que você dirá ao professor Gruner, quando ele pedir uma explicação?

Liebermann suspirou.

— Na verdade, ainda não pensei nisso.

— Nesse caso — disse Kanner, pondo a mão solícita no ombro de Liebermann —, acho melhor começar a pensar.

29

Tudo no salão de concertos parecia ter sido moldado em ouro: o teto barroco, os frisos entalhados e a elegante cariátide dourada — a base do órgão —, com seu tímpano e seu entablamento. O efeito era deslumbrante. Uma labareda de ouro.

Acima da platéia, imensos lustres de cristal faiscavam com uma luz irrequieta, e cada irradiação estelar era respondida por ondas de coruscação lá embaixo. Em meio ao mar de rostos nas poltronas, uma profusão de broches de brilhantes fulgurava e tremeluzia. O Grosser Saal parecia uma caverna de Aladim — cintilando com os sinais da prosperidade burguesa.

— Ah, aí está você.

Liebermann virou-se e viu Rheinhardt deslocando-se, com certa dificuldade, pelo espaço estreito entre os assentos.

— Que correria! Mal tive tempo de me trocar — resmungou ele. Desabou na poltrona ao lado de Liebermann, prendeu a respiração e, bufando um pouco, disse: — Eu estava concluindo meu relatório sobre a segunda autópsia.

Liebermann espiou por cima do balcão.

— Foi muita sorte eu ter conseguido estes lugares, sabe, especialmente tão em cima da hora. No que me concerne, quando Mahler é o maestro, não vale a pena se sentar em nenhum outro lugar. Você tem que ver o rosto dele... que humanidade!

Ignorando a recepção pouco convencional e meio imprópria do amigo, Rheinhardt baixou a voz e chegou mais perto de Liebermann.

— Sabe, tive de relatar que a segunda autópsia foi iniciada depois de eu buscar orientação médica, ou seja, a *sua* orientação. Mas você ainda não me disse como o fez. Como deduziu aquilo?

Um grupo de violinistas e alguns integrantes do naipe dos sopros emergiram dos bastidores e foram entrando no palco.

— Ah, não foi realmente tão difícil, Oskar — disse Liebermann, aparentemente mais interessado nos músicos. — Rosa Sucher havia descrito mudanças nos hábitos alimentares de Fräulein Löwenstein. Além disso, ela também vinha bebendo menos café e começara a tomar chá de hortelã. Ora, como pai de duas filhas, você sem dúvida reconhece o significado desses fatos.

Rheinhardt coçou a cabeça.

— Desejos? Sim. Quando Else estava esperando Mitzi, eu tinha que me levantar ao raiar do dia para comprar morangos no Naschmarkt. Durante semanas, ela se recusou a comer qualquer outra coisa! Mas receio que o significado do café e do chá de hortelã me escape inteiramente.

Liebermann continuou a vigiar a chegada da orquestra.

— A maioria das mulheres acha o café menos palatável nos primeiros estágios da gravidez.

— É mesmo? Não me lembro de que Else...

— Você teria notado?

— Talvez não.

— E, quanto ao chá de hortelã, ele é um velho tratamento para os enjôos matinais. Muito eficiente, diga-se de passagem.

Rheinhardt deu um resmungo de aprovação.

— De posse dessas informações — prosseguiu Liebermann —, perguntei-me se Natalie Heck, sendo costureira, e portanto, talvez mais atenta ao guarda-roupa de Fräulein Löwenstein, teria notado alguma mudança nos trajes da vítima. Teria ela, por exemplo, comprado roupas novas e de proporções mais generosas? É claro, Fräulein Heck ultrapassou todas as explicações, ao confessar que ela mesma havia alargado o vestido de seda azul de Fräulein Löwenstein. Depois disso, tive a idéia de rever minha interpretação anterior daquele erro intrigante do bilhete de suicídio. O sentido do *Ele nos levará para o inferno* ficou totalmente transparente.

— Isso também explica uma outra coisa — disse Rheinhardt. — É algo que eu havia julgado sem maior importância na primeira autópsia. Fräulein Löwenstein não estava usando espartilho.

— Com certeza, usá-lo implicaria um incômodo considerável.

Nesse momento, representantes de todos os naipes da orquestra haviam entrado no palco, e os do naipe dos metais começaram a aquecer seus instrumentos com escalas em surdina.

— Bem — disse Rheinhardt —, mais uma vez, fico-lhe muito grato, Herr doktor.

— Isso nós ainda veremos — retrucou Liebermann. — A gravidez de Fräulein Löwenstein certamente introduz um novo elemento em nosso mistério. Mas quanto a seu significado, quem sabe?

— É verdade. Mas fizemos algum progresso. E tenho um palpite de que a gravidez dela terá um papel a desempenhar na revelação do motivo de seu assassinato.

— É possível — concordou Liebermann.

Antes que pudesse estender-se sobre o assunto, porém, distraiu-se com um grupo de homens bem-vestidos que avançavam em cortejo, como com passo marcado, pelo corredor mais distante entre as poltronas. Vários deles usavam uma espécie de uniforme — casaca verde, punhos de veludo preto, botões amarelos. Seu avanço lento produziu uma onda de agitação na platéia: o burburinho impassível transformou-se num sussurro agitado. Cabeças se viraram e houve até quem apontasse. A cada poucas fileiras, um cidadão ou dama ilustre de Viena levantava-se para cumprimentar o grupo.

— Oskar? — chamou Liebermann, fazendo sinal para os fundos do Grosser Saal. — O que está havendo ali? Reconhece algum daqueles homens?

Rheinhardt apoiou as mãos no parapeito do balcão e se inclinou para a frente.

No centro do grupo, um senhor bem-vestido, de terno cinza-escuro, beijava a mão de uma senhora de aparência aristocrática.

— Santo Deus, é o prefeito!

— O que ele está fazendo aqui? — exclamou Liebermann. — Maldito hipócrita!

Alguns anos antes, o prefeito havia insultado Mahler, convidando outro maestro para reger um concerto beneficente especial da Filarmônica. Ciente da política do prefeito, Liebermann se dera conta de que a motivação dele fora muito clara. Os adeptos do prefeito na União Reformista anti-semita deviam ter ficado encantados. Mas os integrantes da orquestra ficaram furiosos e se haviam queixado com grande ressentimento.

— Não tão alto, Max.

Liebermann rosnou e cruzou os braços.

— E... — fez Rheinhardt, espremendo os olhos — nem acredito: lá está Bruckmüller.

— Quem?

— Hans Bruckmüller, está lembrado? Ele freqüentava as reuniões de Fräulein Löwenstein. Está vendo aquele homem ali? — E apontou discretamente. — O sujeito grandalhão, com um cravo vermelho na lapela.

— Ah, sim.

— Eu não sabia que ele era um dos cupinchas de Lueger...

— Bem, agora você sabe.

Assim que a orquestra se reuniu, o primeiro violino entrou em passos rápidos, acompanhado por muitas palmas apreciativas. Sentou-se, tocou um lá para os colegas, e um caos de tons diferentes coalesceu aos poucos e se uniu em torno de sua orientação. Lueger e seus companheiros ainda estavam andando lentamente pelo corredor quando Gustav Mahler apareceu.

A platéia irrompeu numa chuva de aplausos.

Mahler subiu ao pódio e fez uma grande reverência. Liebermann julgou ver a expressão neutra do maestro toldar-se de irritação ao avistar o grupo de Lueger, que havia incomodado uma fileira de espectadores já instalados para chegar a seus lugares centrais.

Os aplausos diminuíram aos poucos e as luzes do teatro se atenuaram. Mahler girou nos calcanhares e se pôs de frente para a orquestra. Não precisou consultar a partitura, porque havia decorado o programa inteiro. Erguendo a batuta, parou por um instante antes de dar início à peça, liberando a majestade do gênio de Beethoven.

Esguio, nervoso e ágil, o maestro segurou os violoncelos e os baixos com a mão direita. Desenhando um crescendo, seu punho cerrado ergueu-se em direção ao céu, como um desafio aos deuses. Ali estavam os saltos, o agitar furioso dos braços, as sufocações e os sacolejos rotineiramente vilipendiados pelos críticos, que abominavam o estilo bombástico do maestro. Ali estavam todos os "excessos horrorosos" que tinham sido ridicularizados por caricaturistas e comentaristas — "dança-de-são-vito", "*delirium tremens*", "possessão demoníaca". Tudo verdade. No entanto a Filarmônica nunca havia soado mais poderosa, nem a abertura de Beethoven fora mais vital. A música explodiu, numa virilidade raivosa e apaixonada.

Liebermann fechou os olhos e mergulhou num mundo sonoro de tumulto, tormenta — e incomunicável bem-aventurança.

30

O PATÊ DE FÍGADO ESTAVA RECHEADO de trufas e foi apresentado numa bandeja de cristais de gelo. Fatias redondas de pão preto dispunham-se num cesto rústico, e o faisão — caramelizado com mel e perfumado com uma mistura de ervas — acomodava-se numa grande travessa branca, acompanhado de legumes verdes e amarelos.

— Lembra-se de Cosima von Rath?

Juno Hölderlin espremeu os olhos para o marido.

Como é que eu poderia esquecê-la?, pensou ele.

— A noiva de Herr Bruckmüller — continuou Juno. — Ela foi a algumas reuniões de Fräulein Löwenstein.

— Sim — disse Hölderlin. — Uma mulher realmente notável, pelo que me lembro.

Hölderlin desdobrou o guardanapo, sacudiu-o no ar e o colocou cuidadosamente no colo.

— Ela telefonou hoje.

— É mesmo? O que queria?

— Está formando um círculo.

— Minha cara, mais um? — fez Hölderlin, cuja expressão indicava extremo desconforto. — Será que seu apetite pelo sobrenatural não foi moderado pelos acontecimentos recentes?

— Ela não sugeriu que formássemos um novo círculo para substituir o de Fräulein Löwenstein. Não, Heinrich. Sugeriu uma reunião de investigação... uma sessão cujo propósito seria descobrir o que realmente aconteceu *naquela noite*.

— Ela pretende estabelecer contato com Fräulein Löwenstein?

Juno Hölderlin cortou o patê e pôs uma fatia úmida na borda de seu prato.

— Imagino que sim. Também quer descobrir o paradeiro de Herr Braun.

As piscadas de Juno se aceleraram, até que ela finalmente espremeu os olhos, no esforço de se livrar do tique nervoso.

— Quem mais ela convidou?

— Herr Uberhorst, Fräulein Heck... todos eles.

— E eles concordaram em comparecer?

— Ao que eu saiba, sim, embora Fräulein Von Rath ainda não tivesse conseguido entrar em contato com o conde Záborszky quando nos falamos.

— Você... você quer ir?

Juno baixou os olhos para o prato e ficou momentaneamente distraída com a beleza do friso azul e dourado. A porcelana fora presente de casamento de Sielglinde.

— Se isso ajudar... é claro.

Hölderlin tomou um gole de vinho.

— Muito bem. Nós iremos — disse.

31

— Não estava um dia particularmente quente... fazia bastante frio, na verdade... mas Herr Schelling insistiu em que fôssemos. Perguntei a Frau Schelling se ela queria seu casaco, mas ela disse que não seria necessário... não pretendia acompanhar-nos.

Os olhos da Srta. Lydgate mexeram-se rapidamente sob as pálpebras cerradas, e suas palavras se arrastaram, sob o efeito do sono hipnótico.

— Houve alguma coisa entre eles — continuou a governanta. — Entre Herr Schelling e Frau Schelling: um olhar, um olhar estranho. Depois, Frau Schelling disse: *Agora preciso ir embora; divirta-se na floresta, Srta. Lydgate. É muita bonita nesta época do ano*. E saiu da sala. Muito depressa, como se... como se estivesse fugindo.

— De quê? — perguntou Liebermann.

— Não sei — disse a Srta. Lydgate e tossiu. — A carruagem nos levou pela cidade e passamos por Unterdöbling e Oberdöbling. Herr Schelling me disse que Beethoven tinha morado lá; era o lugar em que havia escrito sua terceira sinfonia. Originalmente, Beethoven dedicara essa obra a Napoleão, mas, ao receber a notícia de que o primeiro cônsul se havia coroado imperador, o grande compositor enfureceu-se e rasgou a dedicatória. Eu já conhecia essa história, porque meu pai me contara algo muito parecido, mas julguei grosseiro interromper. Herr Schelling perguntou-me se eu gostava de música. Eu disse que sim, mas confessei não ter grandes conhecimentos. Então ele disse que eu deveria deixá-lo levar-me a um concerto. Agradeci, achando que não merecia essa bondade. Ele disse que o prazer era seu e pôs a mão em meu braço...

A cabeça da Srta. Lydgate balançava de um lado para outro, em seu ninho de cabelos flamejantes.

Ao longe, um sino de igreja começou a badalar, lento e fúnebre.

— Herr Schelling não retirou a mão e chegou um pouco mais perto. Eu não sabia o que fazer. Aquilo parecia impróprio. Mas Herr Schelling não era um estranho. Era um parente, primo de minha mãe. Talvez lhe fosse permissível descansar a mão em meu braço. Por isso, não fiz nada... e temo... temo que tenha sido um erro. Creio que eu possa ter sido responsável por um mal-entendido.

Liebermann estudou sua paciente deitada. Ela parecia relativamente calma. Depois de uma longa pausa, retomou espontaneamente a narrativa.

— Embora o dia estivesse meio nublado, ainda assim a floresta era linda. Fiquei fascinada com a flora, mas Herr Schelling insistiu em que eu não me desviasse da trilha. *Ainda há ursos nesta floresta*, disse. Mas não acreditei. Ele estava sorrindo e não demonstrava nenhuma preocupação com sua própria segurança. Subimos uma ladeira estreita e íngreme, até chegarmos a um mirante. Paramos lá para admirar a paisagem. Herr Schelling apontou-me uns vilarejos nas encostas mais baixas, assim como um vinhedo. Estava parado bem atrás de mim. Descreveu um arco no ar com o indicador, por cima e para além das montanhas. *Aqueles são os Alpes*, disse. Dei um passo à frente... e ele me seguiu. Senti seu corpo encostar-se no meu, e então... e então...

O peito da Srta. Lydgate arfava e sua respiração se acelerou. Mas ela continuou a contar sua história, com calma e lentamente.

— Senti os lábios dele. Encostaram na minha nuca. Estremeci de nojo e me virei. Ele me fitava com uma expressão estranha e abrasadora nos olhos. Agarrou meus braços e me puxou. Achei que havia enlouquecido. Ele disse meu nome duas vezes, e afundou o rosto em meu ombro. Tornei a sentir seus lábios... uma umidade no lado do meu pescoço. Debati-me até me livrar de seu abraço e dei alguns passos para trás. Estava perto da borda do precipício. A queda era abrupta e, por um momento terrível, achei que Herr Schelling pretendia me empurrar. Mas, de repente, o fogo de seus olhos desapareceu. Ele ajeitou a gravata e penteou o cabelo para trás, com as mãos. Assumiu uma expressão solícita. *Mas o que houve?*, disse. Eu estava zangada e confusa. *Herr Schelling, o senhor não deve fazer isso de novo*, declarei. *Fazer o quê de novo?*, perguntou ele. Tamanha era sua aparente sinceridade, que comecei a duvidar do testemunho de meus próprios sentidos. Teria interpretado mal a conduta dele? O homem me estendeu a mão. *Vamos, Amelia, voltemos para a carruagem*, disse. Não peguei a mão dele. Herr Schelling arqueou as sobrancelhas e disse: *Muito bem, se acha que consegue descer a trilha sem a minha ajuda...* Deixou cair a mão e me deu as costas, iniciando prontamente a descida. Parei por um instante, sem saber ao certo o que fazer. Na falta de qualquer alternativa, segui-o, relutantemente. Fizemos quase todo o trajeto de volta em silêncio. Vez por outra, ele me dizia para prestar atenção onde pisava, nos pontos em que achou que a trilha poderia ser perigosa; ela era irregular em alguns lugares, e cheia de buracos fundos. Na descida, passamos por alguns excursionistas que subiam, seguindo a direção inversa. Eles nos cumprimentaram, e Herr Schelling lhes desejou uma ótima tarde. Foi tudo muito... corriqueiro. Murmurei um boa-tarde e segui atrás de Herr Schelling. Sentia-me... sentia-me como uma criança envergonhada. Enquanto descíamos, pareceu-me cada vez menos provável que Herr Schelling realmente se houvesse portado de maneira imprópria, e mais e mais provável que eu tivesse... não sei.

— Mais e mais provável que a senhorita tivesse o quê? — perguntou Liebermann.

— Exagerado a minha reação. Portando-me... — E fez uma pausa, antes de acrescentar: — Como uma histérica.

O corpo de Amelia Lydgate continuou completamente imóvel, embora sua respiração ainda estivesse um pouquinho agitada.

— Conseguimos manter uma conversa formal na caleça, no trajeto de volta a Rennweg. Mas eu me sentia profundamente constrangida. Fomos cumprimentados por Frau Schelling, que disse que o passeio dera um colorido a meu rosto. Resmunguei uma resposta educada, mas disse que, na verdade, não me sentia bem. *O ar*, respondeu Frau Schelling. *Talvez estivesse muito úmido. Pode ser que você tenha pegado um resfriado.* Subi correndo para meu quarto e me sentei diante da penteadeira. Olhei para mim mesma no espelho e notei que estava trêmula. Minutos depois, houve uma batida na porta. Era Frau Schelling. Perguntou-me se eu queria um chá. Respondi que não. Disse que precisava descansar um pouco e que já me sentia um tantinho melhor. *Muito bem*, fez ela e me deixou em paz.

"Nas semanas seguintes — prosseguiu a Srta. Lydgate —, cuidei de minhas tarefas do dia-a-dia, e muitas vezes me descobri objeto da atenção indesejada de Herr Schelling. Apanhava-o olhando para mim *daquele jeito*. Uma tarde, eu estava sentada com os Schelling na sala, lendo meu livro. Frau Schelling pediu licença para se retirar e me dei conta de uma atmosfera opressiva. Foi como se a sala se enchesse de um aroma enjoativo e intenso, como o de certas frutas maduras demais. — A Srta. Lydgate tossiu e seus ombros sacudiram. Depois, continuou: — Ergui os olhos e vi Herr Schelling sorrindo para mim. Era um sorriso extremamente desagradável. Deu-me a sensação de que... de que... é difícil expressá-la — hesitou. De repente, articulando as palavras com maior segurança, a governanta disse: — A sensação de estar despida. Herr Schelling teceu alguns comentários banais, depois veio sentar-se a meu lado no canapé. Sentou-se muito perto, com a perna encostada na minha. Tentei afastar-me, mas fiquei presa entre ele e o braço do canapé. Ele segurou minha mão; tentei retirá-la, mas ele a apertou com mais força. *Amelia, você sabe que gosto muito de você*, disse. Mais uma vez, não soube o que fazer. Simplesmente o encarei, horrorizada. Seu rosto veio em minha direção e me levantei. Livrando minha mão da dele, corri para a porta. *Amelia?*, ele chamou. *Você está bem?* Abri a porta e fechei-a com firmeza atrás de mim. Ao olhar para cima, vi que Frau Schelling estava no patamar da escada. Tive a impressão de que estivera parada ali desde que se havia retirado. Ela me olhou sem dizer nada. Não sei descrever a expressão de seu olhar. Mas ela parecia (será que isso é possível?) triunfante. Depois, acabou dizendo: *Vou me recolher por hoje. Boa noite, querida*. Deu meia-volta e desapareceu nas sombras.

"Fiquei muito triste — prosseguiu —, até assustada. Tanto que pensei em voltar para a Inglaterra, mas depois hesitei, ao pensar no que isso acabaria implicando. O que poderia dizer a meus pais? Mamãe tinha falado dos Schelling em termos muito afetuosos. Na verdade, correspondera-se com Herr Schelling desde que os dois eram crianças. Ele era um homem bom, generoso... No fundo, acho que eu sabia que ele tivera uma conduta imprópria, mas continuei com a sensação de que, de algum modo, talvez estivesse errada. Continuei a achar que, se o acusasse ou falasse com Frau Schelling, ou com qualquer pessoa, eu me descobriria parecendo tola. Era inacreditável que um homem como Herr Schelling achasse que uma pessoa como eu... desejasse...

Suas frases se fragmentaram e acabaram sendo abafadas por um suspiro fundo e melancólico.

— Srta. Lydgate — disse Liebermann, bem baixinho —, será que se lembra da ocasião seguinte em que Herr Schelling se portou de forma imprópria?

Os olhos da moça tremeram de novo sob as pálpebras e a cabeça se mexeu, muito de leve, para cima e para baixo.

— Eu tinha ido deitar muito cedo, e fiquei na cama lendo e terminando um bordado. Um desenho meu, baseado numa ilustração que havia descoberto no *Herbarium Amboinense*, de Rumphius — acrescentou. Liebermann presumiu que o livro em questão fosse alguma obra venerável de erudição botânica. A Srta. Lydgate prosseguiu: — Tentei dormir, mas não consegui. Começara um temporal. A chuva era incessante e os trovões eram muito altos. Assim, fiquei acordada, pensando. Deviam ser as primeiras horas da madrugada quando ouvi o barulho de um fiacre parando do lado de fora. Era Herr Schelling, voltando de uma sessão tardia no prédio do Parlamento. Bem, pelo menos era para lá que ele dissera estar indo, durante o jantar.

Ao dizer essas palavras, a expressão de Amelia Lydgate ficou tensa, como se o simples fato de questionar a sinceridade do patrão fosse causa de um incômodo considerável.

— Ouvi-o tropeçar no corredor. Depois, houve alguns xingamentos. Em seguida, ele começou a subir a escada: passos lentos, pesados. Eu esperava que parasse no andar inferior, mas ele continuou a subir. Senti meu estômago embrulhar-se e fui tomada pela terrível sensação de um mau pressentimento. Ouvi-o aproximar-se de meu quarto. Quando chegou mais perto, percebi que procurava pisar com mais cuidado, porém as tábuas do piso eram velhas e rangiam. Houve uma batida na porta. Não respondi. Depois, ouvi o som da maçaneta girando. É claro que eu havia trancado a porta. Guardara a chave em segurança, na gaveta inferior da cômoda ao lado da cama. Herr Schelling persistiu, girando a maçaneta e sacudindo-a ruidosamente. Chamou meu nome, *Amelia, Amelia*. Meu coração batia descompassado no peito e nos ouvidos. Agarrei os lençóis da cama e torci para que Frau Schelling acordasse. *Amelia, Amelia, deixe-me entrar. Preciso lhe dizer uma coisa.* Tive vontade de gritar *Vá embora, vá embora, por favor, deixe-me em paz*, mas não consegui. As palavras ficaram presas na garganta. Em vez de dizê-las, continuei deitada no escuro, consumida pelo pavor. Passado algum tempo, possivelmente apenas minutos, mas que pareceram uma eternidade, Herr Schelling desistiu de seus esforços de entrar em meu quarto e eu o ouvi afastar-se. Mas ele não desceu, como eu imaginara que faria. Subiu ao terceiro andar.

"Era inútil tentar dormir — continuou a inglesa —, porque eu estava aflita demais. Sentei-me na cama e olhei pela janela. As cortinas não estavam totalmente fechadas e consegui acalmar meu espírito, contando os segundos entre os clarões dos relâmpagos. Aos poucos, minha agitação nervosa diminuiu e consegui pensar em minha situação com mais autocontrole. Após muita deliberação, concluí que meu emprego na casa dos Schelling era insustentável. Decidi deixar Viena na primeira oportunidade.

O estado de transe tornara basicamente impassível a expressão de Amelia Lydgate, mas, vez por outra, o fantasma da emoção vinha à tona, antes de se dissipar. Nesse momento, seus traços foram perturbados por uma melancolia mais persistente.

— Reconhecer isso, que eu teria que deixar Viena, encheu-me de uma tristeza terrível, mais parecida com o desespero. Eu teria que renunciar a todos os meus sonhos... de trabalhar com o Dr. Landsteiner, de adquirir conhecimento suficiente para editar os diários de meu avô. Todos os meus projetos, todas as minhas aspirações dariam em nada. Chorei muito. Mas, embora estivesse totalmente absorta em meu sofrimento, o choque de ouvir Herr Schelling descendo a escada me fez cair em mim num instante. Ele veio direto para meu quarto. Não houve batida nem chamado. Ouvi o som de uma chave na fechadura e do trinco girando. A porta abriu e fechou depressa, e ele estava do lado de dentro.

"Fiquei estarrecida — continuou ela. — Mal conseguia acreditar no que havia acontecido. Mas tinha de acreditar, pois podia ouvir a respiração dele: um som áspero, medonho. Houve um relâmpago, e a impressão da presença dele se confirmou. Eu o vi parado bem perto, como uma assombração terrível num pesadelo. O colchão se inclinou quando ele se enfiou na cama. *Amelia*, sussurrou, *Amelia*. Fiquei paralisada, incapaz de me mexer. Senti o peso de seu corpo sobre o meu e seus lábios em meu rosto. O bigode era áspero e me arranhava as faces. Depois, ele pressionou os lábios contra os meus. Eu não conseguia respirar... não conseguia respirar... estava sufocando, e comecei a...

O peito da Srta. Lydgate arfava. Ela levantou o braço esquerdo. Foi um movimento arrastado, frouxo, como o de ervas carregadas por uma correnteza lenta. Ela abafou a tosse e tentou continuar.

— Foi... — tornou a tossir. — Foi...

De repente, seus olhos se abriram, como os de uma boneca. Estavam arregalados e fixos, com uma expressão pouco natural. Suas íris de peltre moveram-se da esquerda para a direita, examinando o teto, antes de baixarem para examinar o que estava adiante de seus dedos dos pés. Em seguida, com inesperada desenvoltura, Amelia Lydgate escorregou as pernas para fora da cama e se sentou — apoiando-se nos dois braços. Liebermann notou que os dedos da mão direita agarravam o estrado com a mesma força que os da mão esquerda. A camisola do hospital havia escorregado de seu ombro, revelando uma área de tez pálida e a curva nascente de um seio pequeno. Havia algo inteiramente diferente em sua atitude, algo displicente, quase relaxado em sua aparência. Uma cortina de cabelo descia-lhe pelo rosto. Ela não fez nenhum esforço para afastá-lo. Mesmo assim, Liebermann ainda conseguia ver seus olhos, reluzindo por trás das mechas castanho-avermelhadas com um brilho fosco e metálico. A Srta. Lydgate o fitava — um olhar fixo, cadavérico.

Liebermann não lhe dera instrução para acordar e, mesmo que o tivesse feito, era habitual os pacientes em hipnose simplesmente abrirem os olhos e permanecerem imóveis. Amelia Lydgate agira espontaneamente, abrindo os olhos e se sentando sem receber nenhum comando. Liebermann não tinha plena certeza do que estava acontecendo. Antes que pudesse tomar uma decisão, ela falou:

— Quem é você?

A voz era menos hesitante que de hábito. Além disso, ela fizera a pergunta em inglês.

— Sou seu médico — respondeu ele, em alemão.

E percebeu que a moça não o havia compreendido.

— Eu disse: quem é você? — repetiu Amelia, articulando cada sílaba com ênfase proposital, como quem falasse com uma criança estúpida.

Liebermann puxou a cadeira um pouco para trás e tornou a responder, dessa vez em inglês.

— Meu nome é Dr. Liebermann. Quem é você?

— Eu?

Amelia Lydgate baixou os olhos para os pés e os balançou para a frente e para trás. Depois, olhando para cima, afastou o cabelo do rosto com a mão direita, revelando um sorriso maníaco.

— Meu nome é Katherine.

32

O TABLADO PARA O CONCERTO AO AR livre situava-se perto do restaurante Prohaska. Karl Uberhorst estava sentado a poucas fileiras da frente, desfrutando de um programa de peças populares executadas pela Orquestra Feminina de Cordas de Viena — um pequeno conjunto de apenas nove instrumentistas. Uberhorst não era um grande amante da música. Reconhecia as obras famosas de Strauss e Lanner, porém pouco mais do que isso. Não estava ali pela música, mas por causa da líder da orquestra, Fräulein Zöchling.

Ela não era tão atraente quanto Fräulein Löwenstein, mas, apesar disso, tinha algo que Uberhorst julgava sedutor: a postura orgulhosa, quase desafiadora, e o jeito como seu tronco balançava para a frente e para trás quando ela deslizava o arco pelas cordas do violino.

Uberhorst havia deparado por acaso com a Orquestra Feminina de Cordas ao caminhar pelo Prater, dias antes, e se sentira compelido a voltar. Era como ter uma visão prévia do paraíso. As mulheres, com seus vestidos brancos de gola alta e faixas douradas na cintura, pareciam anjos. Em dado momento, Fräulein Zöchling o fitara diretamente nos olhos. A intensidade de seu olhar tinha sido demasiada, de modo que Uberhorst desviara o rosto, confuso e envergonhado.

A orquestra chegou ao fim de "Vozes da primavera" e o ar encheu-se de aplausos. Fräulein Zöchling fez uma mesura e convidou as colegas a se levantarem. Uberhorst notou que todas usavam o cabelo preso, amarrado na nuca com um laço amarelo idêntico.

A beleza das mulheres o atormentava — como lhe fizera a *dela*.

Por que Fräulein Löwenstein escolhera confiar a ele seu segredo?

Por que não a nenhum dos outros?

Era seu dever proteger a honra da moça, mas, ao mesmo tempo, a informação de que ele dispunha poderia ser de interesse considerável para a polícia. Além disso, ser franco com eles poderia livrá-lo da suspeita. No entanto o simples pensar nesse curso de ação trazia-lhe o sentimento de uma traição terrível. Talvez ele descobrisse o que fazer durante a sessão. Por outro lado, talvez devesse continuar a fazer experiências com as fechaduras...

A orquestra de Fräulein Zöchling tornou a sentar-se, à medida que os aplausos foram cessando. Imediatamente, ela mesma ergueu seu violino, olhou para as outras musicistas e se lançou numa polca frenética.

Uberhorst constatou que já não conseguia apreciar o concerto. Seus pulmões se esforçavam para encher de ar a caixa torácica e uma pátina de suor lhe recobria a testa. Ele se sentia tonto de ansiedade.

— Com licença — murmurou.

Por sorte, estava a apenas três assentos da ponta da fileira e pôde sair sem causar qualquer perturbação. Afastou-se às pressas, arfando na brisa perfumada pelos lilases.

Longe da multidão, parou e olhou para trás. A orquestra celestial continuava tocando sob o arco do proscênio e, mais adiante, a Riesenrad era uma silhueta negra contra o céu branco.

33

O PÁTIO DA FÁBRICA era uma área de cascalho úmido, salpicada de caixotes vazios e carrinhos de mão abandonados. Acima das cabeças de Haussmann e Rheinhardt, o céu moribundo, um dossel de nuvens de carvão e pimenta, tornava-se ainda mais opressivo, em função de um penacho de fumaça negra que subia de uma chaminé alta. A fábrica em si era um prédio comprido e baixo, feito de tijolos de um amarelo sujo. Uma única fileira de janelinhas fechadas perfurava um bloco sem maiores detalhes; todavia, na extremidade mais próxima do prédio, duas grandes portas de madeira permaneciam abertas. Por elas vinham o tinido e o fragor de máquinas pesadas.

— Lá está ele — disse Haussmann.

Encostado numa parede, fumando um cigarro, havia um homem esquelético, de macacão. Conversava com dois colegas similarmente vestidos, que, ao verem os dois policiais, entraram às pressas no prédio.

— Como foi que o encontramos? — perguntou Rheinhardt.

— Por meio de Tibor Király.

— Quem?

— Um daqueles mágicos que consultamos no Volksprater.

— O Grande Magnífico?

— Não, esse era Adolphus Farber. Király era Chan, o Inescrutável.

O homem magricela jogou a ponta de cigarro no chão e a apagou com a bota. Depois limpou as mãos no macacão e empertigou o corpo. Havia algo de inesperado em sua atitude — o modo como estofava o peito e esticava as costas. Rheinhardt achou que parecia muito altivo. Essa impressão só fez intensificar-se quando os dois se aproximaram.

— Bom dia, Herr Roche — disse Haussmann.

— Bom dia, meu caro rapaz — disse o homem, com uma pronúncia seca e refinada.

— O detetive-inspetor Rheinhardt — disse Haussmann, fazendo um gesto deferente em direção ao chefe.

Rheinhardt curvou a cabeça.

— Muito obrigado por nos ajudar, Herr Roche.

Roche tornou a enxugar as mãos no macacão, antes de inspecioná-los rapidamente.

— Receio que tenhamos de renunciar às cortesias de praxe — disse, exibindo as palmas encardidas das mãos.

— Haverá talvez um lugar em que possamos sentar, Herr Roche? Faz muito barulho aqui — disse Rheinhardt.

— Lá dentro é muito pior. Eu recomendaria usarmos alguns daqueles caixotes — disse o homem, apontando para o outro lado do pátio. — Não é muito confortável, mas eles servirão a nosso propósito.

Os três se dirigiram a um conjunto de caixotes perto da entrada principal, onde improvisaram assentos. Rheinhardt notou que o chão estava repleto de cápsulas de balas de fuzil.

Antes que o inspetor pudesse fazer a primeira pergunta, Roche disse:

— Sabem, ela estava procurando. Mereceu morrer.

Rheinhardt fitou os olhos de Roche e ficou chocado ao ver seus pés-de-galinha se enrugarem de prazer. Ignorando a tirada inicial do homem, disse-lhe:

— Herr Roche, o senhor poderia explicar como veio a conhecer Fräulein Löwenstein?

— Ela foi minha assistente — respondeu Roche. Depois, percebendo que Rheinhardt esperava que se estendesse sobre o assunto, acrescentou: — Nem sempre trabalhei nessa espelunca, sabe? — comentou, apontando com o polegar para a fábrica. — Eu costumava trabalhar no teatro. O Danúbio Azul, está lembrado?

Rheinhardt abanou a cabeça.

— Um lugarzinho na Dampfschiffstrasse? — insistiu Roche, esperançoso.

— Sinto muito — disse Rheinhardt, tornando a abanar a cabeça.

— Bem, eu era o gerente de lá — suspirou Roche. — E seria até hoje, não fosse por... — Fez uma pequena pausa antes de acrescentar: — *aquela* mulher — E proferiu cada sílaba com vagar e desdém. — É claro, ela nunca foi funcionária. Oficialmente, não havia nenhum contrato. Mesmo assim, exercia todas as funções esperadas de uma assistente da gerência.

— E por que o cargo não era oficial?

— Infelizmente, permiti que ela se envolvesse sem notificar o proprietário.

— Alguma razão?

Roche tirou uma latinha do macacão e abriu a tampa. Dentro havia três cigarros de rolo muito finos. Sem entusiasmo, ele os ofereceu a Rheinhardt e Haussmann, mas exibiu sinais palpáveis de alívio quando os policiais os recusaram.

— Permita-me, por favor — fez Rheinhardt, riscando um fósforo e acendendo o cigarro de Roche.

— O proprietário teria objetado — esclareceu o homem. — Ela não tinha nenhuma experiência administrativa, era atriz.

— Então, por que a nomeou?

— Éramos amantes — disse Roche. — E eu confiava nela. — Deu uma tragada no cigarro e soprou dois fluxos gêmeos de fumaça pelas narinas. Depois prosseguiu: — Em retrospecto, foi tolice minha. Mas eu realmente acreditava que podia confiar nela.

— Como se conheceram?

— Ela fazia parte de uma companhia itinerante do interior, não muito boa, devo acrescentar, que havia decidido tentar a sorte na capital. Como pode imaginar, as críticas foram péssimas, embora Schnabel tenha dito algumas coisas elogiosas sobre *ela*, em particular. Qualquer coisa como *O que lhe falta em talento é amplamente compensado por sua presença no palco e sua beleza*. Agora não me lembro exatamente do que foi, mas era algo nesse sentido. Depois das críticas terríveis, houve muitos ressentimentos, acusações e contra-acusações. O resultado foi que a companhia encerrou sua temporada execrável no Danúbio e se desfez de imediato. Ela, Charlotte, veio chorando à minha porta e... Bem, o senhor sabe como é, inspetor, o senhor é um homem vivido... as coisas acontecem.

Rheinhardt acenou com a cabeça, com ar tarimbado.

— Ela disse que não queria minha caridade — continuou Roche. — Foi muito insistente; disse que preferiria sair de Viena a ser um fardo para mim. Assim, dei-lhe algumas tarefas, aqui e ali, e a coisa deve ter-se acumulado. Ela trabalhava mais e mais, e suponho que me acostumei a trabalhar cada vez menos. E então, certa manhã, ela sumiu. Simplesmente assim. — Roche estalou os dedos. — Todas as suas coisas continuaram no apartamento, mas ela desapareceu. Quando cheguei ao escritório, descobri que o cofre tinha sido esvaziado. Pior ainda, constatei que as contas estavam completamente erradas. O registro de nossa receita da bilheteria não significava nada. Como o senhor pode imaginar, o proprietário não achou graça. Fui responsabilizado por tudo.

— O senhor dera a ela a combinação do cofre?

— Não, mas já o havia aberto na presença dela em muitas ocasiões. É óbvio que ela era muito mais observadora do que eu supunha.

— O senhor tentou encontrá-la?

— Sim, é claro, mas era tarde demais. Ela já tinha saído de Viena.

— Sozinha?

— Não, acho que não. Tempos depois, descobri que vinha tendo um romance com um mágico do teatro, bem debaixo do meu nariz. Braun, acho que era esse o nome dele. O homem havia participado de alguns espetáculos de verão do Danúbio... que nunca foram populares, já que todo mundo estava viajando, é claro. Imagino que devem ter fugido juntos.

Algumas gotas de chuva salpicaram o macacão de Roche e ele levantou os olhos para o céu sombrio.

— O senhor não fazia idéia de que Fräulein Löwenstein tinha voltado para Viena? — indagou Rheinhardt.

Roche abanou a cabeça.

— Nenhuma idéia. Se eu soubesse, inspetor, o senhor sem dúvida teria tido o prazer de me acusar do assassinato dela.

34

O PENSAMENTO DE LIEBERMANN DISPAROU, enquanto ele tentava compreender a curiosa transformação que acabara de observar. A Srta. Amelia Lydgate — na pessoa de Katherine — continuava a fitá-lo. Não parecia representar nenhuma ameaça física imediata, mas ele sabia muito bem que a emergência de uma personalidade secundária era um fenômeno raro e imprevisível: uma ocorrência que justificava a cautela e um respeito saudável pelas complexidades da vida psíquica humana.

Liebermann e "Katherine" mantiveram suas respectivas posições por algum tempo. O silêncio adensou-se, carregando-se aos poucos de possibilidades perturbadoras. Ainda meio atrapalhado, o médico começou a ensaiar mentalmente algumas falas em inglês. A tarefa acalmou-lhe os nervos, proporcionando um foco necessário.

— Onde está Amelia? — perguntou.

— Está dormindo.

Até o timbre da voz da Srta. Lydgate estava estranhamente alterado. Ela parecia falar num registro ligeiramente mais agudo.

— Ela sabe que você está aqui?

— Não... está dormindo.

Ocorreu a Liebermann que a segunda personalidade de Amelia Lydgate talvez fosse a de uma criança.

— Quantos anos você tem? — indagou.

— Menos do que Amelia.

— Sim, mas quantos?

Katherine empinou o queixo e disse, num tom presumivelmente destinado a dar uma impressão de superioridade:

— Dr. Liebermann, nunca lhe disseram que é indelicado perguntar a idade de uma mulher?

Enquanto dizia isso, ela se deixou escorregar da cama e aterrissou no chão, batendo com os pés descalços nos ladrilhos. Em seguida, endireitou a camisola, encostando as palmas das mãos na cintura e deslizando-as para os quadris. Isso esticou o algodão, enfatizando as curvas do corpo. Embora o movimento talvez pretendesse ser sedutor, Liebermann reconheceu que ainda havia algo muito infantil na pose da jovem, que o fez lembrar do comportamento meio inocente, meio malicioso das meninas no auge da puberdade: um flerte natural, quase inconsciente.

Ela deu um passo à frente. Depois, segurando a camisola na altura dos quadris, levantou-a um pouquinho e ficou nas pontas dos pés. Foi um curioso movimento de balé, supostamente com a intenção de ser uma espécie de paródia da elegância.

— O senhor me acha bonita, Dr. Liebermann?

Ele tossiu, constrangido, o que lhe recordou que, desde a chegada de Katherine, a Srta. Lydgate — ou, pelo menos, sua personalidade adormecida — não havia tossido nem uma vez.

Katherine inclinou a cabeça, claramente esperando uma resposta.

Liebermann engoliu em seco, antes de emitir seu juízo cauteloso:

— Sim.

Satisfeita, mas sem sorrir, Katherine olhou para a porta.

— Onde está seu amigo?

— Perdão?

— Cabelo louro, olhos azuis... e...

— Creio que você se refere ao Dr. Kanner.

Katherine não respondeu. Em vez disso, foi até a pia, onde, vendo seu reflexo no espelho, parou para ajeitar o cabelo. Levantando-o com as duas mãos, virou a cabeça para um lado e para o outro, para estudar o efeito por vários ângulos diferentes. Insatisfeita, franziu o cenho e tornou a deixá-lo cair numa cascata de cobre reluzente.

— Não gosto dele — disse a moça, sem meias palavras.

— Por que não?

— O senhor é muito perguntador, Dr. Liebermann.

Enquanto deslizava a mão pelo contorno da cuba de porcelana, Katherine dirigiu-se à mesa.

— O que é isto?

— Uma bateria.

A moça soltou a trava e abriu a caixa. Depois de examinar o conteúdo, tornou a fechar a tampa.

— Como está seu braço? — indagou Liebermann.

Katherine levantou a mão direita, fazendo a manga da camisola escorregar e se juntar em dobras na altura do ombro. Depois, examinou o cotovelo e o pulso.

— Não há nada errado com meu braço — respondeu. Então, fazendo meia-volta, retornou à cama.

Apoiando as duas palmas no colchão, Katherine soergueu o corpo. Com uma manobra, tornou a sentar-se e recomeçou a balançar as pernas. Súbito, ficou com uma expressão muito vaga. Foi como se, havendo encenado um repertório limitado de gestos, entrasse num estado de suspensão, à espera da deixa ou instigação seguinte.

Liebermann se perguntou se ela reagiria a uma ordem. Com toda a probabilidade, "Katherine" não seria uma personalidade totalmente desenvolvida, mas apenas uma parte da mente da Srta. Lydgate que se havia separado, obtendo um certo grau de independência. Amelia Lydgate continuava em transe. Assim, Liebermann deduziu que Katherine talvez ainda fosse suscetível à sugestão hipnótica. Recobrando parte de sua autoridade anterior, ele disse com firmeza:

— Deite-se, Katherine.

Por um ou dois segundos, Katherine continuou imóvel. Depois, girou as pernas para cima e para o lado, a fim de se deitar novamente. Liebermann deu um suspiro de alívio.

— Amelia estava me contando sobre o que aconteceu quando Herr Schelling entrou no quarto dela — disse o médico.

— É mesmo?

— Sim. Você estava lá naquela noite?

— É claro que sim.

— Viu Herr Schelling entrar no quarto?

— Estava muito escuro.

— Do que consegue lembrar-se?

O nariz de Katherine franziu-se e a boca se contorceu.

— Foi repugnante.

— O quê?

— Aquele bigode horroroso, arranhando. O rosto dele parecia de pedra-pome. Ela devia ter-lhe dado um empurrão, mas não fez nada. Estava com o coração batendo tão alto que eu podia ouvir. — Socou o colchão, imitando as batidas frenéticas e descompassadas de um coração apavorado. — Ele babava feito um cachorro, e agarrava, agarrava, agarrava...

Katherine calou-se.

— E o que aconteceu depois? — perguntou Liebermann.

— Houve um relâmpago — prosseguiu Katherine. — Vi a cesta de costura e a tesoura. Ele estava tão absorto em babar e agarrar, que foi fácil pegá-la. *Mate-o*, eu disse. *Pegue a tesoura e lhe dê uma estocada nas costas*. Mas Amelia não se mexeu. Ouvi-a dizer *Não, não posso*. Insisti: *Vamos, você precisa*. Ela tornou a dizer: *Não posso*. Seu braço não se mexia. Então, eu disse, *Muito bem, eu o farei, se você não o fizer*. Peguei a tesoura, mas Herr Schelling se mexeu. Relâmpagos, outro clarão. Ele estava ajoelhado, olhando para mim. Depois, a escuridão... mas aquela imagem me ficou na cabeça. A silhueta da cabeça, dos ombros... as pontas recurvadas do bigode. Sentei-me e avancei com a tesoura... Ouvi-o arquejar. Senti uma certa resistência e empurrei com mais força. Ele praguejou, o colchão quicou quando ele mudou de posição, e depois ele caiu da cama. Houve um barulho tremendo e mais palavrões. A porta se abriu, bateu com força e... ele se foi. Pus a tesoura de volta na cesta e puxei o cobertor até o pescoço. Lá fora, a chuva caía. Eu a ouvi tamborilar no telhado e bater na calçada lá embaixo. De repente, senti-me fraca. Cansada, exausta. — Katherine deu um bocejo e cobriu a boca.

— Você está cansada agora?

— Um pouco...

— Então, durma — disse Liebermann. — Você está segura aqui, Katherine. Deixe seus olhos se fecharem, e logo adormecerá.

As pálpebras de Katherine tremeram e, instantes depois, sua respiração tornou-se estertorosa. Liebermann continuou perfeitamente imóvel na cadeira, observando a paciente adormecida.

— Dr. Liebermann?

Os ombros dele sacudiram com o susto.

Os olhos de Amelia Lydgate tinham voltado a se abrir.

— Dr. Liebermann — continuou ela —, será que posso tomar um copo d'água, por favor? Estou com muita sede.

Falou em alemão.

35

A TERCEIRA SALA DE RECEPÇÃO da residência dos Von Rath era supostamente mais íntima do que a primeira e a segunda, porém continuava a ser imensa, pelos padrões corriqueiros. O teto era decorado com uma pintura impressionante em estilo clássico, exibindo rudes camponeses tocadores de flauta, saltitando com várias ninfas sob um céu azul-claro. Nos dois extremos do aposento havia lareiras de mármore vermelho, que serviam de suporte para espelhos franceses dourados, e as paredes eram recobertas de tapeçarias Gobelin. Junto a uma longa fileira de janelas com venezianas, bustos de antigos filósofos e deuses, montados em pedestais de malaquita, contemplavam o grupo com seus olhos opacos e sem visão.

Bruckmüller acendeu um candelabro e colocou o suporte atrás da noiva. Em seguida, fez um sinal para Hölderlin, que apagou as lâmpadas a gás. O aposento encolheu no mesmo instante, e seu centro se converteu numa esfera de luminosidade enevoada, em meio a uma escuridão vasta e envolvente.

Depois que os dois homens voltaram para a mesa, Cosima von Rath examinou seus convidados. Fazia vários meses desde a última vez que comparecera ao círculo de Fräulein Löwenstein, mas nenhum dos presentes parecia haver mudado — exceto o conde, talvez, cujo olho, com um inchaço visível, foi deliberadamente ignorado por todos.

Imediatamente à sua esquerda sentaram-se Bruckmüller, depois Uberhorst, que cruzava e descruzava nervosamente os dedinhos delicados, em seguida o conde e, bem em frente, Natalie Heck, cujos olhos arregalados tinham-se tornado negros como carvão. À direita de Cosima sentaram-se os Hölderlin, primeiro Juno, que piscava para a luz das velas, depois Heinrich, que exibia no rosto uma atitude solene. Braun, o belo jovem pintor, era uma ausência notável.

A ampla figura de Cosima lançava uma sombra montanhosa sobre a superfície polida da mesa redonda. As letras do alfabeto e os algarismos, de zero a nove — todos em escrita gótica — foram dispostos em arcos iguais, em blocos vitrificados. Abaixo destes havia quatro blocos maiores, nos quais se podiam ler as palavras *Sim, Não, Possivelmente* e *Adeus*. No centro desse arranjo ficou a prancheta — uma peça de madeira em forma de coração, montada sobre três pequenos rodízios.

— Estamos prontos?

O grupo murmurou seu assentimento.

— Então, vamos começar.

Cosima apoiou um dedo gordo sobre a prancheta, gesto este que foi sucessivamente repetido por todos os integrantes do grupo.

— Estamos reunidos aqui esta noite para descobrir o destino de nossos amigos Charlotte Löwenstein e Otto Braun. Se houver algum espírito bondoso aqui presente, que possa auxiliar-nos em nossa busca, por favor, queira apresentar-se.

A prancheta não se mexeu.

O busto farto de Cosima subiu e desceu com seu suspiro. Uma pedra preciosa faiscou em sua *ankh*.

— Em nome de Ísis e Osíris, Adonai, Eloim, Ariel e Jehovam, rogamos humildemente, ó grandes espíritos que detendes a posse do mais inestimável Tesouro da Luz, que nos auxilieis, por favor.

Seguiu-se um silêncio opressivo.

— Nenhum de nós tem o poder — disse Záborszky, com típica rispidez.

— Meu caro conde — replicou Cosima, virando o rosto insípido e redondo para o aristocrata excêntrico —, nenhum de nós tem o dom especial de Fräulein Löwenstein. No entanto...

— Precisamos de um vidente — interrompeu ele. — Um vidente adequado.

— Se formos sinceros em nossos desejos, os espíritos nos ajudarão — declarou Cosima, ignorando a interrupção de Záborszky. Olhando para o grupo a seu redor, acrescentou: — Por favor, todos devemos concentrar-nos. Pensem em Fräulein Löwenstein e abram seu coração para a influência das forças superiores. Vinde, benditos espíritos, vinde... — O tom de sua voz subia e oscilava com um *vibrato* emocionado: — Vinde, espíritos, vinde...

A prancheta recuou, afastando-se alguns centímetros de sua posição central.

Natalie Heck soltou uma exclamação abafada e olhou de soslaio para o conde Záborszky.

— Pronto, estão vendo? — disse Cosima, em tom de censura. — Eles estão aqui... os espíritos chegaram.

O conde pareceu indiferente.

— Quem és? — continuou Cosima. — Quem és, ó Espírito que atendeste a nosso chamado?

A prancheta deslocou-se em pequenos círculos, antes de dardejar em direção ao primeiro arco de letras. A extremidade mais fina do coração de madeira, que servia de indicador, deteve-se abruptamente abaixo da letra F. Após uma breve pausa, a prancheta visitou as letras L-O-R-E-S-T-A e, por último, N.

— Florestan — enunciou Cosima, com um sorriso radiante de satisfação. — Saudações, Florestan, que estás agora de posse do Tesouro da Luz. Qual era tua profissão, Florestan, quando estavas encarnado?

A prancheta soletrou: KAPELLMEISTER, o mestre do coro.

— Onde?

SALZBURGO.

— E quando deixaste o reino das coisas materiais?

1791.

— Podes ajudar-nos, Florestan?

SIM.

— Espírito bendito, faz duas semanas que nossa querida irmã Charlotte Löwenstein deixou este mundo. Ela deseja comunicar-se conosco?

A prancheta não se mexeu.

— Ela tem alguma mensagem para nós?

Nada.

— Podemos falar com ela?

Ainda nenhum movimento.

Záborszky torceu o nariz e disse baixinho:

— Esse Florestan é fraco demais. Precisamos invocar um espírito mais potente.

— Caríssimo conde — disse Cosima, forçando um sorriso —, devemos manifestar respeito a todos os emissários do reino da luz.

Frau Hölderlin, que estava sentada ao lado de Cosima, virou-se e sussurrou bruscamente:

— Pergunte outra vez.

— Florestan — chamou Cosima, a voz ainda trêmula —, Charlotte Löwenstein quer comunicar-se conosco?

Silêncio.

— Pergunte-lhe o que aconteceu — sibilou Frau Hölderlin. — Pergunte o que aconteceu com ela.

— Charlotte Löwenstein foi levada por uma força superior? — arriscou Cosima, hesitante.

A prancheta rodou pela mesa e parou perto de onde havia começado.

SIM.

— Do nível superior?

NÃO.

— Do segundo?

NÃO.

— Do terceiro?

A incredulidade havia transformado o timbre de soprano de Cosima von Rath num guincho incrivelmente agudo.

A prancheta rolou pela mesa até a pedra adjacente.

SIM.

O grupo começou a murmurar entre si.

— Mas por quê? — gemeu Cosima.

Os murmúrios diminuíram e a prancheta rolou até as letras, onde soletrou PECADO.

— Qual pecado?

VAIDADE.

Cosima, com o pescoço gorducho vibrando de excitação, perguntou:

— Ela tentou levar uma força superior a fazer sua vontade?

SIM.

— Com que objetivo?

A prancheta não respondeu e outra onda de silêncio invadiu o aposento.

— Qual foi o objetivo? — repetiu Cosima.

A prancheta continuou resolutamente imóvel.

— Onde está ela? Para onde foi levada? — continuou Cosima.

Nada.

— E quanto a Otto? — disse Natalie Heck. — Pergunte o que aconteceu com Otto.

Cosima registrou o pedido, inclinando a cabeça.

— Florestan, onde está Herr Braun?

De novo, nada.

— Herr Braun também foi levado?

A prancheta moveu-se e deslizou lentamente para uma resposta: NÃO.

— Ele ainda está vivo?

O coração de madeira descreveu vários círculos amplos e estacou num ponto vazio da mesa, sem dar nenhuma resposta discernível.

Uberhorst tossiu, para chamar a atenção, e disse em tom hesitante:

— Por favor... eu gostaria de fazer uma pergunta.

— É claro — respondeu Cosima.

— Eu quero saber se... se devo contar a eles.

— Contar a eles? Eles, quem?

— É... — Uberhorst fez uma pausa e acrescentou: — É um assunto particular.

— Meu caro rapaz — fez Bruckmüller, cuja voz sonora pareceu sacudir a mesa —, você está entre amigos!

O pincenê do serralheiro baixinho captou a luz. Seus olhos tornaram-se duas ovais de chamas bruxuleantes.

— É um assunto particular, Herr Bruckmüller.

O conde, sentado ao lado de Uberhorst, dirigiu-se a ele como se não houvesse mais ninguém presente. Seu tom foi descontraído.

— Ela lhe disse alguma coisa? Fräulein Löwenstein...

O serralheiro perscrutou o círculo de rostos em busca de uma expressão solidária, mas não conseguiu encontrar nenhuma.

— Herr Uberhorst — fez Cosima —, se o senhor quiser uma resposta à sua pergunta, deverá cooperar com o círculo. Temos que ajudar o espírito Florestan com uma só vontade. Isso não poderá ser feito se o senhor estiver guardando algum segredo.

— Você se refere à polícia, Uberhorst? — indagou Hölderlin. — É a ela que se refere com a palavra *eles*?

Uberhorst tirou a mão da prancheta e começou a roer as unhas.

— Por favor, eu só quero... — começou, mas as palavras eram indistintas, em meio a um pânico que mal conseguia controlar. — Só quero uma resposta simples, um *sim* ou um *não*.

A prancheta mexeu-se, abrindo um movimento em espiral e se deslocando mais depressa, até parar abruptamente entre as letras.

CONTAR A QUEM?

— Viu? — fez Bruckmüller. — O espírito precisa de esclarecimento, Uberhorst.

— É uma questão de honra, Herr Bruckmüller, não posso dizer mais nada.

A QUEM?, indagou a prancheta.

— Herr Uberhorst, por favor, não rejeite o espírito emissário — pediu Cosima.

Uberhorst abanou a cabeça.

— Muito bem, *Herr* Uberhorst — prosseguiu ela. — Tentarei em seu nome, mas não creio que logremos muito êxito. Florestan, espírito possuidor do Tesouro da Luz, deve *Herr* Uberhorst contar... — e fez uma pausa, levantando as sobrancelhas — a *eles*?

Uberhorst repôs o dedo na prancheta.

O aparelho continuou perfeitamente imóvel.

— Pronto — fez Cosima. — Foi o que pensei.

O grupo olhou para Uberhorst, que fitava a prancheta, com os olhos cravados no coração de madeira.

— Isso não está certo — disse, baixinho.

— Que quer dizer com "não está certo"? — perguntou Cosima.

— Não posso acreditar... — disse Uberhorst em tom apático, como se falasse por meio de um sonho. — Não consigo acreditar que Fräulein Löwenstein tenha sido... removida... por um demônio. Ela era uma pessoa muito boa. Boa demais.

— Para o senhor, talvez — disse Natalie entre dentes. Uberhorst ergueu os olhos. Não conseguiu enxergar muito bem o rosto da costureira, apenas o grande brinco de cristal pendurado em sua orelha.

— Herr Uberhorst — disse Frau Hölderlin —, o espírito disse que Fräulein Löwenstein cometeu o pecado da vaidade. E, por mais que eu a admirasse, por mais que me impressionasse com seu dom...

— Ela era uma mulher muito fútil — disse Natalie, ajudando a levar a frase de Frau Hölderlin à sua conclusão inevitável.

— Mas inegavelmente belíssima — interpôs Záborszky.

— De fato — concordou Hölderlin. — Entretanto devemos lembrar que a posse da beleza física pode facilmente debilitar a faculdade moral. Porventura não é comum aqueles a quem chamamos belos serem também peculiarmente vulneráveis aos pecados da soberba e da vaidade?

— Fico surpreso ao ouvi-lo dizer isso, Hölderlin — comentou Záborszky.

— Por quê? — rebateu Hölderlin.

— Você parecia apreciar a beleza dela tanto quanto qualquer outro.

— O que quer dizer com is...?

— Senhores! — exclamou Cosima von Rath, com voz estrídula e irritada.

— Isso mesmo, isso mesmo! — bradou Bruckmüller.

— Cavalheiros, por favor! — repetiu Cosima. Inflou as bochechas e seu nariz arrebitado, espremido entre as massas de carne protuberantes, assemelhou-se de forma alarmante a um focinho. — Precisamos prosseguir.

Frau Hölderlin franziu os olhos para o marido, cuja calva reluzia com gotas minúsculas de suor.

— Florestan — chamou Cosima. — Florestan, há algo que possamos fazer para ajudar nossa falecida irmã Charlotte?

A prancheta girou pela mesa e parou abruptamente.

NÃO.

— Devemos rezar pela salvação dela?

A prancheta descreveu outro círculo.

NÃO.

— Então, o que faremos?

Rolando de um lado para outro, a prancheta se deteve nos espaços neutros do tampo da mesa, antes de finalmente cair e se chocar com o maior dos blocos: ADEUS.

— Ele se foi — disse Cosima, com um toque melancólico que reduziu o volume de sua voz.

Herr Uberhorst foi o primeiro a tirar o dedo da prancheta. Seu gesto foi rápido e súbito, como se ele houvesse tocado acidentalmente na chapa quente de um fogão. Frau Hölderlin, piscando freneticamente, continuava a encarar o marido.

Parte Três

O Friso de Beethoven

36

O FIACRE PARTIU CHACOALHANDO e foi prontamente absorvido pelo fluxo regular do trânsito: ônibus, bondes e uma verdadeira frota de carroças puxadas a cavalo. As barracas do Naschmarkt tinham-se espraiado até o prédio do Movimento da Secessão e o ar estava inundado de ruídos: peixeiros, açougueiros e padeiros, quitandeiros, carregadores e vendedores ambulantes, as vozes de todos combinavam-se na criação de um coro comercial desarmônico. Na Linke Wienzelle, o prédio mais conspícuo era o Teatro de Viena, local em que o "Fidélio" de Beethoven fora apresentado pela primeira vez, cem anos antes. Liebermann considerou apropriado que os Secessionistas comemorassem a genialidade do grande compositor a poucos metros de um lugar de importância quase espiritual.

— Pois bem — disse Liebermann, endireitando a gravata e ajustando o colarinho —, cá estamos.

Clara e Hannah ergueram os olhos para a Casa da Secessão. O olhar de ambas foi naturalmente atraído por seu traço mais significativo — a cúpula áurea, construída com uma delicada montagem de folhas de bronze douradas.

— Dá para perceber por que o chamam de repolho dourado — comentou Hannah.

— Francamente, minha cara, como pode dizer isso? Ela é primorosa — retrucou Liebermann.

Ofereceu os braços a Clara e Hannah, e os três seguiram em direção ao prédio.

— "Para a Era, sua Arte, para a Arte, sua Liberdade" — disse Hannah, lendo a inscrição em relevo abaixo da cúpula.

— Um sentimento que espero que você compartilhe.

— E *Ver Sacrum*. O que isso quer dizer?

— Corrente Sagrada; é o título da revista deles.

— Mas por quê? Por que Corrente Sagrada?

— Era um ritual romano de consagração, realizado nas épocas de perigo. Os jovens juravam defender a capital. A Secessão, você sabe, jurou salvar Viena das forças do conservadorismo.

— Será que realmente precisamos ser salvos? — perguntou Clara, em tom incisivo.

— É provável que "salvos" seja um termo muito forte; creio que "aliviados" seria mais apropriado.

Apressando-se para evitar um comboio de carroças carregadas de madeira, os três andaram rápido pela rua e subiram a escada, observados de cima por um trio de Górgonas, cujos rostos fossilizados tinham por moldura mais folhas douradas.

Já do lado de dentro, Liebermann pagou os ingressos — uma coroa cada um — e pegou um catálogo. A capa exibia um anjo estilizado, segurando um disco luminoso.

Empolgadas, Clara e Hannah haviam corrido à frente.

— Esperem um minuto — disse Liebermann, abrindo o catálogo e folheando as páginas.

— Por quê? — perguntou Clara.

— Quero ver o mapa de orientação.

— Mapa de orientação? Você certamente não acha que vamos nos perder, Max.

Hannah riu.

— Não — respondeu ele —, não acho que vamos nos perder, Clara, mas *quero* saber o que estou vendo.

— Os Klinger, com certeza. E os Klimt — disse Clara.

— Sem dúvida, mas há muito mais pintores representados aqui. — E apontou para alguns nomes no térreo. — Veja: Andri, Auchentaller, Moser... não sei por onde começar. Vejamos...

Leu mais alguns instantes e acrescentou:

— Eles sugerem o corredor da esquerda.

Clara olhou para Hannah e, assumindo uma expressão travessa, repetiu:

— Corredor da esquerda.

As duas partiram ligeiro e Liebermann foi obrigado a parar de ler para alcançá-las.

Entraram num salão comprido em que já havia várias outras pessoas de pé, olhando para cima. Liebermann acompanhou seu olhar e sentiu o coração vibrar de emoção. A parte superior de três das quatro paredes era decorada por um afresco extraordinário. Liebermann falou baixinho com suas companheiras:

— O Friso de Beethoven.

Clara e Hannah ergueram os olhos de relance, mas já se haviam distraído com a peça central da exposição, a escultura de Beethoven feita por Klinger, que podia ser vista por uma grande abertura retangular na parede. As duas começaram a andar em direção ao espaço vivamente iluminado.

— Hannah, Clara — sibilou Liebermann. — O Klimt!

As duas se viraram com ar intrigado, congeladas numa pose cômica, com os braços levantados e os dedos moles, apontando.

Em resposta a suas expressões inquisitivas, Liebermann sacudiu a cabeça para cima, e os olhos delas acompanharam o movimento.

— Ah... — fez Clara, de repente vendo realmente o afresco pela primeira vez.

Liebermann consultou o catálogo e fez sinal para as duas, insistindo em que a irmã e a noiva se aproximassem.

— Os painéis formam uma narrativa — disse, resumindo o catálogo — baseada na interpretação wagneriana da "Nona sinfonia" de Beethoven. O primeiro chama-se "Ânsia de Felicidade", o segundo, "Forças Hostis", e o terceiro, "Anseio de Felicidade Realizado pela Poesia". Presume-se que, juntos, representem a vitória da arte sobre a adversidade.

O salão estava estranhamente silencioso — como uma cripta. Seus outros ocupantes estavam siderados, de olhos fixos do mágico panorama de Klimt, como se ele guardasse um segredo que só se pudesse revelar ao observador mais diligente.

Liebermann deixou os olhos vagarem de um painel para outro e sentiu uma leve tonteira. As cores eram sumamente ousadas: o vermelho do sangue de boi, depois água-marinha, prata, ferrugem, topázio e, é claro, acres de dourado. Ele teve a impressão de que Klimt devia usar uma paleta feita de gemas raras, minério de ferro e metais preciosos.

À medida que seus olhos se acostumaram com o estonteante carrossel de cores klimtiano, Liebermann pôde apreciar um elenco de personagens que aos poucos emergiram como indivíduos isolados. Figuras nuas e emaciadas apelavam para um cavaleiro de armadura; um monstruoso macaco alado agachava-se em meio a uma multidão de inquietantes caveiras e sereias; e um homem e uma mulher, com os corpos colados, beijavam-se sob um coro de rostos angelicais. Partes do afresco pareciam frias e imóveis, enquanto outras contorciam-se de atividade, com o movimento dando vida a cada centímetro: pequenas ondulações, vagas, turbilhões e remoinhos — detalhes vibrantes, animados pelo tremeluzir de apliques de espelhos.

Uma mulher de meia-idade e busto farto havia entrado no salão, acompanhada por um homem mais moço, que pareceu vagamente familiar a Liebermann. Ele achou que talvez o tivesse visto no bairro de Alsegrund e suspeitou que também era médico, mas não teve certeza. A mulher ergueu seu pincenê e examinou o friso. Em poucos instantes, começou a estalar a língua e a resmungar algo para seu acompanhante, elevando a voz ao enunciar palavras como "obscenidade" e "pecaminoso".

O rapaz assentiu com a cabeça e endossou a condenação proferida por ela: "imagens de loucura... idéias fixas..." Chegando mais perto, Liebermann o ouviu com mais clareza: "...caricatura vergonhosa da nobre forma humana. Só mesmo um certo *tipo* de intelectual obteria prazer com a contemplação dessas cenas patológicas."

Sim, pensou Liebermann. *Médico e, muito provavelmente, anti-semita.*

Lançou um olhar protetor para Clara e Hannah e ficou satisfeito por nenhuma delas ter compreendido a estigmatização sutil.

O casal passou e, ao fazê-lo, a matrona aristocrática não pôde resistir a mais uma saraivada rancorosa: "...ele ultrapassou os limites do bom gosto; com certeza não é uma exposição a que nenhuma jovem com amor-próprio faça questão de comparecer."

Súbito, Hannah fez um ar preocupado, dessa vez escutando o comentário. Liebermann passou-lhe o braço em volta dos ombros.

— Creio que isso foi dirigido a mim, Hannah, não a você.

A irmã de Liebermann deu um sorriso nervoso.

— Eu lhes asseguro, não há nada de errado em contemplar uma arte grandiosa. E essa é uma arte grandiosa, acreditem.

— Você viu o olhar que ela nos deu? — perguntou Clara, indignada. Mas, nesse momento, voltando novamente a atenção para o afresco, acrescentou em tom duvidoso: — No entanto...

— No entanto o quê? — indagou Liebermann.

— Ela tem certa razão... — e Clara fez um gesto para a parede central, erguendo as sobrancelhas. — Quero dizer, é meio... — e parou, sem conseguir encontrar a palavra apropriada.

— Ousado — disse Hannah.

— Sim, ousado — concordou Clara.

Os nus de Klimt eram sensuais e carnais. No painel central, uma mulher de beleza sublime sentava-se com o rosto apoiado num joelho e a cabeleira lasciva caída entre as coxas afastadas. Sua expressão ardia de sensualidade maliciosa e os dentes eram visíveis entre os lábios entreabertos.

— E que é que vem a ser aquilo? — continuou Clara. — Aquela coisa... monstruosa?

Liebermann voltou a consultar o catálogo.

— O gigante Tífon, que nem mesmo os deuses conseguiam destruir. Ele é acompanhado pelas imagens da Doença, da Loucura e da Morte.

Clara olhou para Hannah. Entre as duas passou-se alguma coisa, um olhar conspiratório que quase as fez cair na risada.

O salão se esvaziara e, aproveitando o piso vazio, Liebermann postou-se por algum tempo em várias posições diferentes, apreciando a obra por uma multiplicidade de perspectivas. Mas seus olhos eram repetidamente atraídos pela sedutora sentada. Havia algo no rosto dela que o fazia lembrar-se de Katherine, o alter ego da governanta inglesa.

Veio-lhe à lembrança uma imagem que rompeu a tensão superficial de sua consciência. *Katherine no hospital, alisando a camisola. O tecido esticado grudando-se nos quadris e no ventre.*

Envergonhado, Liebermann desviou os olhos.

Clara segredava algo no ouvido de Hannah. A adolescente sorriu e cobriu a boca com uma das mãos, como que perplexa. Liebermann sentiu uma mistura curiosa de emoções: uma afeição calorosa e, surpreendentemente, desapontamento. Clara era uma mulher, 8 anos mais velha do que Hannah. No entanto era-lhe muito fácil compartilhar brincadeiras pueris com sua irmã de 16 anos. É claro que o jeito brincalhão de Clara fazia parte de seu encanto, mas naquele ambiente, naquele grande templo da arte, a jocosidade dela menos parecia bom humor do que imaturidade. Liebermann desconcertou-se com sua própria falta de clareza e, repreendendo-se por sua mesquinhez, andou novamente em direção a elas.

— Que há de tão engraçado agora?

— Nada que lhe interesse — disse Clara, com ar malicioso. Liebermann deu de ombros. — Vamos continuar? — acrescentou, e, pegando a mão de Hannah, foi até o fim do salão, onde uma escadaria levava ao corredor central. Antes de se despedir do Friso de Beethoven, Liebermann passou os dedos pelo reboco da parede e ponderou sobre o significado de um busto de mármore.

— Ande logo, Max, quero ver o Klinger — disse Clara. Descreveu amplos círculos com a mão em concha, como que tentando criar um vento que o fizesse avançar. Hannah, contagiada pela impaciência de Clara, entrou na dança.

— É, Max, ande logo.

— Mas este também é de Klinger.

— Sim, mas não é o Beethoven de Klinger, é?

Liebermann sorriu, divertindo-se com a frustração das moças.

Os três emergiram num espaço amplo e austero, sob um teto abobadado, decorado com placas de cerâmica e esculturas primitivas. Liebermann ficou totalmente encantado. Sentiu-se como um arqueólogo, explorando o túmulo milagrosamente preservado de um antigo rei.

— Não é maravilhoso? — comentou.

— É, sim — fez Clara —, mas se continuarmos nesse passo jamais chegaremos a ver a exposição principal.

Ignorando a observação da noiva, Liebermann continuou:

— Afeta-nos de uma forma curiosa, não acha... essa atmosfera que eles criaram? Sabe, li um dos críticos no *Neue Press*, não me lembro qual, mas ele escreveu que, quando a maioria das pessoas chega à câmara central, já foi embalada a entrar num estado próximo da hipnose. Sei exatamente o que ele quis dizer, e você, não?

Estendendo os braços à frente do corpo, Clara fechou os olhos e saiu arrastando os pés, como uma sonâmbula. Infelizmente, nesse momento apareceu um grupo de senhores. Um deles tinha uma aparência particularmente vistosa — um homem corpulento e barbudo, de chapéu de palha e colete branco de piquê.

— Clara! — exclamou Hannah.

Clara abriu os olhos e, avaliando rapidamente a situação, fingiu estar caminhando em direção a Liebermann para tirar um fiapo de seu paletó.

Depois que os homens passaram, ela e Hannah caíram na gargalhada, tagarelando quase sem fôlego sobre o que acabara de acontecer.

— Senhoritas — fez Liebermann, abanando o dedo indicador. E foi andando, cônscio de que Clara e Hannah o seguiam, fingindo-se arrependidas, mas sem conseguir parar de rir.

O Beethoven de Klinger situava-se no meio do corredor central, sobre um estrado elevado e rodeado por uma cerca baixa e circular. Seminu e sentado num grande trono, o genial compositor inclinava-se para a frente com os punhos cerrados, fitando uma distância visionária e infinita. Era a imagem perfeita de um deus — a conhecida cabeça volumosa e quadrada exsudava circunspecção, força e dignidade.

Então, era esse o santuário interno, o fulcro de toda a exposição, um lugar sagrado em que os devotos da arte podiam praticar seu culto e rezar.

Não havia sinal do casal gélido com que haviam deparado antes, mas muitas outras pessoas moviam-se lentamente em volta da escultura.

— Ora, isso é lindo — comentou Clara. — Ele parece... parece Zeus.

— É — concordou Liebermann, prazerosamente surpreso. — Creio que deve ter sido essa a intenção.

— Ele parece completamente aborrecido — disse Hannah.

— Bem — respondeu Liebermann, — Beethoven tinha muitos motivos para se aborrecer. Você sabia que Mahler regeu um arranjo camerístico da "Nona Sinfonia" aqui, na noite da inauguração?

— Foi? Ah, deve ter sido maravilhoso! — disse Hannah.

— E na presença do pintor, acho.

— Minha querida — disse Clara, pegando confidencialmente a mão de Hannah —, você conhece os Moll? Aqueles que moram num palacete novo e semi-isolado no parque Heiligenstadt, na Steinfeldgasse?

Hannah abanou a cabeça.

— Bem — continuou Clara, — se não os conhece, sua mãe há de conhecê-los. Frau Moll foi casada com Emile Schindler, o pintor. Ele morreu alguns anos atrás e Frau Moll casou-se com um de seus alunos. Enfim, Alma Schindler, a filha — e, nesse ponto, Clara baixou a voz —, é tão coquete que você nem acreditaria. Dizem que é muito bonita, mas, para dizer a verdade, não é o que eu vejo. Pois bem, ela se casou em fevereiro... com o maestro Mahler.

— Ah — fez Hannah —, que ótimo para ela.

— Bem, talvez não — prosseguiu Clara. — Ouvi dizer que o casamento foi bastante apressado...

Hannah fez um ar intrigado, e Clara, chegando mais perto, segredou alguma coisa no ouvido da jovem. Liebermann viu a expressão da irmã passar de divertida a incrédula.

— Clara, será que você precisa encher a cabeça da Hannah com esses mexericos bobos? — disse ele.

— Maxim — retrucou Hannah —, você fala igualzinho ao papai.

Abrindo o leque, Clara espiou por cima da borda trêmula, como uma coquete.

— Alguém precisa manter Hannah informada...

Liebermann deu um suspiro e contemplou os olhos de Beethoven. Clara e Hannah continuaram a tagarelar, mas se calaram quando dois rapazes em trajes espalhafatosos fizeram uma genuflexão diante da obra-prima de Klinger.

37

— Foi muita gentileza de sua parte receber-me, ministro Schelling. Entendo que é um homem muito ocupado.

A papada de Schelling sacudiu quando ele balançou a cabeça para a frente e para trás, ao introduzir Liebermann na sala de estar.

— É meu mais sincero desejo que a Srta. Lydgate recupere a saúde o mais depressa possível... ela parecia muito aflita quando estava morando aqui. Hoje minha agenda está bastante confusa, mas fico muito satisfeito por me colocar à sua disposição durante a próxima meia hora, mais ou menos, se lhe parecer que minha opinião leiga terá alguma serventia.

Schelling era um homem de estatura mediana e usava terno escuro, colarinho de pontas viradas e gravata-borboleta preta. A corrente de ouro do relógio de bolso pendia do colete, cujo tecido se espichava sob a pressão de uma pança incipiente. O traje formal sugeria que ele tencionava seguir para o prédio do Parlamento tão logo a entrevista terminasse.

— Obrigado — disse Liebermann. — Não pretendo retardá-lo mais do que o absolutamente necessário.

Uma mulher apareceu no corredor e entrou pela porta dupla, que estava aberta. Tinha o rosto bastante atormentado, e o estilo e o corte de seu vestido estampado de flores davam-lhe um aspecto meio matronal.

— Minha esposa — disse Schelling. — Beatrice, este é o Dr. Liebermann, o médico de Amelia.

— Frau Schelling — cumprimentou-a Liebermann, fazendo uma mesura.

A mulher ficou parada junto à porta, como sem saber ao certo se deveria entrar na sala.

— Gostaria de um chá, Herr doktor? — perguntou.

— Não, obrigado — respondeu Liebermann.

Ela dirigiu um olhar rápido e ansioso ao marido.

— Nesse caso, o senhor me dará licença.

Recuou e fechou a porta.

— Perdoe-me, ministro — disse Liebermann —, mas eu tinha a esperança de falar com Frau Schelling.

— Receio que não será possível — retrucou Schelling, em tom peremptório. — Tudo isso tem sido muito perturbador para minha senhora. Devo insistir em que ela seja poupada de qualquer outra aflição.

— É claro — concordou Liebermann.

— Eu sabia que o senhor entenderia. Por favor, sente-se.

A sala era grande e bem-mobiliada. No centro havia uma mesa circular, sobre a qual fora estendida uma toalha com borlas nas pontas. O magnífico arranjo de flores que ela sustentava compunha-se de botões que estavam fora da estação e que Liebermann desconfiou que seriam sintéticos: provavelmente, imitações dispendiosas em seda. Sobre um bufê de estilo pomposo, uma vitrine de cristal estava repleta de uma coleção de objetos de arte, e nos dois lados havia abajures elétricos de cúpulas verdes. Numerosas fotografias de família em molduras de prata tinham sido dispostas numa mesinha de canto. Liebermann notou que uma delas mostrava Herr Schelling e sua mulher.

— Ministro — começou o médico —, entendo que o senhor é parente da Srta. Lydgate?

— De fato. A mãe dela é uma prima distante, nossas famílias sempre se corresponderam. Quando concluiu o equivalente inglês de nosso *Gymnasium*, Amelia manifestou um intenso desejo de estudar aqui em Viena, com Herr doktor Landsteiner. Presumo que a jovem tenha-lhe falado do diário do avô, pois não?

— Sim, falou.

— Sugeri a Greta, mãe de Amelia, que ela ficasse morando aqui. A casa é grande e achei que meus filhos poderiam beneficiar-se. Eu me disporia a sustentar Amelia se, em troca, ela se dispusesse a dar aulas de inglês a Edward e Adele.

— As crianças gostavam da governanta?

— Gostavam, sim. Era um arranjo muito satisfatório.

Schelling reclinou-se na poltrona bem-estofada e descansou as mãos sobre o estômago.

— Quando o senhor percebeu pela primeira vez que a Srta. Lydgate não estava bem?

— Dr. Liebermann — disse Schelling, formando uma torre com os dedos unidos —, posso ser perfeitamente franco?

— Seria extremamente útil.

— Sempre tive dúvidas sobre a saúde mental da pobre moça, desde o começo.

— Ah, sim?

— Ela tem um temperamento muito curioso. E seus interesses... o sangue, as doenças... não é anormal que uma mulher, sobretudo uma mulher jovem, se preocupe com assuntos tão mórbidos? Não sou psicólogo, Herr doktor, mas me inclino a acreditar que há algo no caráter da Srta. Lydgate que só pode ser descrito como antinatural. Ela não se compraz com as atividades comumente associadas às pessoas de seu sexo. Preferia comparecer a uma palestra num museu do que ir a um baile... ou pesquisar um livro empoeirado na Wieblinger Strasse, em vez de ir à Habig comprar um chapéu novo. Para lhe dizer a verdade, poucas semanas depois da chegada dela, tive as mais sérias preocupações.

Liebermann notou que, apesar da idade, o cabelo e o bigode de Schelling eram totalmente pretos. Presumiu que o homem devia usar alguma tipo de tintura para obter esse efeito.

— Minha esposa chegou à mesma conclusão — prosseguiu Schelling. — Beatrice, que é uma santa alma, incentivou Amelia a ser mais sociável. Tentou até elevar-lhe o moral, apresentando-a a um círculo de amigos íntimos, que se reúnem aqui nas tardes de quarta-feira para jogar *taroc*. Ficou patente que a moça não gostava de participar e tampouco parecia extrair o menor prazer da conversa com seus pares do sexo feminino. Aliás, depreendo que ela pedia sistematicamente para se retirar mais cedo, preferindo a companhia dos livros e do diário do avô à das pessoas. Não pode estar certo uma jovem isolar-se dessa maneira. Embora eu não seja qualificado para comentar tais assuntos, meu palpite é que um excesso de horas passadas retraindo-se do mundo não pode ser saudável. Não é assim, Dr. Liebermann?

— Suponho que isso dependa bastante do indivíduo.

— Talvez, mas, na minha opinião, por menor que seja o seu valor, a mente isolada perde o domínio da realidade com demasiada facilidade e fica propensa à fantasia.

Schelling encarou Liebermann diretamente e sustentou seu olhar. Parecia esperar que o jovem médico dissesse alguma coisa. Liebermann se manteve calado e nada disse, à parte o fato de notar o aparecimento de uma veia pulsando na têmpora do ministro.

— Não é assim, Herr doktor? — insistiu Schelling. Na cornija da lareira, o mecanismo de um carrilhão vibrou e um repique delicado soou a hora. Schelling virou-se para olhar para o mostrador do relógio e Liebermann notou que ele moveu o corpo todo. O vime da poltrona rangeu quando ele mudou de posição.

— Quando surgiram os sintomas da Srta. Lydgate? — indagou Liebermann.

Schelling pensou na pergunta antes de responder.

— Minha esposa notou que ela tinha perdido o apetite havia algum tempo. A tosse, e aquela história do braço...

— A paralisia.

— Sim, a tosse e a paralisia surgiram de repente. Há cerca de três semanas.

— Aconteceu alguma coisa significativa na época em que a paralisia surgiu pela primeira vez, digamos, na noite anterior?

— Significativa? Que quer dizer com "significativa"?

— Bem, aconteceu alguma coisa que pudesse ter afligido a Srta. Lydgate?

— Não que eu saiba.

— O senhor sabe me dizer o que aconteceu? Como tomou conhecimento da paralisia?

— Não há muito que contar. Amelia não se levantou no horário habitual e disse que não se sentia bem. Isso em si não era incomum: ela se queixava com freqüência de indisposições. Constituição fraca. Recusou-se a abrir a porta, e Beatrice ficou realmente desesperada. Por fim, Beatrice exigiu que ela abrisse a porta e ficou chocada ao entrar. O quarto estava desarrumado e a moça se achava num estado deplorável. Descabelada, chorando... e tossindo. Beatrice desconfiou que Amelia tivesse tentado ferir-se... havia sangue na tesoura.

— O senhor não estava presente?

— Não, eu havia saído. O médico da família foi chamado e recomendou que Amelia fosse examinada por um especialista. Beatrice achou que seria melhor para todos os envolvidos que a Srta. Lydgate fosse tratada num hospital. Considerou muito aflitiva a aparência da moça, e também ficou preocupada com as crianças. Não quis que elas a vissem parecendo tão... indisposta.

— Os pais da Srta. Lydgate foram informados?

— É claro, enviei-lhes imediatamente um telegrama. Perguntaram-me se deveriam vir para cá e lhes assegurei que não seria necessário. Expliquei que, com respeito à histeria, nós, em Viena, gabamo-nos de ter os melhores especialistas do mundo. Não é assim, Herr doktor?

Liebermann registrou o elogio fingido com um sorriso forçado. Olhando por cima do ombro de Schelling, apontou para um quadro desprovido de atrativos na parede, que retratava uma paisagem.

— Aquele é um Friml, ministro?

Schelling virou-se, novamente movendo todo o tronco.

— Friml? Não, é um pintor alemão. Frauscher. Tenho vários.

Fingindo interesse, Liebermann levantou-se e, ao fazê-lo, olhou de relance para a gola da camisa de Schelling, onde vislumbrou a ponta do que parecia ser um curativo.

— O senhor é colecionador, Dr. Liebermann?

— Coleciono um pouco — respondeu o médico. — Pequenos Secessionistas, na maioria das vezes.

— É mesmo? — fez Schelling. — Receio que não me possa dizer admirador do trabalho deles.

— Bem, eles são um gosto cultivado — retrucou Liebermann. — Obrigado por seu tempo, ministro.

— É só isso? — indagou Schelling, meio surpreso. Levantou-se. — Duvido que esta conversa o tenha ajudado muito.

— Ah, certamente ajudou — contrapôs Liebermann. — Aprendi muito.

Os dois trocaram um aperto de mãos e Schelling conduziu o visitante à porta.

Ao sair da casa, Liebermann sentiu-se ansioso por voltar ao hospital. Precisava conversar com Stefan Kanner. Kanner e Schelling eram muito diferentes, mas tinham uma coisa em comum. Era uma observação trivial, mas potencialmente muito significativa. Para testar quão significativa era, Liebermann precisaria da cooperação de Kanner num experimento.

38

Liebermann e Rheinhardt haviam encerrado sua noite musical com uma execução quase impecável de "O amor do poeta", o "Dichterliebe" de Schumann. Servido o conhaque e acendidos os charutos, os dois pouco falaram e, como muitas vezes acontecia, contemplaram a lareira em silêncio. A melodia vivaz da terceira canção do ciclo de Schumann ainda pairava na imaginação de Liebermann — em especial as palavras *Ich liebe alleine...*

Amo apenas uma — aquela que é miúda, deslumbrante, casta e única.

Por que essa frase continuava gravada em sua mente?

Na verdade, era uma descrição de Clara. Mas havia algo inquietante em sua persistência.

Amo apenas uma.

A música continuou a ecoar na mente de Liebermann, adquirindo a cada repetição um toque de ironia. Aos poucos, o concerto fantasmagórico desapareceu sob o crepitar da lenha que ardia e o som de seu criado, Ernst, arrumando os livros de partituras e fechando o banco do piano.

— Oskar?

Rheinhardt virou-se para o amigo. O jovem médico tinha o ar meio perplexo, o que era inusitado.

— Oskar, eu gostaria de lhe fazer uma pergunta pessoal, se puder.

— É claro.

— Estive pensando... algum dia você... — fez uma pausa e estremeceu. — O que quero perguntar é se... depois de anunciar seu noivado, você teve absoluta segurança de estar fazendo a coisa certa? Refiro-me a se casar.

A expressão de Rheinhardt abrandou-se de imediato.

— Meu caro rapaz, é claro que tive dúvidas. Todos têm.

Liebermann soprou uma nuvem de fumaça e a tensão em seus ombros diminuiu.

— Quantas semanas faz — prosseguiu Rheinhardt — desde o seu pedido?

— Umas três. Mas parece muito mais.

— Bem, agora que a empolgação inicial passou, é inevitável que as emoções mais felizes dêem lugar a um estado de ânimo mais reflexivo. As dúvidas se insinuam, e é correto que o façam. Afinal, um homem que não considerasse de modo adequado uma decisão tão portentosa seria acertadamente identificado como um tolo, não?

— É, suponho que sim — disse Liebermann.

— Não posso lhe dar nenhum conselho, Max — continuou Rheinhardt —, porque cada homem tem que fazer seu próprio caminho na vida. Mas posso lhe falar um pouco da minha experiência, que pode ou não ser útil.

Os olhos cansados do inspetor adquiriram um brilho curioso e ele disse:

— Se eu tivesse prestado atenção a essas dúvidas, não sei o que teria sido de mim! Que vida lamentável eu levaria! Clubes masculinos, viagens a Baden, algumas caçadas, talvez, e a companhia ocasional de uma balconista... Estou-lhe dizendo, Max, não se passa um único dia sem que eu seja forçado a me incluir entre os homens mais afortunados. Minha vida seria vazia e desanimada sem o amor da minha querida Else e sem a distração e a diversão infindáveis que me são proporcionadas por minhas lindas filhas.

Liebermann achou profundamente tranqüilizadoras as palavras do amigo.

Rheinhardt continuou a falar com empolgação da mulher e das filhas, e Liebermann retribuiu com uma descrição de Clara e alguns dados sobre seus antecedentes. Sentiu-se meio constrangido, porque era como se macaqueasse o pai, falando da longa associação entre as famílias Liebermann e Weiss. Mas também experimentou um curioso alívio, como se houvesse embarcado num processo de construção de pontes, interligando as várias partes de sua vida e tornando o todo mais coerente e seguro.

Com o tempo, o tema da conversa mudou e os dois voltaram aos poucos, relutantemente, à terrível experiência que haviam compartilhado no Instituto.

— Sabe — disse Rheinhardt —, não consegui tirar aquilo da cabeça. A imagem daqueles pobres... — fez uma pausa antes de acrescentar — bebês.

— É mesmo. Foi uma visão patética — concordou Liebermann. Acendeu outro charuto e acrescentou: — Não foi noticiado nos jornais?

— Não.

— Por causa do comissário Brügel?

— É claro. — Rheinhardt franziu o cenho, à menção de seu superior. — Diz ele que essa descoberta só fará piorar as coisas, fazer o assassinato parecer ainda mais sensacional.

— Houve algum outro avanço?

Rheinhardt começou a descrever as entrevistas que tinha conduzido com Roche. De vez em quando, Liebermann lhe pedia que se estendesse sobre algum detalhe, mas, de modo geral, contentou-se em escutar. O charuto em sua mão foi queimando aos poucos, transformando-se, centímetro a centímetro, numa longa cinza pendente.

— Eu apagaria esse charuto, se fosse você — disse Rheinhardt.

Liebermann virou-se preguiçosamente e bateu com o polegar. A cinza caiu no cinzeiro, produzindo uma nuvenzinha de pó.

— Como é o primeiro nome dele, desse tal de Roche? — indagou o médico.

— Theodore.

Liebermann passou alguns instantes pensando, enquanto amassava o charuto, e disse:

— Os dois sabiam que ele poderia tentar vingar-se.

— Quem, Fräulein Löwenstein e Braun?

— Sim.

— Por que diz isso?

— Quando hipnotizei Rosa Sucher e ela falou com a voz de Löwenstein, o nome "Theo" foi mencionado.

— Não me lembro disso.

— Sim, bem no final. Foi quando a fala dela se tornou incoerente... quando ela disse coisas do tipo *nunca, eu juro* e *Deus me ajude*... Entre elas estava o nome "Theo".

— Que interessante!

— Uma cidade grande deve oferecer aos que vivem da fraude um número interminável de possibilidades de trapaça. Onde mais seria possível encontrar tantos tolos dispostos a se deixar tapear? Depois de Fräulein Löwenstein e Braun desperdiçarem seus lucros desonestamente obtidos, voltar a Viena deve ter sido uma espécie de necessidade; mas eles sabiam que, ao fazê-lo, corriam um risco considerável. Haviam arruinado Roche, e, como todos sabemos, os homens desesperados são perigosos. Não me surpreende nem um pouco que o nome dele tenha vindo à tona na briga entre os dois.

Rheinhardt abanou a cabeça.

— Não sei, Max. Só por terem mencionado o nome dele... isso não significa que se preocupassem com ele, não é? Nem sequer sabemos se estavam falando do mesmo Theo.

— É verdade, mas é uma hipótese razoável. Ele lhe pareceu capaz de assassinato?

— Receio que todos os homens, uma vez traídos, sobretudo por uma amante, sejam capazes de assassinato.

— E há também a questão tentadora da atual ocupação dele: trabalhar numa fábrica de armas. Seria possível que ele dispusesse de meios para construir uma bala de propriedades inusitadas, aparentemente mágicas?

— Realmente não vejo por que um ex-gerente teatral, pelo simples fato de trabalhar numa fábrica de armas, devesse adquirir mais conhecimentos de balística do que nossos especialistas da polícia. Isso me parece implausível. Depois, será que um homem culpado faria realmente uma admissão daquelas?

— A que você se refere?

— Ele disse que teria matado Charlotte Löwenstein, se ao menos houvesse tido essa oportunidade.

— Talvez fosse essa a intenção dele, Oskar: desviar a atenção, simulando franqueza.

— Não, acho que não. Além disso, quanto mais coisas descobrimos sobre Braun, mais parece provável que seja ele o criminoso. Não concorda?

Liebermann não respondeu.

— Está claro que ele era amante e cúmplice de Fräulein Löwenstein — continuou Rheinhardt. — E, sendo mágico, talvez fosse capaz de criar o truque da cena do homicídio... você mesmo insistiu em que era um truque.

Liebermann continuou calado.

— É claro que o homem não tem princípios — comentou Rheinhardt, cuja invectiva tornou-se mais passional. — Pense, por exemplo, em como ele vinha tirando vantagem daquela costureirinha. É inescrupuloso. Ele tem a cabeça quente, e mais, não foi visto desde a noite em que Fräulein Löwenstein foi assassinada.

Liebermann mordiscou o lábio inferior e soltou um grunhido, sem se comprometer.

— O que foi? — perguntou Rheinhardt, ligeiramente irritado com a reticência do amigo.

— Ainda não faz muito sentido para mim.

Rheinhardt gesticulou para que o amigo prosseguisse.

— Devemos perguntar-nos o que motivou Braun — murmurou Liebermann. — O que ele teria a ganhar?

— Dinheiro. Ele ficou contente em arruinar Roche pelo dinheiro.

— Não é bem a mesma coisa que um assassinato. Além disso, Fräulein Löwenstein não era propriamente rica.

— Talvez tenha tido alguma coisa a ver com a gravidez, com os filhos.

— Os indivíduos inescrupulosos raramente gastam sua energia preocupando-se com filhos ilegítimos.

— Talvez ele a tenha matado no calor do momento, numa das brigas entre os dois, não?

— Impossível. Um truque exige planejamento.

— Então, o motivo continua desconhecido, e nós o descobriremos quando o pegarmos.

— Com todo o respeito, Oskar, não é essa a maneira de proceder — disse Liebermann. Após uma pequena pausa, acrescentou: — Falta exatidão. Confundir os desejos com a realidade não deve desempenhar nenhum papel no processo que conduz a uma solução satisfatória.

Rheinhardt prendeu o riso, mas não pôde abster-se de erguer as sobrancelhas. Liebermann pegou o copo e, agitando o conhaque com um giro, inalou a fragrância penetrante e encorpada.

— E há mais uma coisa — continuou o médico. — Depois de ter o trabalho de conceber um truque tão brilhante, por que Braun optaria por fugir, como um batedor de carteiras vulgar? De que serviria isso, senão para chamar a atenção e provocar suspeitas?

— O homem pensou melhor... perdeu a confiança no truque, resolveu que ele não enganaria ninguém, afinal.

— Certamente que não.

— As pessoas têm comportamentos incoerentes — afirmou Rheinhardt. — Você, mais do que ninguém, deveria saber disso. Nem sempre podemos ter a expectativa de encontrar soluções exatas.

— É verdade — fez Liebermann —, mas tenho a firme convicção de que as soluções mais exatas são também as acertadas. Por que não fuma outro charuto, Oskar?

Antes de pegá-lo na caixa, Rheinhardt tirou do bolso uma fotografia e a entregou a Liebermann.

— Dê uma olhada nisto.

Era a imagem de um bonito rapaz de barba escanhoada, na casa dos vinte e tantos anos.

— Otto Braun?

Rheinhardt acendeu o charuto e expeliu várias nuvens de fumaça azulada, enquanto o tabaco se acendia.

— Nós a obtivemos de um empresário teatral, o homem que representava o patife quando ele fazia seus espetáculos de mágica no Danúbio. É uma fotografia antiga, mas parece fiel. Mandei reproduzi-la e distribuí-la aos departamentos de polícia de todo o país.

Liebermann examinou o retrato, inclinando-o sob a luz da lareira.

— E então, o que acha desse rosto, Herr doktor? Vê alguma coisa interessante?

— Oskar — disse Liebermann, assumindo uma expressão sofrida —, você está me pedindo que eu exerça uma pseudociência, uma forma de adivinhação que não é melhor do que a quiromancia.

— Pensei que vocês, médicos, aceitassem os fisionomistas.

— Muitas pessoas apóiam a doutrina lombrosianista de que é possível identificar um criminoso pela posição de suas orelhas ou pelo tamanho de seu queixo, mas tenho pouquíssima simpatia por essa escola de pensamento. — Liebermann virou a fotografia para Rheinhardt e acrescentou: — Olhe para ele. Você consegue ver a chancela da nossa ascendência animal nesse rosto? O atavismo? Eu, com certeza, não consigo. Na verdade, chegaria até a dizer que a aparência dele sugere exatamente o oposto. Há qualquer coisa de nobre na configuração de seus traços. Ele mais parece um poeta romântico, um jovem Schiller, talvez, do que um vigarista. Não, Lombroso está errado. Não se pode identificar um criminoso pela forma do nariz e da boca. Só a natureza de sua mente tem alguma importância.

Liebermann devolveu a fotografia a Rheinhardt, que a olhou de relance mais uma vez, antes de dar de ombros e enfiá-la no bolso.

— E quanto aos outros integrantes do círculo de Löwenstein? — perguntou Liebermann. — Descobriu mais alguma coisa sobre eles?

— Sim, descobri. Comecei a me interessar por Bruckmüller, depois que o vimos com o prefeito no concerto da Filarmônica.

— Ah, sim?

— Achei bastante estranho que um homem que convive com o prefeito e seus amigos, homens interessados no comércio e no intercâmbio da vida real, também freqüentasse sessões espíritas em Leopoldstadt.

Liebermann girou o copo de conhaque na mão e observou como a luz refratada se desfazia num caleidoscópio de arco-íris denteados.

— Há muita gente supersticiosa no mundo, Oskar.

— É verdade. Mas me lembro, já ao entrevistá-lo, de haver pensado: *Esse homem não tem o tipo certo*. O serralheiro, sim. Ou Záborszky, aquele conde maluco. Mas Bruckmüller? Não.

— Você também sentiu a mesma coisa sobre Hölderlin, o banqueiro.

Rheinhardt levou um susto.

— É, senti. Como foi que você soube?

— Deixe pra lá — disse Liebermann, acenando com a mão. — Desculpe, continue.

— Resolvi fazer umas sondagens — continuou Rheinhardt, olhando desconfiado para o amigo. — A primeira coisa que soube é que Bruckmüller é membro ativo do Partido Social Cristão, ou seja, aí está a ligação com Lueger. E a outra coisa que soube é que está noivo de Cosima Von Rath.

— A herdeira?

— Exatamente. Você sabe muita coisa dela?

— Apenas que é riquíssima e muito gorda.

— Também é muito estranha.

— Por que diz isso?

— Tem um interesse enorme pelas forças ocultas e acredita ser a reencarnação de uma princesa egípcia. Isso não é segredo. Aliás, a chegada dela a certos eventos sociais tornou-se uma espécie de espetáculo. Um humorista, creio que foi Krauss, disse que a entrada dela numa reunião social impressiona mais do que uma montagem de *Aída*.

Liebermann riu.

— Preciso comprar *Die Fackel* com mais freqüência. Ele é um grande humorista, o Krauss, mas é muito conservador em matéria de arte...

— Essa tal de Von Rath — continuou Rheinhardt — é uma grande protetora de organizações espíritas. Ao que parece, foi Von Rath quem descobriu Fräulein Löwenstein e, numa etapa posterior, apresentou o noivo a ela. Bruckmüller se manteve fiel ao grupo de Fräulein Löwenstein, ao passo que Von Rath deu continuidade à sua busca espiritual noutras paragens, fazendo uma amostragem de muitos outros círculos e médiuns, como era e continua a ser seu costume.

— Como você sabe disso tudo?

— Bruckmüller me contou, quando o entrevistei. Mas, na ocasião, eu não fazia idéia de que Cosima von Rath fosse noiva dele.

Liebermann depôs o copo na mesa e se virou para fitar o amigo.

— Será que ela é devota de Seth?

Rheinhardt acenou com a cabeça, saboreando em silêncio as implicações e possibilidades dessa ligação.

— De qualquer modo, há mais coisas para contar — disse o inspetor. — Ontem recebi um bilhete de Cosima von Rath, exortando-me a abandonar minhas investigações inúteis. Ao que parece, ela recebeu uma comunicação do mundo dos espíritos, confirmando que a morte de Fräulein Löwenstein foi um evento sobrenatural.

— Que ótimo ela mantê-lo informado! E o que mais você sabe sobre Bruckmüller?

— Não muita coisa. Ele é basicamente um homem que se fez sozinho, e é extremamente ambicioso. É filho de um açougueiro do interior, herdou o negócio da família e, trabalhando com afinco e fazendo investimentos muito astutos, conseguiu melhorar de vida. Como você sabe, é dono da Bruckmüller & Cie., fornecedora de instrumentos cirúrgicos, e creio que tem duas fábricas.

— E agora vai se casar com a filha de uma das famílias mais ricas de Viena.

— O que, como você pode imaginar, tem sido objeto de muito falatório. Quando o velho Ferdinando morrer e Cosima herdar a fortuna, Bruckmüller ficará em condições de exercer considerável influência política.

Os dois homens se calaram.

— Você mencionou o serralheiro... — disse Liebermann. — Soube mais alguma coisa da história dele?

— Sim, mas é tudo muito insignificante. Ele é um sujeito peculiar, e é inevitável que a natureza de seu trabalho desperte suspeitas. Mas...

— Você continua a achar que não foi ele.

Rheinhardt abanou a cabeça.

Houve uma batida leve. A porta dupla se abriu e Ernst entrou na sala.

— Desculpe incomodá-lo, senhor, mas o assistente do inspetor Rheinhardt está lá fora. Diz que é um assunto de certa urgência.

— É melhor você mandá-lo entrar — disse Liebermann, levantando-se da poltrona.

— Há sempre alguma coisa — comentou Rheinhardt. — Eu nunca deveria ter dito a eles onde estaria.

Levantou-se e andou até a lareira, onde apoiou um dos cotovelos na cornija. Instantes depois, Ernst reapareceu, acompanhado de Haussmann.

— Herr doktor, inspetor Rheinhardt — cumprimentou o rapaz, com uma reverência.

O criado retirou-se discretamente e a porta se fechou.

— Haussmann, o que é desta vez? — indagou Rheinhardt, sem conseguir disfarçar a irritação.

— Peço desculpas por importuná-lo, senhor, e ao prezado doutor, mas acaba de acontecer uma coisa que achei que o senhor gostaria de saber.

— Bem, homem, o que foi?

— Otto Braun, senhor. Ele acabou de se apresentar na delegacia da Grosse Sperlgasse. Entregou-se... disse que gostaria de nos ajudar a resolver o mistério.

Rheinhardt não disse palavra. Deu uma tragada no charuto e jogou o que restava dele na lareira.

— Tive que agir por minha própria conta, senhor. Não consegui encontrar nenhum oficial superior. Espero...

Liebermann levantou a mão, indicando que Haussmann não precisava justificar-se.

— Bem... — disse Rheinhardt, inflando as bochechas e em vão buscando palavras que pudessem expressar sua surpresa.

39

— Com licença, Stefan — disse Liebermann, inclinando-se para a frente e cheirando as lapelas do paletó do colega. A postura de Kanner se enrijeceu de embaraço e incômodo.

— E então? — indagou Kanner.

— Nem o menor vestígio.

— E não era para haver. O terno foi buscado na lavanderia hoje de manhã, e tirei a camisa direto do armário de ventilação; ela nem chegou perto do meu guarda-roupa.

— Excelente. Está pronto?

— Estou — disse Kanner, embora o tom de sua voz sugerisse exatamente o inverso.

Liebermann pôs as mãos nos ombros do amigo e lhe deu uma sacudida bem-humorada.

— Ficará tudo bem com você. Confie em mim.

Abriu a porta para o colega, que pisou com relutância no corredor. Os dois o percorreram até o fim e começaram a subir a austera escadaria de pedra.

— Pedi à enfermeira Rupius que nos encontrasse às nove e meia.

— Max, se o seu experimento me levar a fazer algum papel de bobo... vou querer uma recompensa.

— Jantar no Bristol?

— Feito.

— Mas você não fará papel de bobo.

Quando chegaram ao segundo andar, os dois viraram numa passagem estreita, com salas de exame de ambos os lados.

— É esta — fez Liebermann. Parando um instante, consultou o relógio de pulso. — Estamos atrasados — comentou. Girou a maçaneta e escancarou a porta.

Lá dentro, a enfermeira Rupius e a Srta. Lydgate sentavam-se lado a lado.

A enfermeira levantou-se:

— Dr. Liebermann, Dr. Kanner.

Seu rosto enrubesceu levemente.

— Bom dia, enfermeira Rupius. E Srta. Lydgate, bom dia — disse Liebermann. Virando-se e fazendo um gesto em direção ao amigo, acrescentou: — Srta. Lydgate, sem dúvida está lembrada de meu colega, o Dr. Stefan Kanner, não?

A inglesa fitou o outro com o olhar límpido.

— Não me recordo de termos sido formalmente apresentados.

Kanner fez uma pequena mesura e se aproximou com cautela, mai tendo os olhos fixos na paciente.

— O Dr. Kanner está aqui hoje para examinar sua garganta — disse Liebermann. — Ele tem muita experiência no tratamento de tosses nervosas e distúrbios brônquicos, e eu valorizaria muito sua opinião.

Liebermann deu um passo atrás e deixou o colega parado, sozinho.

— Como está se sentindo hoje, Srta. Lydgate? — perguntou Kanner, com muita cautela.

Erguendo a cabeça, Amelia Lydgate fitou os vivos olhos azuis do médico.

— Creio que não houve nenhuma mudança em meu estado, Dr. Kanner.

— Entendo — disse ele, aproximando-se cautelosamente. Nesse momento, a mão esquerda da Srta. Lydgate levantou-se e o médico estacou. A paciente tapou a boca e começou a tossir. Kanner olhou para trás e Liebermann lhe fez um aceno rápido com a cabeça, instigando-o a continuar. O colega respirou fundo e puxou uma cadeira.

Sentando-se bem de frente para a paciente, sorriu e disse:

— Quer ter a bondade de abrir a boca, Srta. Lydgate? O máximo que puder, por favor.

Lydgate assim fez e ele lhe examinou a garganta.

— Agora, se puder virar-se para a janela e inclinar um pouco a cabeça para trás... Ótimo. Agora, diga *aahhh*.

Amelia Lydgate obedeceu.

Kanner aproximou mais a cadeira, dando uma olhadela nervosa para a imprevisível mão direita da paciente. Abriu a maleta e retirou uma pequena espátula.

— Isso talvez seja um pouquinho incômodo — avisou. Pôs a espátula na língua de Amelia e a pressionou para baixo.

— Pode tossir, por favor?

Ela tossiu.

— De novo... um pouco mais forte. Obrigado.

Retirou a espátula e a entregou à enfermeira Rupius. Estendendo a mão para a maleta, apanhou o estetoscópio.

— Incline-se para a frente, por favor.

Levantando-se, Kanner encostou o aparelho em vários pontos das costas da Srta. Lydgate e lhe pediu que tossisse ou respirasse fundo.

— Ótimo — disse, por fim, retirando o estetoscópio. A enfermeira Rupius devolveu-lhe a espátula, que já havia desinfetado e secado junto à pia. Ele guardou os dois na maleta e fechou o trinco. — Obrigado — disse. Em seguida, virando-se para Liebermann e apanhando a maleta, acrescentou: — O exame está terminado — e sorriu com alívio.

— Enfermeira Rupius, tenha a bondade de levar a Srta. Lydgate de volta para a enfermaria — pediu Liebermann.

A jovem enfermeira sorriu e empurrou a cadeira de rodas da inglesa.

Ao abrir a porta, Liebermann dirigiu-se à sua paciente:

— Estarei lá dentro de alguns minutos, Srta. Lydgate, depois de falar com o Dr. Kanner.

Fechou a porta.

— Bem — disse Kanner —, é realmente extraordinário. Notável, na verdade.

— Viu? Eu lhe disse que tudo correria bem.

Kanner abanou a cabeça.

— Quer dizer que foi tudo por causa da minha colônia.

— Exatamente. É a mesma que o ministro Schelling usa.

— Ministro Schelling?

— Sim, Stefan. O homem que tentou estuprá-la.

40

Cosima von Rath impressionou-se com a mudança ocorrida na aparência de Frau Hölderlin. Ela parecia muito mais jovem. O cabelo fora pintado de ruivo, trançado e preso no alto da cabeça com uma grande travessa de tartaruga. A mulher do banqueiro usava um vestido de tule escarlate, de corte primoroso, e sapatos marrons de pelica, que combinavam perfeitamente com suas meias. O efeito geral da transformação, no entanto, era maculado pela persistência de suas piscadelas nervosas.

— Ele é um homem estranho, sem dúvida — disse Cosima. — No entanto receio que também seja *mau*.

Frau Hölderlin ofereceu à herdeira mais chá com *Guglhupf*,* que ela recusou polidamente.

— Estava delicioso, Dorothea, mas não posso comer nem mais uma migalha.

E apelou para a anfitriã, pousando a mão na barriga protuberante.

Frau Hölderlin assentiu com a cabeça e declarou:

— Devo dizer que nunca me senti inteiramente à vontade na companhia do conde.

— Você conhece a história? — perguntou Cosima, alisando, distraída, o chintz florido do braço do sofá em que estava sentada.

Frau Hölderlin inclinou-se para a frente.

— Ouvi boatos, é claro. Um disparate, tenho certeza. Boatos de que... — e piscou duas vezes — de que ele matou o pai para herdar a propriedade, depois esbanjou a fortuna da família.

Cosima riu.

---

* Bolo austríaco feito com rum, passas e avelãs. (N. da T.)

— Ele é mau, mas não creio que matasse o próprio pai. O velho conde morreu de tuberculose, não foi assassinado.

— Mas como sabe disso?

— Meu pai tem negócios na Hungria... algumas fazendas e uma fábrica, e umas propriedades na capital. É muito amigo do conde Cserteg, cuja família vem da mesma região.

Cosima fez uma pausa.

— E...? — indagou Frau Hölderlin, indicando estar ansiosa de que sua convidada continuasse.

— Os boatos têm um fundo de verdade. É quase certo que o conde Záborszky levava uma vida dissoluta. Ao que parece, passava pouco tempo na propriedade e não manifestava interesse em sua administração. Ficava sempre em Pest, desfrutando da companhia de cantores e outros inúteis. Gostava muito de teatro, dizem, embora seja mais provável, na verdade, que só gostasse das atrizes...

Frau Hölderlin lembrou-se de como o conde costumava levar a mão de Fräulein Löwenstein aos lábios e deixar sua boca demorar-se nos dedos finos e pálidos da moça.

— Ou talvez eu lhe esteja fazendo uma injustiça — prosseguiu Cosima. — Ele gostava de teatro o bastante para esbanjar boa parte de seu dinheiro subsidiando vários estabelecimentos de terceira classe, que foram um fracasso lamentável. Portanto, suponho que não fossem apenas as atrizes... mulheres com quem ele poderia ter travado conhecimento, presumo, sem fazer um investimento tão alto.

— Os homens podem ser muito bobos — disse Frau Hölderlin.

— Decerto. Qualquer que tenha sido sua intenção, ele contraiu algumas dívidas muito pesadas em decorrência de suas atividades, e depois tentou reduzi-las através do jogo... com resultados previsíveis. Quando o velho conde Záborszky adoeceu, o filho apareceu para assumir um papel mais ativo na administração dos bens. Na realidade, porém, estava simplesmente explorando a fraqueza do pai. Quando o idoso conde morreu, não restava praticamente nada... só uma mísera herança, que foi posteriormente depositada numa conta bancária vienense. A mãe e as irmãs de Záborszky tiveram que se arranjar sozinhas. Não fosse a ajuda de alguns integrantes da aristocracia local, entre eles o conde Cserteg, as mulheres teriam ficado na miséria. Nem é preciso dizer que a residência e as terras da família tiveram que ser vendidas, e o produto foi quase totalmente consumido pelas dívidas pendentes do jovem conde.

— Escandaloso — disse Frau Hölderlin. — Eu sabia. Raramente antipatizo com alguém sem um bom motivo. Não tenho o dom mediúnico, mas sempre confiei na minha intuição.

Detectando uma migalha de bolo aninhada numa dobra de seu vestido escarlate, Frau Hölderlin retirou a partícula ofensiva e a repôs discretamente no prato.

41

Otto Braun não havia esperado descobrir-se deitado num divã, num quarto totalmente inexpressivo de hospital. Tampouco havia contado com o médico, cuja presença vigilante podia sentir às suas costas.

— Estávamos hospedados no Grand Hotel, em Baden. Havia muita gente rica, como seria de esperar... é um hotel esplêndido. Uma das hóspedes era uma médium, uma mulher chamada Frau Henneberg. Despertava muita atenção, particularmente entre os clientes que estavam visitando o balneário por problemas de saúde. Ela concordou em fazer uma série de sessões noturnas e compareci a uma, só por interesse. Era um espetáculo, é claro, nada além disso, e pude perceber como se faziam os truques: as batidas, as aparições, o surgimento de objetos. Um dos senhores presentes era um cúmplice, sem dúvida; não tive dificuldade para identificá-lo. No fim da sessão, Frau Henneberg convidou todos os presentes a fazerem uma doação voluntária. Juro que ela deve ter ganho uns noventa florins. Foi tudo muito fácil. — Braun parou de falar e passou as duas mãos pelo cabelo. — Quanto tempo tenho que continuar assim? — perguntou.

— Até terminar a entrevista.

Resignando-se à peculiaridade da situação, o rapaz deu um suspiro, aliviando a tensão nos ombros.

— Assim é melhor — disse Liebermann. — Quero que fique à vontade. Feche os olhos, se isso ajudar.

Braun seguiu as instruções e cruzou os braços sobre o peito, o que fez Liebermann pensar num cadáver e se perguntar se o gesto representaria alguma comunicação sutil do inconsciente de Braun. Já estaria ele, inadvertidamente, confessando ter cometido o assassinato?

— Quando chegou ao apartamento de Fräulein Löwenstein, por que optou por fugir? — perguntou o médico.

— Havia policiais do lado de fora... eles tinham parado Hölderlin e a mulher. Achei que finalmente nos tinham apanhado. Tinha havido aquela história no Danúbio... e mais umas outras coisas.

— Que outras coisas?

Braun carregou o sobrolho.

— Era meu entendimento, Herr doktor, que eu tinha sido trazido aqui para discutir o assassinato de Fräulein Löwenstein.

— De fato, Herr Braun, e era *meu* entendimento que o senhor queria ajudar a polícia nas investigações.

— Está bem — disse o rapaz, franzindo o lábio superior. — Conhecemos uma senhora em Baden, uma viúva. Ela possuía umas jóias valiosas, uma pulseira de brilhantes, um pingente de safira... — interrompeu-se, fazendo um aceno com a mão para sugerir que o detalhamento adicional das peças era desnecessário. — Quando surgiu a oportunidade, Lotte pegou tudo.

— O senhor participou desse furto? Ajudou Fräulein Löwenstein?

Braun abriu os olhos, enquanto a boca se contorcia num sorriso sarcástico.

— Não — disse. Suas pálpebras baixaram lentamente, como as de um gato saciado. — Lotte estava sempre pegando coisas.

Liebermann notou que as mãos dele tremiam um pouco. Mas o rapaz não parecia particularmente angustiado.

— O senhor fugiu. Mas para onde?

— Uma taberna.

— Qual delas?

— Não sei... é pequena. Fica em Meidling... O taberneiro é um ruteno grandalhão. Acho que se chama Gergo. Lá conheci uma mulher. Pude passar uns tempos com ela.

— Como era o nome dela?

— Lili.

— Era prostituta?

— Era como se fosse...

— Quer dizer que o senhor nunca saiu de Viena. Esteve aqui o tempo todo?

— Estive. Anteontem, entrei num café e peguei um exemplar velho do *Wiener Zeitung*. Foi à noite, por volta das oito. Encontrei a reportagem...

o senhor sabe, a do assassinato de Lotte... e na mesma hora percebi que tinha cometido um grande erro. Fui direto à delegacia de polícia.

Braun engoliu em seco. Sua pele parecia pegajosa.

— Como descreveria sua relação com Fräulein Löwenstein?

— Não sei ao certo o que o senhor quer dizer.

— Vocês eram felizes juntos?

— Se éramos felizes? — repetiu Braun. — Sim, suponho que sim, especialmente no começo. Parecíamos ter... como eu diria?... uma abordagem semelhante da vida, um jeito parecido de ver as coisas... e ela era muito bonita, é claro. Muito bonita. Mas não durou. As coisas não correram tão bem depois que voltamos para Viena. Vivíamos discutindo, e a Lotte, que sempre tinha sido uma mulher tão despreocupada, tão pouco convencional, tornou-se inquieta. Coisas que nunca a haviam incomodado ganharam um significado maior: ela começou a se preocupar com o futuro... com nossa segurança. E ficou muito irritadiça. Às vezes, passavam-se semanas sem que nenhum de nós dissesse uma única palavra gentil ao outro.

— Sobre o que discutiam?

— Dinheiro, em geral. Por alguma razão, nunca havia o bastante. Ela dizia que eu bebia demais. *Você me dá nojo*, era o que costumava gritar. *Você me dá nojo*... Sabe, é irônico eu estar aqui agora, sob suspeita de tê-la matado. Poderia muito bem ter sido o inverso. Ela tentou me esfaquear uma vez, e quase conseguiu. Eu tinha bebido e não estava disposto a aturar seus disparates. Lembro-me de ter pensado: se ela disser *você me dá nojo* mais uma vez, eu vou... vou...

Braun calou-se.

— Bateu nela? — perguntou Liebermann.

Braun baixou o queixo, num movimento tão sutil que quase escapou à detecção.

— Lotte saiu da sala e voltou com uma faca de cozinha na mão — disse ele. Seus olhos se estreitaram, criando um delta de vincos que se espalharam pelas têmporas. Baixando a voz, subitamente absorto em sua própria narrativa, murmurou: — É como se eu a visse agora, parada ali na porta, brandindo aquele facão... sem fôlego... arfando feito um bicho. Ela me olhou por uns instantes, depois entrou correndo. A única coisa de que lembro são aqueles olhos, e de ter pensado: *Como são lindos... e como são terríveis*. Não tentei me defender, senti um desprendimento engraçado. Ela teria me matado, tenho certeza. Mas aconteceu uma coisa. Houve um acidente... um ato de Deus, poderíamos dizer... e eu me salvei. Ela tropeçou no tapete e caiu. Acabou esparramada a meus pés, e a faca saiu deslizando pelo chão... foi parar embaixo da *chaise longue*. De repente, caí em mim. Antes que Lotte conseguisse levantar-se de novo, joguei-me em cima dela. Ela se debateu, é claro, deu pontapés e gritos. Mas consegui contê-la. Ela acabou desistindo, amoleceu e começou a chorar... Foi por pouco, ela podia ter-me matado. — Braun abanou a cabeça e concluiu, num resmungo: — Foi difícil detestá-la... desculpe, amá-la depois disso.

Liebermann captou de imediato as implicações do lapso verbal de Braun. Ele lhe sugeriu que, embora o rapaz pudesse afirmar outra coisa, ainda nutria sentimentos de afeição por sua amante bela e volátil.

— O que sabe sobre o passado dela? A infância?

— Não falávamos dessas coisas.

— Por que não?

— Não sei, só não falávamos, embora eu ache que Lotte teve uma infância infeliz. Os pais morreram quando ela era muito pequena, e ela teve que se arranjar sozinha... mas não sei muito mais do que isso.

— Não ficou interessado?

— Ela não queria falar, e eu não queria insistir no assunto. Além disso, passado é passado, doutor. O que está feito está feito, não é?

— Herr Braun, quem *o senhor* acha que matou Fräulein Löwenstein? — perguntou Liebermann.

— No começo, achei que poderia ter sido Theodore Roche, mas agora não tenho tanta certeza. Ele era um homem orgulhoso, bem do tipo que procuraria se vingar. Mas não tinha imaginação. Aquela história da bala e da porta trancada... a estatueta na caixa... extraordinário. Não tenho idéia de como foi feito. — Os lábios de Braun se curvaram, formando um vago sorriso cínico. — Portanto, talvez tenha sido um demônio. Pode ser que eles existam, afinal.

O rapaz abriu os olhos e inclinou a cabeça para trás, esforçando-se para ver Liebermann.

— Imagino, Herr doktor, que o senhor não tenha uma garrafa de alguma coisa escondida por aí, tem?

— Não, não tenho — respondeu Liebermann.

— Isso me parece difícil de acreditar. Sei o quanto vocês, médicos, apreciam um trago.

Liebermann não respondeu e Braun deixou a cabeça voltar à posição original.

— Entendo que Fräulein Löwenstein encontrava-se em particular com Herr Uberhorst. Sabe de alguma coisa a esse respeito?

— É, é verdade. Ele estava sempre passando por lá para vê-la, para fazer consultas extras. Para falar a verdade, acho que Lotte tinha uma quedinha por ele... coitado do Karl.

— Por que "coitado do Karl"?

— O senhor o conheceu?

— Não.

— Bem, se tivesse conhecido, entenderia. É um homem patético. Solitário. Sofre dos nervos, se quer a minha opinião. Braun virou a cabeça e se apressou a dizer: — É só a opinião de um leigo, é claro, mas tenho certeza de que concordaria.

— Fräulein Löwenstein tinha pena dele?

— Sim, com certeza. Poderia tê-lo depenado... tirado tudo dele, até o último centavo. Mas sabe de uma coisa? Ela se contentava em aceitar duas coroas por uma hora do seu tempo.

— Ela recebia algum dos outros homens em particular?

— Do círculo?

— Sim.

— Não que eu saiba... só Karl. Eu costumava perguntar a ela: "Que diabo você acha que está fazendo, dirigindo uma instituição de caridade?"

— E o que ela respondia?

— Dizia que ele era um homem triste e precisava de ajuda. Esse era um traço de caráter que ela raramente exibia. Karl é baixinho... acho que despertava o instinto maternal de Lotte.

— Herr Braun, o que pretendia fazer... depois que a criança nascesse?

— Que criança?

— A autópsia mostrou que Fräulein Löwenstein estava grávida de três meses. Teria gêmeos.

— O senhor deve estar enganado, Herr doktor. Lotte e eu... nós tínhamos parado de ter qualquer tipo de relação. Havia muitos, muitos meses que não fazíamos amor.

— Posso lhe assegurar, Herr Braun, que Lotte Löwenstein estava grávida ao morrer.

Braun sentou-se e, virando o rosto, deixou as pernas escorregarem pelo lado do divã. Seus olhos faiscavam de raiva.

— Não tente me tapear, Herr doktor. Só há um mágico nesta sala, e não é o senhor.

42

O PORTEIRO CURVOU-SE E BATEU os calcanhares quando o casal saiu do Hotel Bristol. Rheinhardt recompensou-o com uma gorjeta generosa, dada com tanta discrição que sua mulher — apesar de estar de braço dado com ele — nem notou. Se o andar dos dois estava mais pesado que de hábito, isso se deveu à refeição de que haviam acabado de desfrutar. Ela se estendera até abarcar um total de uns cinco pratos, o último dos quais (para satisfação de Rheinhardt) tinha sido um *Marillenknödel* especialmente doce — bolinhos de damasco numa massa de ricota, salpicados de farinha de rosca, dourada na manteiga com açúcar e canela.

Um fiacre já os esperava do lado de fora e o cocheiro afagava pacientemente o cavalo com o cabo do chicote. Rheinhardt abriu a porta para a mulher e, segurando-lhe a mão, ajudou Else a subir no estribo. Uma mecha de cabelo castanho-claro tinha-se soltado sob o chapéu dela. Embora seu rosto tivesse ficado mais redondo com a idade, ainda preservava uma certa qualidade juvenil, e sua figura encorpada não havia ultrapassado os limites da beleza rubenesca. Quando Else entrou no fiacre, Rheinhardt tomou a liberdade de levantar só um pouquinho sua saia, para se certificar de que ela não tropeçasse. Esse pequeno serviço foi prestado com tamanho tato que, tal como a gorjeta, escapou por completo à atenção da mulher.

O fiacre seguiu pela Ringstrasse, passou pelos museus de arte e de história natural e entrou à esquerda no bairro de Josefstadt. Enquanto Rheinhardt olhava pela janela, Else, saciada com as extravagâncias da noite, descansou a cabeça em seu ombro. O fiacre ressoava pelo caminho, chacoalhando nos paralelepípedos e fazendo a cabeça dela balançar de um lado para outro. O interior ficou quente e levemente abafado. Os pensamentos de Rheinhardt, como detritos num remoinho, eram sugados em círculos descendentes cada vez menores para um único ponto de contemplação: Otto Braun.

Ele tinha presumido que Else adormecera, por isso ficou surpreso quando suas cogitações foram perturbadas por uma pergunta:

— Em que está pensando?

O inspetor concedeu-se um instante para compor uma resposta anódina e disse:

— Estava pensando em como você ficou bonita com seu vestido novo.

— Oskar — disse Else, a voz engrossada por uma certa sonolência —, você já devia saber que não sou de ser tapeada com lisonjas.

Rheinhardt deu uma risada e se virou para beijar a fita do chapéu da mulher.

— Está bem, confesso. Estou meio preocupado. Mas não quero estragar nosso aniversário de casamento discutindo uma investigação de homicídio.

— Nada poderia estragar nosso aniversário de casamento — garantiu Else. — Foi uma noite maravilhosa, e estou muito, muito feliz. — Com essas palavras, ajeitou o corpo e se aninhou mais no ombro do marido.

— E você gostou do vestido?

— Adorei.

Ao passar pelos postes de luz, dispostos a intervalos regulares, o fiacre ia recebendo uma suave iluminação em tons de âmbar. O couro preto da forração rangeu quando Rheinhardt se pôs mais à vontade, reclinando-se no assento.

— E então? — perguntou Else.

— E então o quê?

O ritmo regular da luz artificial era estranhamente tranqüilizante.

— Em que está pensando?

Rheinhardt hesitou e Else prosseguiu:

— É o assassinato de Leopoldstadt. Você está pensando nele, não é?

— Estou — disse Rheinhardt, com um suspiro. — Max entrevistou o principal suspeito hoje, um homem chamado Otto Braun. Ele foi membro do círculo espírita de Fräulein Löwenstein e não era visto desde a noite do assassinato. É mágico profissional, o que havíamos considerado extremamente relevante, dadas as circunstâncias do crime.

— E...? — disse Else, com gentil persistência.

— Eu tinha esperança de que ele confessasse. Mas não foi nada disso que ele fez. E o comissário está ficando cada vez mais impaciente.

— Vocês vão soltar o Braun?

— Teremos que soltá-lo.

— E depois, o que farão?

— Realmente não sei...

O fiacre parou, antes de tornar a ganhar velocidade, para dar passagem a um ônibus no cruzamento.

— Sabe — disse Else, bocejando —, li um artigo muito interessante no meu *Jornal Feminino*, um dia desses.

— Sim?

— Sobre uma mulher chamada Madame de Rougemont, que mora em Paris. Ela ajudou a polícia francesa a resolver muitos crimes.

— Como é que ela ajuda?

— É médium, como Fräulein Löwenstein.

— Você está sugerindo que eu...

— A Sûreté não é orgulhosa a ponto de não usar os serviços dela — interrompeu Else.

— A Sûreté é... bem, é francesa. Temos formas muito diferentes de fazer as coisas aqui em Viena. Além disso, tenho pavor de pensar no que Max diria se eu sugerisse uma coisa dessas.

— O Dr. Liebermann não sabe tudo — disse Else, sem rodeios.

43

Liebermann dobrou um corredor e ficou cara a cara com o professor Wolfgang Gruner. Os dois estacaram — e até recuaram um pouco —, como se ambos houvessem batido numa parede invisível.

— Ah, Dr. Liebermann — disse Gruner, recompondo-se. — Se dispuser de um minuto, eu gostaria de vê-lo em meu consultório.

— Agora? — indagou Liebermann, hesitante.

— Sim, agora — disse Gruner.

Liebermann consultou o relógio em seu pulso.

— Meu próximo paciente é às três.

— O que tenho a dizer não tomará muito tempo.

Os dois marcharam pelo corredor em silêncio, mantendo um passo sincronizado, quase militar. No entanto guardaram uma distância conspícua um do outro, como se ambos tivessem as propriedades polares dos ímãs e fossem afastados por campos de força que se repelissem mutuamente. Com o tempo, a ausência da troca de gentilezas formais e a antipatia palpável entre os dois tornaram-se igualmente embaraçosas e incômodas. Liebermann sentiu um grande alívio quando enfim chegaram à porta do consultório de Gruner.

O interior do cômodo era sombrio e parecia curiosamente subaquático. Feixes pálidos de luz desbotada infiltravam-se pelas cortinas musgosas, iluminando minúsculas partículas de poeira que flutuavam no ar com a graça indolente dos protozoários. No chão se espalhavam numerosas caixas de baterias, como antigas arcas do tesouro há muito esquecidas no leito oceânico do mar das Caraíbas.

Um armário alto, de portas envidraçadas, exibia várias fileiras de potes de amostras em que partes esponjosas de cérebros, com um rastro de filetes de tecido nervoso, flutuavam numa suspensão de formaldeído amarelado.

A vitrine parecia um aquário dos horrores, e um recipiente ligeiramente maior do que os restantes continha um objeto que fez Liebermann estremecer: um feto abortado em decomposição, com duas cabeças. Flocos de carne esbranquiçada haviam-se acumulado no fundo do vaso, indicando que o espécime tinha uma idade considerável. Essa curiosidade médica, de origem desconhecida, era a peça central da macabra coleção de Gruner.

— Sente-se, por favor — ordenou ele.

— Obrigado — disse Liebermann, aproximando uma cadeira pesada da escrivaninha imponente do professor.

— Dr. Liebermann, estou informado de que o senhor vem tratando da governanta inglesa, Srta. Amelia Lydgate. Ela esperava receber eletroterapia para uma tosse histérica persistente, associada a uma paralisia. Quantas sessões de eletroterapia o senhor já fez, Dr. Liebermann?

— Nenhuma, doutor.

— Poderia explicar por quê?

— Os sintomas dela não são resultantes de uma debilidade do sistema nervoso. São a conseqüência lógica de várias experiências traumáticas. E fazem sentido como tal. Por conseguinte, é minha opinião que a eletroterapia não é o tratamento preferencial, doutor.

Gruner recostou-se na cadeira como Netuno em seu trono. A escrivaninha fora colocada de frente para a janela, e Liebermann não conseguia ver o rosto de Gruner contra a claridade que vinha de fora. Discernia apenas a silhueta da cabeça do professor e uma auréola luminosa de cabelos crespos.

— Quer dizer que os sintomas da Srta. Lydgate têm um significado — disse Gruner. — Quer ter a bondade de ser mais explícito?

— Desde que aceitou o emprego de governanta — começou Liebermann —, a Srta. Lydgate foi repetidamente importunada pelo patrão. O homem acabou perdendo o controle e a atacou. Conseguiu beijar a Srta. Lydgate, o que ela vivenciou como uma sensação de sufocamento. Sua tosse, portanto, resulta de uma lembrança traumática recalcada.

Liebermann notou que Gruner já tamborilava os dedos na escrivaninha, impaciente, e prosseguiu:

— A paralisia da Srta. Lydgate surgiu na mesma ocasião em que seu patrão, frustrado e provavelmente bêbado, tentou violentá-la. Essa conduta abominável produziu na governanta um desejo intenso de matá-lo, mas um desejo que lhe era inaceitável. Havia uma tesoura ao alcance da mão. Dilacerada entre a necessidade de se proteger e a inaceitabilidade de cometer um assassinato, ela ficou paralisada. Seu impulso homicida foi recalcado e, em torno dele, o conteúdo do inconsciente da moça organizou-se sob a forma de uma personalidade secundária, mais primitiva, que se denomina de Katherine. É essa personalidade secundária que agora controla o braço direito da Srta. Lydgate. Em minha opinião, quando essa cisão psíquica for reparada, quando a divisão entre Katherine e a Srta. Lydgate for curada, a paralisia desaparecerá. Creio que isso só poderá ser conseguido através da psicoterapia.

Gruner parou de tamborilar os dedos e se inclinou para a frente.

— E que provas o senhor tem dessa formulação extraordinária?

— A personalidade secundária emerge quando a Srta. Lydgate é relembrada da agressão sexual. Nessas ocasiões, ela sofre uma convulsão, durante a qual se porta de maneira agressiva e recupera o uso do braço direito. Essas convulsões são fidedignamente induzidas por um estímulo olfativo, isto é, a colônia usada por seu patrão. Também convém notar que essa colônia pode ter desempenhado um papel na provocação da tosse da Srta. Lydgate, pois é do tipo forte e adocicado.

— Herr doutor — reagiu Gruner —, sinto-me estarrecido com sua ingenuidade.

Fez uma pausa, deixando amadurecer um hiato prolongado e profundamente perturbador. Liebermann espremeu os olhos para o clarão que entrava pela janela, tentando avaliar a expressão do médico, mas foi impossível. Ansioso por acabar com aquele impasse excruciante, respondeu com palavras mais francas do que diplomáticas:

— Receio ter que discordar, doutor.

— Dr. Liebermann — recomeçou Gruner, dessa vez sem nenhuma pausa —, tenho dificuldade de acreditar que um jovem formado numa das melhores instituições médicas do mundo seja tapeado com tanta facilidade. Como todos sabemos, a histérica é dissimulada, ardilosa e histriônica. É uma rematada sedutora. O médico crédulo torna-se uma presa fácil, sendo atraído para seu mundo de fantasias sórdidas pelas confissões que ela faz. Ao levar a sério as fantasias ridículas dessa paciente, o senhor pratica um ato de conluio que legitima a psicopatologia que ela apresenta.

Só um tolo tentaria interpretar sintomas histéricos, assim como só um tolo tentaria interpretar sonhos.

Liebermann resistiu à ânsia de reagir à alfinetada de Gruner no professor Freud.

— O senhor se deu ao trabalho, Dr. Liebermann — perguntou Gruner, cuja voz começava a se elevar —, de descobrir a identidade do empregador da Srta. Lydgate?

— Sim, eu o fiz. Ele se chama Schelling.

— Correto. *Ministro* Schelling. É imensamente admirado pelos colegas e tem a merecida reputação de defender os mais altos padrões de retidão moral. Já tive o grande privilégio de me sentar ao lado do ministro Schelling, em minha posição de curador, em diversas comissões criadas para promover causas beneficentes. Sugerir que ele molestaria repetidamente uma jovem governanta é um completo absurdo. A moça é claramente perturbada. Eu sugeriria vigorosamente que, na próxima vez em que atender a Srta. Lydgate, o senhor lhe administre de imediato o tratamento apropriado. Eu recomendaria a moxa farádica, uma escova elétrica passada pela cavidade da garganta, que resolverá a tosse dela numa única sessão. O senhor encontrará os detalhes do procedimento no *Manual* de Erb. A paralisia poderá levar um pouco mais de tempo, mas provavelmente entrará em remissão no prazo de sete dias. Boa tarde.

Liebermann continuou sentado.

— Eu disse "boa tarde", Herr doktor.

Liebermann engoliu em seco.

— Com todo o respeito, Herr professor, creio que não estou preparado para seguir suas instruções.

— Recusa-se a tratar da paciente?

— Não.

— Então, o que está dizendo?

— Em minha opinião, a descrição que a paciente fez de suas experiências traumáticas é verídica. Portanto, eu deveria continuar a tratá-la psicologicamente.

Gruner deu um tapa na escrivaninha. O baque surdo foi seguido pelo zumbir etéreo de vidros vibrando — a canção aguda e fantasmagórica das coisas inomináveis que flutuavam em suas substâncias opacas de preservação.

— Dr. Liebermann — grunhiu o professor —, a recusa em ministrar o tratamento apropriado é um ato de negligência. Lamento dizer que serei obrigado a solicitar sua demissão imediata.

Liebermann sempre soubera que um confronto com o professor Gruner seria inevitável em algum momento, mas, agora que o tão esperado ultimato fora efetivamente proferido, sentiu-se despreparado.

— Bem? — fez Gruner.

Liebermann começou a preparar mentalmente uma resposta. Seu coração batia descompassado.

Professor Gruner, por mais que me agradasse conservar meu cargo neste hospital, não posso agir contra minha consciência...

Respirou fundo e começou a falar:

— Professor Gruner, por mais...

Houve uma batida forte na porta e Liebermann parou, ao ouvir Gruner gritar "Entre!".

A porta se abriu e apareceu a enfermeira Rupius.

Gruner abanou a cabeça com violência.

— Agora não, enfermeira Rupius, agora não! Estou em meio a uma discussão com o Dr. Liebermann.

A enfermeira hesitou e já ia fechando a porta, mas pareceu mudar de idéia. Dois auxiliares de enfermagem passaram correndo pelo corredor.

— Professor Gruner — disse ela —, uma de suas pacientes, a Signora Locatelli... ela está morta.

— Morta! — exclamou o professor, levantando-se da cadeira. — O que quer dizer, morta?

A enfermeira entrou no consultório.

— Parece que ela amarrou os lençóis da cama num cano de água do banheiro e se enforcou. Não sabemos há quanto tempo está lá.

44

HEINRICH HÖLDERLIN ANDAVA A PASSOS rápidos pela rua estreita. Entrou numa praça de calçamento de pedra em cujo centro havia uma grande estátua de Moisés. Quando ele passava pelo bronze monumental, uma voz sonora encheu o espaço fechado:

— Herr Hölderlin.

O banqueiro assustou-se: era como se o transmissor das Tábuas da Lei houvesse acabado de se dirigir a ele.

— Herr Hölderlin, aqui! — trovejou a voz.

Olhando em volta da estátua, Heinrich Hölderlin avistou Hans Bruckmüller, sentado sozinho a uma única mesa do lado de fora de um café minúsculo, oportunamente chamado de Kleines Café. Não havia vitrines frontais e a entrada era uma modestíssima porta dupla, metade da qual era mantida aberta por uma trava de ferro. Havia uma bicicleta encostada à parede ao lado da mesa de Bruckmüller. Hölderlin presumiu que não pertencesse ao homenzarrão. Era impossível imaginá-lo empoleirado numa estrutura tão frágil.

— Boa tarde, Herr Bruckmüller.

— Boa tarde, Hölderlin. Aceita um café?

Hölderlin consultou ostensivamente o relógio de bolso e, fingindo fazer alguns cálculos mentais, respondeu:

— Sim, por que não?

Bruckmüller reclinou-se na cadeira e gritou para o interior sombrio do café minúsculo:

— Egon!

No mesmo instante surgiu um rapaz esguio, de bigode e suíças ralas. Era pouco mais que um menino.

— Outro *fiacre* para mim. E você, Hölderlin?

— Uma *mélange*.

O rapaz fez uma mesura e entrou a passos largos na escuridão.

Hölderlin sentou-se à mesa, tirou o chapéu e passou a mão espalmada pela calva.

— Você é freguês habitual, Bruckmüller?

— Sim, sou. É um pequeno paraíso, um lugar esplêndido para uma contemplação serena.

— Nesse caso, talvez eu o tenha perturbado.

— De modo algum — fez Bruckmüller, sorrindo. Mas o sorriso veio muito depressa e se demorou mais do que o estritamente necessário.

Hölderlin pôs na mesa o livro que estava segurando e Bruckmüller abaixou a cabeça para ler a lombada:

— *Ísis revelada.*

— De Madame Blavatsky.

— Interessante?

— Não sei. Para ser franco, não o li... é da minha mulher. Acabei de buscá-lo com Herr Uberhorst. Juno lhe havia emprestado esse livro fazia mais de um mês.

— E ele não o devolveu? — indagou Bruckmüller, surpreso.

— Não. Mas é um lapso perdoável.

— Sim — fez Bruckmüller, abrandando o tom. — Nestas circunstâncias...

O garçom voltou com uma bandeja de prata e a depôs na mesa. O *fiacre* de Bruckmüller exalava um aroma forte de rum e era encimado por uma espiral de creme batido. O leite espumante da *mélange* de Hölderlin parecia animado e bolhoso, como os corais-pétreos, e começava a transpor a borda da xícara. Ele interrompeu o percurso com a colher e levou a espuma à boca.

— O comportamento dele na sessão... — comentou Bruckmüller, olhando para a fachada renascentista da Franziskankirche, do outro lado da praça. O frontão alto e intricado da igreja era decorado por santos e por obeliscos egípcios. — O que lhe pareceu?

— É difícil dizer...

— O homem queria saber se deveríamos contar *a eles*. Você achou que ele se referia à polícia, não é? — insistiu. O banqueiro parecia claramente incomodado. — E a tal questão de honra? Que diabo ele quis dizer com aquilo?

Hölderlin tirou um lenço do bolso e secou as gotas de suor da calva.

— Foi uma longa caminhada da casa de Herr Uberhorst — explicou, em tom de desculpa.

— Nunca tive o prazer de ir lá.

— Ele tem uma pequena oficina em Leopoldstadt.

— Nesse caso, você devia ter alugado um fiacre!

Hölderlin passou o lenço na testa.

— O tempo tem melhorado... Achei que seria agradável caminhar.

— Fazer exercícios regulares é sem dúvida um bom hábito e ajuda a digestão, segundo dizem — comentou Bruckmüller, erguendo o copo e tomando um gole da bebida. — Você está bem, Hölderlin? Parece meio...

— É só o calor — interrompeu o banqueiro. — Acho que exagerei.

Bruckmüller assentiu com a cabeça e fez um gesto para o livro de Blavatsky.

— Permite?

— É claro.

Bruckmüller pegou o livro e folheou as páginas com o polegar, parando de vez em quando. Ao terminar o exame superficial, levantou a cabeça e fitou o companheiro.

— Você acha que foi algum demônio? — indagou, com a voz num ribombo confidencial.

— Foi o que disse o espírito.

— Sim... mas estou perguntando o que *você* acha, Hölderlin. Sei o que o espírito disse, mas qual é a sua opinião?

Hölderlin correu os olhos pela praça, constrangido, como quem tentasse localizar algum bisbilhoteiro. O local estava deserto.

— Creio que essas coisas são possíveis. No entanto... — fez uma pausa e brincou com a colher — desconfio que Herr Uberhorst já não concordaria com essa visão.

— Ele não consegue admitir que Fräulein Löwenstein pudesse praticar magia negra — disse Bruckmüller, em tom judicioso. — Que ingenuidade!

— Realmente. Mas creio que há mais do que isso.

— Sim?

— Na oficina dele, notei numerosos mecanismos de fechaduras. Em tornos e sobre a bancada. Ele os estava desmontando... e havia instrumentos por toda parte.

— O homem é serralheiro, Hölderlin! O que você esperava?

— Com pinças? Agulhas de crochê? Ímãs? Havia até uma seringa hospitalar. Parecia um laboratório.

Bruckmüller abanou a cabeça:

— Não estou entendendo...

— Acho que Herr Uberhorst está tentando descobrir como aquilo foi feito. Creio que está tentando solucionar o mistério da porta trancada.

45

Else Rheinhardt tinha ido fazer compras em Leopoldstadt, onde tudo era muito mais barato. Havia encomendado um rolo de tecido de um cortineiro de Zirkugasse por pelo menos metade do preço que teria pago na Karntner Strasse. Sua expedição a levara tanto para o leste que ela havia chegado ao Parque Prater, e resolveu premiar-se com um almoço no Café Eisvogel. Tinha uma queda particular pela torta de mel e amêndoas que eles serviam.

Deixou-se ficar por algum tempo, vendo as pessoas entrarem e saírem e observando os pequenos dramas que constituíam os assuntos mundanos: um casal num canto desfrutava claramente de um encontro secreto; um grupo de cavalheiros na mesa ao lado fazia lembrar conspiradores; e um rapaz solitário, junto à janela, escrevia o que Else imaginou ser um poema em seu guardanapo. Em Viena, os cafés tinham substituído o teatro. Podia-se aprender tanto sobre a natureza humana no Eisvogel quanto lendo todas as peças de Goethe, Molière ou Shakespeare.

Else se deu conta da hora e sentiu uma pontada na consciência. Tinha de voltar para casa. Só fizera os primeiros três itens da lista amassada que ocupava uma das divisões de sua bolsa.

O sol ardia num céu sem nuvens e ela abriu a sombrinha. Atravessou uma avenida larga em direção à Riesenrad. A roda-gigante apequenava as outras construções, inclusive as quatro torres do chafariz. Ao se aproximar do restaurante Prohaska, Else surpreendeu-se ao ver o marido sentado a uma das muitas mesas do lado de fora. Seu instinto foi chamá-lo e correr até lá. Já havia acelerado o passo quando o sorriso automático em seu rosto cristalizou-se e se desfez.

Havia uma mulher sentada ao lado dele — e os dois estavam rindo.

Else não a reconheceu e, mesmo a distância, julgou-a muito atraente. Ela e Oskar pareciam perfeitamente à vontade. Rheinhardt fumava um charuto e a mulher parecia entretê-lo com uma história divertida.

Não parecia uma entrevista policial, nem qualquer outro tipo de compromisso de trabalho.

A mulher inclinou-se para a frente e, esticando o braço sobre a mesa, pôs a mão sedutora na manga do paletó do inspetor. Foi um gesto tão confiante, que sugeriu um clima de intimidade descontraída — e foi o bastante para fazer o chão tremer sob os pés de Else.

Ela deu meia-volta abruptamente e refez o caminho em direção ao Café Eisvogel. Sentia-se profundamente confusa e foi andando atordoada. A Riesenrad, como a própria grande roda da fortuna, girou, vagarosa e imparcial, enquanto a primeira lágrima de raiva descia pelo rosto de Else.

46

KARL UBERHORST HAVIA CONSEGUIDO CAMINHAR até a delegacia de polícia na Grosse Sperlgasse. Passara quase uma hora do lado de fora do edifício modesto, andando de um lado para outro, deliberando, em dúvida e cheio de indagações, e finalmente tomara o rumo do centro da cidade.

Desde a malfadada sessão, vinha tendo considerável dificuldade para dormir — e, mesmo quando dormia, era preciso lutar com os pesadelos: as aparições de um grupo de demônios vingativos e de súcubos repulsivos, já então familiares; o despertar assustado, seguido pelos filetes gelados de suor a escorrer pelo rosto; o pavor que persistia e lhe paralisava o corpo; e as presenças hipnopômpicas que se fundiam com a escuridão. Como resultado, Uberhorst preferia evitar o sono e passar as horas da madrugada vagando pelas ruas da Inner Stadt, a cidade velha. A monotonia reconfortante de seus passos noturnos nas pedras do calçamento ajudava a acalmar sua mente perturbada.

Já era quase meia-noite quando Karl Uberhorst viu-se atravessando a Graben. Diminuiu o passo ao se aproximar do monumento que rememora a peste — uma montanha de corpos retorcidos, desmoronando. Havia algo de orgíaco em seu exagero, sua massa irrefreada e histérica de nuvens em rodopio, santos e anjos barrocos. Na verdade, era como se o próprio monumento estivesse enfermo e houvesse começado a crescer anormalmente, uma massa amorfa de cancros exsudativos e nódulos inchados. Subindo alguns degraus, Uberhorst apoiou as mãos na balaustrada e contemplou a Fé e um querubim alado, que empalavam alegremente a velha megera, a Peste.

— Boa noite, senhor.

De repente, ela estava de pé a seu lado — uma mulher de casaco amplo e comprido, com um véu sobre o chapéu. Uberhorst não a vira parada atrás do monumento ao se aproximar, e levou um susto ao vê-la surgir.

— Boa noite — respondeu, descendo um degrau.

— Solitário, é? — fez ela. A voz era rouca e de sotaque carregado, mas a pergunta foi curiosamente penetrante.

Uberhorst teve vontade de responder: *Sim, eu me sinto solitário.* Tinha saudade das pequenas conversas, do perfume dos louros cabelos de Fräulein Löwenstein, quando ela examinava as linhas da palma de sua mão.

— Tenho certeza de que um homem como o senhor dispõe de algumas coroas.

Ele não conseguiu situar o sotaque — seria ela rutena ou polonesa? E a mulher prosseguiu:

— Por que não me acompanha até meu quarto, ali em Spittleberg? É um trajeto longo, mas, quando chegarmos lá, já nos conheceremos muito bem. Que tal?

Enquanto ele a fitava, o rosto da mulher embotou-se. Os olhos ficaram maiores e os lábios mais cheios: o sorriso de Fräulein Löwenstein bailou nas feições largas da prostituta.

Talvez ele pudesse pedir a essa mulher para sentar-se a seu lado e segurar-lhe a mão, como fizera *ela*. Quem sabe?

A prostituta sorriu e chegou mais perto, estendendo a mão e esfregando a gola do sobretudo de Uberhorst entre o polegar e o indicador, como um alfaiate determinando a qualidade do tecido. Era mais alta do que ele, que se descobriu olhando para os seios dela.

Desviou os olhos, embaraçado.

— Não seja tímido...

Mais uma vez, ele foi obrigado a contemplar a velha megera e a se lembrar de que Viena vinha sendo assolada por uma outra peste. Caso se deixasse seduzir, haveria não apenas o risco de infecção a considerar, mas também a indignidade do tratamento posterior. Semanas inteiras passadas num leito de hospital, tendo o corpo esfregado com mercúrio, até os dentes caírem, um por um.

— Não, obrigado, Fräulein — disse secamente, tocando de leve o chapéu. — Boa noite.

Afastou-se e saiu andando em passo acelerado.

— Depois o senhor se arrependerá — gritou a prostituta.

Uberhorst apertou o passo e acabou num meio galope sem graça.

A imagem relembrada do rosto de Fräulein Löwenstein havia bailado sobre os traços da prostituta como um sol luminoso em águas barrentas. Uberhorst continuava obcecado com a médium morta.

Tinha que contar à polícia.

Tinha que lhes dizer o que sabia.

Tinha que lhes dizer do que suspeitava...

Erguendo os olhos, avistou a agulha da catedral, que se afunilava numa invisibilidade fantasmagórica, ao subir pela névoa luminescente dos lampiões de rua.

Uberhorst sentiu-se acossado. Como podia ter certeza de que Charlotte Löwenstein não estava a seu lado nesse exato momento, com os passos espectrais acompanhando os seus, o braço frio e ectoplásmico enlaçado no dele? Será que ela o castigaria, lá de onde estava, além da morte, por não guardar seu segredo?

Estou grávida, ela dissera.

Sua cabeça havia encostado no ombro de Uberhorst. Os cachos dourados tinham tocado sua boca.

O que vou fazer?, perguntara Charlotte.

Ele não sabia, e os dois tinham ficado sentados num silêncio impotente, enquanto os minutos vespertinos se escoavam.

E nesse momento, ele foi forçado a se formular a mesma pergunta.

O que vou fazer?

A porta da catedral estava aberta, e Uberhorst entrou sub-repticiamente no mundo frio e redentor de Santo Estêvão. Ao fazê-lo, sentiu algo próximo do alívio. Fazia tempo que ansiava pela segurança e pela certeza de sua antiga fé: a imperturbável previsibilidade das estações da Via Sacra e dos rituais, do epicentro espiritual de Roma.

A vastidão da catedral estava envolta numa penumbra do Estige. A obscuridade, aparentemente sem limites, escondia as abóbadas altas, as quais era possível sentir — como um continente de pedra que fizesse pressão de cima para baixo —, mas não ver. Uberhorst fez o sinal-da-cruz e passou pelos restos bruxuleantes das velas votivas, avançando pela nave central.

O silêncio tumular foi perturbado por um rangido curioso, prenúncio do surgimento de uma luz que se movia a distância: um fogo-fátuo que aparecia e desaparecia, flutuando por trás das colossais colunas góticas. Era o sacristão acendendo as lamparinas.

Uberhorst sentiu-se agitado ao se aproximar do altar-mor, onde um painel barroco exibia Santo Estêvão sendo apedrejado até a morte em frente às muralhas de Jerusalém. Acima dele, o céu se abrira, revelando Cristo à mão direita de Deus.

O serralheiro fez uma genuflexão e entrou numa das fileiras de bancos. Ajoelhado, apoiou a testa sobre as mãos unidas em prece.

Em algum lugar, uma porta abriu e fechou.

— Pai, perdoai-me — ele murmurou.

Sua oração sibilante de expiação reverberou entre as colunas de mármore negro, ouvida apenas pelas estátuas mudas de padres, madonas e anjos.

— O que vou fazer?

O silêncio que se seguiu não foi perturbado pela intervenção divina, mas por uma batida seca que ecoou no fundo da nave. Foi como se um missal tivesse sido derrubado ou houvesse caído no chão.

Uberhorst ergueu a cabeça e olhou para trás, estreitando os olhos para a vastidão ensombrecida. Já não havia rangidos nem luz flutuante. O sacristão se fora.

Mais uma vez, ele juntou as mãos e continuou a rezar, porém foi perturbado por outro som: um único passo.

Uberhorst não estava só.

47

A PORTA SE ESCANCAROU E UM HOMEM de rosto magro e comprido, acompanhado por um auxiliar de enfermagem, entrou marchando no consultório do professor Gruner.

— Desculpe, doutor — disse o auxiliar. — Não pude detê-lo.

O homem afastou-o com um empurrão e caminhou até a escrivaninha de Gruner.

— O que significa isso? — indagou Gruner em tom exigente, levantando-se da cadeira.

Os olhos do homem eram fundos e um bigode fino afagava seu lábio superior. Tinha o cabelo preto e oleoso, penteado para trás a partir da testa e cobrindo toda a parte superior da cabeça, numa única onda.

— Ah... — fez Gruner, abrandando o tom ao reconhecê-lo. — Signor Locatelli. Queira sentar-se, por favor. Sinto muitíssimo...

— Onde está ela? — perguntou o diplomata italiano, com a voz rouca.

— Por favor, compreendo como isso lhe deve ser aflitivo.

— Onde está ela? — repetiu o diplomata.

— Doutor? — fez o auxiliar de enfermagem, olhando para Gruner.

— Espere lá fora — respondeu o médico. — Conheço esse cavalheiro.

O auxiliar o fitou, incrédulo. Gruner fez um sinal com a cabeça e o rapaz se retirou do consultório, relutante.

O diplomata debruçou-se sobre a escrivaninha.

— Quero ver minha mulher.

Tinha a voz mais sonora e, pela primeira vez, Gruner detectou o sotaque.

— Se o senhor quiser visitar o necrotério, é claro que isso poderá ser arranjado. Mas permita-me sugerir que, primeiro, o senhor se sente e se recomponha.

O italiano virou-se e olhou para a cadeira vazia, deixando um único dedo apoiado no tampo da escrivaninha ao se afastar. Gruner foi até a janela.

— Por favor, aceite minhas condolências. Eu tinha a esperança de poder informá-lo pessoalmente dessa tragédia. O senhor deve ter viajado a noite inteira.

— Saí de Veneza tão logo recebi seu telegrama — disse o diplomata, sentando-se. — O trem só chegou à Westbahnhof às sete horas.

Gruner cruzou as mãos às costas e deu um passo à frente.

— Signor Locatelli, quero que saiba que fizemos tudo o que estava a nosso alcance para ajudar sua esposa. Ela recebeu o melhor dos tratamentos, posso lhe assegurar. Poucos hospitais da Europa estão mais bem-equipados para tratar da histeria — acrescentou, fazendo uma pausa e gesticulando para uma torre de caixas de baterias. — A rigor, alguns diriam que ocupamos o primeiro lugar. Seja como for, é inevitável que alguns pacientes não possam ser ajudados. Quando chegam à nossa atenção, têm o sistema nervoso tão enfraquecido que não podem beneficiar-se de nossos procedimentos. Lamentavelmente, foi esse o destino de sua esposa. Ela sofria de uma perda progressiva da força dos nervos, que não pôde ser detida nem corrigida pela administração da eletroterapia. Embora a paralisia histérica houvesse começado a responder, como eu tinha previsto, todos esses ganhos terapêuticos foram anulados por níveis deteriorantes de perturbação do humor. No fim, a melancolia dela era tão grave, que sua faculdade de raciocínio ficou comprometida e ela arquitetou seu próprio falecimento.

Locatelli estivera olhando fixo para Gruner, com expressão vazia. Quando o professor terminou de falar, ele pareceu conscientizar-se mais do ambiente em que estava e teve a atenção captada pelo conteúdo horripilante dos vidros de espécimes do médico. Seu rosto crispou-se de nojo.

Sem virar o rosto para Gruner, ele disse em voz baixa e clara:

— O senhor a assassinou.

Gruner pigarreou.

— Perdão?

— Eu disse, professor, que o senhor a assassinou. — O italiano lançou sobre Gruner um frio olhar de acusação.

— Signor Locatelli — contrapôs o médico, abrindo as mãos num gesto aplacador. — É claro que o senhor se encontra em estado de choque.

Por favor, permita-me receitar-lhe um sedativo. Providenciarei para que um médico assistente o acompanhe até sua casa e se certifique de que o senhor tome a dosagem correta. Amanhã, quando houver descansado adequadamente, se sentirá melhor e poderemos continuar nossa conversa.

Ignorando Gruner, o italiano enfiou a mão no bolso e tirou uma folha de papel. Estava coberta de ambos os lados por garatujas escritas a tinta.

— Esta carta foi a última que recebi de Julietta, minha mulher. Permita-me traduzi-la para o senhor: *O professor não escuta uma única palavra que digo, só está interessado em suas máquinas infernais. Perguntei-lhe sobre tratamentos alternativos, mas ele se recusa a discutir o assunto. Ouvi dizer que existe uma nova cura pela fala, mas ele afirma que tal tratamento não existe. Sei que não é verdade. A eletroterapia é insuportável: tenho a sensação de estar sendo castigada. Não posso continuar assim. Por favor, volte logo. Estou muito infeliz.*

Locatelli dobrou a folha e a repôs no bolso.

— Há muito mais, professor.

— Tenho certeza que sim — fez Gruner, de repente manifestando sinais de irritação. — Mas sua esposa estava doente, muito doente. Foi por isso que o senhor a internou. Se está tentando sugerir que sua senhora foi maltratada enquanto permaneceu sob meus cuidados, está redondamente enganado. Ela estava tomada por uma melancolia suicida; o fato de ter tido uma impressão ruim do tratamento não chega a surpreender, senhor.

Na pausa que se seguiu, cada segundo torturante foi marcado como uma volta no suplício da roda. Por fim, o diplomata italiano levantou-se.

— No que diz respeito à adequação do tratamento, este é um assunto que levantarei, no devido tempo, com seu ministro responsável pelos hospitais e pela saúde. Agora, professor, se tiver a bondade de pedir ao auxiliar de enfermagem que volte, eu gostaria de ser conduzido ao necrotério.

48

— Stefan, será que você pode cobrir meu horário? Só esta manhã?

— Você já não tem problemas suficientes, Max? Se Gruner descobrir...

— Não descobrirá. A demonstração de hoje foi cancelada.

— É mesmo? Isso é inusitado. Mesmo assim, para que arriscar a sorte, Max?

— É uma emergência, acho.

— Você acha?

— Sim. Acabei de receber este bilhete... é do Rheinhardt, meu amigo inspetor de polícia — e entregou o papel a Kanner.

— *Caro Max* — leu Kanner, em voz alta —, *por favor, vá a esse endereço em Leopoldstadt. É um assunto de certa urgência.*

— Você cobre o meu horário? Por favor? — repetiu Liebermann.

— É claro. Mas você tem que estar de volta ao meio-dia.

Liebermann saiu às pressas do hospital e correu até a avenida, onde encontrou um fiacre à espera na esquina.

— Leopoldgasse — disse ao cocheiro, abrindo a porta. — E eu lhe agradeceria se pudesse me levar lá depressa.

O cocheiro tocou de leve o chapéu e chicoteou o cavalo. O fiacre partiu num solavanco e Liebermann caiu para trás no assento de couro preto. Desviando-se de dois bondes, o cocheiro atravessou a Wahringerstrasse e desceu a Bergasse em direção ao Danúbio. Em poucos minutos, atravessaram o canal e seguiram por uma ruazinha que levou Liebermann a seu destino.

Ao descer do fiacre, o médico descobriu-se parado diante de um pequeno corredor de lojas. A entrada de uma delas, pintada de um verde mortiço, destacava-se pela presença de dois guardas, postados do lado de fora. Liebermann se apresentou e os policiais lhe deram passagem. Só ao entrar foi que percebeu que a loja pertencia a um serralheiro.

Uma surrada cortina marrom separava o vestíbulo da oficina. Liebermann ouviu a voz de Rheinhardt. Enquanto decidia se seguia adiante ou não, Haussmann entrou pela porta da frente atrás dele, de lápis e caderno na mão.

— O inspetor Rheinhardt está entrevistando um dos vizinhos — cochichou o rapaz. — O senhor quer ter a bondade de esperar aqui, Herr doktor? — e lhe ofereceu uma cadeira.

— O que aconteceu?

— Ele foi assassinado enquanto dormia.

— Quem?

— Herr Uberhorst, um dos integrantes do círculo da médium. Foi uma coisa horrível.

Haussmann andou até a cortina, abanando a cabeça e parecendo muito pálido. O tecido marrom inflou-se depois de sua passagem.

Liebermann sentou-se e aguardou. Esforçou-se por ouvir a entrevista de Rheinhardt, mas o vizinho de Herr Uberhorst falava muito baixo. Ele conseguiu ouvir as perguntas, mas não as respostas.

Por fim, Rheinhardt elevou a voz:

— Obrigado por sua ajuda, Herr Kaip. Fico-lhe muito grato.

— Por nada, inspetor. Eu só gostaria de ter podido ajudar mais.

A cortina se abriu e Rheinhardt conduziu à porta um homem barbudo, vestido de cafetã.

— Até logo, Herr Kaip.

— Até, inspetor.

Liebermann levantou-se.

— Max, fico muito contente por você ter podido vir — disse Rheinhardt.

— Convenci um colega a fazer minha ronda na enfermaria; só posso dispor de uma hora.

— Será mais do que suficiente. Haussmann lhe contou o que aconteceu?

Liebermann assentiu com a cabeça.

— Deixe-me avisá-lo: não é uma visão agradável — comentou o inspetor.

Conduziu Liebermann pela oficina atravancada até uma escada em espiral que levava ao primeiro andar. No patamar havia apenas duas portas, uma das quais estava entreaberta. Ao cruzar a soleira, Liebermann soube que algo terrível tinha acontecido. O ar estava infectado por um ominoso odor metálico.

O cômodo em si era pequeno e claro. Fachos de luz enviesavam-se pelas ripas inclinadas de uma gelosia surrada; a persiana balançava para a frente e para trás, impulsionada pela brisa leve, e produzia um tamborilar intermitente contra o caixilho da janela. Uma mesa tosca encostava-se na parede. Nela havia uma bacia grande para lavar as mãos, uma botija, um espelho de mão e um pincenê. O quarto era dominado por uma grande cama com baldaquino, fechada por cortinas brancas de musselina. De onde se encontrava, Liebermann pôde perceber que as duas cortinas visíveis estavam salpicadas e riscadas de sangue.

— Como ele foi morto? — indagou o médico.

— Espancado com um porrete até a morte, achamos.

Liebermann aproximou-se da cama e afastou com delicadeza a peça mais próxima de musselina. O que viu encheu-o de uma profunda sensação de repugnância. Seu estômago revirou-se e, por um momento, achou que ia vomitar.

As cortinas compunham uma luminosa caixa branca, com as laterais e o tampo respingados de sangue coagulado e grumos de tecido fibroso. Herr Uberhorst (ou, pelo menos, a pessoa que Liebermann presumiu ter sido Herr Uberhorst) ainda estava deitado sob os lençóis, porém metade de seu rosto fora destruída. O lado esquerdo fora socado para dentro e a maxila fora destroçada. Liebermann teve uma visão direta do interior da boca do cadáver, até o palato mole. Havia diversos dentes espalhados nos ombros do morto e alguns tinham ficado presos em seu cabelo, emaranhado com mais sangue e com uma crosta seca de líquido cerebrospinal. Pior que isso, a parte superior do crânio tinha sido perfurada, revelando as dobras da matéria cinza-rosada do cérebro: havia nela um brilho úmido, como uma estranha fruta cercada por pétalas de ossos estilhaçados.

Liebermann engoliu em seco e deixou a cortina cair.

— Ele foi encontrado às sete horas da manhã de hoje, pela empregada — disse Rheinhardt. — Ela veio trocar a roupa de cama.

— Pobre moça.

— Pois é, está sem fala. A tranca da porta de entrada está intacta e não há nada aqui que sugira uma entrada à força. Herr Kaip, o vizinho, não ouviu nada durante a noite. Ele e a família não foram incomodados.

— Não há sinal de luta.

— E os lençóis ainda estão bem esticados.

— Exato. Portanto, ele deve ter matado Herr Uberhorst enquanto ele dormia.

— Por que você disse "ele"?

— Oskar, uma mulher, mesmo com um bastão pesado, não conseguiria infligir esses ferimentos. Veja como são profundos. Isso é obra de homem.

— Por outro lado, ele poderia ter sido assassinado de forma muito repentina. Nesse caso, a presença do homem no quarto não o teria assustado.

Liebermann olhou para o amigo, intrigado.

— O que estou querendo dizer — prosseguiu Rheinhardt — é que talvez ele conhecesse o agressor.

— Ele foi morto por um amigo?

— Talvez.

— Herr Uberhorst era homossexual?

Rheinhardt encolheu os ombros.

— Era um homem sensível, com certeza, mas não faço idéia se era homossexual ou não. — O inspetor parou de falar por um instante e acrescentou: — Mas acho que não.

— Por quê?

— Pelo modo como falava de Fräulein Löwenstein. É improvável.

Liebermann olhou para a persiana, que continuava a bater com força na madeira do caixilho.

Nesse momento, Haussmann entrou no quarto. Ainda estava muito pálido.

— Senhor, Herr Kaip voltou. Diz que a esposa dele acaba de lhe contar uma coisa que ele acha que pode ser importante.

— Com licença, Max — disse Rheinhardt.

Apesar da repulsa que sentira antes, Liebermann sentiu-se obrigado a reexaminar o cadáver. Afastou o cortinado.

A morte era reveladora. Expunha a natureza física fundamental da condição humana. Liebermann correu os olhos por entre a massa pastosa do rosto de Herr Uberhorst e o pincenê abandonado. Uma conexão obscura o fez sentir uma tristeza inexprimível.

É isso que somos, pensou. *Carne e ossos. Cartilagens e vísceras.*

— Max — disse Rheinhardt, que reaparecera à porta. — Frau Kaip... ela disse que Herr Uberhorst recebeu uma visita ontem, no começo da noite. Um homem de aparência estranha e bigode caído, que usava bengala.

49

— Sim — disse o professor Spiegler. — Houve uma melhora nítida. As hastes são muito mais fáceis de manejar.

— Obrigado, senhor — disse Bruckmüller, adotando um sorriso obsequioso e meio insincero.

O professor de cirurgia pôs a pinça na mesa e pegou uma cureta, cujo peso avaliou com a mão experiente.

— É muito leve.

— Um novo amálgama — explicou Bruckmüller. — O extrator é feito da mesma liga.

Spiegler trocou a cureta pelo extrator e comparou o peso de cada um deles com o de um instrumento equivalente, do mesmo tamanho.

— Já vendeu muitos? — perguntou o professor.

— Sim. Recentemente, recebemos uma grande encomenda de Salzburgo.

— Do professor Vondenhoff?

— Creio que sim, senhor. E também vendemos várias curetas grandes ao professor Surány.

— Em Pest?

— O professor Surány é uma visita freqüente.

— Com efeito — disse Spiegler, claramente satisfeito com as informações que obtivera a respeito das compras de seus pares acadêmicos.

Bruckmüller voltou-se para o vendedor que era seu ajudante.

— Eusebius, meu bom rapaz, vá buscar os espéculos.

O jovem vendedor atravessou a sala e começou a puxar uma gaveta larga de um armário grande.

— Não, não — disse-lhe Bruckmüller. — Essas são as tesouras curvas!

— Desculpe, Herr Bruckmüller — respondeu o rapaz.

— No armário ao lado, terceira gaveta de cima para baixo.

— Ótimo, Herr Bruckmüller.

Bruckmüller sorriu para o professor e revirou os olhos.

— Acabou de começar — sussurrou.

O rapaz tirou a gaveta certa do armário adjacente e voltou com dificuldade para a mesa. A gaveta continha várias fileiras de instrumentos de prata com cabos de madeira.

Bruckmüller apanhou o maior deles e o ofereceu ao professor, cujo rosto iluminou-se de prazer.

— Excelente! Você o fez!

— Exatamente de acordo com suas especificações. Repare como as ponteiras são muito maiores. Vamos descrevê-lo em nosso catálogo, com sua permissão, como O *Spiegler*.

— Ora, sinto-me honrado, Bruckmüller — disse o professor. Apertou as alças do instrumento até juntá-las e observou as ponteiras de metal liso se abrirem. — É uma beleza.

— Para travar as ponteiras, a alça comprida desliza para cima e a curta desliza para baixo — explicou Bruckmüller.

O professor seguiu as instruções e as diversas partes do espéculo se moveram, encaixando-se no lugar.

— Sabe para que serve isto, meu rapaz? — perguntou Spiegler ao jovem assistente.

Eusebius olhou para o patrão.

— Está tudo bem, Eusebius, pode responder.

— Não, senhor. Só sei que é um espéculo.

O professor riu.

— Forme um círculo com seu polegar e seu indicador, assim — demonstrou o professor e o rapaz o seguiu.

— Quando quero examinar uma massa de tecido no reto de um paciente, introduzo este instrumento no ânus — explicou Spiegler, inserindo as ponteiras fechadas na pequena abertura criada pelo polegar e indicador do assistente. — E então abro-o — concluiu, apertando os cabos e fazendo as pontas de metal se afastarem, alargando o esfíncter simulado.

O assistente engoliu em seco.

— E dói, senhor?

— É claro que dói! — disse o professor, com uma risada amável.

Bruckmüller juntou-se aos dois com uma sonora gargalhada e deu um forte tapa no ombro do jovem assistente. Mas seu bom humor moderou-se prontamente com o súbito aparecimento de um policial, que espiou pela vitrine da loja. Bruckmüller o reconheceu de imediato. O rapaz estivera no apartamento de Fräulein Löwenstein.

— Com licença, Herr professor — disse. Marchou pela loja e abriu a porta. Entrou uma baforada de ruídos. A rua lá fora estava agitada com o trânsito vespertino. Um bonde passou, a sineta a tocar alto.

— Pois não? — disse Bruckmüller, quase aos gritos.

— Herr Bruckmüller — retrucou Haussmann —, será que o senhor pode nos conceder alguns minutos?

— De novo?

50

O CONDE ZÁBORSZKY ENFIOU A AGULHA na pele apergaminhada do braço e empurrou o êmbolo da seringa. Fechou os olhos e esperou que a morfina fizesse efeito.

Os policiais o haviam encontrado almoçando no Restaurante Csarda. Insistiram em que os acompanhasse até a delegacia de Schottenring, onde ele fora interrogado durante a tarde inteira. Num dos intervalos para descanso, tinham-lhe permitido fumar um cigarro do lado de fora. Ele havia caminhado até o canal do Danúbio. Na volta, vira uma carruagem parar à porta da delegacia. Um rapaz fora levado à força para o interior do prédio. Parecia ser Otto Braun.

A polícia desejara saber por que ele fora visitar Herr Uberhorst na noite anterior.

— Tenho inimigos — dissera o conde, apontando para o olho roxo. — Quis consultar Herr Uberhorst sobre uma questão de segurança.

— O senhor queria que ele lhe fornecesse uma fechadura?

— Sim. Uma boa fechadura para minha porta da frente.

O inspetor o havia olhado com ar cético.

— Perdi algum dinheiro no jogo de cartas... para um cavalheiro. Pelo que entendo, ele está ansioso por recebê-lo.

— Por que o senhor não buscou a proteção da polícia?

— O cavalheiro em questão é meu conterrâneo. Temos nossa maneira de fazer as coisas.

E assim as perguntas haviam continuado — uma inquirição implacável. Aquele inspetor gordo e irritante!

À medida que a morfina foi surtindo efeito, um calor suave espalhou-se pelo corpo de Záborszky. Suas pálpebras ficaram pesadas e uma impressão embotada do mundo bruxuleou por alguns instantes, antes de dar lugar às sombras. O dia desapareceu e as cores mágicas começaram a coalescer, saídas da escuridão infinita. Ele viu uma grande mansão erguida sobre uma muralha de pedra e ouviu o som de um rio espumante, correndo por um vale profundo.

— Zoltan.

A voz era feminina e parecia distante.

— Zoltan?

Seria sua mãe? Uma de suas irmãs? Ele tentou abrir os olhos, mas teve dificuldade.

— Pronto, deixe-me levar isso.

Lentamente, suas pálpebras se levantaram e ele discerniu a forma vaga de uma mulher ajoelhada a seu lado.

A mão do conde ainda segurava a seringa, e a agulha continuava em seu braço. A mulher segurou o tambor de vidro da seringa entre o polegar e o indicador, com cuidado, e o tirou da mão frouxa de Záborszky. Ele viu uma gota de sangue acumular-se na perfuração da pele. A gota cresceu e acabou escorrendo pela dobra do cotovelo. Záborszky ficou fascinado com seu brilho — um escarlate vivo.

Os pés da mulher apareceram em seu campo visual.

Ela usava botinhas de couro de salto alto, com os cadarços cruzados entre duas fileiras de ilhoses de borda prateada. Záborszky não conseguiu ver a bainha do vestido nem qualquer sinal de anágua. A mulher calçava meias pretas de algodão e, ao levantar os olhos, ele notou que suas pernas eram esguias e bem-torneadas.

Não era a mãe dele.

A boca das meias da mulher era rebordada de uma complexa estampa floral e presa por ligas verdes, que apertavam as coxas de pele branca e luminosa.

Para continuar seu exame, Záborszky teve de levantar a cabeça — uma tarefa que pareceu exigir um esforço extraordinário.

Suportes de barbatana abriam-se em leque na cintura minúscula, sustentando as abas de brilhante seda vermelha. Záborszky ficou absorto em cada detalhe — as pontas caídas das fitas, os fios verdes e dourados, o arranjo de colchetes que mantinha bem fechado o espartilho. Os seios esculturais da mulher estavam comprimidos e empoados. Pela primeira vez, o conde se deu conta de seu perfume — que o fez lembrar de goivos.

Com um derradeiro esforço hercúleo, ele inclinou a cabeça para trás e olhou para o rosto da moça.

— Bem — disse ela. Seus lábios se moviam, mas não parecia haver correspondência entre os movimentos e os sons que produzia. — Quer uma xotinha, quer?

A mulher afastou as pernas e se sentou no colo de Záborszky, montando-o como se fosse um cavalo. Puxou-lhe o rosto para os seios e, sem pensar, ele começou a beijá-los. A carne era firme e admiravelmente fresca.

As mãos dela estavam no cabelo do conde. A mulher fechou os dedos e lhe puxou a cabeça para trás.

Havia algo em seu rosto que deixava Záborszky pouco à vontade. Era um rosto curiosamente familiar.

— O que foi? — perguntou ela. Suas palavras tinham um toque cambiante e líquido. — Você parece assustado.

Aqueles olhos azuis... aqueles cachos louros.

— Não precisa ficar com medo.

Como era possível?

— Tenho uma coisa para você.

— Lotte — murmurou o conde. — Lotte?

Szépasszony. A loura. A sedutora diabólica.

As mãos de Záborszky deslizaram pelos braços desnudos da mulher, subiram pelos ombros macios e se acomodaram nas depressões abaixo do queixo.

A feiticeira tinha dito: *Ela o pegará.*

— O que está fazendo?

Os dedos de Záborszky fecharam-se em torno do pescoço da mulher.

Aqueles olhos azuis. Tempestades e chuvas de granizo.

A mulher tentou se mover, mas descobriu que o aperto das mãos do conde era resoluto. A expressão dele deixava transparecer as chamas de uma estranha paixão.

— Por favor... me solte — suplicou ela.

Espremida pela passagem da traquéia apertada, de repente sua voz soou muito fina.

51

Cosima von Rath parecia inteiramente deslocada no escritório de Rheinhardt: grande demais e pitoresca demais para um espaço tão funcional. Deslocou o peso do corpo sobre a cadeira dura de madeira, com as ancas volumosas e esparramadas projetando-se sobre as bordas do assento. Rheinhardt teria achado a presença dela menos desconcertante se a mulher estivesse suspensa num palanquim e apoiada sobre os ombros de oito escravos núbios.

Abanando um leque diante do rosto redondo, ela deu continuidade a seu relato:

— Herr Uberhorst realmente exibiu um comportamento estranho. Quis fazer uma pergunta ao espírito e fez absoluta questão de receber uma resposta definitiva, um sim ou um não: lembro-me disso com perfeita clareza.

Rheinhardt torceu a ponta do bigode entre o indicador e o polegar.

— E a pergunta que ele queria fazer era...?

— "Devo contar... a *eles*?"

— E quem seriam "eles"?

— Não faço idéia, inspetor; ele não quis dizer. Nós lhe asseguramos que estava entre amigos e não tinha nada a temer, mas não houve o que induzisse Herr Uberhorst a nos dar uma explicação. Ele disse que era um assunto particular.

— Disse mais alguma coisa?

— Não.

— Por favor, Fräulein, pense melhor. Pode ser importante.

Cosima parou de se abanar e ficou pensando. Rheinhardt pôde perceber que seu pedido fora levado a sério. A testa da milionária enrugou-se em sulcos profundos e os lábios se franziram.

— Bem — declarou por fim —, ele disse que era um assunto particular... mas também mencionou a honra. É, foi isso mesmo: não podia explicar-se porque era uma questão de honra.

— E como a senhorita entende isso?

Cosima fechou o leque e bateu de leve com ele nos lábios protuberantes.

— Imagino que tenha achado que, se soubéssemos com quem tencionava se comunicar, isso teria um reflexo negativo sobre Fräulein Löwenstein. Suponho que estivesse tentando proteger a reputação da moça. O que sugere que, de algum modo, estava implicado no projeto dela.

— Projeto?

— De subjugar uma força superior. Dado o destino que teve Herr Uberhorst, já nem estou convencida de que tenha sido esse o caso.

— Portanto, a senhorita acha que Herr Uberhorst também foi morto por uma entidade sobrenatural?

Cosima abaixou o leque e segurou a *ankh* pendurada no pescoço.

— Sim, acho.

— E seria Seth, mais uma vez?

Os olhos de Cosima se arregalaram e os nós de seus dedos empalideceram, agarrando o talismã.

— Ele é um grande deus, e um deus cheio de truques... Sim, é possível.

Rheinhardt tomou algumas notas. Enquanto a pena arranhava o papel, disse:

— Devo-lhe desculpas, Fräulein Von Rath. Lamento não ter respondido mais depressa à sua carta. Infelizmente, ando bastante atarefado.

— Tive receio de que o senhor descartasse minha descoberta — disse Cosima.

— Não, de modo algum — contrapôs o inspetor. — Na verdade, eu mesmo estava no processo de planejar uma investigação semelhante.

Cosima tornou a abrir o leque e o abanou perto do pescoço.

— Uma sessão?

Rheinhardt depôs a pena na mesa.

— Fräulein, já ouviu falar de Madame de Rougemont?

— Não — disse Cosima, baixando a voz. — Creio que não.

— É uma médium francesa, empregada pela Sûreté de Paris. Tem fama de possuir um dom extraordinário. Ouvi dizer que solucionou numerosos crimes e mistérios.

— É mesmo? — fez Cosima, olhos faiscando de interesse. — Nunca ouvi falar dela.

— Poucas pessoas sabem da existência de Madame de Rougemont. A Sûreté a protege zelosamente.

— Fascinante — comentou Cosima, deslocando o corpanzil para a frente.

— Eu já havia telegrafado ao inspetor Laurent, em Paris, para pedir a ajuda de Madame de Rougemont, quando recebi sua carta.

— E então?

— O pedido foi aceito.

— Ela concordou em visitar Viena?

— Madame de Rougemont estará aqui na quarta-feira.

Cosima pareceu agitar-se de empolgação e seu rosto pálido e largo ficou salpicado de manchinhas vermelhas.

— É possível que Madame de Rougemont confirme as suas descobertas — prosseguiu Rheinhardt. — Também poderá ajudar-nos a resolver o mistério da trágica morte de Herr Uberhorst. Para isso, propôs que providenciássemos uma outra sessão, à qual devem comparecer todos os componentes do círculo de Fräulein Löwenstein. Eu me pergunto se a senhorita se disporia a ajudar nessas providências...

— É claro — confirmou Cosima, com ar alvoroçado e ofegante.

Rheinhardt rabiscou alguma coisa no caderno de notas.

— Madame de Rougemont ficará hospedada neste endereço — disse, arrancando a folha. — Fica perto da Peterskirche. Eu gostaria que todos estivessem lá às oito horas, na quinta-feira.

Cosima pegou a folha de papel. Sua mão tremia de animação.

— Mandarei os convites de imediato, para todos... exceto para Herr Braun, é claro.

— Não, inclua Herr Braun também.

— O senhor o encontrou?

— Ele regressou a Viena na semana passada. Tinha sido chamado para junto do leito de uma tia enferma em Salzburgo... ao que parece.

A encenação de Rheinhardt foi seca como um graveto.

52

— Levado ao necrotério, o Signor Locatelli ficou horrorizado ao descobrir que as pernas de sua esposa tinham sido muito queimadas. Isso, é claro, confirmou o que ela já tinha escrito: que o professor Gruner a vinha submetendo a um regime exageradamente rigoroso de eletroterapia. Locatelli conversou com alguns amigos no prédio do Parlamento e, dias depois, chegou um inspetor do governo. É óbvio que há um inquérito em andamento... todos seremos entrevistados.

— E quanto a Gruner? — perguntou o professor Freud.

— Não sei — disse Liebermann. — Não o vejo desde que ele ameaçou me despedir.

— Então, parece que você foi favorecido pelo deus da cura — comentou Freud, dando um tapinha na cabeça de uma estatueta de bronze, sentada num trono quadrado e primitivo. — Poderá continuar seu trabalho com a governanta inglesa, afinal.

— Bem, talvez por mais algumas semanas. Até Gruner voltar.

— *Se* ele voltar — disse Freud, exalando uma densa nuvem de fumaça do charuto e dando um sorriso malicioso.

— Tenho certeza de que o professor Gruner também conta com amigos muito influentes.

Freud deu de ombros e continuou a brincar com a estatueta de bronze na escrivaninha. Era uma nova aquisição e, como era típico, ele parecia incapaz de largá-la.

— Imhotep — disse o professor, subitamente cônscio de que Liebermann o observava.

A expressão vazia do jovem exigia uma explicação.

— Na era clássica, ele era identificado com o deus grego da cura: Esculápio.

— Ah! — fez Liebermann.

Freud empurrou a figura de bronze de volta para seu lugar entre as antigas estatuetas e, de repente, retomou o fio da conversa original.

— O caso que você descreve é extremamente interessante, Max. Mas tenho algumas reservas quanto à sua técnica e à sua interpretação.

Liebermann ergueu as sobrancelhas.

— Como sabe — continuou Freud —, abandonei a hipnose em prol da associação livre, incentivando o paciente a dizer o que quer que lhe venha à cabeça, sem censura. O analista escuta e aprende não apenas com o que é dito, mas também com o caráter e a forma como isso é dito: os silêncios, as hesitações, as mudanças de volume e de direção. A hipnose é coalhada de problemas... Por exemplo, nem todos os pacientes são suscetíveis ao estado de transe. Lembro-me que, quando visitei Nancy há alguns anos, Liébault ficou perfeitamente à vontade ao admitir isso. Bernheim teve mais sucesso, mas, a julgar por minha experiência, só se consegue o verdadeiro sonambulismo num número muito menor de casos do que os relatos dele nos levariam a esperar. Seja como for, em minha avaliação, o problema mais significativo associado à hipnose é que nunca se pode saber ao certo, inteiramente, se os fenômenos observados são autênticos ou não. O transe hipnótico torna o paciente singularmente sugestionável... Creio que não é à toa que certas doenças, como a múltipla personalidade, emergem com mais freqüência nas clínicas em que se pratica a hipnose.

O desapontamento de Liebermann era claramente visível, e o velho professor comoveu-se e abrandou o golpe de sua crítica com uma ressalva modesta:

— Naturalmente, não posso comentar a autenticidade clínica da sua governanta... mas isso é algo para se ter em mente, Max.

— É claro — concordou Liebermann, em tom respeitoso. Em seguida, preparando-se para mais uma reprovação, acrescentou, hesitante: — E o senhor também teria algumas reservas à minha... interpretação?

Freud apagou o charuto e se inclinou para a frente, apoiando os cotovelos na escrivaninha e juntando as mãos.

— Você presume que os sintomas de sua governanta sejam diretamente resultantes de traumas: das investidas sexuais francamente ofensivas do parente dela. Mas e se... e se sua governanta for ambivalente? E se ela se sentir atraída por esse homem, ainda que inconscientemente? Talvez os sintomas não sejam propriamente uma defesa contra ele, mas uma defesa contra o poderoso desejo dela mesma de retribuir esse sentimento.

O cenho de Liebermann franziu-se numa ruga pronunciada.

— Hum... — fez Freud. — Vejo que você não acha plausível esta explicação; mas não deve subestimar a importância da vida erótica na etiologia dos sintomas histéricos. Tive um caso semelhante há alguns anos: uma moça de dezoito anos com *tussis nervosa* e afonia. Ela também fora importunada por um amigo da família, mas o que se revelou foi que seus sintomas não resultavam das transgressões dele, e sim do recalcamento da própria libido dela. O caso todo é meio complicado e a conclusão é insatisfatória. Mas editei minhas anotações no ano passado e o artigo foi aceito para publicação no *Monatsschrift für Psychiatrie und Neurologie* por um dos editores, um sujeito chamado Ziehen.

— Bem, mal posso esperar para lê-lo — disse Liebermann. Não obstante, sentia-se meio perturbado com a insistência costumeira do professor na importância do desejo sexual recalcado. Freud tinha fama de ser dogmático a esse respeito, e Liebermann não conseguia acreditar que Amelia Lydgate pudesse nutrir o desejo secreto de ter intimidade com um homem como Herr Schelling.

Freud lhe ofereceu outro charuto.

Liebermann relutou.

— Vamos, estes são bons demais para recusar.

Enquanto o jovem tirava um charuto da caixa, Freud perguntou:

— Você conhece Stekel?

— Wilhelm Stekel?

— Sim.

— Pessoalmente, não.

— Ele é clínico geral, mas anda extremamente interessado em meu trabalho. Escreveu uma crítica muito entusiasmada sobre meu livro dos sonhos para o *Neues Wiener Tagblatt*.

— Sim, eu me lembro de tê-la lido.

— Bem, dias atrás nos encontramos no Café Imperial, e ele fez uma sugestão esplêndida. Propôs que façamos uma reunião, mais ou menos uma vez por semana, para discutir casos e idéias. Talvez possamos começar no outono. Há algumas outras pessoas interessadas: Kahane, Reitler e Adler, que você deve conhecer. Que tal seriam as noites de quarta-feira para você?

— Quarta-feira...

Embora sentisse enorme respeito por Freud, Liebermann não sabia ao certo se estava pronto para se tornar um discípulo pleno.

— Há algum problema?

— No momento, tenho aulas de esgrima às quartas-feiras, com o Signor Barbasetti, mas... — interrompeu-se, considerando que seria indelicado não aceitar o convite de Freud — tenho certeza de que posso mudar isso.

— Ótimo. Eu o manterei informado — disse Freud.

Os dois acenderam os charutos e as guirlandas de fumaça azulada espessaram a atmosfera já densa.

— Como vai indo seu livro sobre os chistes, Herr professor? — indagou Liebermann, fazendo um esforço para queimar por igual a ponta do charuto.

Freud reclinou-se na cadeira, entendendo a pergunta do jovem médico como uma oportunidade para uma apresentação:

— O casamenteiro vai conversar sobre a noiva, e leva seu ajudante para corroborar suas colocações. "Ela tem a estrutura sólida como um abeto", diz o casamenteiro. *Como um abeto*, repete o assistente. "E que olhos! Você tem que vê-los!" *Ah, e que olhos*, diz o ajudante. *Lindos*. "E, em matéria de educação, não há ninguém igual a ela." *Ninguém se iguala a ela*!, vem o eco. "Mas há *uma* coisa", admite o casamenteiro. "Ela tem uma corcunda." *E que corcunda!*

A despeito de si mesmo, Liebermann descobriu-se dando uma gargalhada.

Parte Quatro

A Última Sessão

53

— E o que você acha que Uberhorst quis dizer? — perguntou Rheinhardt.

Um carroção da limpeza urbana, trazendo no alto um homem a balançar indiscriminadamente uma mangueira, aproximou-se dos dois. Ambos tiveram que dar um passo atrás para evitar os respingos.

— Ele pretendia informar à polícia que Fräulein Löwenstein estava grávida — respondeu Liebermann.

— É, foi o que também pensei. Fräulein Von Rath teve uma opinião muito diferente, é claro.

— Ah, sim?

— Ela acredita que Uberhorst vinha ajudando Fräulein Löwenstein em sua ambição de escravizar uma força diabólica, e que queria saber se deveria buscar orientação de uma cabala de praticantes de magia negra.

Liebermann abanou a cabeça:

— Você ainda tem certeza de que Uberhorst não podia ser o amante de Charlotte Löwenstein?

— Absoluta.

— Nesse caso, a moça simplesmente confiou nele, e me pergunto por quê.

— Bem, dado o seu estado, ela dificilmente poderia esperar a solidariedade de Braun.

Uma carruagem laqueada de preto, de cortinas fechadas, passou célere por eles.

— A gravidez ainda não foi noticiada nos jornais — disse o médico.

— Não, e, ao que saibamos, Braun não conversou com nenhum jornalista.

— Portanto, nenhum dos outros sabe que ela estava grávida.

— Correto. Somente Braun.

Duas freiras ursulinas cruzaram o caminho deles, de cabeça baixa.

— Você notou aquela estranha coleção de apetrechos na oficina do Uberhorst? — indagou Liebermann. — A seringa, os ímãs... Tenho uma forte suspeita de que ele estava tentando descobrir como foi praticado o truque da porta trancada. Era obsessivo, e imagino que, com o tempo, teria conseguido. Quem mais, além de Záborszky, visitou a oficina de Uberhorst?

— Herr Hölderlin tinha estado lá para buscar um livro, na tarde de sexta-feira.

— Que tipo de livro?

— Alguma coisa escrita por Madame Blavatsky. Frau Hölderlin o havia emprestado ao serralheiro, mais ou menos um mês antes.

— Quer dizer que Hölderlin e Záborszky poderiam ter chegado a uma conclusão similar. E Braun?

— Diz ele que nunca esteve na loja do Uberhorst.

— Onde estava na sexta-feira à noite?

— Diz que estava sozinho no quarto... por ter bebido demais.

Três oficiais de cavalaria dobraram a esquina adiante deles. Suas esporas tilintavam como o dedilhar de um violão distante.

— Como você pode ter certeza de que Braun irá lá hoje à noite? — perguntou o médico.

— Haussmann passou o dia inteiro com ele, e vai escoltar Herr Braun à casa de Madame de Rougemont, caso ele resista.

— Foi uma precaução sensata, Oskar.

— Sem dúvida. Ele não queria ir lá hoje. Não queria voltar a ver nenhum deles. Não porque sentisse algum remorso, mas por achar que teríamos falado com eles sobre sua trapaça; ficou com medo de enfrentá-los e de eles lhe pedirem o dinheiro de volta.

— Você disse a Cosima von Rath que todos foram tapeados? — perguntou Liebermann.

— Não.

— O que ela sabe sobre o desaparecimento suspeito de Braun?

— Eu disse a Fräulein Von Rath que ele tinha sido chamado a Salzburgo, para cuidar de uma tia doente. Braun sabe o que dizer, se alguém fizer perguntas difíceis. Eu diria que eles acabarão sabendo a verdade.

Os dois homens seguiram margeando a face escarpada e cheia de janelas do Palácio Hofburg em direção à Josefsplatz. Começava a escurecer, e um acendedor de lampiões cuidava de suas tarefas do outro lado da rua.

— Sabe, Max, fiquei muito surpreso por você concordar em me acompanhar esta noite.

— Por quê?

— Porque você acha ridículas as sessões espíritas.

— E são.

— Então, por que fez tanta questão de comparecer a essa?

— Não é óbvio?

— Na verdade, não.

— É provável que essa seja a última vez que o círculo de Fräulein Löwenstein se reúna. Nunca terei outra oportunidade como essa; será extremamente interessante vê-los todos juntos.

Passaram por uma estátua eqüestre do segundo imperador José, plantada no centro de uma imponente praça cercada por fachadas barrocas brancas.

— Você não fica nem um pouco curioso a respeito de Madame de Rougemont? — perguntou Rheinhardt, com um toque de desespero infiltrando-se na voz.

— Não.

— Dizem que ela é autêntica.

— Oskar, não existe médium autêntica.

— Ela ajudou a Sûreté em muitas ocasiões.

— Quem lhe disse isso?

— O inspetor Laurent. Ele me mandou um dossiê completo dos feitos dela.

— Bem, o homem deve ser...

— O quê?

— Crédulo.

Liebermann examinou o amigo. Ele usava um chapéu-coco duro, um elegante terno inglês, e as pontas do bigode tinham sido parafinadas e afuniladas com precisão. Rheinhardt exibia um ar curiosamente rígido e constrangido.

— Max, admito que minha decisão de buscar a ajuda de Madame de Rougemont nesse assunto foi realmente irregular. Mas, na segunda-feira de manhã, tive que enfrentar novamente o comissário Brügel. Nem é preciso dizer que a descoberta do cadáver de Herr Uberhorst deixou-o ainda mais impaciente.

Os dois entraram numa longa arcada que cobria os dois lados da rua e parecia um túnel.

— Mas consultar uma médium, Oskar? — disse Liebermann, cuja voz soou taciturna.

— Você está familiarizado com Shakespeare, Max?

— Razoavelmente.

— Nesse caso, deve lembrar-se de Hamlet: "Há mais coisas entre o céu e a terra, Horácio..."

— "Do que sonha tua vã filosofia" — interrompeu Liebermann. — Bem, Oskar, farei um esforço para manter a mente aberta, mas duvido muito que me converta ao espiritismo esta noite. — E fez uma pausa antes de acrescentar: — Entretenimento.

Ao saírem da galeria, os dois tomaram o rumo nordeste e finalmente cruzaram a Graben, entrando numa rua mais estreita, que levava à Peterskirche. Sua grande cúpula verde e os dois campanários dominavam a paisagem. Do lado de fora da igreja, havia vários fiacres parados, à espera de fregueses. Um pouco depois da Peterskirche, eles encontraram o endereço de Madame de Rougemont — um apartamento térreo num quarteirão bem-conservado.

Foram recebidos por um criado que pegou seus sobretudos e os conduziu a um espaçoso salão de recepção. Quase todo o círculo de Charlotte Löwenstein já estava presente: Záborszky, os Hölderlin, Heck e, o que era extremamente notável, Braun. Ao lado de Záborszky sentava-se uma mulher miúda, vestida de cetim preto. Levantou-se e estendeu a mão.

— Senhores — disse o conde —, Madame Yvette de Rougemont.

Rheinhardt segurou a mão de Yvette de Rougemont, coberta por uma luva de renda preta sem dedos, curvou-se e a levou aos lábios.

— Inspetor-detetive Rheinhardt — disse o conde a Madame de Rougemont. Záborszky parecia haver tomado a si a tarefa de ciceronear a médium, porém o brilho ansioso de seus olhos sugeria bem mais do que um mero galanteio inocente.

— É uma honra — disse Rheinhardt, empertigando-se e fazendo um gesto em direção ao amigo: — E permita-me apresentar-lhe meu colega, o Dr. Max Liebermann.

A médium virou-se de frente para o jovem médico, obrigando-o a repetir o cumprimento formal de Rheinhardt.

— Inspetor — disse Madame de Rougemont, cujo alemão era suavizado por um doce sotaque francês. — Tem sido meu privilégio colocar meu dom à disposição da polícia, em muitas ocasiões. Espero sinceramente não desapontá-lo.

— Ficaríamos extremamente gratos por qualquer ajuda — disse Rheinhardt.

— É claro — continuou a francesa, deixando um tom de advertência insinuar-se na voz — que não posso prometer nada. Sou uma mera serva, um veículo. Talvez as forças superiores nos permitam fazer algumas descobertas esta noite... ou talvez nos neguem isso. Quem sabe? Tudo que posso fazer é suplicar-lhes humildemente que sejam piedosas, e rezar para que elas nos julguem com bondade.

A mulher falou com uma certa urgência arfante, gesticulando e pontuando a fala com expressões faciais exageradas.

Liebermann estava prestes a dar uma resposta cética, quando a porta dupla se abriu e revelou Hans Bruckmüller e Cosima von Rath.

— Com licença, senhores — disse Madame de Rougemont. Ofereceu o braço a Záborszky e os dois deslizaram pelo salão para receber os recém-chegados. A mulher miúda quase desapareceu no abraço da grandalhona.

Liebermann havia esperado que a entrada de Cosima von Rath fosse um evento pitoresco, mas voltou a se impressionar com a aparência da mulher. Ela usava um chapéu cujo modelo se inspirara claramente no penteado de alguma divindade egípcia, com um vestido longo azul, solto e abalonado, feito de um tecido que cintilava e reluzia com o andar. Um grosso cordão amarelo circundava o equador de sua cintura, e uma grande *ankh* de ouro pendia sobre o precipício de um busto esmagador. O pescoço de Cosima von Rath era encoberto por várias pregas de pele rosada e intumescida, que pendiam de um queixo reentrante, e os olhos pareciam passas comprimidas em marzipã. O efeito era quase alucinatório. Ela parecia um porco premiado que houvessem adornado para um obscuro festejo rústico.

Por um instante, Cosima von Rath dominou a atenção de todos. Os demais integrantes do círculo de Löwenstein, que vinham conversando baixinho, calaram-se. Braun, no entanto, pareceu menos acabrunhado do que os outros, e chegou até a piscar o olho para a costureira — cujo leque ergueu-se prontamente, para esconder um sorriso cúmplice.

A conversa recomeçou no salão, aos poucos recuperando o volume anterior.

— Bem, Herr doktor — cochichou Rheinhardt —, agora você talvez possa pensar em ficar de bico calado.

54

O GRUPO REUNIU-SE EM TORNO de uma grande mesa circular, com os rostos iluminados por uma vela solitária e bruxuleante. Sua luz intermitente fazia as sombras saltarem de uma parede para outra — um manto agitado de escuridão.

Madame de Rougemont pedira que todos dessem as mãos, enquanto fazia uma invocação prolongada, que assumiu a forma de um apelo às forças espirituais superiores. O estilo antiquado de seu linguajar sugeriu uma fonte medieval — algum antigo rito de magia cerimonial.

— Eu invoco e conjuro a ti, ó Espírito Marax, e, fortalecida pelo poder da Majestade Suprema, te comando com força, por Beralanensis, por Baldachiensis, por Paumachia, por Apologiae Sedes e pelos mais poderosos príncipes, pelos gênios, pelos linches e pelos ministros da câmara do Tártaro; e pelos príncipes maiores que se assentam no trono de Apologia da nona região; eu te invoco e te ordeno, ó Espírito Marax, por Aquele que decreta e assim se faz, pelos gloriosíssimos nomes de Adonai, El, Elohim, Elohe, Zabaoth, Elion, Iah, Tetragramaton, Shadai...

Enquanto Yvette de Rougemont continuava sua arenga, Liebermann estudou os companheiros: o conde indolente, a herdeira ridícula, o homem de negócios. Em seguida, virou-se para examinar os demais: o banqueiro impassível e sua mulher, o vigarista e a costureira. Que coleção variegada! Como era estranho que seus diversos caminhos se houvessem cruzado no apartamento de Charlotte Löwenstein! Um deles, com toda a probabilidade, era culpado pelo assassinato. Mas qual? Olhando para seus rostos díspares e perplexos, ele não conseguiu discernir nenhuma pista óbvia.

A sala se enchera de um aroma envolvente, como os vapores inebriantes de um incensório. Mas essas emanações fragrantes não tinham nenhuma fonte visível — nenhuma batina ou corrente balouçante emergiu dos recantos escuros do aposento. Liebermann olhou para Rheinhardt, que lhe retribuiu um olhar intrigado.

Embora o inspetor não dissesse palavra, sua expressão perguntava claramente: *De onde está vindo?*

Liebermann abanou a cabeça.

— Aparece sem demora e mostra-te a mim — prosseguiu a francesa em sua invocação — aqui, diante deste círculo, em forma humana, isento de deformidade ou malícia; manifesta-te prontamente, vem de qualquer parte da terra em que estejas, traze respostas inteligíveis para minhas dúvidas; vem logo, visita-me com afabilidade, manifesta aquilo que desejo, conjurado pelo nome do Deus Vivo, Eterno e Verdadeiro, Heliorum.

Madame de Rougemont fez uma pausa, e o silêncio subseqüente foi rompido pelo som inconfundível de uma moeda caindo no chão e girando em espiral, até uma parada trêmula.

— Um aporte — disse Cosima von Rath.

Frau Hölderlin acenou vigorosamente com a cabeça, em sinal de concordância.

— Também te conjuro pelo Nome particular e verdadeiro de teu Deus, a quem deves obediência; pelo nome do Rei que te comanda, vem sem retardo; vem cumprir os meus desejos e persiste até o fim, conforme as minhas intenções.

Houve um estranho som de passadas rápidas, algo assim como patas minúsculas correndo sobre a madeira. Apenas Liebermann e Rheinhardt se viraram, perscrutando o recôndito mais distante e mais escuro do cômodo. Frau Hölderlin inclinou-se um pouco para Liebermann e sussurrou uma advertência seca:

— Não, Herr doktor, não olhe para as trevas.

Liebermann teve vontade de perguntar por que não, mas, reconhecendo sua situação anômala de intruso, deu um sorriso polido e voltou a atenção para Madame de Rougemont. À luz esmaecida, o vestido de cetim preto da médium era quase invisível, fazendo sua cabeça parecer desligada do corpo. Seu rosto sereno flutuava no espaço como uma bolha de ectoplasma.

— Conjuro-te em nome d'Aquele a Quem todas as criaturas são obedientes, por este Nome inefável, Tetragramaton Jeová, supremo senhor dos elementos, que agita o ar, enfurece os mares e gera o fogo.

A vela crepitou de repente, e Liebermann sentiu Natalie Heck apertar sua mão com mais força.

— Move-se a terra e estremecem todos os anfitriões das coisas celestiais, terrestres e infernais, que se afligem e confundem; vem, fala comigo!

A ordem de Yvette de Rougemont foi tragada por um silêncio voraz. Uma cadeira estalou e Liebermann detectou um leve sibilo asmático nos pulmões de Frau Hölderlin.

O momento de expectativa desdobrou-se como um rolo de tecido e, a cada volta, o suspense se intensificava. Por fim, um sorriso benevolente iluminou as feições ansiosas de Madame de Rougemont.

— Eu o vejo... — murmurou ela, com a voz trêmula de emoção contida. — Ele está aqui. Sê bem-vindo, ó Espírito. Bem-vindo, Marax.

Liebermann sentiu um movimento no ar, uma corrente levíssima, como se uma porta houvesse batido num aposento distante. A chama da vela curvou-se e se inflamou, fazendo subir um filete azulado de fumaça. O guia espiritual de Madame de Rougemont parecia haver chegado.

— Sê bem-vindo — murmuraram os outros. Frau Hölderlin e Natalie Heck soltaram as mãos de Liebermann.

— Marax — começou a francesa —, nós, que vivemos na ignorância, rogamos que nos ajudes. Queremos entrar em contato com nossa irmã Charlotte, que recentemente fez a passagem deste mundo para o outro, das trevas para a luz.

Na luminosidade agitada da chama tremeluzente, o rosto de Yvette de Rougemont assumiu de repente uma nova expressão: o cenho franziu-se e o queixo projetou-se para a frente. As pálpebras estremeceram e se abriram, sem revelar nada além do branco cintilante dos olhos. Falando numa voz masculina convincente, totalmente livre de qualquer inflexão gaulesa, a mulher disse:

— Ela está aqui, senhora.

Vários integrantes do grupo deixaram escapar um arquejo, e Liebermann notou que o conde pusera uma das mãos no coração.

— Vejo uma mulher jovem, de cabelos dourados e sorriso resplandecente... mas ela não consegue descansar. Tem a alma profundamente perturbada. O que te aflige, donzela? Por que não podes tirar proveito da paz eterna? Ahh... Fui assassinada, diz ela, e não poderei descansar enquanto a criatura perversa não prestar contas do que fez...

A voz da médium voltou a seu registro habitual de soprano e as pálpebras se fecharam.

— Com que então, a alma dela não foi levada por um demônio?

— Não, senhora — veio sua própria resposta de tenor, com o branco dos olhos voltando a aparecer. — Ela foi assassinada por um mortal, que não usou nada além de meios mortais... e essa criatura perversa está sentada entre vós, aqui, esta noite.

Natalie Heck soltou um gritinho, seguido por uma explosão de orações e protestos. Frau Hölderlin benzeu-se e Cosima von Rath produziu um lenço enorme, que levou à testa para secá-la.

— Oh, madame! — murmurou ela. — Oh, madame!

Záborszky resmungou "Jesu, Jesu". Bruckmüller contemplou a vela, impassível, e Hölderlin pôs o braço sobre os ombros da esposa. O olhar de Liebermann cruzou com o de Braun. O rapaz deu um sorriso cínico, encolheu os ombros e desviou o rosto.

— Há alguém dentre vós cujo nome seja Natalie? — perguntou Madame de Rougemont, com a voz tonitruante de Marax.

Mesmo à meia-luz, podia-se perceber que a costureira ficara muito pálida. Ela abanou violentamente a cabeça.

— Não — murmurou. — Não fui eu, juro.

— Natalie — declamou Marax. — A donzela tem uma mensagem para vós.

A agitação geral diminuiu e a sala caiu num silêncio profundo. A vela crepitou e uma gota de cera quente escorreu como um fio de prumo, deixando uma linha exígua em sua esteira.

— Natalie?

Liebermann sentiu a costureirinha encolher-se a seu lado.

— Sim — fez ela, em tom cauteloso. — Estou aqui.

— Como você gostava do meu broche de borboleta!

— Gostava, gostava...

— Quero que o conserve. Você ficará muito bonita com meu broche, preso em seu vestido branco de verão.

Natalie Heck levou a mão à boca e, percorrendo os olhos pelos outros, exclamou:

— Eu gostava *mesmo* daquele broche, e tenho *mesmo* um vestido branco de verão. — Em seguida, subitamente humilde, murmurou: — *É ela...*

Marax prosseguiu:

— Há alguém dentre vós chamado Otto?

— Sim — disse Braun, empertigando-se na cadeira. — Meu nome é Otto.

A médium inclinou a cabeça para o lado, como quem escutasse atentamente. Depois, ainda na pessoa do guia espiritual, disse:

— Otto, que tolo tens sido! Escolheste um caminho inconseqüente, que acabará no desespero. Aquilo que é carne para o corpo às vezes é veneno para a alma.

O rapaz pareceu levemente perplexo, nada mais. Então, após uma breve pausa, Yvette de Rougemont acrescentou:

— Lembra-te do Danúbio. Lembra-te de Baden... e da pobre viúva. Nenhum pecado é tão pequeno que possa escapar à atenção do ouvidor divino... nenhum castigo é esquecido. Arrepende-te! — E a voz de Marax ficou mais alta: — Eis que pecaste contra o Senhor, e podes ter certeza de que teu pecado te revelará.

A expressão de Braun modificou-se. Ele perdeu o ar superior, indiferente e desdenhoso. Pareceu confuso. Heck lançou-lhe um olhar severo.

— Mas como... — balbuciou Braun. Olhou ansioso para Madame de Rougemont, que não respondeu, mantendo-se perfeitamente imóvel, com a luz da vela cintilando nos globos nacarados do crânio.

— Conde Zoltán Záborszky — proclamou Marax. — Como andas triste! Sinto tua tristeza. É como um cancro a te devorar o coração. Vejo uma grande e nobre casa traída. Uma família em desespero.

O conde se benzeu, baixou a cabeça e cruzou os dedos cravejados de anéis numa postura de oração.

— Heinrich? Há alguém presente chamado Heinrich?

Liebermann estava sentado bem em frente a Hölderlin. Pôde ver o brilho da transpiração na testa do homem.

— Heinrich — proclamou Marax. — Tenho algo importante a te dizer...

Frau Hölderlin olhou para o marido, com a suspeita e a apreensão transparecendo no rosto.

— Não! — gritou Hölderlin. Levantou-se abruptamente e deu um murro na mesa. A vela saltou e as sombras perseguiram umas às outras pelos cantos e pelo teto. — Não, isto não pode continuar. Não é natural. Sinto muito, mas devo insistir em que encerremos esta reunião.

— Marax? — fez a voz de Yvette de Rougemont, que voltara ao normal; a francesa tinha as pálpebras fechadas, mas agora sua entonação era fraca e sonhadora: — Marax, onde estás?

— Herr Hölderlin, o senhor precisa sentar-se! — gritou Záborszky. — Madame de Rougemont ainda está em contato com o mundo espiritual! O senhor a está colocando em grande perigo!

— Não, *não vou* me sentar! — gritou Hölderlin. — Não temos o direito de fazer isto. É um sacrilégio. Uma blasfêmia. Fräulein Löwenstein brincava com coisas que iam além de sua compreensão, e vejam o que aconteceu! Já chega! Não participarei mais disso!

Sem aviso prévio, de repente os olhos de Yvette de Rougemont se abriram. Por alguns instantes, ela ficou com uma expressão vazia. Depois, os contornos do rosto se alteraram, produzindo uma máscara cristalizada de medo. Os lábios começaram a tremer. Escancarando a boca, ela soltou um lamento contínuo, enregelante. A elevação rápida do tom e do volume foi seguida por uma queda prolongada e ininterrupta, que deixou a mulher com as mãos na garganta. Os sons de sufocamento foram seguidos por um chocalhar líquido. Depois disso, ela desabou sobre a mesa, de braços abertos, derrubando a vela — e mergulhou a sala em completa escuridão.

55

Liebermann e Rheinhardt entraram na ante-sala pouco iluminada do Café Central e atravessaram um corredor estreito, que recendia a café — e à amônia proveniente dos mictórios. Subindo uma escadinha, entraram no recinto do salão de jogos: uma área cheia de pilastras, que lembrava uma adega e ressoava com o burburinho das conversas e o barulho dos choques entre as bolas de bilhar. Uma espessa nuvem da fumaça dos cigarros formava um dossel baixo, sob o qual parecia ter-se reunido uma multidão ambulante. As mesas eram bem espaçadas, mas a maioria estava cercada por uma platéia de espectadores, que criticavam abertamente os movimentos de um jogo de xadrez, ou elogiavam um jogador de *taroc* por ter aumentado a aposta.

Os dois homens se espremeram por entre a massa de corpos e encontraram um lugar para sentar nos fundos.

Rheinhardt tocou o braço de um garçom que passava.

— Um *Türkische* para mim e um *Schwarzer* para meu amigo.

O garçom fez uma mesura.

— Ah, e uma *Dobostorte*. Max?

— Para mim, nada, obrigado.

O garçom desapareceu por trás da pilastra mais próxima.

— Bem — disse Rheinhardt, enchendo as bochechas de ar —, que coisa extraordinária, não acha?

— Ela é uma fraude.

— Ora, vamos, Max, você está sendo insociável. Pensei que tivesse dito que iria lá com a mente aberta.

— E fui. E ela é uma fraude. Aquele desfalecimento absurdo no final... Já vi desmaios mais convincentes na ópera. O pulso dela estava perfeitamente normal.

— Se você o diz... Mas não consigo deixar de achar que houve mais alguma coisa naquelas mensagens. Mais do que trapaça, quero dizer. Você viu a cara do Braun? Ele pareceu completamente estupefato quando ela mencionou o Danúbio, Baden e a viúva. Ficou claro que não esperava por isso... E quanto a Fräulein Heck? Como foi que Madame de Rougemont soube de um broche específico que a Heck cobiçava? E o vestido branco de verão! Como é que ela podia saber?

— Todas as mulheres que conheço têm um vestido branco de verão, Oskar.

— Certo, mas e o broche?

Liebermann deu um suspiro.

— Não sei. Não sei como ela conseguiu acertar essa. Mas imagino que tenha descoberto tudo que precisava saber ao conversar com os membros do círculo de Löwenstein antes da nossa chegada. Obviamente, ela é uma observadora muito arguta, capaz de discernir até as reações mais diminutas. Na verdade, tem habilidades muito parecidas com as de um psicanalista. O professor Freud diz que os seres humanos são incapazes de guardar segredos: estamos sempre confessando uma coisa ou outra, com os dedos irrequietos e os lapsos da fala. Uma vez ele me disse que a inconfidência força sua saída por todos os poros. Madame de Rougemont é simplesmente uma rematada observadora do comportamento humano.

Rheinhardt continuou com um ar aflito.

— É, mas aquela voz... Marax... Aquilo foi inquietante.

— Oskar, já vi fenômenos parecidos na clínica. Marax era uma espécie de segunda personalidade, uma coisa criada e cultivada pelo uso reiterado da auto-hipnose.

O garçom chegou, trazendo o café e a torta de Rheinhardt.

— Tem certeza de que não quer comer nada? — indagou o inspetor.

— Absoluta.

Liebermann tirou a espuma do café com uma colher, enquanto Rheinhardt enfiava o garfo em várias camadas de pão-de-ló e creme de chocolate.

— Hmmm — fez Rheinhardt, fechando os olhos. — Que delícia!

Liebermann levou a mão ao bolso e pegou uma carta amassada e uma caneta.

— Tome... — disse.

— Que foi? Você quer que eu leia isso?

— Não. Quero que desenhe alguma coisa. Uma coisa simples. Mas não me deixe ver o que é.

Liebermann desviou os olhos, enquanto Rheinhardt, intrigado, fazia um pequeno esboço.

— Terminou?

— Sim.

— Emborque o papel, para que seu desenho fique virado para baixo.

— Já fiz isso.

— Ótimo.

Liebermann virou de frente para o inspetor e disse:

— Entregue-me a carta.

Rheinhardt a devolveu ao amigo, que a repôs prontamente no bolso, sem tentar olhar para o lado voltado para baixo.

— Você desenhou o brasão dos Habsburgo, a águia de duas cabeças — afirmou Liebermann.

— Santo Deus do céu! — exclamou Rheinhardt. — Como foi que você fez isso?

— Li a sua mente, é claro — disse o médico, em tom frio.

— Está bem, está bem... você já fez sua colocação. Agora, conte-me como conseguiu.

— Olhei para minha xícara de café ao pegar a carta. Vi seu desenho refletido na superfície do meu *Schwarzer*.

— Muito bom! — comentou Rheinhardt, impressionado. — Vou experimentar isso com Else... ela ficará perplexa.

Tornou a pegar o garfo e continuou a atacar a *Dobostorte*, dizendo:

— E o que você achou da explosão do Hölderlin?

— É claro que ele ficou muito constrangido...

Rheinhardt inclinou-se para a frente, levando a mão ao ouvido.

— Fale alto, Max, não consigo escutá-lo.

O tilintar das xícaras, o burburinho das conversas e o som das risadas combinaram-se na criação de uma súbita onda sonora.

— É claro que ele ficou muito constrangido — repetiu o médico —, e quis acabar logo com a sessão. Estava visivelmente apreensivo, preocupado com a idéia de que alguma coisa incriminadora viesse a ser revelada. E você notou como ele olhou para a esposa?

— Não.

— Pareceu exageradamente solícito.

— E isso o leva a pensar o quê?

Liebermann contemplou seu café.

— Löwenstein estava grávida. E devo admitir que me inclino a acreditar em Braun quando ele diz que não era o pai.

— Mas Hölderlin! Francamente, Max...

— Ele é um homem de meia-idade, respeitável, cheio de responsabilidades. Confiável. É exatamente o tipo de homem que eu esperaria que se envolvesse com uma mulher jovem.

Rheinhardt abanou a cabeça e riu.

— Aquele discurso santarrão que ele fez tinha pouquíssimo a ver com uma verdadeira convicção espírita. Achei-o muito pouco convincente — concluiu o médico.

— E quanto àquela... àquela mulher? — perguntou Rheinhardt. — Que figura! Não me cabe especular sobre questões médicas, Herr doktor, mas com certeza... — e o inspetor girou um dedo perto da têmpora.

— Sem dúvida — concordou Liebermann, pegando o café e tomando um pequeno gole. — Os boatos sobre as ambições políticas de Bruckmüller devem ser verdadeiros: por que outra razão ele haveria de querer casar-se com Cosima von Rath? E também houve uma coisa no comportamento dele...

Liebermann interrompeu-se, mergulhando num devaneio silencioso.

— O quê?

— Ele estava controlado demais. Não se assustou nem se sobressaltou em momento algum, apenas ficou com os olhos cravados na vela. Estava supercompensando. É comum as pessoas que têm algo a esconder exibirem ao mundo uma aparência conspicuamente opaca.

— Você acha que ele poderia tê-lo cometido?

— O assassinato?

Liebermann encolheu os ombros.

Pelas guirlandas da fumaça de cigarro eles viram um homem retirar a capa do piano e levantar a tampa.

— Você nunca identificou o conde como suspeito — comentou Liebermann, abruptamente. — Por quê?

— Bem, na noite do assassinato de Charlotte Löwenstein ele estava jogando gamão no clube. Ficou lá até de manhã.

— E você tem testemunhas?

— Tenho.

— Confiáveis?

— Acho que sim — disse Rheinhardt, pondo um monte de açúcar no café *türkische*.

— Ele poderia tê-las subornado?

— Algumas, acho, mas não todas. Simplesmente havia gente demais.

— Ao que você saiba...

O homem do piano sentou-se, pronto para tocar. Antes que começasse, porém, outro homem levantou-se de um salto de uma mesa de carteado próxima e puxou conversa com ele. Algumas pessoas começaram a dar vivas e aplaudir.

O pianista levantou-se e tirou um livro de partituras da banqueta do piano. Um dos jogadores de cartas levou uma cadeira para junto do instrumento, e os dois homens — ambos músicos, era evidente — sentaram-se e estalaram os dedos.

— Acho que aquele é o Epstein, o concertista — comentou Liebermann.

Um minuto depois, o ar encheu-se de sons — uma detonação musical que parecia uma explosão de fogos de artifício. O burburinho foi diminuindo, enquanto os pianistas desabalavam a quatro mãos por um velocíssimo arranjo de uma dança cigana.

— Que maravilha! — elogiou Rheinhardt, inclinando-se para o amigo e levantando a voz. — O que é?

Uma melodia encantadora, no registro mais grave, era imediatamente respondida por uma cascata de notas descendentes — um borbulhar cristalino.

— É Brahms — respondeu Liebermann. — Uma de suas danças húngaras.

Não demorou muito e Liebermann já estava inclinado para a frente, na beirada do assento, totalmente absorto no virtuosismo de Epstein. Quando a primeira peça terminou e começaram os aplausos, ele se virou para Rheinhardt. Mal pôde acreditar no que viu, e teve um sobressalto, como quem estivesse na presença de uma assombração. Parada ali, ao lado de seu amigo, estava Madame de Rougemont.

— Max — disse Rheinhardt, abrindo um sorriso largo —, permita-me apresentar-lhe Isolda Sedlmair. Uma atriz muito talentosa, como você decerto há de concordar.

— Vejo que o senhor é um grande admirador de Brahms, Dr. Liebermann — disse a mulher de preto, num alemão perfeito e sem o menor sotaque.

56

HEINRICH HÖLDERLIN, EMBRULHADO numa ampla túnica turca, passara a tarde inteira sentado em seu gabinete, fumando. Era um aposento de tamanho médio, sobriamente decorado e iluminado por duas lâmpadas elétricas. Sobre a escrivaninha, uma pilha de papéis, cartas e formulários aguardava a atenção do banqueiro.

Ele amassou o quarto charuto e olhou com ar vago para as listras verdes do papel de parede. Com os cotovelos sobre o mata-borrão, apoiou o queixo nos punhos cerrados.

Que idiota!

A auto-acusação reverberou em sua cabeça como um sino russo. Seu dobre implacável deu-lhe uma dor de cabeça latejante.

Hölderlin pegou um maço de cartas. Deveria tê-las respondido mais cedo, enquanto estava no trabalho, mas não havia conseguido concentrar-se.

Prezado Herr Hölderlin, Em aditamento à minha consulta recente...

As primeiras linhas fizeram sentido, mas depois, cada frase foi ficando mais e mais incompreensível, até se fragmentar numa sucessão disparatada de palavras e expressões.

Ela era autêntica, Madame de Rougemont. Não havia dúvida de que seu guia espiritual havia conversado com Charlotte Löwenstein. Aquelas mensagens, especialmente a dada à costureira...

Hölderlin tentou concentrar a atenção na carta:

...Conta comercial... tenciono chegar a Pest na próxima semana... garantir os interesses... Herr Balázs... com a maior brevidade possível.

Soltou um gemido, empurrou a carta para o lado e esfregou o queixo. Estava áspero, com a barba por fazer. Em geral, ele se barbeava antes da refeição noturna, mas, como não tivera nenhuma intenção de jantar com a esposa, sua toalete fora negligenciada.

O que mais eu podia fazer? Era preciso detê-la... não havia outro jeito... o risco era grande demais...

Uma batida leve arrancou-o de seu mal-estar. Uma dupla batida tímida, quase muda, como uma pulsação.

Hölderlin não respondeu.

— Heinrich?

Era sua mulher.

— Heinrich?

A porta se abriu e ela entrou.

— Por que não respondeu? O que está fazendo, Heinrich?

— Minha correspondência.

Percebeu que a mulher não se deixara enganar.

— Heinrich, quero falar com você sobre o que aconteceu ontem à noite.

— Não tenho mais nada a dizer, Juno.

— Mas... — começou ela. Fechou a porta e se aproximou da escrivaninha. — Continuo sem entender por quê.

— Juno — interrompeu Hölderlin —, eu agi por princípio.

— Tenho certeza de que sim, meu bem. Mas que princípio?

— Já chega. Por favor, retire-se... há muita coisa a fazer aqui — e gesticulou para a pilha de papéis.

Juno não se mexeu. Apesar de seu porte miúdo, a intransigência dela lhe conferia um certo ar resoluto. O marido notou que ela já não estava piscando.

— Com certeza você se apercebe, Heinrich, de como seu comportamento deve ter parecido a todas as outras pessoas, não?

— Juno, não me importa o que os outros possam ter pensado. Agi com boa-fé, conforme os meus princípios. Agora, se você tiver a bondade de me deixar cuidar desses assuntos prementes...

— Heinrich! — exclamou Juno, a voz chocantemente esganiçada e alta, levando a dor de cabeça do marido a um patamar muito mais alto de dor lancinante. Era a primeira vez que ele a ouvia levantar a voz, em quase 30 anos de casados.

— Talvez você não se importe com o que os outros pensam, mas eu me importo! Aliás, me importo muitíssimo. E estou particularmente atenta ao que aquele inspetor de polícia deve ter pensado. Santo Deus, passei o dia inteiro esperando que ele batesse à porta, com um esquadrão de policiais!

— Querida, por favor — fez Hölderlin, levando um dedo aos lábios. — Os vizinhos, os criados...

Juno Hölderlin inflamou-se ainda mais.

— Por que você fez aquilo, Heinrich? Pensa que sou idiota?

Hölderlin baixou os olhos para os papéis.

— Eu... — disse, levantando a pena do tinteiro — eu *preciso* cuidar da minha correspondência.

Não tornou a erguer os olhos, mas, quando o fez, sua mulher tinha saído — e o som da porta batendo continuou a reverberar em seus nervos esfrangalhados.

57

Os dedos de Liebermann hesitaram sobre as teclas. Em vez de tocar os compassos iniciais do *Rouxinol*, de Brahms, fechou a tampa do Bösendorfer e ergueu os olhos para o amigo.

— Sabe, ainda não consigo acreditar que você não me contou.

— Como é que eu podia contar, Max? Isso teria influenciado sua percepção da noite. Eu queria uma opinião objetiva.

Liebermann tirou um fiapo da manga.

— Como sabia que eu o acompanharia?

— Não sabia. Mas sabia que, como estudioso da natureza humana, você teria curiosidade de observar os suspeitos numa ocasião daquelas.

— Hum! — fez Liebermann. Tornou a levantar a tampa do piano. Tocou quatro oitavas de uma escala ascendente em dó sustenido menor.

— Talvez eu esteja enganado — disse Rheinhardt, hesitante —, mas tenho a impressão de que a alegria que você sentiu ao descobrir que seu velho parceiro não tinha sucumbido à superstição suplantou sua irritação por ser tapeado!

Liebermann sorriu.

— Sim, é verdade. Já que você não desceu a ponto de empregar a verdadeira Madame de Rougemont, conservou meu respeito e minha alta estima... — A entonação de Liebermann sugeriu uma interrupção da fala.

— Mas?

— Ainda não consigo acreditar que você não me contou!

Rheinhardt abanou a cabeça.

— Ora, ora, Max, vamos ver se fazemos justiça a essa canção de Brahms, hein?

O inspetor bateu de leve na partitura, como um maestro.

Liebermann deixou os dedos encontrarem as misteriosas notas iniciais porém, antes de concluir a introdução, parou abruptamente.

— Mas devo admitir, Oskar, que foi uma idéia magnífica.

Começou a rir baixinho e, ainda rindo, iniciou o *Nachtigall* pela segunda vez.

Rheinhardt, encantado com o fato de o amigo o ter finalmente perdoado, pousou a mão no ombro do jovem médico, num gesto de camaradagem, e encheu o aposento com sua voz melíflua de barítono.

58

— Houve um relâmpago, e a impressão da presença dele se confirmou. Eu o vi parado perto de mim... muito perto.

No sono hipnótico, a governanta inglesa revivia seu trauma.

— O colchão se inclinou quando ele subiu na cama. *Amelia, Amelia.* Não pude me mexer. Senti o peso do corpo dele sobre o meu, e seus lábios em meu rosto. Eu não conseguia respirar, não conseguia respirar... estava sufocando e comecei a...

Quando a paciente começou a tossir, Liebermann exclamou:

— Pare, não continue! — Depois, em tom mais delicado, murmurou: — Quero que a senhorita guarde esse momento em sua lembrança.

A Srta. Lydgate balançou a cabeça num gesto afirmativo.

— Diga-me, como se sente?

— Aflita.

— Não sente nenhuma raiva?

O rosto de Amelia Lydgate não exibia nenhuma expressão, mas o indicador de sua mão direita começou a estremecer — um sinal da aproximação de Katherine.

— Eu me sinto aflita — repetiu a Srta. Lydgate, negando as forças afetivas mais primitivas de seu psiquismo.

Liebermann queria que a narrativa do trauma seguisse adiante, como as tomadas de um filme passando lentamente por um projetor cinematográfico.

— O rosto de Herr Schelling é áspero — disse ele, restringindo a consciência da moça ao ponto focal de uma única lembrança sensorial.

— É... machuca.

— O bigode dele arranha — continuou Liebermann.

— Sim... arranha.

A raiva de Amelia Lydgate estava aumentando e, ao mesmo tempo, deslocando-se para a personalidade secundária que começava a emergir. Liebermann imaginou-a erguendo-se do inconsciente, ganhando força, assumindo aos poucos o controle do braço direito da moça, flexionando gradativamente os dedos na luva corpórea da mão da Srta. Lydgate. Assumindo o controle.

— Amelia... — murmurou Liebermann. — Olhe para dentro de si. O que você vê?

— Nada...

— Há alguém saindo da escuridão.

As pálpebras da Srta. Lydgate se comprimiram.

— O que está vendo, Amelia?

— Uma mocinha.

— Como é ela?

— Tem o cabelo ruivo e comprido, como o meu... e usa um vestido branco... feito uma camisola.

— Sabe quem ela é?

— O nome dela é... acho que o nome dela é Katherine.

— Como sabe o nome dela?

— Li sobre ela num livro de histórias... quando era muito pequena. Era um livro sobre uma menina travessa de cabelo ruivo. O desenho do livro parecia muito comigo. Ela fazia coisas que eu nunca faria... era desobediente, e tinha acessos de raiva.

— Ela falou com você naquela noite... quando Herr Schelling entrou no seu quarto. Lembra-se?

— Não, não me lembro de ter ouvido nada.

Liebermann apoiou os dedos nas têmporas de Amelia Lydgate e começou a fazer pressão.

— Sinta a pressão. Sinta-a aumentar. À medida que a pressão aumenta, sua lembrança vai ficando mais clara...

— Não consigo me lembrar.

— A voz de Katherine... na sua cabeça. O que ela disse?

De repente, a Srta. Lydgate deixou escapar um arquejo, como quem sentisse uma dor intensa.

— Mate-o... foi isso que ela disse. Ela queria que eu o matasse. Era uma coisa terrível para alguém sugerir.

Liebermann afrouxou a pressão.

— E o que fez Katherine?

— Pegou a tesoura... ela pegou a tesoura e o golpeou.

— E, se Katherine não tivesse feito isso, o que Herr Schelling teria feito com você?

— Ele teria... teria...

A cabeça da jovem governanta balançou de um lado para outro e ela completou:

— Não sei.

— Sabe, sim, Amelia. O que Herr Schelling teria feito com você?

A respiração da Srta. Lydgate começou a se acelerar.

— Ele me dominaria... ele... — e sua voz se elevou — ele me violentaria.

— Um crime hediondo, ultrajante.

— Ele me traiu.

— E traiu a confiança de sua mãe e seu pai. O que você sente por Herr Schelling, neste momento?

— Raiva.

— Sim, Amelia. *Sua* raiva. Não a raiva de Katherine. *Sua* raiva.

Uma lágrima lhe escapou pelo canto do olho, seu peito arfou e ela começou a chorar.

— Está errado... querer matar alguém. É uma barbaridade.

— Mas você estava sendo agredida. As mãos dele estavam no seu corpo... você sentiu o cheiro da colônia que ele usava. Lembre-se da aspereza do rosto dele... e do agarrar, agarrar, agarrar...

O rosto da Srta. Lydgate contorceu-se e uma veia começou a pulsar na lateral de seu pescoço.

— Eu o odeio, odeio.

— Aquela aspereza, feito pedra-pomes.

— Eu o odeio.

— E as mãos agarrando.

De repente, o braço direito da moça buscou a tesoura invisível. Já então plenamente cônscia de seus desejos homicidas, ela deu um grito e arremeteu. Concluído o movimento, ficou perfeitamente imóvel. Parecia estar congelada no tempo, com o braço todo estendido. O consultório estava em silêncio, a não ser por sua respiração ofegante.

Os olhos de Amelia Lydgate se abriram — e piscaram.

Ela virou de frente para Liebermann.

— Está tudo bem, Srta. Lydgate — disse ele, baixinho. — Agora acabou.

A moça baixou o braço direito e uma onda de movimento foi animando seus dedos, um a um. O mais vago dos sorrisos insinuou-se em seu rosto, até então banhado em lágrimas.

59

O comissário Brügel estava sentado atrás da escrivaninha, examinando as anotações e papéis que haviam transbordado de quatro caixas de documentos.

— Parece-me que você não foi muito longe, Rheinhardt.

A voz dele soou grave.

Rheinhardt começou o que prometia ser uma frase evasiva:

— Bem...

— E negligenciou o trabalho com a papelada — interrompeu o comissário.

— Foi?

— Você sabe que sim, Rheinhardt.

— São tantos formulários...

— Todos essenciais, você há de concordar.

— É claro, senhor.

Internamente, Rheinhardt afligia-se com a perspectiva de lidar com mais trabalho burocrático. Era policial, não auditor.

— Assim não funciona, Rheinhardt — disse Brügel, em tom severo. — Não funciona mesmo.

Rheinhardt já ia dizendo alguma coisa em sua defesa, quando a mão de Brügel desceu com força sobre o tampo da escrivaninha. Não foi um barulhão, mas constituiu uma advertência suficiente para silenciar o acossado inspetor.

— Desde o início dessa investigação, eu lhe deixei claro que considerava a resolução desse caso uma questão de suma importância.

— Sim, senhor.

— Confiei em você.

— Sim, senhor.

— Mas, quanto mais prossegue a investigação, mais receio ter errado em confiar.

Brügel espichou o pescoço para fora do colarinho e deixou que um silêncio cruel torturasse os nervos de Rheinhardt. Depois, recomeçou a falar:

— Há muita coisa em jogo, Rheinhardt, muito mais do que você imagina — grunhiu o comissário, abanando a cabeça. Parecia um boi atormentado pelas moscas. — Muito insatisfatório — resmungou entre dentes. — Realmente, muito insatisfatório.

Rheinhardt sentiu-se intrigado. Teve vontade de perguntar ao comissário exatamente o que ele queria dizer. Mas reconheceu que seria do seu interesse manter a boca fechada. Brügel sempre fora um homem impaciente, mas, nessa ocasião, parecia particularmente irascível.

— Fräulein Löwenstein — fez o comissário, ladrando o nome como se fosse um desafio. — A porta, a bala... algum progresso?

— Receio que não, senhor — respondeu Rheinhardt, em tom resignado.

— Mas você ainda acha que estamos lidando com um ilusionista, espero. Daí seu interesse inicial em Roche e Braun.

— Correto, senhor. Mas eles não são os únicos com antecedentes teatrais. O conde, o Záborszky, também andou se envolvendo com gente de teatro, embora apenas como investidor. Recebemos uma carta anônima com detalhes de sua história duvidosa.

Rheinhardt inclinou-se para a frente e examinou o tampo da escrivaninha, ansioso.

— Deveria estar aí, senhor.

Brügel remexeu a esmo numa pilha de papéis desarrumados, mas não conseguiu achar a carta.

— O que ela dizia?

— Continha umas acusações bastante violentas, sobre Záborszky ter esvaziado os cofres da família, deixando a mãe e as irmãs na miséria na Hungria. Usei essa informação para inquietá-lo na falsa sessão espírita.

— Tem alguma idéia de quem enviou a carta?

— Não, mas Záborszky tem muitos inimigos.

— Entendo que o conde tinha um álibi para a noite em que Charlotte Löwenstein foi assassinada, não é?

— Correto, senhor.

— Mas ele foi visto saindo da loja de Uberhorst na noite anterior à manhã em que o corpo do serralheiro foi encontrado?

— Sim, senhor. Záborszky disse ter ido visitar Herr Uberhorst para conversar sobre a compra de uma fechadura para sua porta de entrada... o que, pensando bem, não é implausível. O conde sofreu uma agressão recentemente.

— Por parte de quem?

— Um de seus parceiros de jogo. O conde tem dívidas significativas.

— E como reagiu quando você lhe disse que Uberhorst tinha sido assassinado?

— Eu não estava presente quando o localizaram no Prater. Mas soube que ele insistiu em que o deixassem terminar seu almoço.

— Entendo — disse Brügel.

— Comissário, o banqueiro, Herr Hölderlin, também tinha visitado Herr Uberhorst no mesmo dia.

— O sujeito que interrompeu a sua falsa sessão espírita?

— Isso mesmo. Ele fora buscar um livro, e é possível que também tivesse observado os experimentos de Herr Uberhorst.

— Que experimentos?

— Cremos que ele talvez estivesse tentando descobrir como foi feito o truque da porta trancada. Se o assassino de Fräulein Löwenstein tomou conhecimento de seus esforços...

Brügel tamborilou os dedos, em seqüências de cinco batidas que repetiu entre intervalos prolongados. Para Rheinhardt, aquilo soou como uma marcha fúnebre. Por fim, desistindo da percussão em favor da fala, o comissário disse:

— Como sabe que os dois assassinatos estão ligados?

— Não sei.

— Os métodos empregados foram tão diferentes, que dificilmente se poderia acreditar que tenham um perpetrador comum.

— Sim, senhor. É possível que estejamos à procura de dois assassinos, em vez de um. Mas...

— Sim, diga logo, homem.

— Acho que isso é improvável.

Brügel vasculhou mais alguns papéis e começou a ler. Após alguns minutos, disse:

— Já que você passou um bom tempo com aquele tal médico, estabelecendo que Charlotte Löwenstein estava grávida...

— O Dr. Liebermann.

— Sim, Liebermann. Em que essa informação contribuiu para sua compreensão do caso?

Rheinhardt percebeu que o melhor era aceitar a derrota, provavelmente.

— Não foi *muito* útil, senhor.

— Não — sublinhou o comissário, coçando o queixo entre os fios cinza-prateados das suíças. — Não foi muito útil, especialmente agora que essa mesma informação chegou aos jornais.

— Deve ter sido o Braun, comissário. Imagino que ele tenha vendido a história a um jornalista do *Zeitung* pelo preço de uma garrafa de vodca.

— O que é esplêndido para o Braun, mas muito inconveniente para nós. Muito, muito, muito inconveniente.

O inspetor julgou de boa política manter-se calado.

— Rheinhardt, há uma coisa que você precisa saber — prosseguiu Brügel, enunciando o que soou como uma frase de mau agouro. — Os deveres de um comissário são muitos e variados, e é freqüente eu ser obrigado a comparecer a funções sociais com outros dignitários... do Parlamento, da prefeitura, do Palácio Hofburg... e a gente ouve coisas. Fofocas, na maioria das vezes, mas nem sempre. Pois quis o acaso que eu deparasse com um boato, um boato que não posso me dar ao luxo de ignorar. Sugeriram-me que um membro de altíssima posição na família real interessou-se pelo caso Löwenstein, quando ele foi noticiado pela primeira vez nos jornais. Um alto funcionário do serviço público assegurou a essa pessoa ilustre que o mistério seria solucionado pelo serviço de segurança com bastante rapidez. Por sorte, o citado integrante da realeza esqueceu-se do caso, presumivelmente distraído por outras questões mais prementes do Estado e da corte. Esse artigo recente, anunciando que Fräulein Löwenstein estava grávida quando foi assassinada, é muito embaraçoso, porque levou o caso novamente à atenção do referido cavalheiro.

O comissário Brügel fez uma pausa e deixou os olhos virarem para cima. Rheinhardt acompanhou o movimento, levantando a cabeça até que o imenso retrato do imperador encheu por completo seu campo visual.

— Certamente que não — comentou Rheinhardt.

— Receio que sim — contrapôs o comissário. — E minha fonte é muito fidedigna.

Rheinhardt respirou fundo e deixou um assobio sair devagar por entre os dentes.

Brügel balançou a cabeça e arrumou uns papéis na escrivaninha.

Nessa hora, Rheinhardt finalmente compreendeu por que seu superior estava tão agitado.

— Tenho de ser franco, Rheinhardt — disse o comissário. — Dadas as circunstâncias, é essencial que esse caso seja resolvido o mais depressa possível. Para isso, creio que precisamos de sangue novo, de alguém que dê uma nova olhada nisso tudo — e fez um gesto largo em direção à papelada. Brügel notou o lampejo de decepção que cruzou o rosto do inspetor. — Olhe — prosseguiu, abrandando de leve o tom —, não vou tirá-lo do caso, Rheinhardt, mas creio que você se beneficiaria de uma ajuda.

— Ajuda, senhor?

— Sim. Convidei o inspetor-detetive Von Bulow a examinar as provas.

— Ótimo, senhor.

Rheinhardt conseguiu preservar uma aparência de calma resignação profissional, mas a simples menção do nome de Von Bulow já havia induzido uma sensação parecida com a náusea.

— Como você sabe, no momento ele está estudando com o professor Gross em Czernowitz, mas teve a gentileza de concordar em regressar a Viena por cerca de um mês. Você já trabalhou com Von Bulow, não é, Rheinhardt?

— Sim, senhor — confirmou o inspetor. — Um policial muito talentoso.

— É exatamente o que penso. Fico contente por você gostar da minha idéia.

60

Uma mulher com um enorme chapéu de plumas estava reclamando da qualidade de sua *Esterházytorte* e ameaçando abrir mão da fidelidade ao Café Imperial, trocando-o pelo Hotel Sacher ou pelo Café Bristol. Ela havia despertado a atenção do maître e de um bando de garçons apreensivos, que limpavam a mesa da freguesa como corvos. Sua aparência avicular era realçada pelas mesuras freqüentes, que causavam a impressão de que eles estavam dando bicadas no ar. Logo adiante, um grupo numeroso, claramente saído da Ópera Imperial, gerava uma barulheira extraordinária, rindo alto e brindando o teto com suas *flûtes* de champanhe elevadas. Enquanto isso, o pianista martelava a "Grande valsa" de Chopin com quase o dobro da velocidade usual, exibindo uma notável destreza na execução impecável das notas repetidas da melodia. Liebermann estava muito impressionado.

— As coisas ainda não têm corrido bem nas fábricas da Boêmia — prosseguiu Mendel em sua arenga. — Continua a haver muito ressentimento... aqueles nacionalistas tchecos e alemães! Eles tornaram impossível dirigir uma empresa por lá. Acho que as coisas não vão melhorar por pelo menos mais dois anos. Os lucros e os investimentos praticamente despencaram. Imagino que você não conheça os Bauer... Bem, que problemas eles tiveram! Quando Badeni renunciou, deixou tudo numa completa confusão. Você está ouvindo, Max?

— Sim: o senhor dizia que, depois que Badeni renunciou...

Mendel o olhou com ar desconfiado.

— E, quanto aos da nossa espécie — fez Mendel, levantando as mãos e abanando a cabeça —, que situação!

Nossa espécie?

Liebermann sentia um nítido mal-estar com o vocabulário exageradamente inclusivo do pai.

— Nunca fomos bem recebidos pelos alemães do noroeste, e no entanto os tchecos nos tratam como aliados germânicos. Como é que podemos nos sair bem?

Mendel fez uma pausa e mexeu seu *Pharisäer.*

— Um velho amigo da loja maçônica, o Rubenstein, morreu no mês passado: coração fraco — disse e bateu no próprio peito. — Perdeu quase todos os bens que tinha por lá, com esses tumultos e a insegurança política. Não tinha filhos, o que provavelmente foi melhor. Sua mulher tem uma pequena renda de investimentos, mas não muita coisa. Aliás, isso me lembra que preciso visitá-la com sua mãe... deve ser difícil ficar inteiramente só naquela casa enorme... todas aquelas lembranças...

Um grupo próximo da porta levantou-se para sair, enquanto outro chegava. Os garçons avançaram correndo para limpar a mesa desocupada, e o burburinho e alvoroço da confusão ficaram mais altos e mais intensos.

— Onde é?

— A casa?

— Sim.

— Em Alsegrund.

— E como é ela, Frau Rubenstein?

Mendel ficou surpreso com o interesse repentino do filho.

— Você quer saber como é Mimi Rubenstein?

— Sim. É uma mulher agradável?

— Bastante agradável, mas tímida... e chegada aos livros. Sempre achei meio difícil conversar com ela... não sou um grande leitor, você sabe. Mas por que é que você está tão interessado em Mimi Rubenstein?

— Ela tem alguma acompanhante?

— Não sei.

— Gostaria de ter?

Mendel provou sua *Esterházytorte* e fez um aceno de aprovação com a cabeça.

— Para mim, está muito saborosa. — Depois, ainda com a boca cheia, perguntou: — Por quê? Você tem alguém em mente?

— Tenho — respondeu Liebermann. — Uma governanta inglesa que está procurando um novo emprego. Seria muito adequada, acho. Será que Frau Rubenstein gostaria de conhecê-la?

— Sempre posso perguntar. Onde você a conheceu, essa governanta?

Liebermann respirou fundo e começou a dar uma explicação longa, mas cuidadosamente melhorada.

61

Rheinhardt estava sentado numa poltrona e não ouvira a aproximação silenciosa da esposa. Erguendo os olhos, sorriu e segurou a mão dela. Else não reagiu e se afastou um pouco.

— As meninas dormiram?

— Dormiram.

— Hoje eu fui impaciente com Mitzi, desculpe.

— Não foi nada — disse Else, afastando-se e puxando uma cadeira da mesa da sala. — Ela estava sendo impertinente.

Rheinhardt deu um suspiro e fechou o jornal da polícia que, sem muito sucesso, vinha tentando ler.

— O que é que há? — perguntou Else. — Sei que você está com alguma coisa na cabeça: passou a noite toda na mesma página.

— Você é uma mulher incomumente observadora, Else. Às vezes, acho que daria um inspetor-detetive muito melhor do que eu.

Reclinou-se na poltrona.

— Bem? — insistiu Else. — O que é?

Rheinhardt não queria incomodar a mulher com seus problemas; no entanto reconheceu que, se optasse por ser evasivo, ela se tornaria inesgotavelmente inquisitiva.

— Hoje fui chamado ao escritório do comissário. Ele acha que não fizemos progressos suficientes no caso Löwenstein.

— Herr Brügel nunca está satisfeito.

— Pois é. Mas desta vez ele tem razão... e convidou um colega para ajudar na investigação, um homem chamado Von Bulow. — Rheinhardt fez uma pausa antes de acrescentar: — E, se há um homem que detesto mais do que qualquer outro, é Von Bulow.

Else sentou-se.

— Ele é de uma arrogância insuportável — continuou Rheinhardt. — Tem alguma coisa a ver com sua origem, acho. Ele se considera acima do resto de nós, superior por nascimento. Sua família recebeu um título de nobreza, porque um ancestral qualquer, sabe Deus há quantas gerações, distinguiu-se numa campanha militar.

— Mas ele é bom policial?

— É inteligente, com certeza. Arguto. Mas excessivamente afeito ao protocolo e às formalidades para o meu gosto. Nem é preciso dizer que é um grande favorito do comissário.

Else saiu da mesa e voltou minutos depois, trazendo um copo de conhaque.

Rheinhardt beijou-lhe a mão e a encostou em seu rosto.

— Obrigado.

Mais uma vez, Else afastou a mão. Se o inspetor não estivesse tão preocupado, é quase certo que a frieza dela houvesse despertado sua suspeita.

Rheinhardt bebericou o líquido luminoso e cálido, sentindo-se reanimar um pouco — em parte por causa do álcool, em parte pela presença da mulher.

— Oskar? — chamou Else, com a voz baixa, mas decidida.

— Sim, meu bem?

— Não é o trabalho que o está inquietando, é?

Rheinhardt olhou para a mulher. Por fora, ela parecia serena, mas havia algo em seu jeito que sugeria tensão. Os lábios estavam comprimidos, formando uma linha severa.

— O que quer dizer?

— Você está infeliz... não está?

— Else!?

— Com nosso casamento.

As palavras foram tão inesperadas, que Rheinhardt se engasgou com o conhaque.

— Minha querida, o que... do que você está falando, em nome de Deus? O que deu em você para sugerir uma coisa dessas?

Else empertigou-se e respondeu:

— Vi você no Prater... almoçando com uma mulher.

A acusação saiu de estalo, seca e contundente.

Rheinhardt ficou boquiaberto.

— Ela o estava tratando com muita... familiaridade — acrescentou Else.

Por um instante, o inspetor pareceu completamente atônito. Depois, aos poucos, uma chama de reconhecimento acendeu-se em seus olhos. Seu peito grande arfou e ele soltou uma explosão de gargalhadas.

— Meu amor, meu amor... minha querida mulher, venha cá.

Else relutou antes de se aproximar do marido. Quando chegou perto o bastante, Rheinhardt a puxou para seu colo. Ela o fitou olho no olho, ainda insegura.

— Por favor — disse —, não tente me convencer de que você estava fazendo um trabalho policial.

Rheinhardt beijou-lhe os dedos.

— Ah!... mas *era* um trabalho policial, querida! O nome dela é Isolde Sedlmair, e ela é atriz!

Else apertou os olhos.

— Não — acrescentou Rheinhardt. — Isso não parece ter saído exatamente como eu pretendia.

Puxou-a para mais perto e encostou o rosto em seu vestido. Sentiu as barbatanas duras do espartilho por baixo.

— Posso explicar tudo. E depois, quando você estiver inteiramente satisfeita, proponho que nos recolhamos cedo.

Von Bulow não estava mais em sua cabeça.

62

Liebermann aguardava na saleta de entrada da casa de Frau Rubenstein. Tinha decidido que seria melhor que a viúva entrevistasse a Srta. Lydgate sozinha; no entanto fazia mais de uma hora que se havia retirado, e já começava a ficar levemente inquieto. Não conseguia ouvir a voz das duas.

Ela não é maluca, é?

Fora preciso uma certa persuasão para convencer Mendel, e talvez Liebermann tivesse subestimado a gravidade dos sintomas da Srta. Lydgate. Agora, refletindo sobre a adequação de sua conduta, começou a experimentar uma sensação crescente de dúvida.

Não, é claro que ela não é maluca, papai.

Teria acertado ao fazer uma afirmação dessas?

Se houvesse falado com Mendel sobre "Katherine", o velho nunca teria concordado. Nem um tratado inteiro sobre as sutilezas do diagnóstico psiquiátrico o teria convencido de que uma mulher que já havia exibido duas personalidades poderia em algum momento ser considerada sã. Liebermann dera ao pai uma descrição rigorosamente expurgada da histeria e do tratamento da Srta. Lydgate. Além disso, fora particularmente manipulador, ao apelar para os sentimentos caridosos de Mendel, retratando a governanta como uma estrangeira pobre e vulnerável. Liebermann sabia que o pai costumava solidarizar-se com os desfavorecidos — uma classe de indivíduos que tendia a evocar nele lembranças de seu próprio pai.

Examinou o mostrador do relógio de pulso.

Uma hora e doze minutos.

Levantou-se da cadeira e foi até a porta. Entreabrindo-a, virou a cabeça de lado e ouviu.

Nada.

Entrando no corredor comprido e mal-iluminado, resolveu descobrir o que estava acontecendo. No entanto, mal havia tomado essa decisão, a porta da sala de visitas se abriu e apareceu a Srta. Lydgate. A moça ficou visivelmente surpresa ao vê-lo ali, mas não hesitou.

— Ah, Dr. Liebermann.

— Srta. Lydgate.

Ao revê-la nesse momento, com seu ar sóbrio e recatado, ele se sentiu muito bobo. Suas preocupações desapareceram.

— Eu só vim saber se... — Não conseguiu terminar a frase. A superfluidade de seu nervosismo era evidente, e ele sorriu de alívio.

— Frau Rubenstein gostaria de falar com o senhor.

Enquanto Amelia Lydgate mantinha aberta a porta para ele passar, Liebermann não soube dizer se a entrevista tivera sucesso — a expressão da moça não exibia qualquer emoção. Ele fez uma reverência modesta antes de entrar na sala ampla e bolorenta.

Frau Rubenstein, totalmente vestida de preto, estava sentada numa poltrona junto à janela do jardim de inverno. Era uma mulher miúda, encolhida, talvez não só pela idade, mas também pelo luto recente. No entanto, quando ergueu a cabeça, sua expressão era animada e os olhos brilhavam. A seus pés havia diversos livros que não tinham estado lá quando Liebermann saíra da sala. Era óbvio que as duas mulheres os haviam discutido ou lido.

— Herr doktor — disse a viúva, com a voz baixa, porém clara. — Sinto muito tê-lo feito esperar. Estava mostrando à Amelia estes livros da minha coleção, e esqueci por completo que o senhor estava aí.

Liebermann ficou parado no centro do cômodo, sem saber ao certo o que responder. Deu uma olhadela na Srta. Lydgate, que pela primeira vez deu um sorriso fugaz.

— Amelia e eu chegamos a um acordo sobre o emprego dela — continuou Frau Rubenstein. — O senhor poderia ter a bondade, Herr doktor, de lhe mostrar os quartos situados no último andar? É uma subida puxada, e minhas pernas já não são tão fortes quanto antes.

— É claro — disse Liebermann.

Amelia Lydgate, em geral reservada, atravessou a sala correndo e segurou a mão de Frau Rubenstein.

— Obrigada — murmurou.

A velha senhora abanou a cabeça e disse:

— Espero que seja feliz aqui.

Liebermann e a Srta. Lydgate saíram da sala e começaram a subir o primeiro de vários lances largos de escada.

— Frau Rubenstein é um encanto — disse a Srta. Lydgate, levantando um pouquinho a barra do vestido e passando com cuidado por cima de um trilho solto que prendia o tapete. — E se interessa muito por questões literárias e científicas.

— Eu sabia que ela era muito lida — disse Liebermann —, mas não fazia idéia de que fosse tamanha entusiasta.

— Interessou-se até pelo diário do meu avô.

— É mesmo?

— Sim. Quando era pequena, Frau Rubenstein morou no interior, e sua avó lhe ensinou muitas coisas sobre o uso de ervas medicinais. Ela é extremamente versada no assunto.

— Bem, você será uma acompanhante ideal.

— Farei o melhor possível, Dr. Liebermann.

Os dois estavam meio sem fôlego ao chegarem ao último andar. Os cômodos, que eram vários, tinham sido anteriormente ocupados por criados; agora, porém, o ar bolorento sugeria que estavam desocupados fazia algum tempo. Talvez os problemas financeiros de Herr Rubenstein tivessem tido uma história muito mais longa do que Mendel havia percebido. Amelia Lydgate examinou sistematicamente cada um dos aposentos, com o rosto enrubescido de alvoroço; Liebermann, porém, sentiu-se meio desapontado. Os cômodos eram pequenos e escuros à luz crepuscular. Ele correu o dedo por um tampo de mesa e examinou a ponta empoeirada.

— O lugar precisará de uma faxina rigorosa, é claro — comentou.

A Srta. Lydgate não respondeu. Em vez disso, correu de um cômodo para outro e finalmente parou no patamar.

— É maravilhoso — disse.

— É?

— Ah, sim — e se virou, apontando para as várias portas. — Aqui será o meu quarto, ali, minha biblioteca, e o cômodo menor nos fundos será meu laboratório.

Liebermann a observou — e teve aguda consciência de sua aparência. Acostumara-se a ver Amelia Lydgate com uma camisola hospitalar simples e sem formas. Agora, ela se havia transformado. Embora usasse apenas um vestido verde despojado, de gola alta, o efeito era notável. O busto e a simetria agradável dos quadris tinham-se evidenciado. O cabelo parecia fogo: um vermelho intenso, ardente. A jovem tinha um ar elegante e sofisticado.

— Informarei imediatamente ao Dr. Landsteiner — disse ela.

Seus olhares se cruzaram e Liebermann desviou o dele.

— Sim — disse, afrouxando um pouco a gravata. — Sim, a senhorita deve retomar seu trabalho o mais rápido possível — e fez uma pequena pausa. Em seguida, acrescentou: — Srta. Lydgate, poderíamos sentar-nos por alguns minutos? Há umas questões de ordem prática que eu gostaria de discutir.

Entraram no quarto dos fundos, onde encontraram uma mesa de tampo dobrável e duas cadeiras não estofadas.

— Srta. Lydgate, quais são seus planos imediatos?

— Será que é possível ficar aqui... esta noite?

— Sim, é claro. Posso escrever o laudo de sua alta quando voltar ao hospital.

— Eu tenho um baú...

— Que poderá buscar quando estiver pronta. Ou então, posso providenciar para que o enviem.

Amelia Lydgate baixou os olhos para as mãos e cruzou-as devagar.

— Vou escrever para Herr Schelling. Ele receberá minha carta com o pedido de demissão amanhã.

— E seus pais?

— Sim, também escreverei para eles. Mas vou poupá-los dos detalhes que possam lhes causar aflição. Eles não precisam saber de tudo.

A Srta. Lydgate levantou a cabeça, e seus olhos frios e metálicos captaram a luz.

— Bem — fez Liebermann, — acho que devo me despedir de Frau Rubenstein e deixar que a senhorita se acomode em sua nova casa.

Os dois ficaram de pé — mas não se mexeram. O momento tornou-se curiosamente incômodo.

— Dr. Liebermann... — disse Amelia Lydgate, com sua habitual continência perturbada por um toque de agitação. — Não tenho palavras para lhe agradecer.

— Não tem de quê — retrucou Liebermann, abanando a cabeça. — Tenho certeza de que Frau Rubenstein apreciará imensamente a sua companhia.

— Não, não é só por isso — e fez um gesto abarcando o quarto. — Frau Rubenstein... — interrompeu-se de novo, antes de acrescentar: — Quero dizer, obrigada por tudo.

Liebermann sorriu, mas, como de praxe, o sorriso não foi retribuído. A expressão da moça continuou intensa.

— É claro que virei... — as palavras dele se extinguiram.

— Me visitar? — completou a governanta, com uma levíssima inflexão de esperança na voz.

— Sim, visitá-la — disse Liebermann, em tom decidido. — Para saber como a senhorita está.

— Eu gostaria muito disso — veio a resposta semi-sussurrada.

63

Victor von Bulow passou as mãos pelos fios curtíssimos e grisalhos do cabelo. O som produzido foi áspero, de atrito. Ao contrário da maioria de seus contemporâneos, o rosto dele quase não tinha pêlos, a não ser por um retângulo bem-aparado de barba no queixo. Seus traços eram finos. O nariz aquilino separava os olhos bem afastados, e as orelhas se afilavam, tornando-se ligeiramente pontudas no alto. Entretanto não havia nada de cômico em suas feições. Na verdade, a severidade dos traços passava a impressão de uma inteligência ágil. Sob muitos aspectos, era um belo rosto: pouco convencional, marcante, singular.

Rheinhardt reparou no corte elegante do terno de Von Bulow, no brilho luzidio das abotoaduras de brilhante.

Ele parece um funcionário da corte, pensou. Imaginou-o num aposento remoto do Palácio Hofburg, instruindo seus acólitos sobre as complexidades herméticas e rebuscadas do protocolo da realeza. A Viena imperial era o paraíso dos pedantes — um lugar em que a importância de uma visita podia ser determinada pela observação do ângulo do chicote de um cocheiro.

Von Bulow fazia Rheinhardt sentir-se malvestido e exageradamente cônscio de sua origem modesta. O inspetor encolheu a pança e empertigou a coluna.

— Bem, Rheinhardt — disse Von Bulow. — Examinei os arquivos e não os achei muito elucidativos. — Ao dizer essas palavras, lançou uma olhadela para o comissário. Brügel, sentado sob o retrato do imperador Francisco José, acenou com a cabeça, num acordo tácito. — Não consegui encontrar a planta — prosseguiu o homem. — Entendo que foi desenhada uma planta baixa, pois não?

Os olhos de Von Bulow tinham o mais aguado dos tons de cinza — quase inteiramente desprovidos de cor.

— Sim — disse Rheinhardt — Meu assistente, Haussmann, deve tê-la feito.

— Então, onde está?

— Não está no dossiê principal?

— Não.

— Nesse caso, deve... deve ter sido... extraviada.

Von Bulow abanou a cabeça.

— Ou então ele se esqueceu.

Rheinhardt percebeu que qualquer outra tentativa de proteger seu assistente seria inútil.

— Se Haussmann foi negligente com os desenhos... foi apenas por estar ocupado com outras coisas. Tivemos um número incomum de testemunhas para interrogar.

— Os assistentes aprendem através do exemplo, Rheinhardt — disse Von Bulow.

— É claro, e é minha opinião que as pessoas são mais importantes do que a posição dos objetos.

— Bem, você tem direito a essa opinião, mas ela contraria a tendência das opiniões especializadas — e Von Bulow olhou mais uma vez para Brügel, antes de prosseguir. — E, já que estamos falando de procedimentos corretos, fiquei surpreso ao deparar com o original do bilhete de Fräulein Löwenstein... num envelope.

— E isso constitui um problema? — indagou Rheinhardt.

— Considerando-se que o bilhete é passível de ser danificado pelo manuseio, uma reprodução fotográfica deveria ter sido feita. E esta poderia ser manuseada à vontade.

— Se eu tivesse feito isso — interrompeu Rheinhardt —, Herr doktor Liebermann nunca teria conseguido fazer sua interpretação do erro de Fräulein Löwenstein. Uma reprodução fotográfica não...

Von Bulow ergueu a mão.

— Se quiser ter a bondade de me deixar concluir. Feita a reprodução fotográfica, o original deveria ter sido prensado entre duas lâminas de vidro, presas com papel gomado nas bordas. Isso permite que ambos os lados do documento sejam vistos e facilita o exame contra a luz.

— Está tudo muito bem, Von Bulow, mas...

— Inspetor! — exclamou Brügel, silenciando Rheinhardt com um olhar ameaçador.

— Receio ser totalmente incapaz de formar uma imagem mental do apartamento de Fräulein Löwenstein — continuou Von Bulow.

— As fotografias não são satisfatórias? — perguntou Rheinhardt.

— Não sem uma planta baixa que indique as dimensões e as distâncias — respondeu o outro. Olhando para Brügel, prosseguiu: — Receio que terei de visitar o apartamento.

— É claro — concordou Brügel. — Rheinhardt, talvez você possa acompanhar o inspetor Von Bulow amanhã, não?

— Seria uma honra — disse Rheinhardt.

Os olhos de Von Bulow elevaram-se num lampejo. Ele encarou Rheinhardt, tentando decifrar a expressão do colega. O inspetor deu um sorriso polido.

Voltando ao caderno de apontamentos, Von Bulow continuou:

— Não consegui encontrar o relatório do médico-legista... Dr. Liebermann?

— O Dr. Liebermann não é médico-legista. É por isso que não redigiu um laudo.

— Então, ele é o quê?

— Um consultor não-oficial — disse Rheinhardt, em tom peremptório.

— Mesmo assim, você poderia ter-se dado ao trabalho de encomendar um laudo.

— Não achei que fosse necessário.

— Bem, é. Como posso chegar a alguma conclusão a respeito do que ele descobriu?

— Tenho certeza de que o gentil doutor consentiria em conceder uma entrevista.

— Tenho certeza de que sim, mas isso não me ajuda neste momento, não é, inspetor?

Durante a hora seguinte, Von Bulow percorreu suas anotações, que invariavelmente destacavam um ou outro desvio das "normas". Enquanto o fazia, a cabeça de Rheinhardt encheu-se de um sibilante vazio, uma sensação de estar oscilando na borda de um precipício profundo e tenebroso. Ele se descobriu contemplando com olhar vago o retrato de Francisco José e sentindo um curioso fascínio pelo uniforme branco de general que o imperador usava e pela faixa cor de vinho que lhe cruzava o peito em diagonal. Numa mesinha ao lado do imperador estava o grande chapéu preto dos marechais-de-campo, com uma pluma grossa de penas verdes de pavão.

— Rheinhardt?

Era a voz de Brügel.

— Quer ter a gentileza de prestar atenção...?

64

— RECEBI SEU BILHETE, mamãe. Está tudo bem?

— Sim, sim, tudo bem. Entre.

Liebermann entrou na sala de estar.

— Onde está Hannah?

— Saiu com uma amiga, disse que queria um chapéu novo. Elas foram dar um passeio na Kärntner Strasse.

Liebermann entregou o casaco ao criado que o acompanhara desde o saguão.

— Quer um chá?

— Não, obrigado.

— Então, sente-se, Maxim — fez ela. Dirigindo-se ao criado, acrescentou: — É só isso, Peter.

— Mamãe... — começou Liebermann, mas hesitou. Já começava a suspeitar de que tinha sido manipulado.

Antes que pudesse prosseguir, Rebecca disse:

— Eu sei, sei exatamente o que você está pensando: por que ela disse que era urgente? Mas, se não dissesse que era urgente, você viria? Não. Você me mandaria um bilhete dizendo que estava muito ocupado no hospital. Estou errada?

Liebermann sentou-se no sofá.

— Não, mãe, não está errada. Mas a verdade é que... *estou* muito ocupado no hospital. Para dizer a verdade... — interrompeu-se. Pensara em contar à mãe sobre Gruner e a demissão iminente, mas mudou rapidamente de idéia. — Ah, não tem importância.

— O que não tem importância?

Liebermann suspirou:

— Por que a senhora queria me ver hoje?

Rebecca sentou-se no sofá ao lado do filho e segurou a mão dele. Fitou-o e seus olhos sorriram de afeição. Mas era também um olhar investigativo, perscrutador. Liebermann achou meio desconcertante a atenção rigorosa da mãe.

— Maxim, eu queria conversar com você... a sós.

— Sobre o quê?

— Clara.

— Muito bem, mamãe. O que você queria dizer?

— Ela é uma bela moça. Muito bonita. E os Weiss... uma ótima família. Você sabe, o pai dela e o seu...

— São amigos há muito tempo — interrompeu Liebermann. — Freqüentaram a escola juntos em Leopoldstadt, e o vovô Weiss ajudou o vovô Liebermann a começar sua primeira empresa. — Dito isso, tapou a boca com a mão e encenou um bocejo teatral.

— Sim, sim, você já ouviu tudo isso, eu sei — disse Rebecca, afagando a mão do filho com o polegar.

— O que há, mamãe?

— Você está... — começou ela, com um sorriso nervoso. — Você tem certeza de que ela é a moça certa? Tem certeza de que ela o fará feliz?

Estranhamente, a frase que Liebermann começara a compor para o professor Gruner voltou-lhe à cabeça: *Professor Gruner, por mais que me agradasse conservar meu cargo neste hospital, não posso agir contra minha consciência...*

Um frio estranho pareceu espalhar-se por seu peito. Liebermann descartou a idéia, irritado com a intromissão.

— Sim — respondeu, com bastante hesitação. — Sim... acho que seremos felizes juntos.

— E você a ama? Ama de verdade?

— É claro — respondeu ele, rindo. — Eu não teria proposto casamento se não a amasse.

No entanto, ao dizer essas palavras, elas lhe pareceram curiosamente leves e etéreas, como se lhes faltasse substância afetiva. Liebermann não sentiu o peso do afeto a lhe apertar o peito.

— Mamãe, não tenho certeza absoluta, como poderia ter? — E se lembrou de Rheinhardt, apaixonado pela mulher: *Meu caro rapaz, é claro que tive dúvidas. Todos têm.* — Não sei que tipo de vida teremos, não tenho bola de cristal. Mas *gosto muito* da Clara e, quando estamos juntos, ela *realmente* me faz feliz. E é muito bonita.

— Isso não dura, posso lhe garantir — retrucou Rebecca, em tom ríspido. — Houve época em que diziam que eu era bonita.

Ela estendeu a mão e prendeu uma mecha de cabelo atrás da orelha do filho, como se ele ainda fosse um bebê. Liebermann franziu o cenho e recuou.

— Então, você tem certeza? — insistiu Rebecca, sorrindo.

— Tanta quanto posso ter, mamãe.

Com isso, ela se levantou e foi até o aparador, do outro lado da sala. Voltou e, sentando-se, entregou ao filho uma caixinha preta.

— Tome — disse.

Liebermann pegou a caixa e a abriu. Dentro, sobre o forro de seda, havia um anel de noivado. Um cacho de pequenos diamantes reluzia em volta de uma safira azul-marinho.

— Foi de minha avó, sua bisavó. Deus sabe como foi que eles o compraram. Imagino que você ande ocupado demais para sair e comprar um novo.

65

A SALA ERA ILUMINADA POR VELAS, a maioria das quais havia queimado até se transformar em cotos bruxuleantes de cera. Uma fileira de narguilés abandonados obscurecia a visão de Záborszky, mas as imagens grotescamente distorcidas de dois senhores desacordados podiam ser vistas através dos cilindros de vidro. Conforme Záborszky mexia a cabeça, seus companheiros inconscientes pareciam se expandir e encolher.

— Meu prezado conde.

Záborszky virou-se. Perto dele estava uma mulher de meia-idade, sobriamente vestida.

— Frau Matejka... — fez ele, pronunciando o nome com escárnio.

— Há um assunto que desejo discutir com o senhor — disse a mulher. Záborszky permaneceu imóvel. — Em particular.

O conde pôs-se de pé, oscilando de leve, e a mulher o alertou:

— Cuidado, senão o senhor cai.

— Eu nunca seria tão indigno.

A cafetina o conduziu por uma passagem estreita até um cômodo dilapidado, que cheirava a umidade. As tábuas do piso eram descobertas e o papel de parede começara a descascar perto do teto; fios escuros de bolor escorriam pelos dois lados da janela de venezianas; um lampião de parafina erguia-se sobre uma secretária surrada e arranhada, em frente à qual havia duas cadeiras toscas.

— Por favor, queira sentar-se.

Záborszky puxou uma cadeira e fez um barulho tão alto, arranhando as tábuas do piso, que feriu seus ouvidos sensíveis. Desabou na cadeira, relaxando o corpo e deixando os braços penderem.

— Bem, o que é? — perguntou.

— Como sabe — disse Frau Matejka —, o senhor é um cliente muito estimado de nosso pequeno estabelecimento...

— Já paguei; paguei tudo a Olga na semana passada.

— Sim, é claro. Eu não estava sugerindo...

— Então, o que é? Vá direto ao assunto.

Frau Matejka parecia uma professora primária do interior. Não usava maquiagem, e o cabelo já meio grisalho era penteado para trás, preso num coque frouxo do qual várias mechas rebeldes haviam escapado. O crucifixo de prata pendurado no pescoço reforçava a impressão geral de um recato de solteirona.

Ela deu um sorriso paciente.

— Gosto de pensar em nossos clientes regulares como amigos. Cavalheiros com quem posso conversar.

— Não posso lhe dar mais dinheiro, Frau Matejka. Não tenho nenhum.

— O que quero discutir não é um assunto financeiro. É uma questão de conduta.

— Conduta? Mas isto aqui é um *bordel*!

A cafetina levou a mão ao lampião de parafina e aumentou o comprimento do pavio. O efeito não foi envaidecedor. As bolsas de pele sob seus olhos ganharam uma aparência escura, e as rugas verticais que raiavam o lábio superior ficaram em nítido relevo.

— As meninas são responsabilidade minha... o senhor percebe isso, não? Sou como uma mãe para elas. Elas me procuram quando estão preocupadas... quando alguma coisa as inquieta.

— E o que tem isso a ver comigo?

— Houve algumas reclamações.

— Reclamações?

— Sim.

— Que reclamações?

— Rudeza. Assim não é possível, caro conde... o senhor anda assustando as meninas.

Záborszky revirou os olhos, com o rosto voltado para o teto.

— Ridículo.

— Amalie me mostrou o pescoço. Ela achou que o senhor ia estrangulá-la.

— Foi o calor do momento... — resmungou Záborszky.

— O senhor sabe — disse Frau Matejka, inclinando-se à frente —, há algumas que se dispõem a satisfazer cavalheiros com hábitos inusitados. Especialistas. Se o senhor quisesse, eu poderia fazer umas indagações. Embora, naturalmente, isso custasse um pouco mais. Digamos, quatro, possivelmente cinco coroas.

— Eu vou...

Záborszky levantou-se e saiu do quarto. Sentia-se mais firme e marchou rapidamente pelo corredor, cruzando o vestíbulo onde seus companheiros ainda dormiam. Numa pequena antecâmara, pegou o sobretudo e a bengala.

Do lado de fora, parou e deixou que o ar frio da noite lhe desanuviasse a cabeça. A porta se abrira diretamente — e discretamente — para uma viela estreita e mal iluminada. Tijolos nus apareciam pelas brechas de uma camada decrépita de reboco. Záborszky começou imediatamente a andar, ao notar uma figura vir do outro extremo do beco em sua direção. O homem avançou — uma silhueta amorfa contra o brilho amarelo e difuso dos lampiões de rua.

Não havia espaço suficiente na viela para que se cruzassem comodamente, e nenhum dos dois cedeu passagem ao se aproximar. O resultado foi darem um tranco com os ombros, com força considerável.

Ainda enfurecido pelo embate com Frau Matejka, Záborszky girou nos calcanhares:

— Olhe para onde anda!

O outro homem parou e se virou. Agora que as luzes da rua o iluminavam, Záborszky pôde ver-lhe o rosto.

— Braun! O que está fazendo aqui?

— O mesmo que você, suponho — disse o rapaz, dando um passo à frente. — Não é um lugar muito enriquecedor em termos espirituais, a casa de Frau Matejka.

Záborszky não disse palavra.

— Sabe — continuou Braun —, sempre desconfiei que seu interesse pelo nosso círculo era superficial.

— O que quer dizer?

— Você nunca se interessou realmente por se comunicar com os mortos, não é?

— Você está bêbado, Braun. Boa noite.

Záborszky virou-se e começou a se afastar. Foi quando sentiu a mão de Braun descer com força sobre seu ombro.

— Não, meu caro conde. Acho que você deve ficar e conversar um pouco.

Záborszky permaneceu absolutamente imóvel.

— Era tudo tapeação, você sabe... ela não era autêntica. E acho que você sabia disso.

— Tire sua mão.

— Então, por que continuou a ir, semana após semana? Era você?

— Do que está falando?

— Você a *possuiu*, foi?

— Retire sua mão — repetiu Záborszky.

— Ela sempre se impressionou com janotices e promessas.

— Não tornarei a lhe pedir.

— Eram seus filhos? Os que ela estava carregando? *Eram*?

Záborszky puxou o cabo da bengala, uma cabeça dourada de jaguar. Houve um som áspero e o brilho da luz incidindo sobre o metal. Braun deu um pulo para trás, segurando a mão e apertando o corte profundo, que já sangrava profusamente.

— Torne a esgotar minha paciência, garoto, e cortarei seu pescoço, não apenas sua mão.

Záborszky encaixou a espada de lâmina fina em sua bainha pouco convencional e fez pressão. Braun ouviu um estalo delicado — a trava de um mecanismo. Sem virar o rosto para encará-lo, Záborszky recomeçou a andar. Quando chegou ao final da viela, Braun teve a impressão de que o conde não dobrara à esquerda nem à direita, mas simplesmente se dissolvera na noite.

Parte Cinco

A Câmera de Bolso Kozy

66

HAUSSMANN ESTAVA FICANDO SEM FÔLEGO. Von Bulow parecia andar mais depressa do que a maioria das pessoas era capaz de correr.

— O que você achou quando entrou no aposento pela primeira vez?

— Achei que era suicídio, senhor. Com o bilhete na mesa, e tudo mais.

— Sim, o bilhete. Estive lendo o relatório de Rheinhardt. Ele consultou aquele médico... como é o nome dele?

— Liebermann, senhor. — A precipitada saída dos dois do serviço de segurança ainda fazia Haussmann sentir-se contrafeito. — O senhor não acha que deveríamos ter esperado um pouco mais pelo inspetor Rheinhardt? — indagou.

— Não, ele estava atrasado.

— Ele costuma ser muito pontual, senhor.

— Bem, hoje não foi, Haussmann. Se o inspetor Rheinhardt optou por se dedicar a uma toalete demorada esta manhã, é problema dele. Tenho trabalho a fazer. Ele é judeu, não?

— Como, senhor?

— Liebermann; ele é judeu?

— Presumo que sim.

— Não sabe dizer?

— Bem, eu...

— Deixe para lá. Ele, esse Liebermann, depreendeu que ela estava grávida a partir de um erro no bilhete. O que achou disso, Haussmann?

— Muito arguto.

— Ou terá sido um golpe de sorte?

— Ele *estava* certo, senhor.

— Você o conhece?

— Não muito bem, mas ele ajudou o inspetor Rheinhardt em algumas ocasiões.

— Como é ele?

— Agradável... inteligente.

— Confiável?

— Sim, ao que eu saiba.

Um ônibus passou com estardalhaço e Von Bulow elevou a voz:

— Ele é seguidor de Sigmund Freud, creio eu.

— De quem?

— Um professor judeu. Não tenho certeza de que seus princípios, sua psicologia, possam ser prontamente aplicados à população em geral.

— Perfeitamente, inspetor — disse Haussmann, sem se virar para estabelecer contato visual. Von Bulow acelerou ainda mais o passo.

— A porta estava trancada por dentro.

— Sim, senhor.

— E não havia nenhum esconderijo, lugares em que um homem pudesse ocultar-se enquanto vocês estavam no apartamento?

— Não, senhor.

— Você verificou?

— Não na hora. Mas depois verifiquei, senhor, e nenhum lugar foi encontrado.

— Quão minuciosa foi essa busca?

— Todas as tábuas do piso estavam presas. Não havia compartimentos atrás das estantes. Nem espaço suficiente na chaminé.

— E você estava presente quando esse exame ocorreu?

— Sim, senhor. Com o inspetor Rheinhardt e os policiais Wundt, Raff e Wengraf. Além disso, senhor...

— O quê?

— A caixa japonesa. Ninguém poderia ter trancado a caixa japonesa por dentro.

— Portanto, foi um demônio, não é?

Pela primeira vez, Haussmann se permitiu sorrir.

— Não, senhor. Mas, dada a nossa incapacidade de encontrar uma explicação alternativa, bem poderia ter sido.

— Sem dúvida.

— Inspetor, o Café Zilbergeld — disse Haussmann, apontando para o outro lado da rua. — A empregada, Rosa Sucher, foi ali que ela esteve antes de ir à Grosse Sperlgasse.

Von Bulow assentiu com a cabeça.

Quando chegaram ao prédio de Fräulein Löwenstein, Von Bulow parou e inspecionou a praça.

Algumas mesas do mercado tinham ficado do lado de fora, e havia toldos soltos agitando-se à brisa leve. Os edifícios ao redor eram relativamente grandes, alguns com até seis andares, e pintados em cores vivas — laranja, amarelo, verde-limão e rosa. A impressão geral, no entanto, não era de alegria, e sim de dilapidação. Os prédios tinham perdido seu brilho festivo sob uma camada de fuligem.

Von Bulow abanou a cabeça, com visível repugnância, abriu a porta com um empurrão e entrou no saguão encardido do térreo.

— O pátio fica ali adiante, senhor — disse Haussmann, apontando.

— O cômodo em que ela foi encontrada dá para o pátio?

— Não, senhor; para uma travessa.

— Nesse caso, eu o examinarei depois. Primeiro, vamos ver o apartamento.

— Por aqui, senhor.

Começaram a subir a escada estreita em espiral.

— Quem mais mora aqui?

— Os apartamentos do primeiro e segundo andares estão vazios... o senhorio está mandando reformá-los. O térreo é ocupado pela família Zucker.

— Não li nada sobre eles na papelada.

— Herr Zucker é cego. Sua senhora trabalha numa loja, cuidando da correspondência.

— Mesmo assim, Rheinhardt deveria ter anotado os detalhes referentes a eles.

Os dois chegaram ao alto da escada e Haussmann parou abruptamente. Havia duas coisas encostadas na porta de Charlotte Löwenstein. A primeira era um ramo ressequido de flores mortas. A segunda, um embrulhinho. Haussmann avançou devagar e, ao chegar à porta, agachou-se. Remexeu nas hastes escuras e emaranhadas das flores, afastando-as; uma corola murcha de pétalas secas soltou-se e rolou pelos azulejos lascados.

— Não há nenhum cartão — comentou, baixinho. Depois, apanhando o embrulho, entregou-o a Von Bulow. — Está endereçado a Fräulein Löwenstein.

O inspetor arrebentou o barbante e desdobrou o papel endurecido, expondo uma caixa plana. Abriu-a com cuidado. Dentro havia uma pilha de fotografias. A primeira mostrava uma mulher muito atraente, sentada a uma mesa de café. Usava um chapéu em estilo turbante, decorado com um ramalhete de flores, e um elegante vestido branco. Um homem de meia-idade sentava-se diante dela — inclinado para a frente e segurando a mão da jovem.

Von Bulow vasculhou o restante da pilha.

Todas as fotografias retratavam o mesmo cenário, e não eram da melhor qualidade; uma estava particularmente borrada. Mostrava o homem levando a mão da mulher aos lábios. O braço dela, em movimento, deixara uma trilha vaporosa — como a manga solta de um vestido semitransparente.

Haussmann levantou-se e Von Bulow lhe entregou as fotografias.

— Sei quem é a mulher, é claro — disse. — Mas quem é o homem? Você o reconhece?

— Sim — fez Haussmann. — Sim, reconheço.

67

Foi mais por acaso do que de propósito que Liebermann se descobriu andando pela Wieblinger Strasse. O professor Freud tivera toda razão. Aquele era claramente o lugar para ir quando se desejava comprar antiguidades. Liebermann examinou as diversas vitrines e tentou munir-se de algum entusiasmo pelas peças exibidas. Mas continuou indiferente. Era difícil discernir entre antiguidades verdadeiras e quinquilharias sem valor — entre Biedermeier e lixo. Os bronzes, porcelanas, filigranas e tapeçarias fizeram-no ansiar pelas linhas simples e pela geometria contida, pelos espaços amplos e polidos dos interiores modernos.

Fazia algum tempo que não lavavam a vitrine que ele estava contemplando e, na altura dos olhos, um artigo amarrotado do *Neue Freie Presse* fora colado pelo outro lado do vidro. As letras estavam desbotadas e o papel, amarelado e rachado. Mesmo assim, Liebermann ainda conseguiu decifrar o conteúdo: uma reportagem sobre as descobertas de uma expedição arqueológica britânica à ilha de Creta, no mar Egeu.

Entre as peças de prata manchadas, os vasos lascados e as tigelas de cobre — embotados pelo azinhavre —, a atenção do médico foi atraída por duas pequenas estatuetas egípcias: a de um abutre e a de um corpo humano com cabeça de falcão. A segunda o fez lembrar um pouco da estatueta de Seth encontrada na caixa japonesa de Fräulein Löwenstein.

Por que não?, pensou. *Que mal haveria em fazer umas sondagens?*

Abriu a porta. No entanto não foi saudado pelo proprietário, e sim pelo esvoaçar gárrulo e agitado de um mainá. Pendurada no braço erguido de uma Afrodite desgastada pelo tempo havia uma gaiola de bambu, cujo ocupante, negro como a noite, chalreou num falsete estrídulo: "Coisas bonitas, coisas bonitas." Ao lado do pássaro havia uma grande cadeira de vime provida de toldo, na qual se aninhava um ancião enrugado, acomodado como um búzio em sua concha. Usava um barrete marroquino e tinha um cobertor de lã xadrez a lhe cobrir as pernas. Tufos de cabelo encanecido brotavam acima de suas orelhas, e a barba comprida e pontuda tinha listras de restos de cor — castanho-claro e bege. O velho dormia a sono solto, e nem a campainha nem o pássaro conseguiram acordá-lo. Liebermann notou que o cachimbo dele havia caído no chão. Andou pé ante pé pelo espaço atravancado da loja, apanhou-o e o depositou gentilmente no colo do ancião.

Estava insuportavelmente quente e abafado. Atrás da Afrodite, uma grande estufa irradiava calor.

Liebermann correu os olhos pelo lugar. A loja era um estranho empório — uma coleção fortuita de trastes velhos e tesouros antigos. Em meio às cadeiras surradas, às cortinas vetustas, às molduras de retratos e às pratarias, havia peças que pareciam antiguidades genuínas. Liebermann inclinou-se para examinar uma ânfora grega de terracota, decorada com uma tosca figura alada. Uma etiqueta pendurada no gargalo e escrita com tinta marrom dizia: *Período clássico, 20 coroas*. Ao lado da ânfora havia uma esfinge. Suas feições estavam quase lisas pelo desgaste, mas a postura era resoluta — a esfinge sentava-se solidamente sobre os quartos traseiros e olhava para a frente. A etiqueta declarava que ela era de origem italiana. Não havia preço.

Liebermann apanhou a esfinge e se recordou de suas primas gigantescas nos jardins do Belvedere.

— Coisas bonitas... coisas bonitas.

Era lá que eles sempre tinham ido. No começo, ele havia acompanhado as duas irmãs, mas, por fim, Clara tivera permissão para ir sozinha com ele, sem Rachel. Herr Weiss não havia manifestado nenhuma objeção. Por que o faria? Todos confiavam em Max... Quantas vezes ele e Clara haviam passeado por aqueles jardins? Numa delas, a jovem havia insistido em tocar na cabeça de todas as esfinges.

Liebermann sempre havia ansiado pela companhia dela — seu riso, sua tagarelice interminável, suas observações travessas. Adorava sua maneira de se vestir, muito meticulosa, muito cuidadosa com a combinação de todas as cores. Sentia-se cativado pelo amendoado sutil dos olhos dela, por seus lábios convidativos, seu sorriso. Aquela era a *sua* Clara. No entanto alguma coisa tinha mudado. Ele não se sentia como deveria sentir-se.

— Coisas bonitas... coisas bonitas.

Repôs a esfinge no chão.

— A esfinge vale pelo menos oitenta coroas. Mas eu o deixaria levá-la por trinta.

Liebermann esperou ardentemente que não fosse o mainá que lhe dirigia a palavra, mas não pôde ter certeza absoluta. As palavras tinham sido proferidas numa voz igualmente esganiçada. Ergueu o corpo e se virou.

Os olhos do velho estavam abertos e cintilavam com um brilho incomum.

— Boa tarde, senhor — disse Liebermann.

O ancião retribuiu o cumprimento levantando o cachimbo. Depois, virando-se para o pássaro, gritou:

— Giacomo, seu patife!

O pássaro chalreou e alisou as penas com o bico.

Liebermann aproximou-se.

— Todas as antiguidades são autênticas?

— Autênticas? É claro que são autênticas — afirmou o velho, com seu esganiçar lamuriento. — Romanas, etruscas, persas, gregas, egípcias... o senhor não conseguiria encontrar uma seleção melhor, nem mesmo em Paris! Nem mesmo em Londres!

— Eu gostaria de saber se o senhor poderia me ajudar. Estou tentando rastrear uma certa peça, que talvez o senhor tenha vendido.

— Que tipo de peça?

— Uma estatueta egípcia, mais ou menos deste tamanho — e indicou o tamanho com as mãos. — Uma representação do deus Seth.

O velho inclinou-se à frente sob seu toldo de vime.

— Venha, chegue mais perto — disse, fazendo sinal com um dedo encarquilhado.

Liebermann deu um passo à frente. O ancião o fitou, apertando os olhos.

— Seth... para que o senhor o quer, hein?

— Para um amigo, um colecionador.

— Um conselho — disse o ancião. — Deixe seu amigo encontrar Seth sozinho...

— Por quê?

— Porque quem o procura geralmente o acha.

Havia algo muito assustador na fala do ancião. Uma certa autoridade, a despeito de sua aparência excêntrica, que era de arrepiar os cabelos.

— O que o senhor quer dizer? — indagou o médico.

Mas o velho não respondeu. Estalou os lábios, fechou os olhos e tornou a afundar na cadeira. Parecia haver cochilado de novo e resmungava consigo mesmo, baixinho:

— A encosta da montanha... coberta de moitas... e árvores frutíferas silvestres. Fazia onze horas que eu estava cavalgando. Tinham dito que a distância era de nove *farsakhs*, mas era mais, eu lhe garanto, muito mais. Sob uma das moitas havia um lobo morto. A estrada era quase intransitável... xisto escorregadio, um declive rochoso... mas cheguei ao topo: o desfiladeiro de Muk. Segui um riacho... desci até a garganta de Zanjiran, estreita, entre dois penhascos: um lugar famoso pelos ladrões...

— Já chega, papai, chega!

De trás de um biombo nos fundos da loja veio um gorducho de meia-idade, que usava um terno apertado. Dirigiu-se imediatamente ao sonolento contador de histórias e ajeitou seu cobertor, dizendo:

— Francamente, papai, não posso deixá-lo nem cinco minutos sozinho.

Tirou o cachimbo do ancião e o substituiu por um prato de salsichão com chucrute. Erguendo os olhos para Liebermann, disse:

— Desculpe, estarei com o senhor num minuto. — E virou-se novamente para o pai: — Quantas vezes eu já lhe disse: quando chegar alguém, peça para esperar. As pessoas não estão interessadas nas suas bobagens.

O velho abriu os olhos, pegou o garfo e espetou uma fatia de salsichão.

— Boa tarde, senhor — disse o proprietário, clicando os calcanhares. — Meu nome é Herr Reitlinger, Adolph Reitlinger. Em que posso servi-lo?

— Estou tentando localizar uma estatueta egípcia, uma pequena efígie do deus Seth. Pergunto-me se o senhor a teria vendido... — e Liebermann deixou a frase no ar.

Herr Reitlinger pensou por um instante.

— Seth, o senhor disse?

— O deus das tormentas, menino, o deus do caos! — disse o ancião, elevando a voz.

— Já chega, papai! — exclamou Herr Reitlinger.

— Coisas bonitas — disse o mainá.

— Não, acho que essa não foi uma de nossas aquisições — continuou Herr Reitlinger —, mas deixe-me mostrar-lhe isto...

O dono da loja estendeu a mão para uma prateleira e entregou a Liebermann uma pequena estátua de bronze de um homem caminhando.

— Amon-Rá, em forma humana. Período tardio, possivelmente 700 a.C. O senhor há de concordar que é uma peça encantadora. Observe os detalhes.

Liebermann girou a estatueta nas mãos e murmurou para Reitlinger:

— De que seu pai estava falando: as montanhas, o desfiladeiro...?

— Ele viajou muito, quando era mais moço — disse Reitlinger, e fez um gesto de agitação perto do ouvido: — Agora fica tudo misturado.

Liebermann devolveu-lhe a estatueta de bronze.

— Decerto é uma peça encantadora, mas não é realmente o que estou procurando. Boa tarde.

O ancião, seu filho e o pássaro ficaram olhando em silêncio, enquanto Liebermann se retirava.

68

O PAPEL DE PAREDE ESTAMPADO em relevo, as cortinas vermelhas pesadas e os pisos encerados de ébano da sala de estar dos Schelling combinavam-se na criação de uma atmosfera opressiva. Até os pratos cinzelados de prata, pendurados de ambos os lados de um espelho Biedermeier dourado, pareciam foscos e cheios de pátina: grandes discos prata-esverdeados, que mais absorviam do que refletiam a pálida luz do sol.

Beatrice Schelling estava sentada junto a um abajur, bordando o nome de Adele numa colcha. Embora essa devesse ser uma tarefa relaxante, a velocidade com que ela executava o bordado sugeria urgência. Beatrice tinha os lábios comprimidos e o sobrolho profundamente carregado. Fazia algum tempo que estava ali, e o motivo frondoso em que trabalhava fora quase concluído.

Marie, sua irmã mais nova, tinha levado Edward e Adele à Demel (a confeitaria imperial e da nobreza) para um lanche. Beatrice insistira em que Marie vigiasse com rigor a quantidade de chocolate consumida pelas crianças. Na última vez em que tinham visitado a Demel, Edward voltara com dor de estômago e acabara passando mal. Tinha comido quatro bustos de pralina que retratavam o imperador.

A cabeça de Beatrice esvaziou-se ao som dos passos lentos e pesados do marido no corredor. As portas se abriram e Schelling entrou. Vestia um paletó de seda dourada, de uso caseiro, e um cachecol azul vivo. Numa das mãos estava o coto de um charuto e, na outra, uma folha de papel.

— Beatrice, recebi uma carta de Amelia.

— Ela está bem?

— Saiu do hospital.

— Fugiu? — fez Beatrice, com um toque estridente de alarme na voz.

— Não. Recebeu alta, com a aprovação do médico.

— Então, onde está? Devemos buscá-la?

— Ela não voltará.

O rosto de Beatrice animou-se com uma série de expressões contraditórias, que oscilavam entre a esperança e a angústia.

— Diz que arranjou outro emprego — acrescentou Schelling. Aproximou-se devagar e, baixando os olhos, comentou, distraído: — Você está bordando outra vez.

— Sim... Para onde ela foi?

— Não sei. É um endereço em Alsegrund.

— Mas como é que ela pôde...?

— Não faço idéia.

— Que ingratidão!

— Terrível. Absolutamente terrível.

Schelling estendeu a mão para o interruptor do abajur.

— Você precisa acender a luz, querida. Caso contrário, forçará a vista e ficará com dor de cabeça.

Depois, dirigindo-se à lareira, tragou o charuto e jogou a guimba nos carvões apagados.

— Ela pediu que seus livros sejam enviados, e também que se tome um cuidado especial com seu microscópio. Nem mencionou as roupas.

— Mandarei Vilma e Alfred embalá-las.

— Sim, é claro.

Beatrice futucou nervosamente o bordado. Sem levantar os olhos, perguntou:

— O que disse Amelia... sobre...? — e sua voz falhou. — Quais foram seus motivos?

Schelling deu um passo à frente e ofereceu a carta à mulher. Beatrice sacudiu a cabeça com exagerado vigor. Era como se ele lhe houvesse oferecido veneno.

— Ela não deu nenhuma razão — respondeu Schelling. Depois, dobrando a carta e guardando-a no bolso do paletó, acrescentou: — Preciso escrever à mãe dela.

— Sim — concordou Beatrice, agitando-se. — Esta noite, caso contrário, ela pode...

— Minha cara — interrompeu o marido. — Você se cansou demais com as crianças. Está exausta, não se aflija.

Beatrice começara a respirar mais depressa e tinha as faces acaloradas.

— A moça estava muito mal — continuou Schelling, em tom melífluo. — Desde o começo. O que quer que a pobre Amelia diga será prontamente reconhecido como fantasia. Delírio. Será muito aflitivo para Greta e Samuel... sinto pena deles. Estou certo de que os médicos tentaram o melhor que podiam, mas como é inevitável... — Abanando a cabeça, começou a se encaminhar para a porta, concluindo: — Só podem ir até certo ponto.

Súbito, Beatrice estendeu a mão e segurou o braço do marido. Foi um gesto inesperado, e a compostura ensaiada de Schelling perturbou-se momentaneamente. Surgiu um tique nervoso sob seu olho direito — a pele rubicunda e pesada eletrizou-se repentinamente, ganhando vida. Embora a mão de sua mulher estivesse trêmula, o aperto era surpreendentemente firme.

— Agora, chega — disse ela, agarrando a manga com mais força e falando com intensidade ofegante. — Esta tem que ser a última vez. Não posso... é... nós temos...

Aos poucos, Schelling foi tirando o braço. A mão da mulher demorou-se, mas finalmente soltou a manga do paletó.

— Continue seu bordado — disse ele, baixinho. — Está muito bonito. Você é muito habilidosa.

E seguiu seu caminho.

Beatrice ouviu as portas do corredor abrirem e fecharem. Mordendo o lábio inferior, retomou o bordado, os dedos trabalhando com furiosa destreza.

69

A VITRINE DA LOJA CONTINHA UMA EXPOSIÇÃO de retratos de família em níveis superpostos: maridos e mulheres, mães e filhas, pais e filhos. Recém-casados fitando-se nos olhos e crianças — em calções com suspensórios e aventais rústicos — posando contra uma tela pintada com colinas onduladas e montanhas distantes. O patamar superior, no entanto, era decorado com cantores famosos — um Valhalla de príncipes guerreiros e valquírias, tenores vibrando lanças e sopranos de busto farto, que fitavam, para além dos limites das molduras, deuses a se banquetear e fogueiras apocalípticas. E, em meio a essa companhia heróica, uma grande fotografia do prefeito: um homem garboso, de chapéu de feltro branco de copa amassada, apoiado numa bengala e cercado por um círculo de admiradores.

Von Bulow leu o cartaz pregado na porta. O Clube da Câmera estava expondo as paisagens de Herr Heinrich Kühn (sob cujo nome lia-se a legenda "Inventor do método de impressão com placas múltiplas de borracha").

— Uma exposição de fotografias — disse Von Bulow. — O que virá depois disso?

Haussmann julgou melhor não externar nenhuma opinião.

Von Bulow abriu a porta e uma sineta tocou.

A loja era uma floresta de tripés. A maioria estava vazia, mas vários deles sustentavam máquinas fotográficas: grandes caixas de madeira com longos foles dobráveis de couro. Uma vitrine baixa de vidro estava repleta de lentes cilíndricas, todas rotuladas com números matemáticos e uma etiqueta de preço. O ar estava carregado de um odor desagradável, que Von Bulow julgou impossível identificar. Parecia uma mescla de cera de assoalho com queijo.

Uma cortina atrás do balcão abriu-se e dela emergiu um homenzinho em mangas de camisa, secando as mãos numa toalha. O cabelo emplastrado de gomalina e a barba e bigode bem-aparados faziam-no parecer parisiense.

— Bom dia, senhores — disse ele, agitando a toalha no ar para dissipar a densa nuvem de fumaça que o acompanhou. — Peço mil desculpas: estava experimentando uma nova receita de pó para o flash.

— Herr Joly? — perguntou Von Bulow.

— Sim.

— Fritz Joly?

— Sim.

— Meu nome é Von Bulow, inspetor Von Bulow, e este é meu colega, Haussmann.

Herr Joly olhou de um policial para outro e o intervalo entre suas sobrancelhas estreitou-se.

— Em que posso ser útil?

Von Bulow pôs o embrulho no balcão e tirou o papel.

— O senhor reconhece isto?

Joly abriu a caixa e se sobressaltou ao ver a primeira imagem. Depois, levantando a cabeça, olhou com ar intrigado para o homem que o interrogava. Não encontrou consolo nos olhos inexpressivos e acromáticos de Von Bulow.

— Sim — respondeu, hesitante.

— Havia um cartão seu na caixa — continuou o inspetor. — O senhor sabe quem é ela, essa mulher?

— Sim. Chama-se Löwenstein... — Joly tirou as fotografias da caixa e passou os olhos sobre as imagens. Um sorriso pensativo abrandou sua expressão ansiosa. — Não é um rosto fácil de esquecer, inspetor.

— O senhor tirou as fotos?

— Há um mês, talvez mais. Há algum problema? Ela fez algo errado?

Herr Joly repôs as fotografias na caixa e tornou a procurar uma pista no olhar de Von Bulow. O inspetor não disse nada. Desconcertado com o silêncio, Joly acrescentou:

— Ela me pagou adiantado, mas nunca voltou para buscá-las. Meu assistente as levou de bicicleta ao apartamento da moça: um endereço em Leopoldstadt, creio.

— São um tanto inusitadas — comentou Von Bulow. — Diferentes dos retratos da vitrine.

— Realmente. Creio que o cavalheiro é noivo de Fräulein Löwenstein. Ao que parece, detesta que tirem fotografias suas. Ela queria um retrato dos dois, juntos, mas insistiu em que a fotografia fosse tirada sem o conhecimento dele. Um instantâneo, digamos.

Von Bulow virou a caixa e examinou a primeira imagem.

— Como é que o senhor poderia tirar essas fotografias sem ele saber? Por certo ele o veria montando o tripé, não?

Herr Joly sorriu.

— Ah, não. Não usei uma daquelas — e apontou para uma das grandes caixas de madeira. — Usei uma destas.

Abriu uma gaveta atrás do balcão e dela tirou um pequeno objeto retangular, revestido de couro preto.

— Que é isso?

— Uma máquina fotográfica — disse Joly, a voz se iluminando com ar divertido.

Von Bulow e Haussmann obviamente não se convenceram.

— Chama-se Pocket Kozy.

— É inglesa?

— Não. Norte-americana. Eles estão ficando admiravelmente bons na produção de coisas, os norte-americanos. Ela se abre como um livro, estão vendo?

Herr Joly afastou as capas e, onde Von Bulow esperaria ver páginas, surgiram foles de couro vermelho.

— Aqui fica a lente convexo-côncava, e o obturador de uma só velocidade localiza-se aqui, na lombada — e Herr Joly apontou para um pequeno orifício. — Mas ela é muito rápida, mais ou menos instantânea. Esta já tem alguns anos, mas creio que eles vêm desenvolvendo modelos ainda menores. A Kozy pode bater dezoito exposições por rolo de filme, o que produz fotografias com três polegadas e meia. Ela funciona melhor em condições em que...

— Sei, sei — interrompeu Von Bulow, em voz alta. — Tudo isso é muito interessante, Herr Joly. Onde foram tiradas?

— Na parte externa de um pequeno café no Prater — disse Joly, agora com a voz neutra. — Não me lembro qual deles. Fräulein Löwenstein me disse quando ela e o noivo se encontrariam, e fiquei sentado na mesa ao lado, depois de eles chegarem. Veja só, pareço estar simplesmente lendo um livro...

Herr Joly levantou a câmera e olhou para os foles abertos. Depois, erguendo os olhos, espiou por cima das capas de couro.

— O senhor se recorda de como eles se cumprimentaram? — perguntou Von Bulow.

Joly fechou a máquina e a pôs no balcão com grande cuidado.

— Como assim?

— Eles se beijaram?

— Hmmm... não, creio que não. Mas não tenho certeza, porque já faz algum tempo. Qual é a importância disso? Por que a polícia está envolvida?

Von Bulow encarou o fotógrafo de aparência avícola com um olhar desdenhoso.

— O senhor lê jornais, Herr Joly?

— Sim. O *Tagblatt*, o *Zeitung*... Por quê?

— Nesse caso, talvez não os leia com muito rigor.

O homenzinho deu de ombros.

— Herr Joly, Fräulein Löwenstein não veio buscar pessoalmente essas fotografias pela simples razão de que está morta. Assassinada, imagino que por nosso amigo aqui.

Von Bulow deixou o dedo cair sobre a pequena pilha de fotos. Enquanto pressionava a imagem do cavalheiro, seus lábios se separaram, formando um sorriso largo e predatório.

70

Embora os aposentos de Amelia Lydgate ainda fossem bastante desoladores, haviam começado a surgir alguns sinais de ocupação. Um fogo modesto crepitava na lareira, flores frescas tinham sido colocadas num antigo vaso azul, e havia algumas gravuras a meia-tinta penduradas nas paredes. A primeira delas mostrava o Real Observatório de Greenwich, a segunda, a catedral de St. Paul, no centro de Londres, e a terceira, gado pastando junto a um círculo de árvores, num lugar chamado Hampstead.

Acima da lareira, uma parede de enciclopédias que parecia uma fortaleza dominava a cornija, e havia uma miscelânea de livros empilhados e espalhados pelo chão. No patamar, um baú aberto mostrava que a Srta. Lydgate ainda não tinha terminado de desembalar sua biblioteca. Antes de embarcar para Viena, era claro que ela já havia tomado a decisão de sacrificar seu guarda-roupa, em troca da companhia de vários autores gregos e latinos.

Enquanto inspecionava as posses de Amelia Lydgate, Liebermann sentia-se nitidamente desconcertado. Não havia nada de irregular em sua presença, nada de impróprio. Era costumeiro e até de se esperar que os médicos visitassem seus pacientes, após a conclusão exitosa do tratamento. Entretanto ele não tinha optado por fazer essa consulta domiciliar por dever, e sim por curiosidade. Queria saber mais sobre a ex-governanta e tinha consciência de sua motivação suspeita. Pelos padrões convencionais, ela era uma mulher extremamente inusitada. O ministro Schelling tivera razão: Amelia Lydgate era anormal, mas sua anormalidade despertava fascínio em Liebermann, não repulsa.

Do lado de fora, os degraus rangeram com a subida dela, enquanto a louça do chá chocalhava na bandeja. Depois de fazer um estudo subreptício das meias-tintas, Liebermann voltou em culpa para seu lugar à mesa.

A Srta. Lydgate apareceu à porta e o médico se levantou de imediato, com a intenção de ajudá-la. Mas Amelia se opôs. Ele era seu convidado, insistiu.

Enquanto servia o chá, ela falou livremente sobre seus projetos domésticos. Perguntou onde poderia comprar uma estante para os livros e ponderou sobre a viabilidade de subir com uma bancada de laboratório pelas escadas, sem danificar o corrimão. Por fim, manifestou a esperança de que Frau Rubenstein não fizesse objeção a que ela modificasse as bocas de gás, a fim de alimentar um bico de Bunsen.

Como de hábito, Amelia Lydgate manteve uma certa reserva britânica. Mas, com o correr da tarde, Liebermann constatou que sua formalidade, sua postura ereta, sua linguagem exata e sua atenção impecável às boas maneiras menos se pareciam com frieza e do que com a encarnação de um encanto ímpar.

Ele teve sua atenção despertada por vários volumes sem identificação sobre a mesa. As lombadas estavam em branco e o papel amarelecido tinha manchas marrons.

— Esses são...?

Antes que pudesse concluir a pergunta, a Srta. Lydgate confirmou sua suspeita.

— Sim, são os diários de meu avô. Ou, pelo menos, alguns deles. Por favor, fique à vontade para examiná-los.

Liebermann sentiu-se privilegiado. Fez um gesto para a louça do chá.

— Eu não poderia... talvez eu...

— Dr. Liebermann, os diários do meu avô sobreviveram a dois incêndios, a algumas inundações do Tâmisa e ao abandono num sótão infestado de ratos, durante quase trinta anos. Posso garantir-lhe que são suficientemente robustos para suportar uma mancha de chá, se porventura o senhor entornar acidentalmente sua xícara.

Liebermann sorriu e pegou o primeiro volume. Era encadernado no que ele presumiu ter sido, um dia, um imaculado couro preto, mas que agora estava muito desbotado, rachado e arranhado. Apesar da confiança da Srta. Lydgate na constituição robusta do livro, sentiu-se obrigado a tratar o diário com extremo cuidado. Ao abrir a primeira página, deu-se conta de uma fragrância sutil — uma curiosa combinação de perfume e bolor, como se a deterioração houvesse imbuído o papel de uma certa doçura. A primeira página estava em branco, mas a segunda trazia escrito o nome do autor em grandes maiúsculas góticas: *Buchbinder.*

Todas as páginas subseqüentes eram carregadas de texto manuscrito e, vez por outra, ilustradas com desenhos muito delicados, feitos a bico-de-pena. Quase todos eram ilustrações de lâminas usadas no microscópio. O efeito geral sugeria o funcionamento de uma mente meticulosa e uma rigorosa atenção aos detalhes.

— Esse volume — disse Amelia Lydgate — contém os textos de meu avô sobre as experiências de transfusão da Royal Society. Também contém registros das próprias pesquisas dele sobre a natureza do sangue. É o sexto volume dos diários de meu avô, embora eu o veja, mais simplesmente, como o "livro do sangue".

Liebermann fez algumas perguntas à jovem governanta sobre a finalidade dos experimentos de transfusão: por exemplo, que doenças se acreditava que as transfusões curassem?

— O principal interesse dos especialistas era a terapia da mente, e não o tratamento do corpo.

— Que interessante!

A Srta. Lydgate hesitou, parecendo não saber ao certo se devia ou não prosseguir.

— Por favor, continue — disse Liebermann, fechando o diário.

— Eles acreditavam que havia uma relação entre o sangue e o caráter, uma idéia que remonta à era clássica, é claro. Por isso, especularam que a troca do sangue poderia curar a loucura.

— E testaram essa hipótese?

— Na verdade, meu avô detalhou as circunstâncias e o método do primeiro de todos os experimentos. O sujeito experimental foi um louco chamado Coga. Utilizando um aparelho feito de tubos e penas ocas, os médicos da Royal Society conseguiram transfundir cerca de dez onças líquidas de sangue de ovelha para o corpo de Coga.

— Sangue de ovelha?

Liebermann sentiu vontade de rir, mas conteve o impulso. A expressão de Amelia Lydgate era absolutamente séria.

— Exato. A ovelha é um animal conhecido por sua natureza dócil e tímida. Só posso presumir que os estudiosos acreditassem que isso apaziguaria o perturbado Coga.

— E a operação teve êxito?

— Sim. A loucura de Coga foi curada e, a partir de então, dizem que ele se tornou um homem mais sensato e tranqüilo. Também recebeu um honorário de um guinéu. Gostaria de mais uma xícara de chá, Herr doktor?

— Não, obrigado — respondeu Liebermann. — Isso é extraordinário. Eu me pergunto se Coga não terá sofrido nenhuma conseqüência nociva.

— Talvez a transfusão não tenha sido tão bem-sucedida quanto acreditaram os estudiosos. Talvez a quantidade de sangue de ovelha tenha sido pequena demais para causar danos significativos.

— Nesse caso, é provável que o benefício tenha sido psicológico.

— Exatamente.

— Os estudiosos levaram adiante esses experimentos?

— Sim, com pacientes animais e humanos. Mas meu avô escreveu que eles acabaram sendo suspensos, por causa dos óbitos.

— Não me surpreende.

— Ainda assim, Dr. Liebermann, eles tiveram sucesso em seus esforços com a mesma freqüência que qualquer médico contemporâneo. A transfusão ainda é extremamente perigosa, e só é tentada pelos cirurgiões de maior iniciativa... ou mais imprudentes, diriam alguns. O procedimento mata tantas pessoas quanto as que salva. Durante muitos anos, os especialistas especularam sobre a incoerência dos resultados, e foram propostas muitas teorias à guisa de explicação. Porém a mais convincente diz respeito a diferenças nos tipos sangüíneos e a seus graus variáveis de compatibilidade. Antigamente, o maior obstáculo ao progresso era a identificação. Como proceder para identificar tipos sangüíneos diferentes? O grande cirurgião Theodore Billroth formulou essa pergunta bem aqui, em Viena, uns vinte anos atrás. — A Srta. Lydgate fez uma pausa e tomou um gole de chá. — Meu avô descobriu que células sangüíneas retiradas de indivíduos diferentes misturavam-se livremente ou coagulavam. Ele concluiu que a coagulação, ou a ausência dela, seria a razão por que alguns dos primeiros experimentos de transfusão fracassaram, enquanto outros tiveram sucesso. — A jovem estendeu a mão e apanhou o "livro do sangue", abrindo-o exatamente na página certa. — Aqui estão alguns exemplos da microscopia dele — disse. Virou o diário para Liebermann.

A princípio, ele lhe pareceu um livro de astronomia: desenhos de um planeta em diferentes momentos de seu ciclo de rotação. Mas cada "mundo" era, na verdade, uma visão das células sangüíneas em estágios diferentes de aglomeração.

— É claro que o Dr. Landsteiner foi muito além do trabalho de meu avô — continuou Amelia Lydgate. — Descobriu que a coagulação depende da presença de outras duas substâncias que podem ser encontradas na superfície das células sangüíneas, os antígenos A e B... — De repente, ela parou de falar, enrubesceu de leve e fechou o livro. — Desculpe-me, Dr. Liebermann. O senhor já está familiarizado com as publicações do Dr. Landsteiner.

— Não, de modo algum. Continue, por favor.

— Temo que o senhor esteja apenas sendo gentil, Dr. Liebermann.

— Não, estou muito interessado.

Mas, apesar desse e dos protestos posteriores do médico, a Srta. Lydgate recusou-se a ir mais adiante.

Liebermann optou por voltar a pé para casa. Partiu na direção sul e se descobriu na Währingerstrasse. Ao chegar ao Josephinum — a antiga escola militar de medicina e cirurgia —, parou e contemplou, através da balaustrada alta, uma imagem imponente da feminilidade: uma grande estátua de Hígia, a deusa da cura. Era uma das poucas figuras clássicas de Viena que ele efetivamente reconhecia.

A deusa erguia-se imponente acima de Liebermann, segurando em sua mão poderosa uma enorme cobra, que se enroscava em seu braço e lhe caía por cima do ombro numa série de volteios cada vez menores. Hígia alimentava a grande serpente, assim encarnando as virtudes duplas da força e da compaixão. Num momento em que a luz do sol filtrou-se por uma nuvem baixa, seus olhos transformaram-se em espelhos de peltre.

71

Rheinhardt abriu a porta do escritório do comissário Brügel.

— Ah, Rheinhardt. Entre, entre.

Von Bulow estava sentado junto à escrivaninha do comissário. Levantou-se e fez uma mesura negligente.

Rheinhardt não a retribuiu. Estava aborrecido demais.

— Von Bulow. Onde você estava hoje de manhã?

— Esperando em meu escritório com Haussmann... conforme o combinado.

— Cheguei quando faltavam cinco minutos para as oito, e vocês não estavam lá.

— É que deveríamos ter-nos encontrado às sete. Você se atrasou, Rheinhardt.

— Não me atrasei. Havíamos combinado encontrar-nos às oito!

— Nesse caso, deve ter havido um mal-entendido — disse Von Bulow, sorrindo com pérfida confiança.

— Senhores! — disse Brügel, em voz alta. — Sentem-se, por favor.

Rheinhardt tinha absoluta certeza de que não houvera mal-entendido algum.

— Bem — começou Brügel, olhando para Rheinhardt. — Tenho uma notícia esplêndida. Parece que, depois de apenas um dia no caso Löwenstein, o inspetor Von Bulow já foi capaz de efetuar uma prisão.

— Perdão, senhor? — exclamou Rheinhardt, estarrecido. Olhou de soslaio para Von Bulow, cujas feições rígidas não deixavam transparecer nenhuma emoção.

— Dê uma olhada nisto — disse Brügel. Passou a mão sobre uma pequena pilha de fotografias e as espalhou sobre o tampo da mesa, como um baralho. Rheinhardt inclinou-se.

Ali estavam Fräulein Löwenstein, com um chapéu no estilo de um turbante e um elegante vestido branco: uma imagem monocromática que se reiterava, com variações diminutas, em todas as outras "cartas" do arco desenhado por Brügel, ocupando todos os naipes e todos os valores. Em quase todas as fotografias, Fräulein Löwenstein estava sorrindo — um sorriso largo, radiante, que vez por outra se convertia numa gargalhada. Mas os olhos, escancarados de interesse e reluzindo com o sol do começo de primavera, fixavam-se sempre no mesmo objeto: seu companheiro, Heinrich Hölderlin.

Rheinhardt tirou uma das fotografias da pilha espalhada e a examinou de perto. O casal estava sentado num restaurante. Embora o horizonte estivesse borrado e fora de foco, parecia ser a região do parque de diversões. Hölderlin beijava os dedos de Fräulein Löwenstein. Exibia no rosto uma expressão ansiosa e lasciva.

— Onde conseguiu isso? — perguntou Rheinhardt, perplexo e ligeiramente zonzo.

— Talvez seja melhor o senhor explicar, inspetor — disse Brügel, dirigindo-se a Von Bulow.

— É claro, comissário — disse ele, puxando a borda da manga do paletó para exibir uma abotoadura de brilhantes. — Encontrei essas fotografias no apartamento de Fräulein Löwenstein hoje de manhã. Tinham sido entregues pelo ajudante de um fotógrafo, dias atrás. O cartão do fotógrafo estava no embrulho. Ele se chama Fritz Joly. Tem uma loja no Bauermarkt.

Rheinhardt continuava fitando as imagens de Fräulein Löwenstein e Hölderlin.

— Fui imediatamente à loja — continuou Von Bulow — e descobri que Fräulein Löwenstein tinha pago a Herr Joly para tirar essas fotografias. Dissera que Herr Hölderlin era seu noivo e não costumava permitir que tirassem fotografias suas e que, por isso, Herr Joly teria que executar sua tarefa em sigilo. Isso foi fácil de fazer, mediante o uso de uma nova miniatura de máquina fotográfica proveniente da América, uma coisa chamada Pocket Kozy. Fräulein Löwenstein não retornou à loja de Joly, que não tinha conhecimento do assassinato dela. Quando a moça não voltou, Herr Joly instruiu seu ajudante a entregar as fotografias no apartamento dela. Está claro — prosseguiu Von Bulow, em tom abalizado

— que Hölderlin e Löwenstein eram amantes. Suspeito que, depois de engravidar, ela planejava extorquir dinheiro do banqueiro, usando essas fotografias.

— Mas elas não estavam em poder de Löwenstein quando ela foi assassinada — objetou Rheinhardt. — De que modo a vítima poderia tê-las mostrado a Hölderlin?

— Ela não precisava — disse Von Bulow. — Uma vez convencida de que Herr Joly havia concluído sua tarefa, poderia ter revelado seu plano.

— Prossiga, inspetor — disse Brügel a Von Bulow.

— Obrigado, senhor. Hölderlin matou Fräulein Löwenstein para escapar da situação aflitiva, mas ficou com medo de ser descoberto. Desconfiou que o serralheiro, Karl Uberhorst, teria informações capazes de implicá-lo no assassinato. Em seu relatório, Rheinhardt, você mencionou que Uberhorst teve um comportamento estranho na sessão feita na casa de Cosima von Rath. Parecia saber algo que seria valioso para a polícia. Penso que é seguro presumir que isso dizia respeito à gravidez de Fräulein Löwenstein. Naquele momento, Hölderlin, assim como todos os outros do círculo, não estava ciente dos resultados da segunda autópsia. Assim, do ponto de vista de Hölderlin, o conhecimento especial da gravidez de Löwenstein devia representar uma ameaça significativa, sobretudo se levasse a polícia a fazer mais indagações. É claro que ele não tinha como saber que, mesmo munido dessa informação, Rheinhardt, você não faria praticamente nada que justificasse seus temores.

— Com todo o respeito, Von Bulow — contrapôs Rheinhardt —, essa não foi realmente...

— Rheinhardt! — interrompeu o comissário. — Deixe Von Bulow terminar, depois você pode falar o que tiver a dizer.

Rheinhardt cruzou os braços e encurvou os ombros.

— Quando Hölderlin visitou a loja de Uberhorst — prosseguiu Von Bulow — e viu o serralheiro empenhado em experimentos que poderiam revelar que o assassino de Fräulein Löwenstein era humano, e não demoníaco, resolveu despachar imediatamente o sujeito incômodo. O admirável, Rheinhardt, é que a falsa sessão que você arranjou, para forçar o assassino a se mostrar, realmente logrou êxito. Hölderlin temeu ser desmascarado e, pouco depois, interrompeu os trabalhos da sessão. Se eu estivesse em seu lugar, Rheinhardt, não teria hesitado, naquele momento, em fazer uma prisão. Essas fotografias são a confirmação final da culpa de Hölderlin — concluiu, fazendo um gesto para a mesa.

Brügel balançava a cabeça em sinal de aprovação.

Rheinhardt sentiu-se extremamente irritado com a atitude de seu superior para com o colega. O homem era um detetive impressionante, sem dúvida, mas, nessa ocasião, fora pura e simplesmente ajudado pela sorte. Além disso, não havia nada de "convincente" em sua "análise". Qualquer um com um conhecimento detalhado do caso, ao deparar com aquelas fotografias, poderia fazer as mesmas especulações. Ademais, Von Bulow servira-se amplamente dos papéis de que havia zombado ainda na véspera.

— Essas fotografias decerto sugerem — começou Rheinhardt — que Herr Hölderlin e Fräulein Löwenstein eram amantes.

— Sugerem? — interrompeu Brügel. — Por que mais um homem casado beijaria a mão de uma mulher atraente no Prater, se ela não fosse sua amante?

— Com efeito, comissário — retrucou Rheinhardt —, e o inspetor Von Bulow deve ser elogiado por sua descoberta excepcionalmente astuta.

O sarcasmo de Rheinhardt escapou a Brügel, mas produziu uma tensão diminuta nos músculos do pescoço de Von Bulow.

— No entanto — prosseguiu — continuamos frustrados pelo mesmo grande problema que tem atormentado esse caso desde o início. Em princípio, concordo com que Herr Hölderlin parece ser nosso homem: eu mesmo o disse em meu relatório sobre a falsa sessão. Ainda assim, resta-nos o incômodo fato de que o assassinato de Fräulein Löwenstein é tão inexplicável hoje quanto o era há um mês. Como podemos levar Herr Hölderlin a julgamento, com sucesso, por um assassinato cujo método é impossível de explicar?

— Rheinhardt — disse Von Bulow —, suas objeções enfatizam a diferença entre nossas respectivas abordagens. Tenho certeza de que saberemos como Herr Hölderlin arquitetou seu golpe teatral, no devido tempo. O vilão foi descoberto, e confio em que um período prolongado de detenção numa cela exígua, de preferência sem janelas, irá incentivá-lo a fazer uma confissão completa. Você não terá que esperar muito mais por sua explicação, eu lhe asseguro.

— Apoiado, apoiado! — riu o comissário. — Aposto que teremos nossa confissão em menos de uma semana!

— Como disse? — perguntou Rheinhardt, olhando para Von Bulow. — Você pretende arrancar uma confissão de Hölderlin, mantendo-o em confinamento na solitária?

— Um período de isolamento e privação com certeza o ajudará a se concentrar.

— Senhor — disse Rheinhardt, dirigindo-se ao chefe —, creio que pode haver uma forma alternativa e mais humana de estimular Herr Hölderlin a confessar. Peço permissão para que ele seja entrevistado por meu colega, o Dr. Liebermann.

— Está fora de cogitação! — exclamou Von Bulow.

— Por quê?

— Estragará tudo. Basta colocar o homem sob pressão que ele falará.

— Ponha *qualquer pessoa* sob pressão que ela falará — retrucou Rheinhardt.

— Senhor, o Dr. Liebermann não é médico da polícia — disse Von Bulow, apelando para o comissário.

— Com todo o respeito, Von Bulow — interrompeu Rheinhardt, antes que o comissário pudesse responder. — Seu mentor atual, o professor Gross, sugere que o investigador sensato deve servir-se de *todos* os talentos a seu dispor, oficiais e não-oficiais.

Von Bulow ficou surpreso por Rheinhardt parecer familiarizado com os livros de Hans Gross, mas só se deixou deter por uma fração de segundo.

— Com efeito. Entretanto não estou inteiramente convencido de que o Dr. Liebermann seja um homem de talento. Tampouco estou de acordo com seus métodos — disse e voltou os olhos aguados para o comissário. — Liebermann é discípulo de Sigmund Freud, senhor. Um homem cujas idéias são sumamente suspeitas e cuja psicologia é peculiarmente judaica.

— Comissário — insistiu Rheinhardt, elevando a voz —, não há nada de peculiarmente judaico nos métodos do Dr. Liebermann. Ele é um arguto observador da natureza humana e foi capaz de determinar que Fräulein Löwenstein estava grávida a partir de um simples erro em seu bilhete de suicida. O talento dele é de valor inestimável.

Brügel deu um tapa na mesa. O som foi alto como um tiro.

— Já chega dessa altercação mesquinha, todos dois!

Ambos os inspetores calaram-se.

O comissário coçou o queixo, olhando de Rheinhardt para Von Bulow e vice-versa.

— Muito bem, Rheinhardt. Pode chamar seu Dr. Liebermann. Ele poderá dispor de uma hora com Herr Hölderlin, porém nem um minuto a mais. Depois disso, Hölderlin ficará exclusivamente a cargo do inspetor Von Bulow.

— Obrigado, senhor — disse Rheinhardt, com a sensação de ter vencido uma pequena escaramuça no decorrer de uma campanha geralmente malfadada.

72

Acima do grupo de Tritões, ninfas marinhas e querubins saltitantes, o telhado do Belvedere espiava a cascata lá embaixo. O casal dobrou à direita, passando por um rosto diabólico, de nariz grande e longos chifres recurvados. A boca da criatura estava escancarada, dando uma impressão de riso, mas seus olhos fundos pareciam ter-se revirado para dentro da cabeça. O efeito era bastante perturbador e fez Liebermann lembrar-se de um ataque epiléptico.

— Eu estava usando pela primeira vez meu vestido novo de crepe-da-china — disse Clara — e tinha uma aparência sofisticadíssima, embora seja eu mesma a dizê-lo. Mal posso esperar para que você o veja. Frau Kornblüh levou meses trabalhando na gola de renda, e você não acreditaria no que ela custou. Cem florins! O corpete é afunilado, muito afunilado!, e o vestido tem uma anquinha à moda antiga.

Os dois subiram a escadaria e passaram por um cupido de ar furioso, que usava um chapéu alpino caído de lado. A imagem deveria representar o mês de abril, mas o anjinho fazia um arauto de verão arcadiano de aparência curiosamente mal-humorada e traje esquisito. Era extremamente ridículo.

— Que entrada grandiosa eu fiz! — prosseguiu Clara. — Frau Baum veio cumprimentar-me e me conduziu pelo salão. Estavam todos olhando, mas mantive a calma. Consegui parecer impassível, até altiva, embora sentisse o coração disparado. Na verdade, estava bastante zonza... o espartilho é terrivelmente apertado...

— Você não pode afrouxá-lo? — perguntou Liebermann.

— É claro que posso — respondeu Clara, com um toque de irritação na voz. — Mas isso estragaria o efeito. O corpete afunilado!

— Entendo — disse Liebermann, com um aceno da cabeça.

O Belvedere tornara-se rosado à luz crepuscular. Parecia um gigantesco bolo confeitado, com alvenaria de açúcar e telhado de marzipã.

— Bem, Frau Baum me apresentou a umas pessoas... a família Hardy e as meninas Lichtenheld, e passamos um tempo conversando. Mas Flora tinha de encontrar a prima, e me descobri sozinha. De repente, surgido do nada, Herr Korngold apareceu.

— Korngold?

— Um contato comercial de meu pai... e do seu também, acho.

— Ah...

— Pois bem, Max, você nem acreditaria na impertinência do homem. "*Ah!*", fez ele, "Eu nem a teria reconhecido, minha jovem Weiss. A lagarta transformou-se numa borboleta."

A imitação de libertino empolado feita por Clara foi muito boa.

— E assim, tive que ficar parada lá, presa num canto, ouvindo-o dizer bobagens, enquanto me lançava olhares maliciosos por cima da taça de champanhe. Foi uma coisa interminável... *e* ele usa dentadura, tenho certeza.

Liebermann sorriu, divertido com o jeito de Clara estremecer, o ombro tremendo de nojo, encostado ao braço dele.

— E depois, quem havia de aparecer senão Frau Korngold! Ora, conheço Frau Korngold muito bem. Mamãe e eu estamos sempre topando com ela no centro da cidade, e sempre paramos para conversar. Mas ela passou célere, de nariz empinado, sem sequer me dar um sorriso. "O que está havendo com Frau Korngold?", perguntei. "Ciúme", respondeu Herr Korngold. "Mas de quem?", indaguei. "De você, é claro", fez ele. E aí, deu uma piscadela para mim. Você acredita?

— E como você saiu dessa situação difícil?

— Felizmente, Frau Baum veio em meu socorro.

Os dois continuaram a subir a trilha em direção ao palácio. Um outro casal que vinha descendo passou por eles, e todos se sentiram obrigados a trocar pequenas cortesias. O rapaz bateu de leve no chapéu, o que fez Clara exclamar:

— Sabe, Max, acho que nunca vi você de chapéu.

— Não — respondeu Liebermann, lacônico.

— Você tem algum?

— Tenho... vários, na verdade.

— E por que nunca os usa?

— Não sei ao certo, na verdade...

Mas, no momento mesmo em que dizia essas palavras, Liebermann lembrou-se do absurdo cupido primaveril e sorriu internamente. Clara deu de ombros e, perdendo o interesse na indiferença do noivo aos chapéus, prosseguiu em seu relato.

— No dia seguinte, fomos visitar Frau Lehman. Ela mora numa casa muito agradável, no décimo primeiro distrito municipal. A sala de jantar é toda de madeira. Por pouco ela não cancelou a visita, porque o filho dela, Johann, tinha caído da bicicleta.

— Machucou-se muito?

— No começo, eles ficaram preocupados: o menino tinha cortado a mão e o joelho. Mas teve uma recuperação incrivelmente rápida, e Frau Lehman ficou contente por nos receber. Enfim, mamãe e Frau Lehman estavam falando dos Kohlberg...

— Quem são eles?

— Max, às vezes me pergunto se você e eu moramos na mesma cidade! Herr Kohlberg é fornecedor de chá, e riquíssimo, aliás. Fazia mais de um ano que tinha um casamento feliz com Frau Kohlberg, quando, de repente, ela fugiu. Simplesmente assim: saiu de casa, abandonando o marido e o filho. Bem, naturalmente, Herr Kohlberg instruiu os advogados a darem entrada no pedido de divórcio, com a intenção, é claro, de conservar a custódia do filho.

— Que idade ele tem, o menino?

— É um bebê... nove meses, acho. E aí, adivinhe o que aconteceu! Frau Kohlberg voltou e implorou ao marido, suplicou ao marido, que a aceitasse de volta. Disse que não podia viver sem o filho e que acabaria com tudo, se ele não a deixasse voltar para casa. E foi o que ele fez, acredite se quiser. Mamãe disse que isso mostrava uma força de caráter admirável: a capacidade de perdoar. Mas Frau Lehman disse que era uma demonstração de estupidez. Deixou implícito que Frau Kohlberg havia arranjado um amante jovem, que a tinha abandonado prontamente, ao descobrir que ela não possuía fortuna pessoal.

Em geral, Liebermann achava agradavelmente divertida a tagarelice de Clara, mas nesse momento ela lhe pareceu irritante e nociva. Em certas ocasiões, a disseminação de boatos por sua noiva podia ser muito irrefletida e até maldosa.

— Não se deve acreditar em tudo que se ouve, Clara.

Seus olhares se cruzaram e Clara fez um muxoxo exagerado, em resposta à branda repreensão do noivo.

Liebermann abanou a cabeça e examinou as esfinges. Elas se agachavam aos pares, de frente umas para as outras sobre pedestais que lembravam ataúdes. Cada uma era diferente das demais, exibindo uma expressão única. Uma das integrantes da irmandade do Belvedere era particularmente notável. Apesar da aparência majestosa e das tranças feitas de chifres de carneiro, a esfinge parecia à beira das lágrimas. O movimento descendente sutil do lábio inferior parecia pressagiar o tremor que acompanha a intensificação da emoção. Fantasiando, Liebermann se perguntou que tipo de tristeza se haveria insinuado no frio coração leonino de uma fera mítica.

Clara não tardou a se cansar de fazer muxoxo e retomou animadamente a conversa:

— Tia Trudi me levou para sair na quarta-feira; chamou para nós um faetonte com rodas de borracha. Deixe que eu lhe diga, era simplesmente medonho. Fomos à Graben, tomamos um chá completo, depois alugamos o fiacre mais lindo que conseguimos achar e seguimos para o Prater.

— Você tornou a andar na roda-gigante?

— Sim. Nunca me canso dela.

— Muitas pessoas, especialmente as moças, acham-na assustadora.

— Eu não. Eu a acho... — e Clara parou de falar, subitamente.

— O quê?

— Acho-a... — franziu o cenho, concentrando-se — onírica.

— Onírica? Em que sentido?

— É uma experiência muito incomum. Sabe, como quando a gente se descobre voando num sonho. Você já sonhou que voava, Max?

— Acho que todo mundo sonha.

— E o que significa isso, sonhar que se está voando?

— Não significa nada, especificamente. O significado dependerá do caráter e da situação de cada um. Mas é provável que esses sonhos derivem de lembranças muito primitivas. O professor Freud diz que não deve haver um único tio no mundo que não tenha mostrado a uma criança como voar...

— Isso é interessante.

— O quê?

— Acho que tia Trudi costumava fazer isso comigo. Costumava me levantar bem alto e correr pelo quarto. Eu chegava a gritar de tanto rir.

— Bem, aí está. Ao andar na Riesenrad, talvez você recrie inconscientemente essa experiência agradável da infância. Talvez seja por isso que ela não a amedronta.

Clara parou por um instante e disse, com ar saudoso e ingênuo:

— Ela é divertida, a tia Trudi, e muito generosa. Comprou um perfume e duas caixas de bombons para mim.

Antes que Clara pudesse continuar, Liebermann a interrompeu.

— Isso me faz lembrar que também tenho uma coisa para você.

Clara soltou-lhe o braço e virou de frente para o noivo, com as faces rubras de animação.

— Um presente?

— É.

— Onde está? — e começou a apalpar o casaco de Liebermann.

— Não está aí...

— Mostre-me!

— Espere só um minuto!

Ele tirou o anel do bolsinho do relógio no colete e o segurou para que a noiva o visse. Clara olhou-o por um momento, meio perplexa.

— Dê-me sua mão — disse Liebermann, baixinho.

Subitamente calada, Clara ofereceu-lhe o dedo fino e alvo.

Liebermann colocou-lhe o anel, passando-o pelo nó do dedo, e a beijou na testa.

Clara esticou o braço e balançou a mão de um lado para outro. Foi um gesto desajeitado, mas encantador. Os brilhantes luziram e cintilaram em volta do coração de safira, fazendo-a rir com um prazer inocente.

— Cabe perfeitamente — comentou ela, com um suspiro.

E cabia.

Clara enlaçou a cintura do noivo e encostou a cabeça em seu peito. Ele a encerrou nos braços e deixou o olhar atravessar o jardim, passando pelas esfinges pensativas e melancólicas, e fitou as montanhas azuis e distantes para além da cidade.

73

O QUEIXO ÁSPERO SEM BARBEAR, os olhos injetados e a gravata pendendo do bolso da calça sugeriam que Heinrich Hölderlin passara uma noite desconfortável e insone em sua cela. A sobriedade anterior do banqueiro o havia abandonado. Ele já não parecia altivo e bem-vestido, mas desleixado e indeciso. Embora Rheinhardt admitisse que essa figura patética bem poderia ser um assassino brutal e implacável, sua aparência lastimável só evocava piedade.

A pedido de Liebermann, Hölderlin fora retirado da cela e escoltado até uma sala em que havia um divã. Von Bulow não tinha gostado disso, mas o comissário passara por cima de suas objeções. Agora, Hölderlin estava deitado de barriga para cima, fitando o teto com um olhar vazio e agitado.

Liebermann havia assumido sua posição habitual, sentado à cabeceira do divã, pouco além do campo visual de Hölderlin.

— Eu lhe juro — disse o banqueiro —, encontrei-me com ela uma vez, uma vez só. Fui um tolo, admito, um tolo idiota. Ela marcou um encontro no banco... afirmou que estava prestes a receber uma grande herança, e perguntou se eu me disporia a lhe dar algumas orientações financeiras. Era uma mocinha esperta, acredite. Disse coisas que eram a conta certa para lisonjear minha vaidade. Coisas sobre meu escritório, meu cargo e...

— Sim?

— Minha aparência — suspirou Hölderlin. — Como se uma mulher moça como aquela... é ridículo, eu sei. Que idiota! No entanto, ao mesmo tempo, nem sequer parei para questionar seus motivos. Quando ela sugeriu que nos encontrássemos para almoçar no Prater, no dia seguinte, concordei. O senhor precisa compreender que isso foi extremamente inusitado. Excepcional, na verdade. Não sou *assim*, de maneira alguma. Nunca tivera um encontro secreto desses. Mas Fräulein Löwenstein... — Hölderlin interrompeu-se e abanou a cabeça, antes de prosseguir: — Quando ela me ofereceu a mão, fui incapaz de resistir... senti... senti-me enfeitiçado.

Olhou de relance para Rheinhardt.

— Aquele outro inspetor, Von Bulow, está errado, eu lhe asseguro. Não éramos amantes. Os bebês que ela estava gerando não eram meus! E até ontem, eu nunca tinha visto aquelas fotografias terríveis. Ela não me ameaçou com uma chantagem... nem sei o que pretendia fazer.

— O senhor tornou a ver Fräulein Löwenstein depois desse encontro no Prater?

— Não, foi a última vez que a vi. Em menos de uma semana, ela estava morta.

O banqueiro calou-se subitamente, mas sua respiração era alta e ofegante.

— E, de qualquer modo — recomeçou —, mesmo que ela me ameaçasse... eu não a mataria, pelo amor de Deus! Não sou louco.

Liebermann cruzou as pernas e se reclinou na poltrona.

— Por que o senhor interrompeu Madame de Rougemont, Herr Hölderlin?

— Não é óbvio?

Liebermann permaneceu calado.

— Não achei que seria acusado de assassinato, se é isso que está pensando. Mas julguei possível que Madame de Rougemont recebesse uma mensagem coquete ou afetuosa de Fräulein Löwenstein. Alguma coisa que provocasse suspeitas em minha mulher. Aquela tal de Madame de Rougemont era estranha...

— Mas sua relação com Fräulein Löwenstein não se tornara muito íntima?

— Não, Herr doktor, não. Mas, para quem comumente tem a consciência tranqüila, até uma transgressão relativamente insignificante assume uma importância considerável. Por favor, Herr doktor, eu lhe imploro, certifique-se de que minha senhora não tome conhecimento disso. Ela é uma boa mulher e ficaria desolada. Já está completamente transtornada.

Liebermann apertou o vinco das calças e fez uma torre com os dedos.

— Herr Hölderlin, como dormiu a noite passada?

— Não muito bem... como o senhor pode imaginar.

— E teve algum sonho?

Hölderlin pensou por um momento.

— Sim... — disse, devagar e com hesitação.

— Com que sonhou?

O banqueiro olhou na direção de Rheinhardt, intrigado. O inspetor respondeu com um sorriso cortês e silencioso, mas parou de sorrir ao notar que Liebermann estava franzindo o sobrolho e abanando a cabeça.

— Herr Hölderlin? — insistiu Liebermann, elevando ligeiramente a voz.

Hölderlin virou a cabeça para trás e perguntou:

— O senhor quer saber o que sonhei? Esta noite?

— Sim.

— Não sei... uma bobagem qualquer sobre minha mãe.

— Prossiga...

Hölderlin deu um suspiro, exausto demais para discutir.

— Foi num quarto de criança, num cavalinho de balanço.

— O senhor era pequeno no sonho?

— Sim, suponho que devia ser.

— O quarto era real? O senhor o reconheceu?

— Sim, ficava na casa em que cresci, uma casa grande em Penzing. Eu estava no cavalinho, fingindo correr, e notei uma caixa no chão.

— Que tipo de caixa?

— Era da minha mãe.

— Uma caixa de jóias?

— É. De marfim, com incrustações de madrepérola. Lembro-me de que, quando era aberta, ela tocava uma música. "Für Elise", ou coisa assim.

— E depois, o que aconteceu?

— Desci do cavalinho, peguei a caixa e tentei abri-la. Mas o trinco estava emperrado. Aí, minha mãe apareceu... e me repreendeu... me deu uma bronca. Tem certeza de que quer ouvir toda essa baboseira, Herr doktor?

— Absoluta.

— Embora a caixa estivesse em minhas mãos, protestei. Isso parece absurdo agora, mas no sonho parecia fazer sentido, parecia sensato. E aí, acordei.

Liebermann fez uma pausa por um instante. Depois, virando-se para Rheinhardt, disse:

— É só isso, inspetor. — Tocando gentilmente o ombro de Hölderlin, acrescentou: — Obrigado, Herr Hölderlin.

O banqueiro sentou-se.

— Terminamos?

— Sim.

Hölderlin levantou-se do divã e deu alguns passos hesitantes pelo meio da sala. Parecia debilitado e confuso. A gravata caiu de seu bolso e Liebermann a pegou para ele.

— Obrigado — murmurou o banqueiro, jogando frouxamente a gravata em volta do pescoço.

Rheinhardt abriu a porta e o fez passar para o corredor, onde dois guardas o esperavam.

— Bem? — fez o inspetor, dirigindo-se a Liebermann. — O que você acha?

— Ele está dizendo a verdade.

Rheinhardt voltou para sua cadeira e o médico deitou-se no divã.

— Como é que você sabe?

— Pela fluência dele. Pela falta de hesitações significativas. Ele não cometeu lapsos de linguagem nem erros. E o sonho... o sonho foi extremamente interessante.

— Foi?

— Ah, sim! Foi inteiramente coerente com a história dele, e o inconsciente não mente jamais.

— Será que você pode explicar?

— Com muito prazer, Oskar. Para proteger o sono, a mente precisa fazer certas transformações no conteúdo dos sonhos, particularmente quando eles tendem a provocar angústia. Se assim não fosse, essa angústia nos acordaria constantemente, o que não seria muito bom para nossa saúde, de modo geral. Por isso, o sonho de que nos lembramos é uma versão adulterada de um original. Pense nele como uma mensagem em código, uma linguagem de símbolos em que imagens relativamente inócuas substituem as de natureza mais questionadora ou inquietante. Herr Hölderlin viu-se num quarto de criança, o que sugere um desejo de retornar ao mundo da infância. Um mundo simples, livre das intrigas sexuais. A maioria dos sonhos oculta algum tipo de desejo...

Enquanto falava, Liebermann se dirigia ao teto, pontuando suas explicações com gestos expressivos.

— Mas o encontro secreto com Fräulein Löwenstein ainda está muito presente na lembrança dele — prosseguiu —, e suas defesas psíquicas não conseguiram mantê-la fora do mundo idílico do quarto de criança em Penzing.

— Max, ele não a mencionou uma única vez!

— Não, mas ela continua a ser o tema principal do sonho. Pense no cavalinho de balanço, por exemplo...

— Que é que tem?

— Os cavalos não são um símbolo de potência? Garanhões e coisas assim?

Os punhos de Liebermann cerraram-se em torno das rédeas imaginárias de um corcel igualmente imaginário, em pleno galope.

— São, mas...

— E onde há corridas de cavalos em Viena?

— No Prater.

— Que vem a ser o lugar onde...?

— Ele teve o encontro secreto.

— Muito bem, Oskar — disse Liebermann, deixando as mãos caírem. — E, naquele momento, ele certamente deve ter ficado empolgado com a perspectiva de desfrutar dos favores sexuais de Fräulein Löwenstein. Espero que eu não precise explicitar as associações óbvias entre as expectativas de Herr Hölderlin, os aspectos ligados à equitação e o movimento de um cavalinho de balanço.

Rheinhardt ergueu as sobrancelhas.

— Ele notou uma caixa de jóias no chão — prosseguiu Liebermann.

— Que era da mãe.

— Um passo de cada vez, Oskar. Você consegue pensar no que poderia representar uma caixa de jóias?

— Sei que essa expressão às vezes é usada por indivíduos grosseiros para significar...

— Isso mesmo. Não há por que ser tímido, Oskar. Trata-se de um termo comum, uma gíria que designa o órgão reprodutor feminino. Ora, no sonho, Hölderlin é apanhado tentando ganhar acesso à caixa, o que é mais ou menos o que efetivamente transpirou. Ele foi descoberto num encontro secreto. No entanto o sonho nos diz que suas investidas sexuais se frustraram. Ele não chegou muito longe. Talvez tenha feito uma proposta a Fräulein Löwenstein... na verdade, é provável que a tenha feito... mas ela o rejeitou. Por isso, no sonho, a tampa permanece fechada.

Liebermann olhou para o amigo. Observando uma expressão mais próxima do horror que da surpresa, acrescentou:

— Oskar, se você acha que isto é um certo exagero, talvez queira dar outra espiada nas fotografias. A caixa era de marfim, com incrustações de madrepérola. Fräulein Löwenstein usava um vestido branco e um fio duplo de pérolas. Estou absolutamente convencido de que Hölderlin disse a verdade sobre seu relacionamento com a vítima. Ele não a engravidou, eles não eram amantes.

O tom de Liebermann foi decidido.

Rheinhardt grunhiu seu assentimento e o jovem médico deu continuidade à sua análise.

— Herr Hölderlin descreveu-se protestando, apesar de ter sido apanhado com a caixa na mão. Penso ser lícito presumir, dada a repreensão da mãe, que ele estava fazendo algo tido como errado. À primeira vista, isso não parece fazer muito sentido. Como poderia ele justificar-se, se tinha sido apanhado... e uso estas palavras deliberadamente... *in flagrante delicto*? Nos sonhos, porém, as significações se condensam. Ele não estava protestando a respeito do encontro secreto. Seu protesto dizia respeito à acusação mais significativa, a de assassinato. Foi por isso que a incoerência de sua postura não despertou nenhum conflito afetivo. A negação dele foi vivenciada como aceitável no sonho. E isso sugeriria, ao menos com respeito à acusação de assassinato, que ele é de fato inocente.

— Mas por que ele foi flagrado pela mãe? Na vida real, ele foi descoberto por Von Bulow. Você certamente não pretende me dizer, Max, que a mãe de Hölderlin representou Von Bulow, não é?

— O professor Freud sugeriu que os sonhos significativos amiúde reproduzem cenas da primeira infância. É possível que toda a construção do sonho de Hölderlin tenha-se alicerçado na lembrança real de uma descoberta que implicava sua mãe, mas que agora está profundamente enterrada no inconsciente. Entretanto descobrir o segredo do que realmente aconteceu no quarto das crianças, todos esses anos atrás, exigiria muitas horas de psicanálise.

Rheinhardt abanou a cabeça.

— Está tudo muito bem, Max, mas não consigo imaginar que Brügel seja muito receptivo à sua interpretação.

— Talvez não — concordou Liebermann, sentando-se e virando de frente para o amigo. — Mas uma coisa posso lhe garantir, Oskar: Von Bulow não arrancará uma confissão de Hölderlin, por mais que mantenha o pobre infeliz trancafiado!

74

— O PREFEITO ESTÁ ABSOLUTAMENTE CERTO — disse o vereador Schmidt, limpando a boca com um guardanapo. — Médicos, advogados, professores, diretores da ópera, eles estão em toda parte. É preciso fazer alguma coisa.

— Com efeito — concordou Bruckmüller. — As pessoas tornaram-se condescendentes demais. Estou lhe dizendo, Julius, precisamos de um outro Hilsner. Isso faria as pessoas falarem.

Cosima von Rath, que vinha fitando com ar cobiçoso a última trufa de chocolate, virou-se para o noivo.

— Ele também trabalha na assembléia municipal?

Bruckmüller e Schmidt se entreolharam por um instante e deram uma risada.

— Santo Deus, não, meu amor! Ele não é um de nós... é um deles! Você com certeza ouviu falar de Leopold Hilsner, não?

Cosima abanou a cabeça, e os anéis pendentes de carne em volta de seu pescoço bambolearam como um manjar branco.

— Hans! — exclamou ela, juntando os lábios num muxoxo e produzindo uma careta feíssima. — Você sabe como sou desligada das coisas mundanas.

— Você nunca lê os jornais, minha cara? — indagou Schmidt.

— Nunca.

— Já a vi ler as páginas das colunas sociais — disse Bruckmüller.

Cosima o ignorou.

— Eu teria imaginado — continuou o vereador Schmidt — que, como especialista em rituais e práticas herméticas, o caso Hilsner despertaria grande interesse em você.

— Ah, sim? Por quê?

Cosima estendeu a mão para a trufa solitária, seduzida pela atraente cobertura de chocolate granulado.

— Hilsner era um assassino ritualístico — disse Schmidt.

A mão deteve-se acima do chocolate, onde ficou pairando como uma ave de rapina.

— Era? — fez ela, virando-se para fitar Schmidt, com os olhinhos de porco cintilando em suas bolsas cor-de-rosa.

— Viu? — disse Schmidt a Bruckmüller. — Eu sabia que um dia a faríamos interessar-se pela política — e ergueu a taça num brinde zombeteiro, tomando um gole de conhaque.

Bruckmüller sorriu e pousou a mão condescendente no ombro de Cosima.

— Ele era judeu, meu amor. Aprendiz de sapateiro. Foi julgado por matar uma moça... de apenas dezenove anos, creio.

— Sim, dezenove anos — confirmou Schmidt.

— O corpo dela foi encontrado perto do bairro judaico de Polna. A garganta tinha sido cortada — e Bruckmüller passou o indicador pelo pomo-de-adão — e o sangue fora drenado do cadáver, até a última gota.

A mão de Cosima afastou-se rapidamente do chocolate e agarrou a *ankh* cravejada de brilhantes em seu pescoço.

— Oh, que coisa terrível! — exclamou. — Mas por que ele fez isso?

— Precisava de sangue cristão para aquele pão que eles fazem.

— O matsá, ou pão ázimo — esclareceu Schmidt, com uma expressão exagerada de nojo. — Uma coisa horrorosa.

— Parece que eles fazem isso há séculos — disse Bruckmüller, servindo mais um conhaque em sua taça.

— Ah, sim...! — disse Cosima, subitamente estabelecendo uma ligação entre o assunto da conversa e seu manancial de conhecimentos abstrusos. — Já li sobre essas coisas. Creio que costumavam chamá-las de libelo de sangue.

Schmidt encolheu os ombros:

— Nem imagino.

— Mas eu não fazia idéia de que esses rituais ainda eram praticados no mundo moderno — disse Cosima. — É realmente extraordinário.

— Sem dúvida — concordou Schmidt. — Agora Hilsner está atrás das grades, graças a Deus. Mas o correto teria sido enforcá-lo.

— Ele não foi condenado à morte? — perguntou a noiva gorda, cobrindo teatralmente a boca com as duas mãos.

— Não, minha cara — fez Schmidt. — Graças à vociferante minoria liberal, quase toda formada por judeus, ele tornou a ser julgado. A história do assassinato ritualístico nem sequer foi mencionada na segunda vez! Foi tudo eliminado. Mesmo assim, eles não conseguiram tudo que queriam. Hilsner voltou a ser considerado culpado, é claro. Foi condenado à prisão perpétua... mas devia ter sido enforcado.

Cosima estalou a língua e olhou de Schmidt para Bruckmüller. Mais uma vez, suas feições se contorceram num beicinho desgostoso.

— Que foi, querida? — perguntou Bruckmüller.

— Não entendo.

— Que é que você não entende?

— Por que você disse, afinal, que precisamos de outro Hilsner?

— Política, minha querida — respondeu Bruckmüller, batendo na lateral do nariz protuberante com um dedo grosso, de nós enormes. — Política.

75

LIEBERMANN HAVIA CONCLUÍDO a fuga em dó maior e começado a martelar o prelúdio em dó menor. Tocar os "48 prelúdios e fugas" de Bach era um exercício que ele praticava com regularidade crescente. Por algum motivo, a pureza e a elegância do contraponto bachiano ajudavam-no a pensar. Ele estava tão familiarizado com a circunavegação épica que Bach fazia do mundo tonal, que seus dedos chegavam às teclas certas sem nenhum esforço consciente. Para Liebermann, executar as 48 fugas e prelúdios era como uma disciplina espiritual — o equivalente ocidental das devoções transcendentais praticadas no Oriente.

Liebermann confiava em que sua interpretação do sonho de Hölderlin estava correta. O banqueiro não fora amante de Fräulein Löwenstein nem a havia assassinado. Não haveria nenhuma confissão.

As linhas melódicas perseguiram umas às outras a intervalos diferentes e se emaranharam em densos episódios de invenção.

Então, quem foi?

A mão esquerda começou a trabalhar na tônica repetida do "Prelúdio em ré menor"; nos agudos, as quiálteras de semicolcheias caíam como pancadas de chuva.

O deus das tormentas!

Para Liebermann, o caso Löwenstein parecia um labirinto. Ele e Rheinhardt tropeçavam às cegas por corredores escuros, vez por outra captando pistas e seguindo-as por um breve período, apenas para se descobrirem rudemente lançados fora das paredes da estrutura. E no centro do labirinto estava a personificação de um antigo demônio, zombando de sua inépcia.

Quem quer que houvesse matado Fräulein Löwenstein — e, muito provavelmente, também Uberhorst — havia conseguido sustentar um disfarce prodigioso. Enquanto perdurasse o mistério, o caso não chegaria a uma conclusão satisfatória. O crime bem poderia ser imputado a Seth.

Portas trancadas por dentro.

Um ferimento a bala — mas o projétil não havia sido encontrado.

Como teria funcionado o truque?

Enquanto Liebermann continuava a tocar, ocorreu-lhe que as obras de Bach para o teclado também eram uma espécie de ilusão. Soavam espontâneas, improvisadas e inspiradas, mas cada fuga era movida por uma implacável lógica interna. A magia como tal podia ser reduzida à aplicação diligente de regras musicais e princípios matemáticos. Como quer que fosse, embora Liebermann pudesse levantar o véu do encantamento de Bach, não conseguia penetrar no truque do assassinato de Fräulein Löwenstein. O mecanismo do engodo permanecia invisível, com suas alavancas e engrenagens rigorosamente escondidas.

A investigação tinha chegado a um impasse lastimável.

Liebermann viu-se forçado a enfrentar uma verdade impalatável, mas evidente. Nem ele nem Rheinhardt eram capazes de determinar a solução sozinhos. Precisavam de ajuda. Ao chegar ao 15° prelúdio, ele soube o que teria de fazer. Não parou de tocar, mas continuou no teclado e concluiu todo o Livro I. Depois, fechando a tampa do Bösendorfer, levantou-se e foi até o corredor, onde tirou o sobretudo do cabide. Cuidaria do Livro II quando voltasse.

Lá fora ainda havia bastante luz e o fim de tarde tinha uma temperatura amena. O ar recendia a lilases. Max Liebermann foi andando depressa, atravessou a Wahringstrasse e desceu a ladeira em direção ao Danúbio. Reduziu a marcha ao passar pela Bergasse 19 e se sentiu tentado a entrar. O professor Freud ficaria contente em lhe dar uma opinião sobre o sonho de Hölderlin, e talvez até tecesse comentários sobre o estado psíquico do assassino. Mas Liebermann já sabia que isso não seria suficiente. O mistério do caso Löwenstein exigia uma outra abordagem. E ele apertou o passo.

Quando Amelia Lydgate abriu a porta, seus olhos se arregalaram ligeiramente de surpresa.

— Herr doktor.

Liebermann fez uma mesura.

— Srta. Lydgate. Sinto muito incomodá-la; eu ia passando e pensei em lhe fazer uma visita.

— É muita gentileza sua, Herr doktor. Queira entrar, por favor.

Antes de subir as escadas, Liebermann foi cumprimentar Frau Rubenstein. Encontrou-a cochilando numa poltrona, com um livro de poesia no colo. A troca de gentilezas não o deteve por muito tempo. Ele aceitou a oferta de chá da Srta. Lydgate e, pouco depois, estavam ambos sentados na salinha de recepção da governanta.

Liebermann começou fazendo algumas perguntas à moça sobre sua saúde. Ela respondeu de forma objetiva, descrevendo seu progresso com desprendimento clínico: o apetite tinha voltado, ela dormia bem, o braço direito continuava a reagir e seus dedos não tinham sofrido nenhuma perda de destreza. Liebermann sentiu-se levemente incomodado por assumir essa aparência de interesse, enquanto, secretamente, desejava levar a conversa para campos mais próximos de seu objetivo; mas não foi difícil chegar à transição. Quando ele lhe pediu que falasse de uma visita recente ao Instituto de Patologia, Amelia logo começou a detalhar a metodologia de um possível projeto de pesquisa que havia discutido com Landsteiner: uma análise microscópica do plasma sangüíneo de hemofílicos.

— Srta. Lydgate — arriscou Liebermann, com mais timidez que de hábito —, estive pensando se poderia pedir sua opinião sobre uma questão técnica.

Amelia Lydgate registrou a ambigüidade:

— Técnica?

— Sim. Sabe, tenho a grande sorte de ser amigo íntimo do inspetor Oskar Rheinhardt, do serviço de segurança vienense...

Explicou sucintamente sua associação com Rheinhardt e, em seguida, procurou introduzir o tema do assassinato sem alarmar sua companheira:

— Perdoe-me por levantar um assunto tão penoso, mas, seis semanas atrás, o corpo de uma jovem foi encontrado num apartamento de Leopoldstadt. As circunstâncias que cercaram a descoberta do cadáver foram extraordinárias, e os resultados da autópsia não se pareceram com coisa alguma que alguém já tivesse visto. A senhorita é uma mulher dotada de notável capacidade analítica, Srta. Lydgate, e eu estaria muito interessado em sua visão dos fatos. No entanto, se o tema do homicídio lhe for desagradável, entenderei plenamente...

Quando a indagação hesitante de Liebermann se interrompeu, a jovem declarou, em tom orgulhoso:

— Herr doktor, pretendo estudar medicina. A realidade da mortalidade humana não me perturba. Fiz muitas dissecações de animais sob a orientação de meu pai e tenho toda a expectativa de repetir esses procedimentos com cadáveres humanos, se conseguir uma vaga na universidade.

— É claro — disse Liebermann. — Queira aceitar minhas desculpas.

— Fico perfeitamente satisfeita em saber mais sobre esse caso admirável. Aliás, o senhor já despertou minha curiosidade. Entretanto receio que tenha superestimado meus conhecimentos e meus poderes dedutivos.

Os olhos de peltre de Amelia Lydgate brilhavam à luz crepuscular.

Liebermann admitiu gentilmente que pudesse estar enganado e procurou descrever a cena do crime: Fräulein Löwenstein reclinada na *chaise longue*, com o coração destroçado por um projétil impossível. O bilhete em cima da mesa e a caixa japonesa com seu ocupante diabólico. Não descreveu nenhum dos suspeitos nem o modo como a investigação tinha avançado até aquele momento.

Quando terminou, a Srta. Lydgate permaneceu em silêncio. Depois, notando a luz que esmaecia, levantou-se da cadeira e acendeu a lamparina a gás mais próxima. Executou esses atos sem falar e sem sequer olhar para Liebermann. Parecia inteiramente absorta, com a testa vincada por uma ruga costumeira.

— Eu poderia levá-la ao apartamento, se isso ajudasse.

Ela sentou-se e se serviu outra xícara de chá.

— Que tipo de fechadura era?

— A da sala de estar?

— Sim.

— Na verdade, não sei.

— Com guardas? Com pino e tranqueta? Detectora?

— Desculpe... — disse Liebermann, levantando as mãos em desamparo, para indicar que não tinha maiores informações a declarar.

— Não se incomode — tranqüilizou-o Amelia Lydgate. — O senhor não notou nada que chamasse a atenção no dispositivo? Não havia nada de estranho nela?

— Não. Era apenas uma fechadura comum.

— Ótimo.

— O inspetor Rheinhardt não faria objeção a que visitássemos o apartamento, tenho certeza de que poderíamos...

— Não, Dr. Liebermann — disse a moça com firmeza. — Isso não será necessário. Mas ficarei muito grata se o senhor me trouxer as duas chaves, a da porta da sala de estar e a da caixa japonesa. Eu gostaria de examiná-las.

Seu rosto tinha um ar impassível e, de um modo que resistia à análise, era temperado por uma beleza sutil.

76

Beatrice Schelling galgou as escadas pé ante pé, passando pelas sibilantes lamparinas a gás, e subiu à parte mais alta da casa, onde a luz dava lugar à sombra. Procurou uma vela no bolso da camisola e, depois de acendê-la com um fósforo, continuou sua jornada. O som recomeçou — indistinto, mas inequivocamente real. Beatrice prendeu a respiração para escutar melhor, mas constatou que o coração batia com força em seus ouvidos.

Esgueirando-se pelo patamar, chegou ao último lance de escada. Este não era atapetado, e ela precisou vencer cada degrau com um cuidado ainda maior. Tirando os chinelos, agarrou-se ao corrimão e foi puxando o corpo para cima. A madeira protestava, rangendo sob seu peso. Beatrice ficava imóvel, esperava um instante e, com cautela, punha a ponta do pé no degrau seguinte.

Ao chegar ao sótão, tornou a ouvir o sussurro. Parecia alguém soluçando. Aproximou-se da porta e encostou a orelha num dos painéis. Imaginou a moça do outro lado, sentada na cama, com os joelhos dobrados encostando no peito e as lágrimas abundantes encharcando a camisola barata. A nova empregada chegara recentemente a Viena, vindo do interior. Era franzina, de cabelo castanho encaracolado — pouco mais do que uma criança.

O volume dos choramingos aumentou.

Beatrice sentiu um impulso de girar a maçaneta e entrar no quarto, pôr o braço sobre os ombros da pobre moça e consolá-la.

Você está com saudade de sua mãe e seu pai, é claro que está. Mas voltará a vê-los no outono. Não se aflija, meu bem.

Já fizera a mesma coisa quando a criada anterior havia chorado, e com a outra antes dela — uma linda criatura da Croácia, de cabelos negros como ébano e vivos olhos azuis. Mas já não conseguia desempenhar seu papel. Estava cansada dele, e sabia que sua fala seria proferida sem convicção. Além disso, Beatrice tinha perfeita consciência de que os passos pesados que haviam descido a escada do sótão, uns trinta minutos antes, eram de seu marido. Lá embaixo, no saguão da entrada, um carrilhão bateu a segunda hora da madrugada.

O choro diminuiu, substituído por uma fungação patética.

Uma gota de cera quente caiu num dos pés de Beatrice. Ela não se contraiu; apenas se manteve imóvel, deixando a sensação de ardência aumentar brevemente de intensidade. Achou-a perversamente satisfatória. De um modo obscuro, a dor era redentora. Parecia purificar-lhe a alma.

Atrás da porta, a menina parecia estar entrando num sono sobressaltado. Tudo o que Beatrice conseguia ouvir era um gemido contínuo, *sotto voce*.

Endireitou a coluna e foi andando — talvez com menos cautela, nesse momento — até o fim do patamar. Parou por um instante, deu um suspiro e apagou a vela.

Quando chegou ao gabinete do marido, acendeu a lâmpada. Tirou da escrivaninha dele uma folha de papel acetinado. Com os olhos fixos no espaço em branco, começou a redigir uma carta. Dizia: *Querida Amelia...*

77

A ENFERMEIRA RUPIUS E STEFAN KANNER se aproximaram, vindo de direções opostas. Ambos carregavam seus sobretudos.

— Boa noite, Sabina.

— Herr doktor...

Entraram no corredor principal e continuaram a caminhar lado a lado.

— Por favor, me chame de Stefan — disse ele, fingindo examinar o relógio de bolso. — Já não estamos trabalhando.

As faces da enfermeira Rupius coraram-se um pouco, ante a familiaridade do médico.

— Você vai para longe? — perguntou ele.

— Josefstadt.

— Então, não é muito longe.

— Não.

Kanner queria desesperadamente continuar a conversa, mas não conseguia pensar em mais nada para dizer. Sabina Rupius veio em seu socorro.

— E o senhor, dout...? — interrompeu-se. — Stefan?

— Ah, para Mariahilf.

— Faz muito tempo que mora lá?

— Não. Mudei-me de Döbling em janeiro.

— Tenho boas lembranças de Mariahilf. Meu pai costumava levar-me ao teatro lá, para assistir a *A Flauta Mágica*... todos os Natais, ou algo parecido.

— No Am der Wien?

— Sim.

— É um teatro antigo e encantador. Acabou de ser reformado, sabia?

— É?

— Vou lá com bastante freqüência. Você ainda costuma ir ao teatro?

— Não tanto quanto deveria ou gostaria.

Virou a cabeça, e seus olhos brilhavam.

Será que ela está esperando que eu a convide?

Certamente é o que parece.

Kanner engoliu em seco, nervoso; no entanto, quando se preparava para falar, a oportunidade surgida perdeu-se subitamente. Mais adiante, ele notou a aproximação de Brunnhilde Grützner, a mais carrancuda das enfermeiras-chefes do hospital. E viu a expressão da enfermeira Rupius passar da expectativa à decepção, sem esquecer o desalento.

A enfermeira-chefe cumprimentou-o a distância.

— Boa noite, Herr doktor. — E em seguida, olhando para Sabina com indisfarçável reprovação, acrescentou em tom seco: — Enfermeira Rupius.

— Boa noite, enfermeira-chefe — responderam os dois em uníssono, afastando-se inconscientemente. Era voz corrente que a chefe da enfermagem via com muito maus olhos as jovens enfermeiras que tinham intimidade com os médicos. E a mulher parecia possuir um talento quase sobrenatural para detectar os romances nascentes.

Kanner esperou que o som dos passos de Grützner desaparecesse para tentar retomar o fio da conversa interrompida.

— Você sabia que a primeira apresentação de *A Flauta Mágica* ocorreu naquele teatro?

— Sim — disse Sabina Rupius, já achando que talvez tivesse sido mais proveitoso fingir ignorância. — Sim, eu sabia.

Ambos conseguiram sorrir, mas nenhum dos dois pôde ignorar a sensação subjacente de embaraço que lhes era comum. Por sorte, foram salvos desse impasse da conversa pelo aparecimento inesperado de vários homens, do lado de fora do consultório do professor Gruner: serventes de avental marrom, carregando caixotes em direção à escada.

— Ele vai embora? — sussurrou Rupius.

— Parece que já foi — respondeu Kanner, dando uma espiada na sala de Gruner.

— Seu amigo ficará contente.

Stefan riu:

— É, ficará. Gruner e Max nunca se deram, há que admitir.

— Que será que aconteceu?

— Foi o inquérito; ele deve ter sido demitido.

— Ou talvez tenha pedido demissão.

— É extraordinário.

— Será que teremos um novo professor?

— Com certeza, e esperemos que o novo seja melhor do que o antigo.

Cumprimentando com um aceno de cabeça alguns serventes no alto da escada, os dois desceram para o térreo. Embora não se falassem, o silêncio já não era incômodo.

Quando chegaram ao saguão, Kanner teve uma curiosa sensação de urgência. Eles sairiam do hospital e tomariam seus rumos separados, ela para Josefstadt, ele para Mariahilf. Era preciso fazer alguma coisa, dizer alguma coisa.

A noite estava cálida e agradável, e ambos pararam na escadaria do hospital. Sabina Rupius olhou para o companheiro. O olhar de expectativa tinha voltado.

— Sabina... Você gostaria de ir ao teatro? Amanhã à noite? Naturalmente, eu compreenderia se...

— Eu ficaria encantada, Stefan — disse a enfermeira, com o rosto iluminado.

— Bem... isso é excelente. Excelente — fez Kanner.

Passaram alguns minutos se olhando, antes de Sabina Rupius dizer:

— Preciso ir.

Ela correu rapidamente os olhos pelo pátio e, ao perceber que estava deserto, ofereceu a mão a Kanner. O médico a pegou e lhe beijou os dedos.

Sabina Rupius sorriu, deu meia-volta e se afastou, com os quadris gingando a cada passada sem pressa.

78

Amelia Lydgate parou junto à sua bancada de laboratório recém-adquirida. Um cordão umbilical de borracha vermelha descia de uma tubulação de gás até um bico de Bunsen muito usado, e havia um microscópio conspicuamente grande ao lado de uma fileira de tubos de ensaio vazios. A superfície da bancada tinha inúmeros arranhões, o que sugeriu a Liebermann que a moça teria comprado o móvel volumoso numa das lojas de artigos de segunda mão próximo do hospital.

As cortinas estavam abertas e a sala do sótão fora inundada de luz. O cabelo da jovem governanta estava preso na nuca, mas suas cores eram particularmente vibrantes — mechas de ocre, ferrugem e dourado. Como de praxe, usava uma roupa discreta, mas eficaz: uma simples blusa branca e uma saia longa cinza. Parecia esguia e graciosa, dotada de uma altivez desconcertantemente frágil.

— Eu trouxe as chaves — disse Liebermann.

Enfiando a mão no bolso, tirou dois envelopes e os entregou à Srta. Lydgate. Ela os abriu e deixou as chaves caírem sobre a bancada de trabalho.

— A maior é a chave da sala de visitas — continuou o médico. — A menor é a da caixa japonesa de Fräulein Löwenstein.

Amelia Lydgate pegou a chave grande e pareceu avaliar seu peso na mão direita. Em seguida, levantou-a acima da cabeça e a girou sob a luz do sol. Tinha no rosto uma expressão particularmente intensa.

— Que está procurando? — perguntou Liebermann.

A Srta. Lydgate não respondeu. Mostrava-se completamente absorta em sua tarefa. Depondo cuidadosamente a chave grande na bancada, segurou a menor e repetiu os procedimentos de pesagem e inspeção.

Liebermann não pôde impedir-se de admirar o corpo da moça. A anorexia afinara sua silhueta, mas, agora que estava em franca recuperação, suas formas tornavam-se mais arredondadas. O busto pequeno e a curva dos quadris estavam mais pronunciados. Enquanto corria os olhos pelo corpo de Amelia, Liebermann sentiu um arrepio de excitação, imediatamente mesclada de culpa. Lembrou-se de Katherine — da camisola de hospital colada no corpo, da sugestão de seu sexo fazendo pressão contra as fibras que o apertavam, dos pés descalços e da pele branco-marfim dos tornozelos...

— Muito interessante — comentou Amelia Lydgate.

— O quê? — indagou Liebermann, a voz inibida por uma incômoda sensação de culpa.

Mais uma vez, a moça não respondeu. Mas ele não se sentiu ofendido. Era óbvio que estava perdida em seus pensamentos. Além disso, naquele momento, ele ficou satisfeito por não se tornar o foco de interesse daqueles olhos inquisitivos.

A Srta. Lydgate puxou uma banqueta alta que estava embaixo da bancada e, erguendo-se na ponta dos pés, conseguiu alçar o corpo até se acomodar no assento elevado. Em seguida, estendeu o braço para o microscópio — um belo instrumento de latão laqueado e ferro, esmaltado de preto. Era obviamente pesado, e ela prendeu a respiração ao deslocá-lo. Colocando a chave grande sobre a placa prateada, debruçou-se sobre o visor e ajustou o conjunto giratório de lentes. Enquanto regulava os controles de foco, ela inclinou o espelho para captar mais luz. Havia em seus movimentos uma certa fluência — uma facilidade que indicava muitas horas passadas no estudo científico. Era incomum ver uma mulher tão à vontade com um instrumento de tecnologia óptica.

Amelia retirou a chave grande e a substituiu pela menor.

— Dr. Liebermann, o senhor tem outras chaves?

— Tenho.

— Posso vê-las, por favor?

Liebermann entregou-lhe dois molhos.

— Essas são as chaves de meu apartamento, e essas são do hospital.

— Obrigada.

Amelia Lydgate fez um exame minucioso de cada chave, trocando as lentes de vez em quando, para aumentar ou diminuir os graus de ampliação. Enquanto continuava a olhar pelo microscópio, disse:

— Dr. Liebermann, quer ter a gentileza de pegar a chave da porta do meu quarto, o segundo à direita, saindo deste cômodo?

— É claro.

Liebermann saiu da sala e abriu a segunda porta, como fora instruído. As cortinas estavam fechadas e o quarto foi inundado por uma meia-luz crepuscular. Seu olhar demorou-se na cama, cuja coberta estava parcialmente afastada. Os lençóis amarrotados formavam um padrão de alças concêntricas, como a areia da praia na maré baixa. O colchão estava levemente afundado, preservando nas molas cansadas a marca do corpo de Amelia. Liebermann tirou a chave da fechadura e fechou a porta devagar.

Quando entrou no "laboratório", a Srta. Lydgate continuava debruçada sobre o microscópio, os dedos a trocar habilmente as chaves e as lentes giratórias. Ao ouvir o médico aproximar-se, ela estendeu a mão aberta, em cuja palma ele depositou a chave.

— Obrigada — disse a governanta, sem erguer os olhos. Seus dedos se fecharam sobre a chave, que ela pôs de imediato sob o microscópio. — Sim — comentou. — Exatamente como eu pensava.

Depois, levantando a cabeça, fez sinal para que Liebermann se aproximasse.

— Tenha a bondade de examinar primeiro esta chave.

Liebermann olhou pelo visor e viu uma superfície metálica ligeiramente manchada.

— Essa é a chave do meu quarto. E agora, a do apartamento de Fräulein Löwenstein. O que o senhor vê?

Liebermann ajeitou os óculos e semicerrou os olhos.

— Parece... parece que o metal tem umas reentrâncias. Uma marca?

— Exato.

A chave tinha ranhuras feitas por linhas paralelas diminutas.

— A marca aparece dos dois lados — continuou a Srta. Lydgate.

Ela estava muito perto, e sua proximidade era meio perturbadora. O tecido de sua roupa farfalhava alto quando ela se mexia.

— E agora, a chavinha da caixa japonesa.

Amelia Lydgate pôs a chave menor sob a objetiva.

— Outra marca.

— Não — disse a moça, em tom bem petulante. — É a mesma marca, Herr doktor. Só que menor. Não aparece em nenhuma das outras chaves, e desconfio que não encontraríamos nada parecido, mesmo que tivéssemos um sortimento muito maior para examinar.

Liebermann endireitou o corpo e fitou os olhos da Srta. Lydgate. Sua expressão continuava calma e sem emoção. Ela não parecia pretensiosa e não havia nada em sua conduta que sugerisse que precisava de um elogio.

— E o que isso significa? — indagou o médico.

— Acho que significa — respondeu Amelia Lydgate — que podemos rejeitar com confiança uma explicação sobrenatural.

79

A CARTA RECEBIDA DA INGLATERRA fora colocada entre o restante da correspondência dele. Viera-lhe a vontade de indagar o que dizia, e ela chegara até a soltar umas indiretas, mas o marido não se mostrara receptivo. Havia descartado suas perguntas e assumido um ar meio condescendente.

— Minha querida, que aparência cansada! Talvez você deva deixar as crianças com a Marie outra vez. Saia e vá comprar alguma coisa, um par de luvas novas, quem sabe.

Antes de sair, ele tinha dito, quase de passagem, que ia entrevistar outra governanta: uma moça fina e virtuosa, que lhe fora recomendada por Schmidt, um dos colegas do prefeito. Nada parecida com a pobre Amelia. Uma alemã robusta. Saudável, imperturbável, alguém que daria um bom exemplo às crianças.

A porta se fechara e Beatrice Schelling tinha ficado parada no corredor, sentindo-se zonza e confusa. Era como se estivesse perdida em sua própria casa e não soubesse para onde ir nem para que lado virar. Um relógio bateu a hora. O dia seguiria em frente, com ou sem ela.

As crianças ficaram encantadas ao rever a tia. Atiraram-se no pescoço de Marie e beijaram seu rosto gorducho e rosado.

— Crianças, crianças! Que alegria ver vocês de novo!

Beatrice sentiu uma coisa incômoda revolver-lhe a barriga. A invasão de um sentimento amargo — uma mistura corrosiva de inveja e mágoa. Depois que a bile saiu de seu estômago, sentiu-se ressequida e vazia.

Enquanto ela e Marie conversavam, teve a sensação de estar completamente desligada. Ouviu sua própria voz como se pertencesse a outra pessoa. Era como bisbilhotar a conversa alheia.

— Preciso ir à loja de lingerie na Dingelstedstrasse e, se tiver tempo, à Taubenrach. Teremos de comparecer a uma cerimônia dentro de algumas semanas e não posso usar novamente o mesmo vestido. Aquele de tafetá azul-marinho... você já o viu, tenho certeza. Frau Förster nunca usa o mesmo vestido duas vezes.

Beatrice continuou tagarelando, como um organista de igreja que fizesse improvisos em torno de um tema pouco promissor. Quando achou que a encenação tinha durado o suficiente, simplesmente parou e pediu licença. Era seu costume levantar a polêmica questão da Confeitaria Demel pouco antes de sair, mas, nessa ocasião, ela não disse nada. Nesse dia, Edward e Adele poderiam comer todo o chocolate que quisessem.

— Despeçam-se de sua mãe! — gritou Marie para as crianças, que já brincavam ruidosamente na escada.

— Não, está tudo bem, deixe-os brincar — disse Beatrice, com ar distraído, montando um sorriso sem entusiasmo.

Não foi à Dingelstedstrasse nem à loja de roupas femininas. Em vez disso, perambulou pelas ruas, vagando aos poucos em direção ao sul. Acabou por se descobrir parada diante de uma das novas entradas da estação da Karlsplatz. Seu marido tinha dito que eram uma vergonha e que o arquiteto deveria ser fuzilado. Beatrice havia concordado, mas, ao olhá-las nesse momento, não conseguiu entender por que algumas pessoas as achavam tão ofensivas. A armação verde dos dois pavilhões, feita de ferro batido, a fez lembrar de uma estufa.

Para além dos pavilhões ficava a maciça Karlskirche. Sua imensa cúpula à italiana era ladeada por colunas gigantescas. Cenas da vida de São Borromeu, em relevo, subiam em espiral até o topo de ambas, onde as águias douradas dos Habsburgo tinham feito seus ninhos.

O que havia naquela carta? O que teria dito a moça?

Haveria um escândalo? Será que também a acusariam?

A sineta de um bonde tocou e um senhor a agarrou pelo braço, puxando-a de volta para a calçada.

Um lampejo de vermelho e branco.

— Desculpe-me, senhora, mas o bonde...

— Sim, é claro, que bobagem minha.

— A senhora precisa ter mais cuidado.

— Certamente. Obrigada.

Recuando, Beatrice misturou-se depressa à multidão.

No ponto de bonde havia pessoas embarcando. Ela entrou na fila e, sem pensar, subiu na plataforma do veículo e encontrou um assento. Não deu atenção ao trajeto e acabou por se ver descendo em frente ao edifício falsamente renascentista da Süd-bahnhoff.

O salão de reservas parecia um palácio. Uma gloriosa escadaria de pedra subia e se bifurcava, levando a dois arcos elevados: os corrimãos eram decorados com candelabros artificiais, da altura de macieiras, e uma luz branca e austera entrava pelas janelas altas.

Beatrice parou sob os globos transparentes dos postes de ferro fundido e observou o vaivém das pessoas, a multidão atarefada da estação. Depois de se recompor, passou pela agência do correio e despachou a carta que escrevera nas primeiras horas da madrugada de terça-feira. Em seguida, voltou ao salão de reservas, onde examinou o quadro com os locais de destino.

Tantos lugares!

Baden, Wiener-Neustadt, Semmering...

Bruck an der Mur (Klangfurt, Merano, Udine, Veneza).

Graz (Marburgo, Zagreb, Trieste).

Beatrice deslocou-se calmamente até um dos guichês, onde comprou uma passagem de ida para Trieste.

O funcionário do guichê olhou-a.

— Cabine simples, senhora?

— Sim, simples.

Segurando o bilhete, ela se encaminhou para a área da plataforma.

Passaram duas criadas, rindo e tapando a boca com as mãos; um soldado de casacão longo estava parado, com uma mochila grande nas costas; três homens de meia-idade, admiravelmente parecidos, com bigodes de ponta virada para cima e chapéu-coco, conversavam sobre negócios. Beatrice continuou andando, já sem saber ao certo se a Süd-bahnhoff era real ou era sonho.

Um agente ferroviário chamou-lhe a atenção.

— Não é preciso ir mais adiante, madame.

Ela parou. Mas, depois que o homem se foi, continuou a pôr um pé adiante do outro.

A plataforma começou a tremer. Ao longe, ela viu a locomotiva se aproximar. Soou um apito.

Beatrice olhou para os dormentes, cobertos de areia e pó de carvão.

A vergonha a acabrunhava.

Não seria difícil — e, se ela caísse no lugar certo, seria indolor.

80

Eles haviam jantado caviar, sardinhas, fígado de ganso e galantina de ovos de faisão, tudo acompanhado por duas garrafas de champanhe Asti e seguido por um abacaxi dulcíssimo. O café fora servido com pastilhas de conhaque, cada qual delicadamente embrulhada em papel prateado. Tinham pretendido sair uma hora antes, mas, de algum modo, a saciedade, o *slivovitz* e os charutos os haviam mantido sentados. Nenhuma das outras mesas estava ocupada, e um garçom que rondava por perto sugeria que eles tinham ultrapassado os limites da hospitalidade oferecida.

— Passamos horas esplêndidas — disse Kanner. — A peça foi excelente e, depois dela, percorremos a pé toda a extensão do Naschmarkt... Eu não conseguia tirar os olhos dela. Sabe, Max, tenho de admitir que há muito tempo não me sentia assim.

— Mas, Stefan, você disse a mesma coisa sobre aquela balconista... como era o nome dela?

— Gabrielle.

— E a cantora?

— Cora.

— E, se não estou enganado, a atriz?

— Emilie.

— Então, em que sentido a enfermeira Rupius é diferente?

— Ela é só... — começou Kanner, descrevendo um círculo no ar com o charuto. Um resíduo da cinza desenhou um oito, enquanto flutuava até cair na mesa. — Não sei explicar. O que me deixa mais inclinado a confiar na autenticidade da minha afeição.

— Você é um romântico, Stefan.

— Há coisas em nossa natureza que escapam à análise, Max, e o amor é uma delas.

— Ah! — fez Liebermann, inclinando-se e segurando a borda da mesa com as duas mãos. — Então, você *está* apaixonado pela enfermeira Rupius.

— Bem, digamos assim: Cupido pode ainda não ter acertado a flechada, mas com certeza disparou uma aljava inteira na minha direção.

O garçom tossiu.

Liebermann olhou para o relógio e notou que tinha certa dificuldade para colocá-lo em foco. Os ponteiros se embotavam, dificultando-lhe determinar a hora exata. Devia ter recusado o *slivovitz*.

— Ainda não está na hora de ir, está? — perguntou Kanner.

Liebermann deu de ombros e ergueu sua taça. Girou o conteúdo e bebeu um gole. Enquanto o calor se espalhava pelo corpo, ele sentiu seu controle sobre a realidade escapar-lhe um pouco mais.

— Eu gostaria de saber: o que é que *realmente* faz duas pessoas se sentirem atraídas?

A pergunta formulada por ele foi involuntária, expressando-se tão logo a idéia se formou em sua cabeça.

— O destino — disse Kanner, com um arremedo de solenidade.

— Precisamos do destino para nos aproximar, sem dúvida. Se duas pessoas nunca se encontrarem, é improvável que se apaixonem. Mas presumindo que o destino trabalhe a favor delas...

— Não sei por que está me perguntando isso, Max. É você quem está noivo para se casar.

— Falando sério, Stefan...

Kanner deu uma tragada no charuto e fez uma careta:

— Há que se dizer: não é fácil o sujeito se apaixonar por uma mulher feia.

— Então, nós nos apaixonamos pela beleza?

— A beleza certamente aguça o desejo.

— Nesse caso, por que não nos apaixonamos por todas as mulheres atraentes?

Kanner pensou um instante e, com ar meio perplexo, exclamou:

— Talvez eu me apaixone!

Um instante de silêncio foi seguido por uma rápida gargalhada, e ele indagou:

— Que é que o seu amigo, o professor Freud, tem a dizer sobre o amor?

— Pouca coisa — respondeu Liebermann. — Ele se interessa mais pela sexualidade. Mas entendo que tem uma visão bem desfavorável do romance. Ele acredita que o amor é uma espécie de sintoma que surge pelo recalcamento da libido.

— Hmmm... o que implica que, depois de se ter intimidade com uma mulher, a paixão esfria, não é?

— *Mais ou menos isso.*

— Ele tem lá sua razão... não lhe parece?

Talvez fosse só isso, então: aquela dor surda, aquela ânsia de estar com ela... um impulso, nada mais. Algo que ele poderia dominar, como qualquer outro impulso elementar. Se fizesse um pouco mais de esforço, poderia ser como perder uma refeição ou adiar o sono. Mas, na verdade, Liebermann sabia que não era isso. Sua afeição, pois era nisso que se havia transformado, era mais complexa.

— Não concordo com tudo que Freud diz. Não posso deixar de sentir que o prazer que tiramos da companhia de uma mulher, uma mulher com quem tenhamos estabelecido um vínculo, é mais do que apenas um instinto animal frustrado.

— Quem é que está sendo romântico agora?

— Você está me entendendo mal, Stefan. Não me refiro a nada mítico nem mágico. O que quero dizer é que há mais fatores a considerar do que apenas a libido. Somos propensos a desejar, é claro, mas será que também não buscamos companheirismo, conversa? A proximidade reconfortante de uma alma gêmea?

— É, mas nem todos nós temos a sorte de encontrá-la — disse Kanner, erguendo a taça. — À futura noiva!

Liebermann mal conseguia suportar a ironia da conversa dos dois, a crueldade de seus propósitos conflitantes. Súbito, a névoa do estupor alcoólico fechou-se a seu redor, fazendo-o sentir-se isolado de Kanner, do restaurante e, a rigor, de toda Viena.

— Stefan...

Um toque de desespero se infiltrara na voz de Liebermann.

— Sim? — respondeu seu companheiro.

— Nem sempre estou certo de que... Sabe, às vezes acho...

Olhou para Kanner, que exibia um sorriso abobalhado. Que sábio conselho ele poderia esperar do amigo nessa hora? Se tinha a intenção de fazer confidências a Kanner, deveria tê-las feito no começo da noite.

— Ah, não tem importância.

A mão de Kanner despencou sobre a mesa, respingando *slivovitz* na toalha branca e engomada.

Liebermann fez sinal para o garçom:

— A conta, por favor. Estamos prontos para ir embora.

Parte Seis

A Riesenrad

81

AMELIA LYDGATE SUBIU A ESCADARIA da universidade como uma peregrina, a um tempo reverente e zonza de empolgação. A atmosfera de erudição afetava seu ser como um bálsamo purificante, emoliente e tranqüilizador. Num lugar como aquele, ela poderia deixar para trás e esquecer o mundo, com suas preocupações fúteis, sua tagarelice vazia e suas cansativas complexidades emocionais, e buscar consolo num universo de valores absolutos — as certezas inquestionáveis da ciência. Seu destino, ela decidiu, estava ligado àquelas pedras.

Parou por um momento e olhou para cima. A universidade era uma bela construção, erguida no estilo de um palácio renascentista. Suas dimensões causariam inveja a um príncipe dos mercadores. Ao longo do telhado, as estátuas a fitavam como um destacamento de anjos da guarda. Amelia respirou fundo, trêmula, e deu um passo à frente, sob o abrigo de três arcos maciços. Se existiam entidades protetoras benevolentes, elas tinham sido gentis com sua sorte.

Fazia apenas alguns meses, parecia que sua ambição de estudar medicina naquela meca do saber nunca se tornaria realidade. Agora, porém, tudo voltara a ser possível. O Dr. Liebermann havia entrado por acaso na vida dela, transformando sua situação. O medo e a vergonha tinham sido substituídos pela esperança e por um otimismo sereno. Amelia desconfiava de que nunca seria capaz de recompensar o Dr. Liebermann por seus cuidados atenciosos; entretanto estava decidida a mostrar sua gratidão ajudando-o no trabalho policial.

Espalmou uma das mãos sobre a pesada porta de ferro e vidro e abriu-a.

O saguão cobria-se com o manto de um crepúsculo perpétuo, um poente cor de âmbar que nunca era substituído pela luz do sol nem pela inadequação sulfurosa da iluminação artificial. Uma floresta de colunas, como troncos de árvores pré-históricas, subia até um céu abobadado, feito de concavidades em baixo-relevo. Embora fosse fim de tarde, a universidade ainda era um burburinho de atividade e conversas (as aulas começavam antes do amanhecer e prosseguiam até as oito horas da noite). Grupos de estudantes reuniam-se nas sombras, enquanto outros seguiam doutores de sobrecasaca. Um dos mestres exibia uma longa barba branca, que descia até bem abaixo da cintura. Amelia divertiu-se com seu séqüito, todos os integrantes do qual haviam seguido o exemplo do professor e deixado crescer barbas de comprimento similar.

Em meio a esses grupos masculinos, Amelia avistou uma única outra mulher, que marchava em passo acelerado pelo mar de coletes, colarinhos de ponta virada e calças listradas. Quando a mulher solitária passou, as duas acusaram a presença uma da outra, como fariam dois compatriotas em terras estrangeiras. Houve um lampejo de reconhecimento e o registro da surpresa, seguidos por um sorriso de solidariedade. Estimulada por esse encontro, Amelia abordou o porteiro.

— Boa noite, senhor.

O homem ergueu a cabeça e a examinou com um olhar que só poderia ser descrito como cético.

— Tenho hora marcada com o professor Holz — prosseguiu Amelia. — O senhor pode, por favor, informar-me o caminho para o departamento de ciências físicas?

O porteiro deu meia dúzia de instruções peremptórias, mas pareceu pouco inclinado a fazer qualquer coisa além de ser minimamente prestativo.

O corredor que cortava o saguão levava a uma grandiosa escadaria dupla, cuja balaustrada sustentava lamparinas a gás feitas de ferro fundido. No alto de cada poste, um trio de globos opacos emitia uma luz tênue. As paredes da imensa escadaria eram altas e, apesar de decoradas num relevo barroco, tinham uma agradável simplicidade. Colunas de mármore negro sustentavam o que parecia ser uma galeria, e o teto distante e abobadado captava os últimos remanescentes da luz do dia por altas janelas em arco.

Amelia chegou ao topo da escada e, desse ponto em diante, as instruções escassas do porteiro tornaram-se impossíveis de seguir. Pedindo licença, ela perguntou o caminho a um rapaz de capa curta. Ele riu e disse haver acabado de assistir à aula interminável do professor Holz. Insistiu em acompanhar Amelia até um pequeno anfiteatro em que o professor ainda examinava equações no quadro-negro.

— Herr professor — chamou o rapaz. O mestre não se virou, apenas esticando uma das mãos para trás, como quem repelisse um agressor. O rapaz deu um sorriso vazio e tentou de novo: — Herr professor, há uma jovem aqui para vê-lo.

Dessa vez, o professor desviou-se do trabalho e levantou os olhos para a entrada.

— Se você me dá licença — sussurrou o rapaz para Amelia —, o prazer é sem dúvida todo seu — e deu uma piscadela impertinente, afastando-se às pressas.

— Pois não? — indagou o professor Holz.

— Meu nome é Amelia Lydgate. O senhor teve a gentileza de concordar em me receber hoje.

— Ah, foi? — disse o professor. — Muito bem, entre e sente-se ali por um momento, sim? — Fez sinal para um dos assentos e acrescentou: — Não demoro.

Amelia levantou um pouco a barra da saia e desceu a íngreme escadaria de madeira. O professor voltou a atenção para o quadro-negro, o qual atacou — violentamente — com um pedaço de giz. Apareceu uma fileira de letras gregas e símbolos relacionais, que se espalharam pela superfície empoeirada como uma doença de pele. Amelia sentou-se numa cadeira da primeira fila e se dedicou prontamente ao problema do professor, mas constatou ser quase impossível compreender sua finalidade. O professor acabou parando, soltou um resmungo e jogou o giz na estante. Amelia teve vontade de dizer alguma coisa que o consolasse, mas achou melhor permanecer calada.

— Então, Srta. Lydgate — disse o mestre, ainda de costas para ela e fitando suas fluxões —, em que lhe posso ser útil?

— Tenho uma pergunta referente a seu campo de estudo.

— Tem uma pergunta sobre balística?

— Sim, Herr professor. Descobri recentemente sua monografia sobre o cálculo da trajetória, que achei muito estimulante.

O professor parou e, virando-se devagar, olhou propriamente para Amelia pela primeira vez. Espiou-a por um pincenê com armação de casco de tartaruga, que se equilibrava precariamente na ponta do nariz. Suas narinas se inflaram, como um animal selvagem que farejasse o ar em busca de predadores.

— Estimulante, a senhorita disse?

— Muito. E tenho uma pergunta, que concerne aos projéteis e à sua integridade. — O professor continuou a encará-la. — Entendo que o senhor é um homem ocupadíssimo, professor, e não quero desperdiçar seu valioso tempo. Por isso, tomei a liberdade de expressar o problema numa fórmula, que espero que tenha a bondade de examinar.

Levantando-se, Amelia tirou da bolsa uma folha de papel almaço e a ofereceu ao professor. Holz condescendeu em olhar para as anotações matemáticas e, quase no mesmo instante, soltou um "Bah!" com que as descartou.

Amelia fez uma pausa respeitosa antes de perguntar:

— Há algum erro?

— Minha boa jovem — disse Holz —, você com certeza não pretende atribuir ao teta esses valores paramétricos, não é? Um erro elementar!

Holz jogou o papel de volta para Amelia, que o apanhou no ar, antes que ele esvoaçasse até o chão.

— Com todo o respeito — disse ela —, não se trata de um erro elementar. Atribuí esses valores ao teta por uma razão muito específica: por estar interessada em responder a uma pergunta muito específica.

O professor tornou a fitá-la, com interesse renovado. Piscou, farejou o ar e indagou

— Que tipo de pergunta?

82

A MOÇA TINHA ADORMECIDO. Antes de sair, Braun parou para olhá-la. Era jovem — provavelmente não muito mais de 17 anos — e Madame Matejka dissera que era originária da Galécia. De onde quer que Felka viesse, seu alemão era terrível, e Braun fora obrigado a gesticular para expressar o que queria. A moça o observara com olhar sério e inteligente, antes de executar suas instruções com inesperado empenho e imaginação.

Felka pronunciou algumas palavras ininteligíveis durante o sono, emitiu uns sons miados e virou de lado. A coberta escorregou-lhe do corpo, revelando uma agradável paisagem de contornos rechonchudos, que ondulavam até uma massa de cachos espessos e negros. Ela ainda usava as meias de algodão e as ligas.

Sentindo uma combinação curiosa e atípica de pena e gratidão, Braun achou uns trocados no bolso — um punhado desprezível de moedas de prata de dez centavos — e deixou-os na mesa. (A moça veria pouquíssimo do dinheiro que ele dera a Madame Matejka.) Na lareira apagada, notou uma vareta e uma esponja descansando numa vasilha de líquido turvo. Felka se esquecera de usar a ducha, mas isso não era problema dele. Braun deu de ombros e se dirigiu à porta, pé ante pé.

As tábuas do piso rangeram quando percorreu o patamar superior. Uma rajada de vento sacudiu a janela no batente e a chama da vela bruxuleou em sua mão. Tateando a parede bolorenta com a outra mão, andou cautelosamente até a escada desengonçada. Antes de chegar ao térreo, espiou por entre os balaústres. Como de praxe, a sala estava mal iluminada e uma névoa lanosa de fumaça espessa pairava no ar. Dois senhores ocupavam os sofás acolchoados. O primeiro estava inconsciente, todo enroscado, e parecia uma pilha de trapos esquecidos. O outro sentava-se mais empertigado, sugando um narguilé borbulhante. O segundo homem era o conde Záborszky.

Braun sentiu uma onda de ansiedade, mas seu corpo esgotado estava fraco demais para sustentar essa emoção. Depois de uma aceleração brevíssima, seu coração voltou a um ritmo mais corriqueiro e a respiração se normalizou.

Ele desceu pesadamente a escada, caminhou até a mesa turca baixa e, depositando a vela ao lado do narguilé, desabou no sofá junto ao freguês inconsciente, cuja forma não era mais discernivelmente humana quando vista de perto. Braun apagou a chama da vela com os dedos e observou o filete de fumaça cinzenta subir como a alma de um defunto partindo.

Contemplou os olhos de Záborszky, opacos e sem vida. O conde não deu nenhum sinal de reconhecimento — até soltar o bocal do narguilé e murmurar:

— Como vai sua mão, Braun?

O rapaz sorriu e levantou-a.

O conde acenou aprovadoramente com a cabeça. Braun não soube ao certo se ele ficara impressionado com o curativo, ou se estava satisfeito pelo fato de o ferimento não ter-se curado por completo. O rapaz tirou do bolso uma caixa com seis cigarros egípcios feitos à mão. O papel amarelo pálido que os envolvia era da mesma cor do tabaco, do qual alguns fiapos se projetavam para fora nas duas pontas.

— Com qual das moças você ficou? — perguntou o conde.

— Felka — respondeu Braun, calcando o fumo solto do cigarro.

— A nova?

— É.

— Você a recomendaria?

— Foi muito conscienciosa.

O conde inalou a fumaça e fechou os olhos.

— Aquela bruxa da Matejka não me deixou ficar com ela.

— Por quê?

— Acha que sou muito bruto.

— Para ser franco, eu me inclino a concordar.

Os olhos do conde se abriram devagar e seus lábios se curvaram num sorriso.

— Presumo que tenha sabido de Hölderlin, não? — indagou Braun, finalmente acendendo o cigarro.

— É claro.

— Então, parece que eu lhe devo um pedido de desculpas.

Záborszky executou uma bênção lânguida com os dedos cruzados, antes de soltar um suspiro profundo e cansado da vida. Tornou a tirar uma tragada do narguilé e, após outro silêncio prolongado, disse:

— Você era amante de Fräulein Löwenstein?

Braun assentiu com um breve aceno da cabeça.

— E cúmplice? — acrescentou Záborszky.

Braun tornou a acenar e deixou o corpo escorregar no sofá.

— Mas os filhos não eram seus.

— Não, não eram meus.

O conde juntou as duas mãos e, entrelaçando os dedos, formou uma cúpula. Usava tantos anéis que foi como se houvesse conjurado magicamente um globo cravejado de jóias. Uma grande esmeralda captou a luz, produzindo um lampejo viridente.

— Hölderlin, o diretor de banco. O marido dedicado! — comentou o conde, e começou a rir: um curioso ladrido rápido, que parou de repente. — Quem haveria de imaginar?

Súbito, o companheiro inconsciente dos dois soltou um arroto e se sentou, ereto, correndo os olhos pela sala como se houvesse despertado de um pesadelo e se descoberto nos círculos inferiores do inferno.

83

Liebermann pegou a carta e se reclinou na poltrona, deixando a cabeça apoiar-se na sobrecoberta do encosto.

Querida Amelia, Sei o que ele lhe fez. Você não foi a primeira e sei que não será a última. Sinto muitíssimo, de verdade: perdoe-me. Eu deveria ter feito muito mais, porém não tive coragem de falar. Beatrice.

— Quando chegou isso? — indagou Liebermann.

— Na quinta-feira — respondeu a Srta. Lydgate.

Por algum tempo, nenhum dos dois falou. Lá fora, um sino de igreja começou a tocar. Anoitecia.

— É uma tragédia — disse Amelia Lydgate. — Especialmente para os filhos.

— Sem dúvida — concordou Liebermann. — Eu me pergunto que providências o ministro Schelling estará tomando para que cuidem deles.

— Edward e Adele gostam muito de sua tia Marie. Espero que ele tenha o bom senso de buscar a ajuda dela. É uma viúva sem filhos, e amará as crianças como se fossem dela, disso tenho certeza.

A Srta. Lydgate levantou-se da cadeira, pegou uma caixa de fósforos na cornija da lareira e acendeu uma lamparina a gás.

— Mas quais são os seus sentimentos, Srta. Lydgate? A respeito de Frau Schelling? A morte dela foi uma tragédia terrível, mas isto — e Liebermann levantou a carta — também é uma confissão pavorosa.

A jovem sentou-se e encarou o médico. À luz da chama do gás, seus olhos metálicos haviam adquirido um matiz transparente de azul.

— Sinto pena dela, Dr. Liebermann. Ao guardar silêncio, não há dúvida de que ela se mancomunou com o marido, porém o que mais poderia ter feito? Se Frau Schelling houvesse pedido o divórcio, teria enfrentado uma desaprovação terrível. A Igreja católica não é conhecida por sua atitude liberal para com a dissolução dos laços de matrimônio. Edward e Adele teriam sido estigmatizados e talvez a carreira política de Herr Schelling sofresse prejuízos, o que, por sua vez, afetaria a segurança financeira das crianças. Pior ainda, as queixas e ressentimentos de Frau Schelling poderiam ser erroneamente interpretados como sintomas anormais. Eu me atreveria a dizer que, no conflito subseqüente, talvez a voz dela se elevasse, sua fala ficasse mais agitada, suas paixões, mais violentas, e então, que aconteceria? — Amelia Lydgate deu um sorriso triste e prosseguiu: — Há muitas pessoas, particularmente na sua profissão, Herr doktor, que associariam esse comportamento pouco feminino à doença mental. Frau Schelling poderia descobrir-se encarcerada no Hospital Geral, ou até no hospital psiquiátrico Am Steinhof. A conduta de Herr Schelling foi desprezível, mas não sou ingênua, Dr. Liebermann. Homens como Herr Schelling não são incomuns nesta cidade, ou em qualquer outra capital européia, nem tampouco é raro o sofrimento silencioso das mulheres que eles subjugam.

— A senhorita sente pena porque se identifica com ela.

— É claro. Toda mulher sabe o que é ser apanhada nas garras de um dilema insolúvel, e todas as mulheres compartilham um destino precário. Andamos pisando na corda bamba, pesando e equilibrando delicadamente nossas necessidades e desejos no cotejo com as necessidades e desejos dos homens. E, quando nos desviamos dessa corda estreita, caímos.

Liebermann sentiu-se perturbado com a fala da governanta, até acusado.

— Por favor, desculpe-me, Herr doktor — continuou a Srta. Lydgate, percebendo o desconforto do médico. — O senhor não me pediu uma opinião tão franca. E é possível que eu o tenha ofendido.

— Não, de modo algum... Eu me solidarizo muito com a sua opinião. As mulheres são maltratadas por nossa sociedade e pela medicina. Há médicos em Viena que ainda acreditam que elas têm uma vulnerabilidade singular à histeria, por terem o útero deslocado. Há muitas coisas por conquistar.

Liebermann devolveu a carta a Amelia Lydgate, que a dobrou ao meio e a colocou sobre a mesa.

— Talvez — disse a jovem governanta —, quando existirem mais médicas, essas idéias risíveis provoquem o desdém que merecem.

— Espero que sim — concordou Liebermann, com visível sinceridade.

A conversa progrediu naturalmente para a questão do sufrágio feminino, causa que parecia haver atraído defensores mais loquazes em Londres do que em Viena. Liebermann admitiu que seus compatriotas, particularmente os que simpatizavam com o movimento pangermanista, eram violentamente contrários ao envolvimento das mulheres na política ou na vida pública. No que concernia aos pangermanistas, a educação das mulheres devia ter uma única finalidade: prepará-las para a maternidade. Embora a universidade tivesse aberto suas portas para alunas de medicina, somente quando o velho imperador Francisco José havia insistido pessoalmente em que as muçulmanas da Bósnia fossem atendidas por médicas é que essa concessão fora feita. Além disso, ainda era impossível as mulheres cursarem as faculdades de direito, e parecia haver poucas perspectivas de mudança.

Quando surgiu a oportunidade, Amelia Lydgate pediu licença e voltou com um bule de chá. Liebermann apercebeu-se de uma certa ironia. Depois de externar idéias tão militantes acerca dos direitos da mulher, a jovem inglesa continuava curiosamente submissa no que dizia respeito a uma convenção particular ligada aos sexos: recusava-se a deixar que Liebermann servisse seu próprio chá.

A Srta. Lydgate inclinou o bule e o líquido quente borbulhou e soltou vapor na xícara do médico.

— Ah, a propósito — disse ela, em tom casual —, andei pensando um pouco mais em sua investigação sobre o assassinato.

— É mesmo? — fez Liebermann, empertigando-se na poltrona. — E chegou a alguma conclusão?

— Sim, cheguei — respondeu a moça.

Liebermann inclinou-se para a frente.

— Quer um pouco de leite, Dr. Liebermann?

— Não, obrigado, Srta. Lydgate.

— Tem certeza? Sempre me parece que umas gotinhas de leite apuram imensamente o sabor do Earl Gray.

— Fico perfeitamente feliz em abrir mão desse prazer... mas, assim mesmo, obrigado.

A expressão da Srta. Lydgate ficou séria quando ela inclinou a jarra de leite, deixando uma quantidade cuidadosamente calculada pingar em sua xícara.

— A senhorita ia dizendo...

— Ah, sim, perdoe-me, Herr doktor. O assassinato...

Repôs a jarra na bandeja de chá.

— Com respeito aos resultados da autópsia e àquele misterioso ferimento a bala... Parece-me que esse efeito poderia ser obtido de duas maneiras. Primeiro, usando um projétil de gelo. A água comum, congelada num molde em formato de projétil, poderia ser inserida no tambor do revólver e empregada como a munição convencional. A bala derreteria, é claro. Entretanto há alguns problemas óbvios nesse método. Embora um projétil de água congelada pudesse concebivelmente produzir um ferimento idêntico ao infligido por um equivalente de metal, talvez ele não fosse muito... confiável. Uma bala congelada poderia facilmente estilhaçar-se no tambor. Além disso, há o problema da refrigeração. Presumo que não houvesse nenhum meio de refrigeração por perto, não é? Não havia um reservatório para gelo? Não tinha nevado?

— Não.

— Bem, nesse caso, é muito improvável que o assassino tenha usado esse método.

— A senhorita disse que haveria outra maneira?

— Sim, uma segunda maneira, muito mais simples. É mais confiável e não requer refrigeração. — Amelia pegou a xícara e bebeu um gole.

— Srta. Lydgate — disse Liebermann, apertando as mãos cruzadas até os nós dos dedos ficarem brancos —, eu ficaria gratíssimo se...

— É claro, estou me demorando, e o senhor está impaciente por ouvir minha conclusão.

O que ela disse a seguir foi tão extraordinário, tão convincente, que Liebermann mal pôde conter a empolgação. Além disso, agora sabia quem havia matado Fräulein Löwenstein.

84

O ÔNIBUS DE TRAÇÃO ANIMAL fizera um progresso surpreendentemente rápido. Já havia atravessado o Canal do Danúbio e chacoalhava pelas vias largas e movimentadas da Praterstrasse. Liebermann consultou o relógio e percebeu que chegaria cedo demais. O condutor, um homem baixo e jovial, de bigode militar, sacudiu sua bolsinha de couro e cobrou outra passagem.

A euforia de Liebermann tinha diminuído, deixando em sua esteira um sentimento crescente de mal-estar. Na hora de explicá-lo a Rheinhardt, seu plano lhe parecera impecável. Mas agora, ao se aproximar mais de seu destino, o médico se perguntou se a idéia era tão boa assim, afinal. Ele poderia estar enganado e, nesse caso, as conseqüências seriam incômodas e embaraçosas, principalmente para Rheinhardt. O comissário se mostrara cético e suas dúvidas tinham sido exacerbadas pela insistência de Von Bulow em que Hölderlin estava prestes a fazer uma confissão completa. Pensando bem, no entanto, Liebermann concluiu que estava menos preocupado com a idéia de estar errado que com a de estar certo. Seu plano, formulado num momento de inebriante empolgação, não era perfeitamente seguro. As coisas *poderiam* correr mal.

Rheinhardt tinha deixado muito claro que o amigo não devia considerar-se obrigado a nada. Poderia optar por abandonar sua tarefa a qualquer momento e, mesmo assim, conservaria o respeito do inspetor e de seus colegas. *Você é médico, Max, não um policial.* Mas, na realidade, Liebermann sabia que a coisa não era tão simples. Voltar atrás já não constituía uma alternativa. Agora que havia embarcado em sua tarefa, teria que concluí-la. Deixar de fazê-lo seria desonroso — um descumprimento do dever. Era exatamente *por ser* médico, e não policial, que ele tinha de ir em frente.

Será que eu devia ter escrito uma carta? Para mamãe e papai, ou para Clara? Só por precaução?

Repreendeu-se por ser mórbido, mas suas exortações soaram ocas. O sentimento persistente de mau agouro fez o conteúdo de seu estômago revirar-se como creme numa batedeira. Liebermann flagrou-se pensando em Amelia Lydgate. Como se sairia ela em sua ausência? Será que Landsteiner continuaria a ajudá-la? Eram perguntas para as quais não havia respostas. No entanto o simples fato de as ter formulado denunciava a profundidade de seu apego — fator que mais fez agravar do que aliviar sua ansiedade.

O ônibus reduziu a marcha.

— Não está um anoitecer lá muito agradável, não é mesmo, senhor? — disse o condutor.

— Não — respondeu Liebermann, levantando-se e alisando o paletó sobre as calças.

— De qualquer modo, pode ser que a chuva demore... se tivermos sorte.

— Talvez...

O condutor levantou o boné, virou-se para o outro lado e gritou:

— Prater. Última parada. Prater.

Os outros passageiros — um conjunto desconexo de homens jovens — seguiram Liebermann quando ele pulou da plataforma traseira. Esvaziado o veículo, o cocheiro, exposto aos elementos em sua boléia aberta, sacudiu as rédeas, e os cavalos começaram a trotar.

O céu estava realmente nublado e Liebermann deu graças por isso, em silêncio. Haveria menos gente andando pelo parque de diversões. Olhou para cima e avistou seu destino pela primeira vez: a assombrosa estrutura da Riesenrad. A roda girou, como o principal parafuso de um relógio universal, marcando o tempo e tornando cada vez mais próximo o destino de Liebermann.

Ao percorrer a Hauptallee, o médico pôde ouvir o som de um realejo tocando uma marcha simples e alegre, na qual os graves oscilavam entre um dó e sua oitava. A melodia frívola não tardou a competir com os gritos dos vendedores do Prater, que tentavam despertar a atenção dos fregueses em potencial. O ar começou a recender a salsichas.

Liebermann perambulou pelo labirinto de tendas e pavilhões, passando pelo estande de tiro, pela tenda de luta-livre e pelo teatro de marionetes, que estava fechado. Em seguida, cruzou o arco duplo da entrada de "Veneza em Viena" — uma reconstrução dos célebres canais, inclusive com gondoleiros cantantes. Pouco depois, deparou com uma estranha cabine de madeira cujo exterior era pintado com cenas místicas, a mais notável das quais parecia ser a de um monge mesmerista que fazia levitar uma mulher de túnica branca. Havia um quadro grande pendurado junto à cortina da entrada, no qual se via uma palma da mão toscamente pintada, virada para cima, no interior de um círculo. Súbito, a cortina se abriu e um homem de cartola pôs a cabeça para fora.

— Quer conhecer seu futuro, senhor?

— Infelizmente, já o conheço bem demais.

— Nenhum homem conhece seu futuro, senhor.

— Nesse caso, sou a exceção.

— A vidente é muito bonita...

— Estou certo de que sim.

— Um rosto de anjo.

— Obrigado, mas receio ter que declinar.

O homem deu de ombros e sua cabeça desapareceu atrás da cortina, com a mesma rapidez com que havia surgido.

Liebermann afastou-se das atrações e se viu parado numa grande área descoberta. À esquerda ficavam o Lustspieltheater, o Restaurante Prohaska e as quatro torres da queda d'água. À direita, os telhados baixos de outras casas de diversões e o Café Eisvogel. Bem à frente, vista por esse ângulo, a Riesenrad transformara-se numa elipse.

Uma lufada de vento cobriu o passeio com um véu diáfano de garoa, fazendo um grupinho de homens correr em direção ao café. Por sorte, o chuvisco foi rápido e leve. Liebermann não se lembrara de levar guarda-chuva. Secou a chuva das lentes dos óculos e, com as mãos, alisou o cabelo úmido para trás. Dando outra olhada no relógio, respirou fundo e marchou a passos rápidos para a roda colossal.

Não havia fila no guichê. A Riesenrad não era uma atração popular nas noites nubladas — a névoa úmida obscurecia a paisagem. Mesmo assim, um pinga-pinga regular de pessoas em busca de emoção foi pagando seus ingressos e entrando numa das trinta gôndolas vermelhas, todas ansiosas por experimentar a subida balouçante. Enquanto a roda se mantinha imóvel, o vento fazia soar um estranho lamento em suas cordas de aço esticadas. Depois, como um gigante ao despertar, as traves bocejavam e rangiam, e a roda recomeçava a girar.

Liebermann consultou o relógio.

Dez minutos atrasado.

Havia esperado que ele fosse mais pontual e torceu para que esse pequeno erro de julgamento não fosse sintoma de um erro de cálculo mais profundo. O vermelho das gôndolas fez Liebermann lembrar-se subitamente da musselina empastada de sangue — o horror do rosto destroçado e do córtex exposto de Karl Uberhorst. Seu adversário era não apenas inteligente, mas capaz de uma brutalidade desumana.

— Herr doktor, queira desculpar-me.

Liebermann estremeceu.

— Houve um acidente na ponte Schweden e me atrasei.

O médico virou-se devagar e foi obrigado a apertar a mão do recém-chegado.

85

Um funcionário fechou a porta da gôndola e os dois homens pararam em lados opostos de seu interior, que lembrava uma cabine.

— Devo dizer, Herr doktor — declarou Bruckmüller, com sua voz sonora de baixo —, mesmo admitindo que a informação em seu poder seja delicada: será que isto era *realmente* necessário?

— Não pude pensar num local melhor para termos uma conversa inteiramente particular — respondeu o médico.

— De fato. Mas eu teria ficado perfeitamente satisfeito em recebê-lo em meu clube. As salas são excelentes e o pessoal é exemplar: um modelo de discrição.

As cordas de aço vibraram, as traves rangeram, a roda girou e a gôndola começou a subir.

— Ao telefone, o senhor disse que essa nova informação concernia diretamente a mim — comentou Bruckmüller, que tirou o chapéu-coco e o colocou num banco.

— Concerne — confirmou Liebermann. — Houve alguns avanços na investigação sobre Löwenstein.

— É mesmo? Eu havia entendido que a polícia tinha apanhado seu homem. Não é verdade?

A gôndola oscilou quando a roda-gigante fez uma parada abrupta e os dois homens tropeçaram para manter o equilíbrio. Liebermann olhou pela janela e viu que um homem de roupas sóbrias estava sendo ajudado a entrar na gôndola seguinte.

— Há algum problema? — indagou Bruckmüller.

— Não, creio que não — fez Liebermann.

Bruckmüller repetiu sua pergunta original:

— Bem, Herr doktor, não é verdade? Não é fato que a polícia pegou o criminoso? Era o que dizia o *Zeitung*.

— Sem dúvida é essa a opinião do inspetor Von Bulow.

— E a minha, por certo. Deus do céu, o senhor estava lá, na casa de Madame de Rougemont! O senhor viu a reação de Hölderlin.

A gôndola tornou a subir. Dessa vez, o movimento foi mais suave.

Liebermann não respondeu e Bruckmüller remexeu-se, incomodado. Os olhos do homenzarrão estreitaram-se de desconfiança.

— Diga-me, Herr doktor, o senhor está aqui em missão oficial?

— Sim, estou.

— Sendo assim, por que não está acompanhado?

— Como eu disse, a informação em meu poder é extremamente sensível.

Bruckmüller ficou obviamente insatisfeito com a resposta do médico. No entanto, passado um instante de tensa hesitação, resolveu não discutir. Acenou com a cabeça e exibiu um sorriso vazio e insincero.

— Nesse caso, Herr doktor, eu lhe ficaria muito grato se pudéssemos prosseguir.

— É claro.

Liebermann foi até a janela oposta. Sua respiração embaçou o vidro e ele o desembaçou com a mão.

— Devo começar por compartilhar com o senhor alguns fatos concernentes à história de Fräulein Löwenstein... — Pela treliça de metal, ele observou o chafariz produzir duas paredes altas de espuma. — Ao que parece — continuou —, Fräulein Löwenstein não era, como afirmaram os membros de seu círculo espírita, uma médium talentosa. Ao contrário, era uma atriz sem sucesso que, em parceria com o amante, procurava explorar os crédulos para obter lucros financeiros.

— Isso é absurdo, Herr doktor! Hölderlin é um homem de posses.

— Hölderlin não era o amante dela, Herr Bruckmüller.

— Ora, é claro que era.

— Não, Herr Bruckmüller; o amante dela era Otto Braun... que não é pintor, como gostaria que todos acreditassem, e sim mágico teatral. É muito provável que tenha feito seu aprendizado ali embaixo — e Liebermann olhou para o Volksprater. — A relação entre Charlotte Löwenstein e Braun andava tensa e infeliz. Braun estava ficando cada vez mais dissoluto... o senhor mesmo talvez tenha notado algumas mudanças na aparência dele... e vinha acumulando dívidas substanciais. Em conseqüência disso, Fräulein Löwenstein percebeu que já não poderia contar com ele para garantir seu sustento. Um cúmplice indigno de confiança poria em risco a pequena empreitada dos dois, inevitavelmente. Sendo uma mulher perspicaz, ela também reconheceu que seu trunfo principal, a beleza, não poderia durar para sempre. No momento oportuno, Charlotte Löwenstein começou a elaborar um plano que lhe proporcionasse segurança a longo prazo. E ele envolvia o uso de chantagem.

Liebermann virou-se para surpreender a expressão de Bruckmüller. O verniz de falsa afabilidade endureceu-se de repente e descascou como escamas ressequidas. Um músculo enrijeceu-se na mandíbula do homem.

— Ela era uma mulher muito atraente, não? — indagou o médico.

A roda-gigante parou, a fim de deixar entrar outros passageiros. A gôndola balançou ao vento que a açoitava.

— Sim, era.

— Vi apenas algumas fotografias, não muito boas, aliás. Mesmo assim, ficou óbvio que ela era uma mulher de beleza realmente excepcional. Ao vivo, devia ser irresistível.

A Riesenrad estalou e rangeu como os cabos e vigas de um velho galeão. Uma fileira de lâmpadas elétricas acendeu-se subitamente, com um clarão, na fachada de um dos restaurantes da Austelungstrasse.

— O senhor a achava atraente, Herr Bruckmüller?

O homenzarrão virou-se de costas e fingiu admirar a paisagem. Parecia haver controlado suas emoções e, mais uma vez, estava perfeitamente composto.

— Seria estranho um homem que não apreciasse a beleza de Fräulein Löwenstein. Sim, é claro que eu a achava atraente.

— Atraente? Na verdade, não seria mais exato dizer "irresistível"?

Bruckmüller riu.

— Herr doktor, o senhor está realmente insinuando...?

A roda tornou a mover-se.

— Ela o seduziu, Herr Bruckmüller.

— Essa é uma acusação totalmente ridícula.

— E o senhor ficaria feliz em mantê-la indefinidamente como sua amante...

adequada! E, mesmo quando a polícia começou a fazer perguntas pertinentes, o senhor continuou despreocupado. Estava confiante em que seu truque habilidoso nunca seria descoberto. E sabia que ninguém jamais seria adequadamente julgado por cometer um crime impossível. Dou-lhe os parabéns, Herr Bruckmüller: foi um plano brilhante.

A roda-gigante rangeu e a gôndola continuou sua ascensão. Bruckmüller virou sua cabeçorra.

— Mas foi então que sua noiva, Fräulein Von Rath, organizou uma sessão espírita, durante a qual ficou óbvio para o senhor que Herr Uberhorst estava de posse de informações muito importantes. Informações que vinha considerando revelar, muito provavelmente, à polícia. Teria Fräulein Löwenstein feito confidências a ele? Será que Uberhorst sabia que ela estava grávida? Quem sabe suspeitava, ou até tinha conhecimento, do nome do amante? Essas devem ter sido algumas das perguntas inquietantes que o senhor começou a se fazer. Logo depois, talvez também tenha tomado conhecimento, embora eu não saiba ao certo como, de que Herr Uberhorst andava tentando descobrir como fora feito o truque da porta trancada. Se ele concluísse que o truque podia ser executado com o uso de um fórceps cirúrgico, tornar-se-ia duplamente perigoso para o senhor.

"Será que imaginou a fortuna dos Von Rath escoando por entre seus dedos? — perguntou Liebermann. — Ou terá imaginado o peso morto de seu corpo balançando na forca? Qualquer que tenha sido a imagem que lhe passou pela cabeça, o senhor entrou em pânico. Nas primeiras horas da madrugada, entrou na loja de Uberhorst, novamente usando a pinça, e se esgueirou até o quarto dele. Creio que ele estava dormindo quando o senhor o golpeou até a morte.

A roda-gigante parou com um gemido. A gôndola tinha chegado bem ao topo da Riesenrad. Era uma sensação estranhíssima estar suspenso num lugar tão alto. Quando se olhava direto pela janela, tinha-se de fato a sensação de estar voando. Havia mais luzes aparecendo lá embaixo, como o majestoso descortinar das estrelas que acompanha o crepúsculo no inverno — um piscar generalizado, cujas constelações eram as ruas e praças de Viena.

— É uma cidade linda, não concorda, Herr doktor? — disse Bruckmüller. Mas, antes que Liebermann pudesse responder, ele recomeçou a falar. — Não, suponho que não concordaria. Sendo vienense... eu diria que sua sensibilidade urbana se ofenderia ao fazer uma admissão dessas. O senhor preferiria, sem dúvida, tecer um comentário cético sobre os excessos da cidade.

Um rojão de fogos de artifício, lançado do Prater, disparou no ar e explodiu — uma chuva de estrelas azuis e amarelas.

— Mas que jóia... — continuou Bruckmüller, pensativo. Depois, abanando a cabeça, repetiu: — Que jóia!

A gôndola foi açoitada por uma rajada de vento, que a balançou de um lado para outro como um berço.

— O senhor queria ser prefeito — disse Liebermann, reconhecendo a extensão da ambição de Bruckmüller.

O rosto do enorme homem virou-se. Havia gotas de suor escorrendo em sua testa.

— Ele tem umas idéias boas, aquele Lueger, mas nunca vai muito longe...

As quatrocentas toneladas de ferro em que os dois estavam empoleirados recomeçaram a girar.

— Ele nunca fará o que é preciso — completou Bruckmüller.

— E o que é isso?

— Livrar-se dos vermes. Dos jornalistas, dos subversivos, dos intelectuais... rezo para que alguém tenha o bom senso de fazer o que precisa ser feito. Antes que seja tarde demais.

Haviam iniciado a descida.

— Viena — disse Bruckmüller, mais uma vez. — A jóia do império... mas ela não resistirá, sabe? Toda essa gente. Todas essas pessoas diferentes. São numerosas demais, variadas demais. Será preciso um braço forte para proteger a gente honesta, decente, quando tudo começar a desmoronar. O senhor acredita em destino, Dr. Liebermann?

O jovem médico balançou a cabeça.

— Não achei que acreditasse — disse Bruckmüller.

A sensibilidade clínica de Liebermann não o havia abandonado. Ele examinava Bruckmüller como se fosse um paciente. Via um homem que, de algum modo, acreditava-se ungido. Um narcisista que apoiava uma suspeita filosofia pangermanista, na qual os fios do misticismo, do preconceito e de um idealismo populista se haviam enredado de maneira inextricável. Não era de admirar que ele pudesse matar com tanta facilidade. Um homem como aquele mataria qualquer um que bloqueasse o caminho para suas ambições desmedidas.

Bruckmüller encheu as bochechas de ar e exalou lentamente. Em seguida, preparando-se, empertigou o corpo e deu um passo em direção a Liebermann.

— Bem, Herr doktor, o senhor deve estar se sentindo muito satisfeito consigo mesmo. Sou quase obrigado a retribuir o elogio que me fez antes. Sim, por que não? Acho que o farei. Parabéns, Herr doktor: uma exposição brilhante. Só me resta presumir que, quando chegarmos lá embaixo, a polícia estará à minha espera para me prender — completou, com um sorriso largo e sem humor. — O que me faz perguntar: será que o senhor é mesmo tão inteligente? Matreiro, arguto, escorregadio, sim, como seria de esperar de um membro da sua raça, mas inteligente? Talvez não.

Liebermann deu um passo atrás e passou para o outro lado da gôndola.

— O senhor me deixou pouquíssimas opções, Herr doktor. Mas ainda posso fazer algumas escolhas. Entendo que agora o senhor se apercebe do seu erro.

Bruckmüller aproximou-se da porta e a abriu com um puxão. Uma lufada de ar úmido soprou na cabine.

— Não pule! — gritou Liebermann, automaticamente.

Bruckmüller deu uma risada.

— Não tenciono fazê-lo, Herr doktor.

O homenzarrão moveu-se em direção a Liebermann, erguendo os punhos como um pugilista. O porte maciço de seu corpo dava a impressão de que ele era mais atarracado do que parecia, mas, visto de perto, Liebermann se deu conta de que seu antagonista era desconcertantemente alto.

O jovem médico conseguiu desviar-se do primeiro soco, mas não havia para onde correr. Um segundo golpe atingiu-o na lateral da cabeça e ele tropeçou em direção à porta aberta. A gôndola balançou e Bruckmüller cambaleou para a frente, arranhando o ar antes que sua mão enorme e pesada descesse sobre o ombro de Liebermann, apertando-o com força e empurrando-o para baixo. Os dedos do assassino cravaram-se na carne do jovem médico como os dentes de um rottweiler. O simples peso de seu braço ameaçava partir a clavícula de Liebermann. Este agitou os braços, desamparado, antes que Bruckmüller desfechasse um murro eviscerador.

Foi como se uma bala de canhão rasgasse a barriga do rapaz e lhe queimasse as entranhas. Sem conseguir respirar e com ânsias de vômito, ele ainda estava dobrado para a frente quando um segundo murro o levantou do chão e o depositou a poucos centímetros da porta. Zonzo, Liebermann conseguiu pôr-se de pé por um breve instante, antes de perder o equilíbrio e tombar para trás.

Agarrou o batente da porta, mas descobriu-se projetado para fora da gôndola, com os pés mal conseguindo manter o contato precário com o piso da cabine. Olhou para baixo, fitando a queda vertiginosa.

— Isso! — gritou Bruckmüller. — Veja para onde o senhor vai!

O homenzarrão bateu com a palma da mão nos dedos da mão direita de Liebermann, produzindo uma fisgada de dor como ferro em brasa. O medo da morte foi repentinamente superado por um temor menor: ocorreu a Liebermann que talvez seus dedos fossem esmagados e ele nunca mais pudesse tocar piano. Uma rajada de vento favorável lhe permitiu puxar um pouco o corpo para dentro, porém, mais uma vez, a palma da mão de Bruckmüller socou seus dedos agarrados à porta com a força de um malho. Dessa vez a dor incandescente durou pouco, e logo foi substituída por uma terrível dormência. A mão ficou insensível e Liebermann observou, com desligada resignação, seus dedos começarem a escorregar lentamente da moldura da porta.

Bruckmüller levantou o braço, pronto para o golpe final.

Súbito, houve um estampido alto e o barulho de vidro estilhaçando.

O enorme homem girou o corpo, atônito. Uma mancha havia surgido perto de seu ombro — uma mancha escura e circular que se espalhou depressa, alimentada por um pequeno orifício de bala do qual o sangue borbulhava. Liebermann conseguiu voltar bracejando para dentro da gôndola e jogou o peso do corpo sobre Bruckmüller, que perdeu o equilíbrio e foi caindo de costas, agarrado às lapelas do paletó do médico.

Liebermann sentiu-se arrastar por Bruckmüller. Os ombros do homenzarrão bateram na madeira da cabine, fazendo seu corpo volumoso estacar abruptamente. Bruckmüller apoiou-se na parede e puxou a cabeça de Liebermann, nivelando-a com a sua. O médico lutou para se soltar, mas viu que não conseguia. As garras sobre-humanas do outro o seguravam com força. Olhando para a mancha que se espalhava, Liebermann disse:

— Herr Bruckmüller, o senhor levou um tiro.

O queixo de Bruckmüller começou a se mexer, como se estivesse mastigando. Em seguida, depois de pigarrear, ele cuspiu no rosto do jovem médico. Liebermann recuou, quando a bola de muco ensangüentado o atingiu e se esparramou em seu rosto.

— Sei que levei um tiro, e não quero levar outro.

Liebermann percebeu que o assassino o estava usando como escudo.

— Não há como escapar, Herr Bruckmüller.

— Você não, Dr. Judeu.

A voz de baixo profundo vibrou contra o peito de Liebermann. Antes que o médico pudesse reagir, a mão livre do assassino fechou-se em torno de seu pescoço. Um instante depois, ele já não conseguia respirar. Instintivamente, tentou separar os dedos grossos do agressor, mas sua mão direita continuava dormente e todos os dedos de Bruckmüller estavam escorregadios de sangue.

Liebermann ficou horrorizado com a expressão nos olhos do adversário. A maldade fora substituída por algo muito mais sinistro: uma concentração indiferente. Bruckmüller parecia um cientista que observasse uma criatura expirar numa redoma de vidro. Era como se o estivesse matando pela simples força de sua vontade, condenando-o desapaixonadamente ao ostracismo. Quando o mundo já começava a escurecer a seu redor, Liebermann conscientizou-se de uma idéia que se formava em sua cabeça — uma vozinha miúda, que lutava para se fazer ouvir em meio ao barulho e à confusão:

Não estou disposto a morrer.

Foi o máximo que conseguiu se aproximar de uma oração, e, mesmo sem ter pedido a intervenção de uma força superior, sua afirmação, ressentida e patética, foi um apelo. Uma súplica. E, contrariando todas as expectativas, pareceu surtir efeito.

O olhar sério e concentrado de Bruckmüller toldou-se. Suas pálpebras caíram e tornaram a se levantar, numa piscadela arrastada — e, milagrosamente, Liebermann constatou que podia respirar de novo. Engoliu o ar com voracidade, sugando-o até as profundezas dos pulmões pela traquéia dolorosamente constrita. O aperto da mão de Bruckmüller afrouxou-se e, um por um, seus dedos soltaram a garganta do médico.

O sobretudo do homenzarrão estava empapado de sangue. Ele tornou a piscar e, dessa vez, as pálpebras ficaram fechadas por mais tempo. Em seguida, ele oscilou e tombou de lado, desabando no chão.

Liebermann apoiou-se na lateral da gôndola e procurou recobrar o fôlego. Olhando pela janela, experimentou uma curiosa ilusão: o chão parecia estar subindo, indo ao encontro da gôndola. Ele olhou para Bruckmüller, cujo corpo desabado lembrava o de um gigante cochilando.

Bruckmüller soergueu o corpo, apoiando-se na mão esquerda, e comprimiu o ombro. O sangue esguichou por entre os nós brancos de seus dedos. Com a boca escancarada, ele ofegava como um buldogue sedento.

O vento assobiou pela janela estilhaçada. Na gôndola seguinte, o burguês de roupa sóbria — obviamente, um atirador da polícia — tinha o revólver preparado para um segundo disparo, caso ele se mostrasse necessário.

Bruckmüller mexeu-se e estremeceu de dor no mesmo instante.

— Se o senhor se levantar — disse Liebermann —, tenho motivos para crer que levará outro tiro. Eu lhe recomendaria vivamente que permaneça aí mesmo onde está.

Bruckmüller fechou os olhos e tornou a se deixar desabar sobre um leito de vidro estilhaçado.

— Posso... — disse Liebermann, e parou. — Posso examinar seu ferimento, Herr Bruckmüller? O senhor está perdendo muito sangue.

O enorme homem tentou abrir os olhos.

— Fique longe de mim... seu asqueroso...

Mas, antes que o insulto se completasse, suas pálpebras tremeram e ele perdeu a consciência.

Liebermann agachou-se ao lado dele e fez o possível para estancar o fluxo sangüíneo. Mas sua mão direita continuava dormente e o homem estava caído numa posição muito incômoda. Ele exerceu toda a pressão que pôde. O homenzarrão continuava a respirar, mas cada respiração parecia mais curta e difícil. O peito e a barriga mal se mexiam.

Um coro de vozes metálicas encheu o ar — os acordes dementes da enorme roda ao parar. A gôndola tinha voltado ao chão.

A porta se abriu e Rheinhardt entrou na cabine.

Liebermann levantou os olhos, antes voltados para o paciente.

— Acho que ele sobreviverá — disse, baixinho.

86

As melodias que eles escolheram foram necessariamente lentas. A mão direita de Liebermann havia melhorado, mas os dedos ainda estavam machucados e endurecidos. Ele não se sentia em condições de tocar nada cujo ritmo fosse além do *allegro moderato*. Em conseqüência disso, o clima jovial dos dois não se refletiu em sua música, e o que poderia ter sido uma noite descontraída de *Ländler* e canções populares tornou-se, em vez disso, um programa feito de baladas melancólicas e meditações tristonhas. Mesmo assim, enquanto perscrutava as sonoridades mais soturnas do Bösendorfer, Liebermann reconheceu que seu concerto de despedida era mais apropriado. Afinal, era uma investigação de assassinato que fora levada a uma conclusão exitosa.

Após algumas execuções honrosas de peças de Beethoven no estilo coral, eles decidiram encerrar com o "O homem do realejo", da *Viagem de inverno* de Schubert. A partitura do piano era tão escassa, tão frugal, que Liebermann não teve dificuldade para produzir uma execução totalmente impecável. As quintas simples da mão esquerda imitavam o som de um bordão, enquanto a mão direita dedilhava uma melodia triste, desolada. Era uma música deprimente — austera e sem emoção. Até a escassez de notas na página sugeria a brancura desnuda e árida de uma paisagem enregelada.

A voz de Rheinhardt era melodiosa e límpida, produzindo cada nota quase sem nenhum vibrato.

Druben hintern Dorfe steh ein Leiermann.

"Para além da aldeia há um tocador de realejo..."

Entorpecido pelo sofrimento, o narrador de Schubert o acompanha às cegas:

"Estranho ancião, devo ir contigo?"

Ao se escoar o acorde final, com sua promessa de redenção do frio e da letargia, Liebermann ergueu as mãos do teclado. Reverentemente, fechou a tampa do piano, deixando o pedal de sustentação amplificar o acorde, cujo eco vazio dissolveu-se na vastidão de um gelado deserto imaginário.

— Bem, Max — comentou Rheinhardt —, não foi nada mau, considerando as circunstâncias. Você se saiu bastante bem.

— Obrigado — disse Liebermann, levantando a mão direita e esfregando os dedos com um rápido movimento de tesoura. — Em mais uma ou duas semanas, estarei pronto para o "Rei dos elfos".

Rheinhardt deu uma risada e um tapinha nas costas do amigo.

— Talvez esteja, Max, mas não tenho certeza quanto a mim.

Sem mais delongas, os dois se retiraram para o salão de fumantes, onde uma nova mesa havia surgido entre as poltronas de couro — um cubo simples e vazio de madeira, cujo plano superior era um quadrado de ébano polido.

Rheinhardt olhou para a nova aquisição e inclinou a cabeça para um lado e para o outro.

— Você não gostou, não é? — perguntou Liebermann.

— Foi cara?

— Foi. É da oficina do Moser.

— Quem?

— Koloman Moser, conhece?

— Não, não posso dizer que tenha ouvido falar nele.

— Deixe para lá. Independentemente das propriedades estéticas, posso lhe garantir que essa mesa servirá a nossos propósitos tão bem quanto a antiga — disse Liebermann, com um gesto em direção ao conhaque e aos charutos.

Os dois se sentaram, Rheinhardt à direita, Liebermann à esquerda, e contemplaram as brasas incandescentes num silêncio ritualístico, soltando baforadas e bebericando. Por fim, Liebermann mudou de posição e disse, meio acanhado:

— Você quer saber de tudo, imagino.

— Sim, quero.

— Bem, devo dizer, Oskar, que você exerceu uma continência admirável esta noite. Um homem de menos valor teria insistido em que renunciássemos a alguns de nossos prazeres musicais.

— Sem dúvida. E, já que mostrei esse comedimento admirável, sinto-me obrigado a lhe informar que qualquer outra evasiva de sua parte porá à prova a nossa amizade, no limite do que ela pode suportar.

— Sim, é claro, Oskar — disse Liebermann, sorrindo. — Perdoe-me.

O jovem médico virou-se de frente para o amigo.

— Sabe, na verdade, eu já lhe contei quase tudo.

— E seria mesmo de se esperar! — disse Rheinhardt, com justificada indignação. — Mesmo assim, tenho curiosidade de saber como tudo se encaixou... na sua cabeça, quero dizer.

— Muito bem — fez Liebermann, "beijando" o charuto para sustentar a brasa e produzir grandes nuvens de fumaça penetrante. — Fico feliz em satisfazer sua curiosidade. Mas devo começar por uma confissão. Não fui eu que resolvi o mistério do ferimento impossível de Fräulein Löwenstein, e sim a Srta. Lydgate.

— A microscopista?

— Exato, embora os talentos dela se estendam muito além da utilização inédita de aparelhos ópticos: agora ela está matriculada na universidade e começará a estudar medicina no outono.

— Mas ela é...

— Mulher, obviamente. Nos últimos tempos, a universidade modificou sua política de admissão. — Rheinhardt assumiu uma expressão benevolente, mas perplexa. A mesa cúbica de Liebermann já tinha sido modernidade suficiente para uma noite. — Ela é realmente notável, Oskar, e possui extraordinários dotes intelectuais. Eu simplesmente lhe contei as circunstâncias do crime e, dias depois, ela já tinha a resposta, afirmando, com perfeito acerto, que uma bala feita de carne era a única solução. Tamanha é a predileção dela pela reflexão racional, que não se deixou distrair nem seduzir minimamente por considerações sobrenaturais.

"Depois que a Srta. Lydgate explicou como fora feito o truque da bala desaparecida — prosseguiu o médico —, tive o que só se poderia descrever como... um momento de revelação! Lembrei-me de que Bruckmüller tinha começado a vida como açougueiro, no interior. Lembrei-me também de tê-lo visto com o prefeito Lueger na Filarmônica... você sabe, Lueger sempre recebeu um sólido apoio dos açougueiros e dos padeiros... e me ocorreu que talvez a origem dele fosse muito mais significativa do que qualquer de nós havia suposto, e por mais de uma razão. Por sua ocupação original, Bruckmüller estaria muito familiarizado com as propriedades da carne, do mesmo modo que eu, sendo psiquiatra, estou familiarizado com as propriedades da mente humana. Quem, senão um açougueiro, reconheceria as possibilidades balísticas de seu próprio jantar?

— É extraordinário — disse Rheinhardt. — E no entanto é...

— Muito simples — completou Liebermann. — Eu não poderia estar mais de acordo.

Os dois pousaram as taças ao mesmo tempo.

— Continue — pediu Rheinhardt, ansioso para que o amigo prosseguisse.

— Naturalmente, assim que identifiquei Bruckmüller como o provável criminoso, as coisas referentes a ele começaram a adquirir maior significação, como sua empresa, por exemplo. Você deve estar lembrado de que o exame microscópico das chaves de Charlotte Löwenstein, feito pela Srta. Lydgate, revelou marcas incomuns. Ela desconfiou que algum instrumento tinha sido usado para girar as chaves. — Liebermann bebericou o conhaque, abanou a cabeça e continuou: — Se eu fosse cirurgião, Oskar, acho que teria ligado Bruckmüller ao crime imediatamente. Embora os resultados da Srta. Lydgate sugerissem o uso de um instrumento especializado, simplesmente não pensei nas pinças. Estava com a cabeça concentrada numa linha de pensamento que tinha a ver com fechaduras e serralheiros... No entanto, quando a Srta. Lydgate sugeriu que uma bala podia ser feita de carne, e me lembrei de que Hans Bruckmüller tinha sido açougueiro, a significação de sua empresa tornou-se óbvia. Munido de um microscópio, fui ao departamento de cirurgia e descobri que as marcas nas chaves de Fräulein Löwenstein correspondiam com exatidão a um padrão de pinçamento encontrado nos fórceps fabricados pela Bruckmüller & Cie. Desde então, é claro, encontramos o mesmíssimo padrão na chave da loja de Uberhorst.

— Por que você não quis examinar aquela chave também, antes de sugerir seu encontro com Bruckmüller?

— Eu não precisava e, além disso, estávamos ficando sem tempo. Havia sempre a possibilidade de que Von Bulow conseguisse arrancar uma falsa confissão de Hölderlin, o que complicaria muito a situação. Quando tentei trancar a porta de meu apartamento usando a pinça de Bruckmüller, achei a tarefa extremamente difícil. Girar chaves daquela maneira exige uma força considerável: o tipo de força que já havia transparecido no aperto de mão memoravelmente firme de Bruckmüller... que tive o prazer de experimentar na noite da sessão espírita... e na profundidade dos ferimentos de Uberhorst.

— Realmente — concordou Rheinhardt, estremecendo ao recordar a carnificina. — E presumo que você também já tivesse visitado as lojas de antiguidades, não?

— Só existe um punhado de estabelecimentos na Wieblingerstrasse que vendem artefatos egípcios. Ao que parece, eles não são muito colecionados no momento. Não tardei a saber que uma estatueta egípcia, com cauda bifurcada tinha sido vendida a um homem grande, com um forte aperto de mão, num dia qualquer de março.

— Àquela altura, portanto — disse Rheinhardt —, dispúnhamos de provas extremamente boas. Então, por que... por que diabos você insistiu tanto em se encontrar com Bruckmüller?

— Provas extremamente boas, você disse? Mas seriam mesmo? Qualquer pessoa pode comprar pinças da Bruckmüller & Cie., e ele não é o único homem grandalhão em Viena!

— Sim, isso é verdade.

— Ademais, Bruckmüller é muito bem relacionado... e potencialmente muito rico: amigo do prefeito, nada menos. Infelizmente, não estou convencido de que nosso sistema judiciário sempre chegue ao veredicto correto nessas circunstâncias. Havíamos reunido algumas provas *incriminadoras*, mas não *decisivas*.

— Certo, mas por que a Riesenrad? Você disse a Brügel que precisaria estar completamente sozinho com Bruckmüller para arrancar uma confissão. Mas há muitos lugares isolados em Viena. Receio não poder deixar de supor que você está escondendo alguma coisa, Max.

Liebermann bateu a cinza da ponta do charuto.

— Era preciso encontrar Bruckmüller na Riesenrad por causa do efeito peculiar que ela exerce sobre a mente.

— Ah, sim?

— Você tem andado nela nos últimos tempos?

— Não, mas levei Mitzi no ano passado.

— E não achou a experiência... irreal?

— É muito estranho, com certeza, ser içado a uma altura tão grande.

— Exato. Isso desliga o passageiro da vida cotidiana e o deixa em suspenso num meio que costuma ser território exclusivo dos pássaros. Então, pense, Oskar: onde mais se experimenta uma coisa parecida?

— Bem, não sei se há algum lugar parecido. Mas...

Liebermann o interrompeu:

— Tem certeza?

— Sim, tenho.

O médico girou o conhaque na taça e inalou o perfume.

— Que tal os seus sonhos?

Rheinhardt torceu o bigode e franziu o cenho.

— Não é como voar, num sonho? — insistiu Liebermann.

— É. Agora que você o mencionou, acho que as duas experiências não são muito diferentes.

— Sabe... tenho a convicção, Oskar, de que uma volta na Riesenrad embota a fronteira entre a realidade e a irrealidade: as instâncias consciente e inconsciente do psíquico ficam mais próximas.

— E isso quer dizer...?

— Você leu aquele livro que lhe dei?

— O que fala dos sonhos? Bem, comecei, mas...

— Não tem importância. Na vida onírica, nossas inibições desaparecem. É freqüente se encenarem desejos proibidos. Nem mesmo o marido mais dedicado é capaz de evitar encontros furtivos durante o sono.

Rheinhardt remexeu-se na cadeira e pareceu vagamente sem jeito.

— Quando Bruckmüller soubesse que eu tinha descoberto seu método e compreendido seus motivos, teria apenas um desejo: matar seu adversário, um adversário que, ao menos para ele, encarnava todos os seus preconceitos irracionais. As ambições políticas de Bruckmüller tinham sido frustradas e, na atmosfera onírica da Riesenrad, seu desejo proibido expressou-se com extrema facilidade. Ele tentou me matar e, ao fazê-lo, praticamente confessou o crime.

— Portanto, nunca foi sua intenção arrancar uma confissão verbal. Você sempre pretendeu provocar Bruckmüller?

A voz de Rheinhardt se elevara ligeiramente.

— Bem, Oskar, está vendo por que era impossível eu ser totalmente franco? Brügel jamais aceitaria uma fundamentação psicanalítica para essa operação...

— Nem eu, sobretudo se conhecesse todos os detalhes do seu raciocínio! — exclamou Rheinhardt, abanando a cabeça. — Você se dá conta, não é, de que o atirador da polícia foi instruído no último minuto? Foi uma consideração posterior.

— Sim — disse Liebermann. — É uma sorte imensa eu possuir, na sua pessoa, um amigo consciencioso, e lhe devo tanto um pedido de desculpas quanto minha gratidão.

— Nem acredito que você não me contou!

— Era absolutamente necessário.

— Provocá-lo... sabendo que o homem provavelmente tentaria matá-lo!

— Não havia outro jeito. Minha esperança era que, quando Bruckmüller reagisse à minha provocação, a roda já estivesse chegando ao fim da descida. Achei que seria relativamente seguro...

— Relativamente seguro! É inacreditável que não tenha me contado!

— Bom, para ser franco, Oskar, ainda não consigo acreditar muito bem que você não tenha me contado que aquela sessão que arranjou era uma farsa!

— Aquilo foi diferente.

— Foi?

Rheinhardt resmungou alguma coisa entre dentes e manteve uma máscara carrancuda, que aos poucos e a contragosto foi-se abrandando num ar de resignação.

— Mesmo assim... — acabou murmurando —, funcionou tudo às mil maravilhas, e foi bom ver o Von Bulow todo sem graça, para variar.

Os dois amigos se entreolharam e caíram simultaneamente na gargalhada.

Durante várias horas, continuaram a saborear seu triunfo. A sala ficou cheia de fumaça de charuto, e fazia muito que a lareira havia apagado. Quando Liebermann serviu o que restava do conhaque, Rheinhardt comentou que o destino de Charlotte Löwenstein sem dúvida serviria de exemplo para outras pessoas da sua laia. No entanto, em vez de concordar, Liebermann viu-se suspendendo o juízo sobre a morta e defendendo-a.

— Não há dúvida de que Fräulein Löwenstein era uma *femme fatale*, uma sedutora digna de figurar numa obra de ficção romântica, mas não posso condená-la, Oskar. Na Viena moderna, são poucas as oportunidades de as mulheres inteligentes e corajosas conseguirem um lugar ao sol. A maioria renuncia a suas ambições e se resigna ao casamento e à maternidade, ou então protesta e atrai um diagnóstico de histeria. Charlotte Löwenstein é digna de pena. Afinal, só estava tentando proteger seus interesses.

Rheinhardt nem sempre partilhava das simpatias liberais do amigo, mas essa análise o levou a considerar o mundo em que suas filhas viveriam no futuro. Ele amoleceu um pouco. Pensando bem, tinha esperança de que Therese e Mitzi não precisassem aceitar um destino infeliz por falta de oportunidades. Rheinhardt terminou o conhaque e tirou o relógio do bolso do colete.

— Santo Deus, Max, são quase onze horas! Tenho que ir para casa.

Quando ia saindo, parou um instante e fitou o amigo. Seus olhos expressaram muitas coisas: prazer, afabilidade e talvez até diversão.

— Belo trabalho, Max — disse baixinho. Liebermann não respondeu, mas simplesmente aumentou a força do aperto de mão.

87

A Srta. Lydgate pegou o cartão e leu em voz alta: "Para a Srta. Amelia Lydgate, com sincera gratidão pelos serviços prestados ao departamento de segurança de Viena. Queira aceitar esta pequena demonstração de nossa estima. Cordialmente, inspetor Oskar Rheinhardt."

Liebermann estava sentado à mesa de tampo dobrável e deu um tapinha na grande caixa de mogno.

— Para mim? — disse a moça, com voz insegura.

— Sim — confirmou ele.

A Srta. Lydgate destravou os fechos e levantou a tampa. Ao fazê-lo, o objeto metálico no interior da caixa iluminou seu rosto com o reflexo de uma luz dourada e quente. A moça não ficou boquiaberta nem sorriu. Sua única reação visível foi um leve franzir do cenho, mas Liebermann não se sentiu ofendido. Compreendeu que o exterior impassível da jovem inglesa não correspondia à profundeza e à autenticidade de sua apreciação.

— Obrigada — murmurou ela.

Dentro da caixa, entre as dobras de veludo verde, havia um enorme microscópio de latão.

— Foi feito por Eduard Messter, da Frerichstrasse, em Berlim. A caixa é assinada pelo fabricante, veja aqui — disse Liebermann, apontando para a assinatura. — Creio que esse instrumento é mais potente do que o atualmente utilizado pela senhorita, e as lentes são mais bem polidas. A senhorita notará menos distorção nos graus mais altos de ampliação.

Amelia Lydgate tirou o aparelho da caixa com gentileza quase materna. Obviamente, era pesado demais para que ela o manipulasse com facilidade, mas a moça o segurou no alto e o admirou por todos os ângulos. O latão reluzia, triunfal.

— Tenha a bondade de agradecer ao inspetor Rheinhardt. É um presente que não mereço — disse a moça, com voz impassível.

— Ah, merece sim, Srta. Lydgate! — exclamou o médico. — O assassinato de Charlotte Löwenstein não teria sido solucionado sem a sua ajuda.

Amelia Lydgate depôs cuidadosamente o aparelho no tampo da mesa. Em seguida, sentando-se, disse:

— Eu gostaria que o senhor me falasse mais do que aconteceu, Dr. Liebermann. Li no *Zeitung* que o "demônio de Leopoldstadt" foi capturado, mas o artigo continha pouquíssimos detalhes.

— Muito bem — disse o médico e passou a fazer um relato completo da investigação, desde a apresentação do bilhete de Fräulein Löwenstein por Rheinhardt até o encontro quase fatal com Bruckmüller na Riesenrad. Quando descreveu o ponto em que foi empurrado para fora da gôndola e suas mãos começaram a se afrouxar, a Srta. Lydgate estendeu a mão sobre a mesa e o tocou na manga do casaco. Foi um momento tão breve e inconseqüente de contato, que poderia facilmente ter passado despercebido. Mas esse sinal simples de preocupação surtiu um efeito profundo em Liebermann. Foi como se seus pensamentos se transformassem em algo como gotas de orvalho tremendo numa teia de aranha. Ele se sentiu insubstancial — sem peso, e leve como o ar.

— O senhor foi muito corajoso, Dr. Liebermann — disse a inglesa. Seu gesto parecia ter sido inconsciente. Ela não deu nenhum sinal de embaraço nem de se aperceber do que tinha feito.

Liebermann pigarreou e, depois de conseguir tecer algumas observações autodepreciativas, aos poucos recuperou um grau suficiente de compostura para concluir sua história.

— É estranho, Dr. Liebermann, que os dois assassinatos tenham sido tão diferentes. Um, meticuloso e inteligente, o outro, cru e brutal.

— Naturalmente — disse o médico —, é possível que isso tenha feito parte do plano de Herr Bruckmüller. Talvez ele tivesse a intenção de fazer a polícia pensar que havia dois assassinos diferentes, na esperança de que ela também concluísse que as mortes não estavam relacionadas. Mas não creio que tenha sido esse o caso. O medo é uma emoção básica. Ele nos retira o verniz de sofisticação e reduz a pessoa a seus elementos nucleares. Bruckmüller teve medo de ser descoberto e, no estado de pânico, sua verdadeira natureza selvagem expressou-se com extrema facilidade.

A Srta. Lydgate parecia sumamente interessada no funcionamento da mente de Bruckmüller, e instigou Liebermann a especular sobre a psicologia pessoal do homem.

— Ele queria ser prefeito de Viena, é quase certo, mas desconfio que sua ambição ia ainda mais longe. Quando estava em dissociação, ele começou a falar na desintegração do império e na necessidade de liderança. Creio que talvez se visse como uma espécie de salvador. O povo alemão tem uma mitologia altamente evoluída, na qual uma figura meio mística de herói quase sempre aparece para introduzir uma nova era. Quando a casa de Herr Bruckmüller foi revistada pela polícia, encontrou-se um horóscopo com um comentário anexo, que sugeria que, de algum modo, o nascimento dele fora auspicioso. O azar de Fräulein Löwenstein e Herr Uberhorst foi ameaçar o encontro dele com o destino.

— E por pouco não foi o seu azar também — disse a Srta. Lydgate, pontuando a fala.

Liebermann sorriu.

— É. Tenho sorte de estar vivo.

Ao consultar o relógio, Liebermann se deu conta de que passara muito mais horas ali do que tinha sido sua intenção original. A tarde dera lugar à noite, e já não era apropriado ele estar sozinho com a Srta. Lydgate. Levantou-se para ir embora. Amelia Lydgate tornou a lhe pedir que agradecesse ao inspetor Rheinhardt pelo presente e o acompanhou até a porta. Os dois desceram as escadas escuras, e o som da saia dela, farfalhando às suas costas, produziu uma música sensual — excitante e inquietante.

Liebermann não tentou chamar um fiacre. Estava com vontade de andar. Pouco depois, passou pelo Josephinum, onde parou para admirar a estátua de Hígia. Altiva e inatingível, eternamente alimentando a serpente enroscada em seu braço, a deusa o fitou com majestosa indiferença.

Juntando forças para enfrentar o ar frio da noite, ele passou pelo bairro de Alsegrund e desceu a Bergasse em direção ao Canal do Danúbio. Ali, contemplou as águas escuras e desfrutou de um charuto na solidão.

Ao chegar de volta ao apartamento, ainda se sentia inquieto, e pensou em tocar um pouco de Bach — alguma coisa que não fosse muito exigente, como as invenções em duas e três partes —, mas se lembrou da hora. Tamanha era a freqüência com que se fazia música em Viena, que um decreto geral havia proibido que se tocassem instrumentos musicais depois das onze da noite. Ele precisava de alguma coisa para ocupar a cabeça.

Afastou-se do piano e foi até a escrivaninha, onde acendeu uma lâmpada elétrica. Apanhou umas folhas soltas na gaveta mais baixa, sentou-se, encheu a caneta-tinteiro e começou a escrever:

Foi no dia do grande temporal. Lembro-me bem disso, porque meu pai — Mendel Liebermann — havia sugerido que nos encontrássemos para um café no Imperial. Eu tinha uma forte suspeita de que ele arquitetava alguma coisa...

Agradecimentos

EU GOSTARIA DE agradecer a minha agente, Clare Alexander, por me levar para almoçar em setembro de 2002 e sugerir que eu pensasse numa série de histórias de detetive; a Hannah Black e Oliver Johnson, por me proporcionarem uma orientação editorial indispensável; a Steve Matthews, por seu apuradíssimo senso crítico; a Sarah Liebrecht, pela tradução de vários documentos do alemão para o inglês, a David Coffer, por me alertar para a existência do inestimável Raymond Coffer (uma enciclopédia ambulante da sabedoria popular vienense do começo do século XX); a Eva Menassa, em Berlim, por mais ajuda na tradução da correspondência; a Sonja Busch e Fabrizio Scarpa, por serem esplêndidos anfitriões em Viena; a Wolfgang Sporrer, pela recomendação de alguns livros muito úteis; e a Toni Nagel e Anna Maxted, por me orientarem a respeito dos costumes judaicos. Gostaria também de agradecer a Maria Käfer, da embaixada da Áustria em Londres; a Bruno Splichal e Herr Winter, da Bundespolizeidirektion Wien; a Harald Seyrl, do Wiener Kriminal Museum; e ao Dr. Ulrike Spring, do Historisches Museum der Stadt Wien. Por fim, quero agradecer mais uma vez a Nicola Fox, por me ajudar de maneiras numerosas demais para serem citadas.

Frank Tallis
Londres, 2004

Este livro foi composto na tipologia
Electra LH, em corpo 11,5/15,1, impresso em
papel off-white 80g/m², no Sistema Cameron
da Divisão Gráfica da Distribuidora Record.